Edgar Snow

南海出版公司
2023 · 海口

图书在版编目(CIP)数据

红星照耀中国 / (美) 埃德加·斯诺著 ; 李昕恬译
. -- 海口 : 南海出版公司, 2023.2(2024.6 重印)
ISBN 978-7-5735-0408-1

Ⅰ. ①红… Ⅱ. ①埃… ②李… Ⅲ. ①纪实文学—美国—现代 Ⅳ. ①I712.55

中国国家版本馆 CIP 数据核字(2023)第 004515 号

HONGXING ZHAOYAO ZHONGGUO
红星照耀中国

作　　者	[美]埃德加·斯诺
译　　者	李昕恬
责任编辑	吴　雪　林子琦　邱靖雯
排版制作	小树苗
出版发行	南海出版公司　电话:(0898)66568511(出版) (0898)65350227(发行)
社　　址	海南省海口市海秀中路 51 号星华大厦五楼　邮编:570206
电子信箱	nhpublishing@163.com
经　　销	新华书店
印　　刷	唐山才智印刷有限公司
开　　本	710 毫米 × 1000 毫米　1/16
印　　张	26
字　　数	283 千
版　　次	2023 年 2 月第 1 版　2024 年 6 月第 10 次印刷
书　　号	ISBN 978-7-5735-0408-1
定　　价	42.00 元

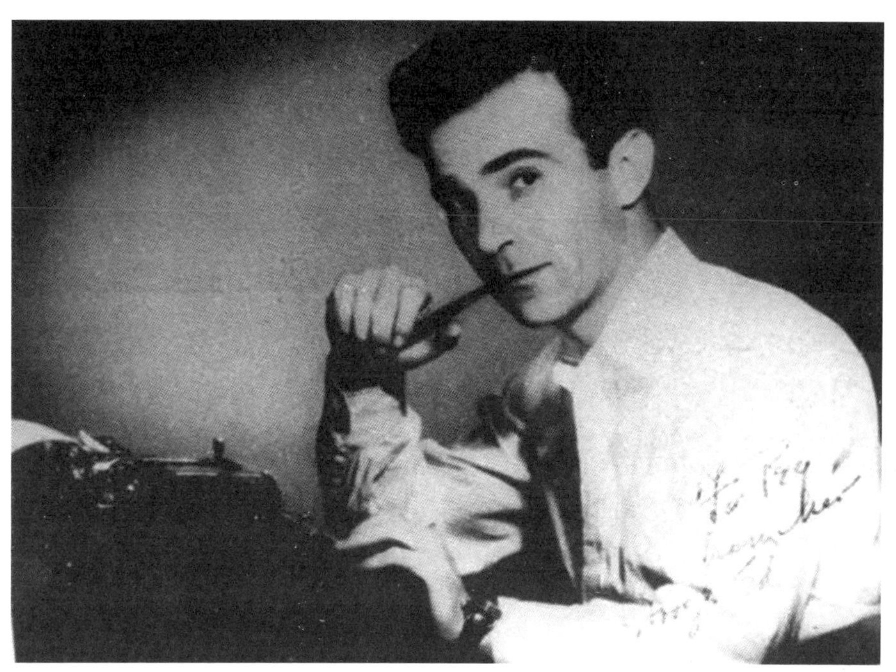

埃德加·斯诺

一九三八年中译本作者序

埃德加·斯诺

这本书得以出版并且风行各国是我没有预料到的。而让这本著作得以风行的原因，与其说是由于它的风格和形式，不如说是因为它的内容。从字面上来看，这本书是我创作出来的，但从真正意义上来说，书中的故事都是广大的中国革命青年所创造，所谱写的。正是由于这些革命青年，这本书中的故事才能够永葆鲜活。所以这一本书如果是一种正确的记录和解释，那就是因为这是他们的书。

此外，从严格的意义上来讲，这本书中的一大部分内容其实也不是我写的，而是毛泽东、彭德怀、周恩来、林伯渠、徐海东、徐特立以及林彪这些人。书中的故事就是他们口述的自己的斗争生活。除此之外，还有毛泽东、彭德怀等人所作的长篇谈话。他们用如春水般的言辞，解释中国革命的原因和目的。书中还有几十篇和无名的红色战士、农民、工人、知识分子的对话。读者可以从这些对话里面约略知道使他们成为不可征服的那种精神、那种力量、那种欲望、那种热情。凡此种种，绝不是一个作家能够创造出来的，因为，这些是人类历史本身所蕴含的丰富而灿烂的精华。

当然，我所说的这些并不是说，共产党或红军或红军领袖可以对我个人对于他们以及他们的工作的意见或印象负责。因为我和共产党是没有关系的，并且我从来都没有加入过任何一个政党。因此这本书在本质上不能作为一本正式的或者正统的文献。我所要做的不过是把我与共产党员在一起的日子里所看到、所听到以及所学习到的一切，作一番公平、客观、没有党派之见的报告。如此而已。

这本书在英国第一次出版之后，远东政治舞台发生了很多重大的变化。统一战线已经成为事实。但其实，这本书在创作了很大一部分的时候，很多人都认为国共积极合作这个事情是很遥远的。现在，民族解放战争已是唯一的出路，其他的一切问题都不得不为之让路。当我在写这本书的时候，日本借“中、日合作”之名，企图吞并华北这一计划似乎还有可能实现。但是现在，帝国主义之间的矛盾已经深刻化了。我们可以想象到中、日战争已经扩大为法西斯主义和国际和平战线的世界斗争。

人类在社会演变中的任务的性质和意义会因为人类行动的客观环境和条件而改变。战争所促成的巨大变化之一，就是中国国民党和民族资产阶级中的进步分子，在蒋介石委员长的领导之下，已经恢复了他们的革命意志。这就意味着，中国对日本帝国主义已经不再妥协。当前的历史途径就是要么战斗，要么灭亡。除了完全投降出卖以外，再也没有一条中间的路，这已经成为一个事实。中国资产阶级中的最先进分子已经知道了，他们的需要与中国革命的需要之间已经不存在基本的冲突了。因此，他们现在已经抱定决心，要领导这个民族救亡图存的斗争。现在已经不存在所谓的“红军”“白军”互相争斗了。全世界也已不再把中国共产党党员称为“赤匪”了。第八路军和国民党士兵并肩战斗，他们形成了一个军队——一个为争取民族独立而斗争的革命中国军队。

在最近的局势发展中产生的观点来看，这本书其实有些地方写得过分，有些地方又表述得不够，这些问题是没有办法避免的。当然，这本书的英文第一版中出现的一些错误，在这里已经修正了。虽然可能还存在着一些其他的错误，但是中国在最紧急的时刻实现了民族最伟大的统一，找到了民族的灵魂。其基本因素在哪里？原因在哪里？有关于这一点的研究，这本书还是颇有一些价值的。在这本书中，最值得注意的应该就是这本书中说到的很多意见，它们自始至终都是一种准确的判断。在这里，我并不是指我自己说过的话，而是共产党领袖们那些不可思议的远见那一部分。他们正确分析了那些促成对日抗战的事实，准确地预测了这一次抗战的性质，并且还指出了中国为求生存起见，在政治、经济、军事上的各种绝对必要。

在《西行漫记》中值得一提的是红军通过其经验所得到的一种客观教训，就是有组织的民众，特别是广大的农民大众，他们在革命游击战争中有着不可征服的力量。我想起毛泽东曾向我说过的一句话，我想要在这里把它复述一遍，因为毛预测的很多事情，现在已经成为真实的历史。他说："红军，由于他们自己的斗争，从军阀手里争得了自由，并且成了一种不可征服的力量。反日义勇军从日本侵略者的手里夺得了行动的自由，也同样地武装自己。中国人民如果加以训练、武装、组织，他们也会变成不可征服的伟大力量。"

毛泽东再三重复地说，为了要打败日本帝国主义，中国人民需要自己站起来，完成统一，抱定抗战的决心，这一点是必不可少的。其他的一切都需要根据这个统一和决心来决定。这个世界上能够使中国制胜的只有中国人民，也只有中国人自己才会使中国失败。尽管日本打过很多的胜仗，但是目前的形式对于他们来说已经是处于失败和最后崩溃的路上了。即便这样的情况会持续几年，在中、日双方都遭受了极大的痛苦之后，日本军阀才迎来了他们的失败，这种结局是不会改变的。现今，日本唯一能走的路就是妥协或者谋求"暂时的和平"。一味地顽抗，即便是多继续一天，日本的国内国外矛盾也会越来越严重。等到采取恐怖的、强制的手段镇压不住的时候，日本军阀也只能停止下来，或者干脆折断帝国的头颅。

如果真走到了那样的境地，国际反日行动也就开始了。事实上，这样的国际行动已经通过多种间接方式在开始着，只不过在未来这样的行动产生的效力会不断地增加。这样产生的最终结果便是日本在大陆消耗了太多的力量，国内的实力因此大幅度削弱，它再也没有能力成为世界大国。那接下来迎接他们的就是各大民主国的人民一致对日本实行制裁、封锁、抵制。这样的国际行动是毫无疑问一定会发生的，而唯一能够阻止这种国际行动的，就是中国停止抗战。但是当你读到这本书的时候，你就会看到，中国的各种力量已经显示出来，日本发动得太迟了，中国现在已经没有办法再被征服了。

现在，我要对前红军中的各位朋友致以感谢，因为当我在他们那里做客的时候，他们慷慨而亲切地款待了我。我作为一个门外汉来写他们的故事，不可避免地会有许多缺点和不正确的地方，在这里，我得请他们原谅。创造这本书中的故事的那些英勇的男女战士，同样也在用他们不怕牺牲的精神在续写着别的故事。对于这样勇敢的战士们，我愿跟他们握手道贺。

事实上，这些原来所谓的老资格“赤匪”，他们中的很多是我在中国十年以来遇到的最优秀的男女。

最后，我还要对我的朋友许达(郭达的化名)表示感谢。我在北平最不稳定的时候写这本书，他坚定地跟我一块儿工作。他不仅是一个一流的秘书和助手，更是一个勇敢而出色的革命青年。他为他的国家而不懈奋斗着。我们原本打算在北方出版他翻译的这本书的一部分内容，可是战争让我们被迫分手了。后来，其他的译者在上海把这本书翻译了出来。现今这本书的出版已经和我没有太大的关系了，它已经由复社发刊了。我曾了解过复社是一个由读者自己组织起来的非营利性出版机关，这就是为什么我愿意把我的一些资料和版权让给他们，希望他们的译本能够如预期那样有广大的销路，进而对中国产生一定的帮助。

感谢译者们能够为我在这本书中留下一些地位，让我有机会在这里表达一下我的看法。也承蒙他们能够看得起我的作品，认为它值得被中国读者所认识，并且花大力气把它翻译出来。对于他们，我表示十分感激。

在此谨向英勇的中国致敬，并祝愿能够赢得“最后的胜利”！

埃德加·斯诺

一九三八·一·二十四　上海

（据一九三八年上海复社版《西行漫记》排印）

译者序

在翻开这本书的时候，你或许会有这样的疑问——是什么样的力量驱使着一位出生于资本主义国家的记者甘愿冒着生命危险，突破国民党的重重封锁，进入中国的西北地区对中国红军进行实地采访，并最终创作出这本震撼全世界的红色经典?

要解答这个问题，我们首先就要了解一下本书的作者——埃德加·斯诺是一个怎样的人。1905 年，埃德加·斯诺出生于美国的密苏里州堪萨斯城，年轻时的他因为家境贫寒，所以从事过很多不同的工作，直到大学毕业，他才开启了他的新闻事业。作为一个职业的新闻工作者，他始终坚守着独立公正的职业操守。

他曾在《旅行于方生之地》写过这样的一段话:“在我看来，如果我们要对历史的发展提出任何指向性的见解，就必须努力挖掘他人真正关心的事，了解他们如何感受和思考自己的问题以及自己在世界的地位。我们必须认识到，如果我们对历史的走向缺乏概念，我们所说的国际社会便要大打折扣，更别说和平了。”从他的这段话里，我们便可以清晰地感知到斯诺作为一个新闻工作者，他最大的理想便是能够以亲眼所见，并且尽可能准确地对事实进行报道。

正是怀着这样的信念，1936 年 6 月斯诺冒着生命危险进入陕甘宁边区，开始了为期四个月的中国红区的旅行。在他开始这段艰难而曲折的旅行之前，埃德加·斯诺已经在中国生活了七年，在这七年的时光里，有关于中国红军的一系列谜团竟然没有一个人能够真实、客观、准确地解答出来。这一切都促使他想要真正地走近中国红军，了解真正的中国共产党。

相比于他刚刚来到中国上海看到的满眼繁华，陕甘宁边区完全可以说是另外一个世界。在书中，斯诺是这样描写陕甘宁边区的："陕北是我在中国见到的最贫困的地区之一……很少有真正的山脉，只有无穷无尽的断山孤丘，连绵不断，好像詹姆斯·乔伊斯的长句，甚至更加乏味。"在这样环境艰苦的地方，斯诺却看到了中国的红军战士完全不一样的精神风貌。在红色区域四个月的冒险，同样也影响了斯诺，他逐渐地热爱上中国，热爱上了中国人民。

在斯诺进入陕甘宁边区之前，全世界人民印象中的中国红军都是国民党口中的"赤匪"。斯诺以莫大的勇气突破了国民党的新闻封锁，从中国红区获得了大量的第一手资料，最终以《红星照耀中国》一书让全世界认识到了一个完全不一样的共产党。

《红星照耀中国》诞生之时如一颗夜空中的明星一般指引着大批中国的热血青年走上了革命的道路。到如今历经岁月的变换，这颗明星不但没有失去它的光华，反而更加熠熠生辉。作为一本纪实性的经典文学作品，书中内容的真实性被放在了第一位，斯诺在书中公正、客观地将红军的形象描述出来，并加入大量的照片和数据作为佐证，让人无法质疑。作为一个采访者、观察者，斯诺在红区看到了中国共产党身上的远见卓识以及百折不挠的精神风貌。因此，即便他在创作这本书时，中国共产党正处于劣势，他也大胆地预言红军必然取得胜利。这样的预言在后来得到了历史的佐证，可见作者也是一个具有先见之明的人。

时至今日，我们再翻看这本书的时候，我们依旧能够与书中一个个充满朝气、追求理想的人物产生情感上的共鸣。并且深刻地感受到在那个战火纷飞的年代，老一辈革命者在争取民族独立解放的艰难与辉煌。

目录

第四篇 一个共产党员的由来

第五篇 长 征

第六篇 红星在西北

第七篇 去前线的路上

第八篇 同红军在一起

第九篇 战争与和平

第十篇 回到保安

第十一篇 又是白色世界

第一篇

探寻红色中国

- 一些未获解答的问题
- 开往西安的慢车
- 汉代青铜器
- 穿过红色大门

一些未获解答的问题

在我留居中国的七年里，人们在中国红军、苏维埃政权、共产主义运动这些事情上面提出过数以百计的问题，热心的党人会给你提供一套现成答案，但它们很难让人满意。他们怎么会知道呢？他们从未去过红色中国。

事实上，世界各地恐怕再也找不到比红色中国更加带有迷雾与传奇色彩的故事了。九年以来，在地球上人口最多国家的腹地中，这颗红色新星生活在铜墙铁壁的封锁里——新闻封锁，以及成千上万的敌军长城一样的封锁。他们的地区比西藏更难进入。自从 1927 年 11 月中国第一个苏维埃政权在湖南省的东南部成立以来，没有人自愿穿过这道长城，回来报道他的经历。

即使是最简单的问题，也会有人发出不同的声音。有的人认为红军根本不存在，那只是一群饥饿的土匪；有些人甚至认为苏维埃也是不存在的，那只是共产党宣传的产物。然而，亲共的人却称颂这两者，称之为中国一切弊病的唯一救星。在这些宣传与反宣传中，想要冷静地寻找真相的人无法找到可信服的证据，那些关心东方的政治与历史的人，总有些有兴趣却无法获得解答的问题：

这支中国红军是不是自觉的马克思主义革命者，是否接受中国共产党的统一指挥呢？如果是，他们的纲领是什么？共产党人自称是在为实现土地革命、反帝国主义、争取苏维埃民主与民族解放而进行斗争。而南京方面声称他们只是一群新兴的，有“文匪”领导的土匪。究竟谁是对的？还是说双方都有道理呢？

1927 年以前，国民党一直接纳共产党员入党，但那年 4 月开始了一场规模浩大的“清洗”。共产党员、无党派激进知识分子，以及成千上万有组织的工人农民，都在蒋介石的授意下被大规模处决。从那时起，只要被判定是共产党员或同情共产党的人，就会被判死刑，成千上万的人为此付出了代价。然而，还有无数人继续冒着风险。成千上万的农民、工人、学生和士兵加入了红军，参加了反对南京政府军事独裁的武装斗争。为什么？驱使他们舍生忘死地拥护这种政见的不可挡力量是什么？国共两党之间的基本争论又是什么？①

中国共产党人是什么样的？他们与其他地方的共产党人或社会党人有什么相似之处，又有什么不同之处？旅游的人好奇的是他们是否留着长胡子，喝汤时是否会发出声音，他们的皮包里是否装有土制炸弹。刨根问底的人想知道他们是不是“纯正的”马克思主义者。他们读过《资本论》和列宁的著作吗？他们有一个彻底的社会主义经济纲领吗？他们是斯大林派还是托洛茨基派？还是两者皆不是？他们的运动真的是世界革命的有机组成部分吗？他们是真正的国际主义者吗？抑或者“只不过是莫斯科的工具”？还是说，他们主要组成者是一群争取中国独立的民

①国民党是孙逸仙博士等人建立的，掌握了 1924 年到 1927 年所谓的国民革命的领导权。共产党创建于 1921 年，在国民革命中是国民党的重要盟友。

族主义者？

这些坚持战斗了这么长时间、这么勇猛、这么无所畏惧，而且——被各种色彩的观察家和蒋介石自己的部下私下里都不得不承认的——总的来说是如此不可战胜的战士是怎么样的人？是什么目标使他们能那样去战斗？是什么支撑了他们？他们运动的革命基础是什么？他们的希望、目标和理想使他们成为顽强得难以置信的勇士——与中国善于妥协的近代历史相比，这的确难以置信——他们百战不退，经历了无数次的封锁、缺盐、饥饿、疾病、瘟疫，最后走过了6000英里的长征，他们跨越了中国的12个省份，突破了国民党无数军队的阻拦，最终胜利地出现在西北，建立起他们的新根据地。

他们的领袖是谁？他们受过良好教育吗？他们对理想、意识形态、教育之类是不是有什么热烈信仰？他们是社会预言家，还是为了活下去而盲目战斗的农民？毛泽东，南京通缉名单上的第一号“赤匪”，蒋介石悬赏二十五万元的赏金通缉他，不论死活。那个高价的东方人脑袋里到底装了些什么？抑或者如南京官方宣布的那样，其实毛泽东已经死了？对于南京来说，拥有同等高昂价值的，红军总司令朱德又有什么特别之处呢？28岁的红军战术家林彪呢？据说他那闻名于世的红一军未尝一败，他到底是什么样的人？那些多次被报道过死亡，却安然无恙，毫发无伤地重新出现在报道中的红军领导们又是什么样的人呢？

红军在九年时间里，对极强大的军事力量进行了卓绝抵抗，这要如何解释得通？没有工业基地，没有大炮，没有毒气，没有飞机，没有金钱，没有南京在与之作战时使用的现代技术，这些红军怎么能生存下来，又怎么能扩大他们的队伍呢？他们运用了怎样的军事战术？他们受到怎样的训练？谁来为他们做顾问？他们中有俄国的军事天才吗？战胜了所有派来对付他们的国民党将领，以及蒋介石那支天价请来的，阵营豪华的德国顾问队伍——先由冯·西克特将军率领的军队，战胜了这支军队的领导者，到底是谁？

中国的苏维埃是什么样的？农民们支持它吗？如果答案是否，它由什么维系住的？共产党在政权已经稳固的地方实行“社会主义”到什么程度？为什么红军没有占领大城市？这是否证明了它不能算是真正的无产阶级领导的运动，而根源只能算是一场农民起义？在中国，80%以上的人口仍是农业人口，工业化仍处于初级阶段——如果不称它是“小儿麻痹症”阶段——这怎么谈得上“共产主义”或“社会主义”呢？

共产党人的衣着怎样？饮食如何？他们娱乐吗？谈恋爱吗？又是怎样工作的？他们的婚姻法是怎样的？女性是否像国民党宣称的那样被“共妻”？中国的“红色工厂”又是什么模样？红色剧团呢？他们是如何组织经济建设的？公共卫生、娱乐、教育、“红色文化”，又是什么模样？

红军有多少兵力？像共产国际的出版物吹嘘的那样真有五十万人？如果是这样，它为什么没能成功夺下政权？它从哪里得到武器和弹药？这是一支纪律严明的军队吗？士气又如何？官兵的生活真的一样吗？如果正如蒋介石总司令在1935年宣布的那样，南京已经“消灭了共匪威胁”，那么共产党于1937年，在中国最具战略意义的西北地区占领了一块比以往任何时候都大的整块土地，又该如何解释呢？如果共产党完蛋了，为什么广田弘毅提出的《广田三原则》中，要求南京与东京和纳粹德国签订反共协定，以“防止亚洲布尔什维化”？红军真的是“反帝”吗？他们想和日本开战吗？莫斯科会在这样的战争中支持他们吗？又或者他们激烈的抗日口号只是一个诡计，正如著名的胡适博士拼命地向他在北京激昂愤慨的学生们保证的那样，是为了博得公众的同情，只是一群汉奸和土匪绝望的垂死挣扎？

中国共产主义运动的军事和政治前景是什么？它的发展历史是怎样的？会成功吗？这样的成功对我们意味着什么？对于日本呢？这种巨大的突变会对世界上五分之一的居民产生什么影响？它会给世界政治带来什么变化？对世界历史又有什么样的影响？对英国、美国等外国在中国的巨额投资会有影响吗？以及，共产党到底有没有“对外政策”呢？

最后，共产党提出在中国建立“民族统一战线”，停止内战，这是什么意思？

一段时间以来，没有任何非共产党的观察家可以自信准确地回答这些问题，或给出一份基于个人调查的事实报告，这太荒谬了。这里隐藏的信息每天都在引起人们的兴趣，而且变得越来越重要；就像报纸记者在报道琐碎的枝节问题时彼此承认的那样，这毕竟是一个关于中国的故事。然而，我们都可悲地对此无从知晓。毕竟在“白区”想与共产党人取得联系是极其困难的。

共产党人的头上总有死亡的阴影在威胁着，因此他们不管在上等社会里，还是非上等社会中，总警惕地隐藏着自己的身份。即使在外国租界，南京也有高价雇佣的间谍网络在活动。比如说，狂热的反共分子，上海公共租界的英国警务处的 C. 帕特里克 · 吉文斯之流也在其中。据传吉文斯督察每年都会逮捕几十名共产党嫌疑犯，其中大多数人的年龄在15岁到20岁之间，他们之后会由国民党当局从租界引渡出去，监禁或处死。他只是众多被南京政府雇来捉拿自己国家的激进青年，并追捕他们的外国侦探之一。

我们都知道了解红色中国的唯一方法就是去那里亲眼看看。我们为自己辩解说："没有法子——这是不可能的。"有人尝试过，但失败了。人们认为这是不可能的。大家都认为，没有人能进入红区并活着出来。

然后，在1936年6月，我的一位亲密的中国朋友给我带来了一个关于中国西北政治形势的惊人新闻，新闻的高潮是轰动一时的"蒋介石被捕"，这改变了中国历史的潮流。然而，对我来说更重要的是，我从这个消息中得知了可能进入红区的方法。我必须马上离开，这个机会是千载难逢的，不容错过，我得抓住它，然后才能打破长达九年的新闻封锁。

当然，这么干是有风险的，尽管后来报纸上那些"斯诺被土匪杀害"的报道过于夸张。不过多年来，那些收钱写稿的本国报纸和外国报纸都在宣传共产党的残暴行径，因此我对我的旅途也确实没啥能放心的。实际上，除了一封写给苏维埃政府主席毛泽东的介绍信以外，我什么倚仗也没有，我能做的只有找到他。要穿过怎样的艰难险阻？我不知道。但这几年的国共内战中，无数人的生命被牺牲。一个外国脖子不值得去冒一次险吗？我发现自己有点纠结于这个问题，但我最终得出的结论是，这个代价并不是太高。

我怀着这种冒险的心情出发了。

开往西安的慢车

6月上旬，北京披上了春天带来的绿装，无数杨柳松柏使紫禁城变成神奇而迷人的仙境，在那些高雅幽静的花园里居住的人们，无法相信金碧辉煌的宫廷屋檐以外的地方，无数中国人正在疾苦劳作，并且与饥饿、革命和外国侵略进行着斗争。在这里，衣食无忧的外国人可以生活在他们那片极乐净土里，用威士忌掺苏打水、打马球、网球和闲聊来度过时光，无忧无虑地，也感受不到这座伟大城市无声而绝缘的城墙之外的人间脉搏——真的，许多人就这么过的。

然而，在过去的一年里，就连北京这座绿洲也难免被笼罩在中国上空的战斗气氛所侵袭。日本侵略者的威胁激起了人民，尤其是愤怒青年们的大规模示威。几个月前，我站在布满子弹的城墙下，看到数万名学生集结起来，不顾宪警的棍棒，齐声高呼：“一致抗日！反对日本帝国主义分割华北的要求！”

北京的防御工事和新闻屏障都无法阻止中国红军企图穿过山西，向长城进军的轰动性新闻，这次远征名义上是为了收复失地而对日作战。当然，蒋介石的精锐新军十一师立即拦截了这次有点不切实际的远征，但他们无法拦截爱国的学生们走上街头，学生们不畏惧坐牢甚至是掉脑袋，而是高喊被严禁的口号：“停止内战！国共合作抗日救国！”

一天半夜，我爬上了一列破旧的火车，虽然身体有点不舒服，但脑子却异常兴奋。我兴奋是因为我面前即将展开一段冒险，一段时间上远离了中世纪般辉煌的紫禁城数百年，而空间上相距千百里的传奇冒险：我的目的地是“红色中国”。我的身体不太舒服，是因为我扎上了我能找到的所有疫苗。从微生物的角度看我的血液，会发现一支可怕的疫苗军队，我的胳膊和腿部都注射了天花、伤寒、霍乱、斑疹伤寒和鼠疫病菌的疫苗。这五种疾病都在西北地区流行。

我当时目的地是西安府，这个地名的意思是“西方平安”。西安府是陕西省的省会，从北平向西南方向的火车要跑上两个昼夜，才能到达陇海铁路西端的终点站。我打算从那里向北走，进入位于中国大西北中心的苏区。洛川，一个离西安府大约 150 英里的小镇，标志着红区在陕西的开始。从它往北的地区，除了主要公路两旁的几条狭长地带，以及以后会提到的一些零星地区，都已经染红了。大致来说，陕西红军控制的地方，南至洛川，北至长城，东西两边都以黄河为界限，那条来自西藏的边缘，宽阔浑浊的河流向北流经甘肃和宁夏，在长城北上进入内蒙古的绥远，然后，再向东徘徊了许多英里之后，它又转向了南方，穿过长城，形成陕西和山西两省的边界。

这条中国当时最危险的河流的大拐弯地区，也就是苏维埃所活动的——陕西北部、甘肃东北部和宁夏东南部。这个地区几乎与中国诞生地的原始疆域相一致，这真是有趣的历史巧合。几千年前，中国人就在这里形成并统一了自己的民族。

那天早晨，我注意地观察了一下我的旅伴，对面坐着一个年轻人和一个蓄着一撮花白胡子，五官端正的老人，他们俩喝着浓茶。过了一会儿，其中的青年和我聊起天来。他刚开始还有些拘谨客气，很快大家就不免聊起了政治。我知道了他妻子的叔叔在铁路系统任职，因而这趟旅行他带了通行证。他这趟旅行准备回到阔别七年的四川老家，但他还不太确定自己是否能平安到家，毕竟他听消息说，家乡附近有土匪在活动。

“你说红军？”

“哦，不，不是红军，四川也有红军，但我说的不是他们，我是说土匪。”

“但他们不是一回事吗？”我好奇地问。“报纸总是称他们为赤匪或共匪。”

“啊，但是，你得知道，南京政府让报纸怎么写，报纸就怎么写，”他解释说，“要是报社不说他们是土匪，而说他们是共产党，那报社自己就危险了。”

“但是在四川，人们不是像害怕土匪一样的害怕红军？”

“嗯，这事儿看情况。富人害怕他们，地主、官员和税吏都害怕他们。但是农民们并不害怕，有时他们欢迎他们。”青年有些不安地看了老人一眼，老人悠闲地坐在那里，似乎在听我们聊天，又似乎在出神。“你想想，”他接着说，“农民们没什么见识，不明白红军只是利用他们，他们认为红军说到做到。”

“那红军到底有没有说到做到呢？”

“我父亲写信告诉我，他们确实废除了松潘的高利贷和鸦片，并重新分配了那里的土地。所以你看，他们不完全是土匪。他们有原则。但他们是坏人，他们杀了太多的人。”

这时，花白胡子的老人出乎意料地抬起那张温和的脸，平心静气地说了一句相当惊人的话。“杀不够！”他说，“他们杀得还不够！”我们都目瞪口呆地看着他。

不凑巧的是，火车快到郑州了，我要在那里换乘陇海路的车，因此不得不中断了讨论。但从那以后，我就一直想知道，这位看上去儒雅谦和的老先生到底有什么决定性的证据来支撑他那惊世骇俗的论点呢？第二天，当火车在河南和陕西层层叠叠的黄土丘陵中缓慢地爬行——这次的火车倒是崭新又舒适——并最终开进西安的气派火车站时，我一直在想这件事。

我刚到不久，就去拜访陕西省绥靖公署主任杨虎城将军。在一两年前，红军还没有控制陕西的那些地区时，这人算是个说一不二的土皇帝。他当过土匪，并通过这条对于许多才俊豪杰都走过的路而获得了极大权势，当然，走这条路也让他发了大财。但是最近他不得不把他的权力分给同在西北的其他几位先生了。因为在1935年，曾经是满洲统治者的“少帅”张学良把他的东北军带到了陕西，并在西安府就任为这些地方的围剿红军的最高长官——全国剿匪总部副司令。这位手握兵权的少帅还缺一个监视者，因而蒋介石总司令将他的助手，陕西省主席邵力子也派了过来。

在他们背后牵线的是令人敬畏的蒋总司令本人，他希望在这些人物和其他一些政治人物之间，维持住一个微妙的权力平衡。不仅如此，他希望把他的独裁统治扩大到西北地区，他要肃清苏维埃民主，还要消灭掉老杨和小张的军队，利用不同派系和不同关系的角色互相残杀——这是一出精彩的政治军事的三幕表演——蒋介石显然认为这种计谋只有他自己玩得转，而正是这个自信的错误——急于求成，矜持自负——几个月后，蒋介石被关进了西安府，成了阶下囚，只能听任这三方发落。

我在一栋新竣工的，造价五万元的石质宅第里拜访了杨将军。他身边没有妻子的陪伴，单身住在这个修建了许多带拱顶的阔气卧室的绥靖公署主任官邸内。杨虎城和这个过渡时期的许多中国人一样，背负着家庭带来的，两个妻子的麻烦。他的发妻是在蒲城时奉父母之命娶回来的小脚女人，第二位妻子跟蒋介石的夫人一样，是一位勇敢又活泼的美丽女性，她是个现代的、进步的、前共产党员，而且还为他生育了五个孩子。根据传教士们的说法，当这栋官邸建成时，两位太太都认为自己为他生儿育女，有资格住进宅第内，做他的合法妻子，但只要对方在，她们也都不肯住进去，她们彼此憎恨，并且认为这对他而言是最基本的要求。

在外人看来，处理方法很简单：和一位太太离婚，或者再娶第三位太太，这都算是显而易见的解决办法。但是杨将军还没有下定决心处理两位太太的问题，所以他不得不继续单身汉生活。这种处境在现代中国并不稀奇，蒋介石在娶宋美龄时也遇到过类似的问题。蒋介石最终给资“解决”了两位老式太太。这个决定得到了传教士的高度赞许，他们从那时起就一直为他的灵魂祈祷。然而，这种从西方社会传来的新思想新规矩，仍然让许多中国人皱眉头。平民出身老杨大概关心的也是祖先的传统，而不是如何处理自己的灵魂归宿。

我们不能认为杨虎城早年的草莽经历让他没资格当领袖，这种设想在中国是不切实际的，因为在中国，一位俊杰在青年时期落草为寇，往往表明他是一个性格坚强、意志坚定的人。回顾中国历史，就会发现中国许多仁人志士曾一度被贴上了土匪的标签。而另一方面，许多恶贯满盈的无赖、流氓、汉奸反而能依靠正人君子、鸿儒博生、甚至是受命于天的重重掩饰，爬上权力的宝座——尽管他们还是得去利用那些土匪强盗的助力才能达成目标，当然，今天也是如此。

杨将军那些革命历史，让人觉得他只是一个曾有过改变世界的伟大梦想，但掌权后却寻不到什么好方法，并且慢慢在周围门客谋士们的建议之中，变得疲惫和困惑的粗壮农民。反正即使他做过改变世界的梦，他也不会告诉我。他拒绝同我讨论政治问题，并且有礼貌地委派秘书带我参观这座城市。在我见他的时候，他还患有严重的头痛和关节炎，因此我不准备在他陷入各种麻烦的时候，还要去问他恼人的问题，我可不是这样的人。相反，在他进退两难的时候，我还颇为同情他。因此，在与他简短的面谈之后，我识趣地离开了，打算向尊敬的邵力子省主席寻求答案。

邵主席在他那座宽阔的官邸花园里接待了我，经历过西安的炎炎烈日与尘土飞扬的街道后，这座花园格外的凉爽清幽。我上次见到他是在六年前，当时他是蒋介石的私人秘书，协助我采访了蒋介石。那时他在国民党中迅速崛起，他是个有才能的人，受过良好的教育，总司令现在授予他陕西省省主席的职务。但是像许多其他的文官一样，他统治的地方超不出省会城市那座灰色的城墙，可怜的邵力子省长，城墙以外的土地被杨将军和张少帅分割了。

邵力子本人曾是一名“共匪”，他是中国共产党的创始者之一。在那个年代，成为一名共产党员可是很时髦的，除了许多聪明好学的青年加入了共产党之外，其实大家也不太了解这到底意味着什么。不过1927年以后，加入共产党意味着什么可就很明确了，这是件掉脑袋的事。邵力子退了党，成为一名虔诚的佛教徒，在那之后他再也没有表现出异端邪说的迹象。

“红军的近况如何？”我问他。

“所剩的寥寥无几，那些在陕西的只是残余。”

“战事还在继续？”我问。

“不，目前陕北没什么战斗了。红军正转到宁夏和甘肃。他们似乎想与外蒙古建立联系。”

他把话题转到西南局势，那里的起义将领正在要求抗日。我问他是否认为中国应该同日本打仗。“我们能打吗？”他反问了我。然后，这位信佛的省主席把他对日本的看法原原本本地告诉了我——但不让我发表，就像每一个国民党官员都会告诉我他对日本的看法一样——就是不能发表。

这次采访后几个月，可怜的邵力子就因为抗日这个问题陷入了麻烦中，张学良少帅麾下的一些激进反叛的年轻人不再接受“也许有一天”这样的答案，他们不打算讲道理了。还有邵力子那位丰腴的，从莫斯科读书回来，据说也是前共产党员的太太，被某些反叛分子逼得反抗逮捕。

在我们的谈话中，邵力子没有透露出这一切的预兆，而且，在我们交换了意见，并接近达成一致后，我认为是时候离开了。我已经从邵力子那里得到了我想知道的东西。他证实了我在北京的熟人所说的，陕北的战斗已经暂时停止了。因此，如果安排得当，应该是可以上前线的。

汉代青铜器

在我到达西安府大约六个月后，西北的危机以一种谁也没有预料到的方式爆发了，此时整个世界才戏剧性地意识到，少帅张学良所率领的大军与他以“剿共”军副总司令身份所奉命消灭的“匪军”竟令人吃惊地结盟了。但是在1936年6月，外界对这些奇怪的事态发展仍然一无所知，甚至蒋介石自己那些控制了西安府警察的蓝衣社宪兵总部里，也没有人知道未来会发生什么事。大约300名共产党员被关押在这座城市的监狱里，而蓝衣社还在寻找更多的共产党员，极度紧张的气氛占上风。到处都是特务和对方的特务。

但是没有必要再去遮掩激动人心的日子里发生的事情，因为这已经不再是不得已才被我知道的秘密，因此我可以将它报道出来了。

在我到西安以前，从来没有见过一个红军战士。在北京用隐形墨水替我写了一封交给毛泽东的信的人，我知道，是红军的指挥员。但我没有看见他，这封信是通过第三者，一位老朋友寄给我的。不过，除了这封信以外，我还有个机会，在西北找到一个线人。我被安排去西安府一家旅馆，在那里订了一个房间，然后等一位自称姓王的先生来拜访。除了他会安排我乘坐张学良的私人飞机去红区外，我对接下来发生的事情一无所知。

我在旅馆里住了几天，终于等到一个身材魁梧、健壮威严，有些圆滚滚的中国人，他穿了件灰色的绸大褂，穿过敞开的房门向我走了过来，并且用流利的英语跟我打了声招呼。他看上去像个富商，但他自我介绍说姓王，并且提到了我那位北京朋友的名字，而后证明了他就是我要找的人。

在接下来的一周，我发现只为了王这一个人，我这趟西安之旅也很值得了。我每天花四五个小时听他讲故事和回忆，听他严肃地讲解中国的政治形势。他是个出人意料的人，他在上海的一所教会学校接受教育，被认为是基督教徒，甚至曾经有自己的教堂，我后来还知道，他在共产党中被称为王牧师[①]。像上海许多混得风生水起的基督教徒一样，他也是青帮的一员，他认识从蒋介石（也曾加入青帮）到青帮的首领杜月笙之间的每一个人。他曾经是国民党的高官，但现在我还不能透露他的真实姓名。

王牧师离开教会和官场已经有一段时间了，这段时间以来，他一直同共产党合作，具体多长时间我不清楚。他成了一位秘密的非官方的使节，在军阀与官员中间游说，他试图说服那些人理解和支持共产党的“抗日民族统一战线”的建议。至少在张学良身上，他是成功的。这里有必要提供一些背景，才能讲清楚当时已经达成的秘密谅解的基础是什么。

直到1931年，张学良还是一个具有现代思想，慷慨开明，

---

①王牧师：真名为董健吾。——译者注

能打高尔夫球，同时又喜好赌博和吸毒的军阀独裁者，他统治着满洲的土地，以及生活在上面的三千万人民。南京的国民党政府承认了他从他那土匪出身的父亲张作霖处继承而来的名头，甚至还加封他中国军队副总司令的头衔。1931 年 9 月，日本侵入东北，张学良的运气开始变坏了。当侵略战争开始时，年轻的少帅在长城以南的北京协和医院治疗伤寒，他不足以独自应对这场危机，因而不得不依靠南京，倚着他歃血为盟的“大哥”——蒋介石。但是蒋介石不想同时和日本以及红军两线作战，他为了避免打仗，只会向国际联盟求助。张学良听从了蒋介石的劝告和南京的命令，因此，他失去了他的故土，他那不断撤退的军队几乎没有抵抗。少帅的巨大牺牲使蒋介石得以在南京维持他那摇摇欲坠的政权，并有余力开始新一场针对红军的围剿。

这就是在中国被称为东北军的满洲军队转移来的原委。同样的事情也发生在日本入侵热河的时候，当时张学良不在医院，其实他应该住院——南京既不提供支援，也不做任何抗战准备。为了避免战争，总司令准备舍弃掉热河，事实上，他真就这么做了。为了安抚群情激愤的国人，不管张学良还是蒋介石，总归要有人来当替罪羊，辞职下台背负骂名。张学良背起了黑锅，鞠躬下台，去欧洲“考察”了一年。

张学良在欧洲期间最重要的事，不是见到墨索里尼和希特勒，也不是见到麦克唐纳[①]，而是几年来第一次治愈吸毒的恶习，恢复健康。几年前，他和许多中国将领一样，在战争间隙吸食鸦片放松。要改掉这个习惯并不容易，他的医生向他保证可以

①麦克唐纳：英国工党当时的领袖（1866～1937）。——译者注

通过注射治愈。他因而摆脱了对鸦片的渴望，但治疗结束后，他染上了吗啡瘾。

当我 1929 年在沈阳第一次见到张学良的时候，他是世界上最年轻的独裁者，而且当时他的气色还算不错的。他瘦骨嶙峋，脸色相当憔悴，一副黄疸病的样子，但他思维敏捷，精神仍然充满活力。他公开自己的反日倾向，渴望创造一个把日本从中国赶走，实现满洲现代化的奇迹。然而几年后，他的身体状况就更加恶化了。他在北京的一位医生告诉我，他每天在“药”上就要花 200 元——理论上可以逐渐减少用量的吗啡特制品。

但是在上海，就在他去欧洲之前，张学良开始戒除毒瘾。当他在 1934 年回到中国时，他的朋友们惊喜不已：他的体重和肌肉都增加了，脸色红润，似乎年轻了十岁，人们从他身上看到了年轻时那位杰出领袖的影子。他一向具有敏捷现实的头脑，现在他得以展现自己的才华。在汉口，他重掌了东北军，此时东北军已调到华中与红军作战。尽管他过去犯过错，但此时他的军队依旧饱含热情地欢迎他回来，这是他人望之高的体现。

张学良开始了全新的作息，从清晨六点起床开始：艰苦锻炼、操练军队、学习知识、粗茶淡饭。他简朴的生活习惯，以及与底层官兵直接接触，让一支新的东北军开始出现。曾经怀疑过他的决心的人逐渐相信，少帅重新成为一个可靠的领袖，他开始认真对待他回来时许下的誓言：他的一生将致力于收回故土，为他的人民洗清耻辱。

与此同时，张学良并没有对蒋介石失去信心。在他们交往中，少帅对这个兄长始终忠心耿耿，他数次救兄长于危难水火中，忠诚从未动摇。他相信兄长的见识与诚意，并充满信心。当蒋介石声称自己将会收复满洲，决不会再未经抵抗就让出领土时，张学良认真相信了他全部的敷衍之词。1935 年，日本军国主义者继续侵略中国，建立了冀东傀儡政权，吞并了察哈尔的一部分，提出了分裂华北的要求，而南京政府默许并忍让了一部分要求。在少帅的队伍里，官兵们渐有了怨言，他们被调往西北，在不得不继续同红军内战，而日本侵略者未受一枪一炮的抵抗就能占领中国的土地时，这种不满与日俱增。

经过几个月在南方与红军的战斗后，少帅和他的一些军官有了几个重要的认识：他们所打的“土匪”，实际上是由既有才华，又保持同样抗日爱国之心的指挥员所领导的，“剿共”还要继续好几年，而在此期间他们无法一边同红军打仗，一边抗日，他们只能在这种与自己毫不相干的战事中消耗兵力，直至被“消化”掉。

然而，在张学良将大本营搬到西北的最初几个月，他还是积极地对红军发动了许多场战争，一段时间内，他取得了一些成功，但在 1935 年 10 月和 11 月，东北军吃了几场败仗，据报道，东北军损失了两个整编师(一〇一师和一〇九师)，另一个师(一一〇师)也遭受了重创。成千上万的东北军士兵“投奔”了红军。许多军官也被俘虏，并在关押期间不得不接受了“抗日教育”。

当那些军官被释放回西安后，他们给那位年轻的少帅带回了有关苏区士气和组织的报告，特别是红军想要停止内战、用和平民主的方法统一中国、团结起来反对日本帝国主义的诚意，这让张学良印象深刻，而更令他吃惊的是，他的部队报告说，全军上下都反对同红军作战，红军的口号是：“中国人不打中国人”和“一起打回老家去！”——感染了整个东北军官兵的情绪。

与此同时，张学良本人也深受“左倾”影响，东北大学的许多学生来到西安，在他手下工作，其中就有一些共产党员。1935年12月，日本在北京提出要求后，他传话到东北去，告诉那些学生，不管他们的政治信仰如何，只要他们是抗日者，就可以来西安避难。当中国其他地方的宣传抗日的人被南京逮捕时，在陕西的人却得到了鼓励和保护。张学良的一些年轻军官也受到了学生的很大影响，当被俘军官从红区回来，报告说那里的公开的抗日群众组织正在蓬勃发展，并描述了红军在人民中的爱国宣传，张学良开始越来越频繁地认为红军是天然的盟友，而不是敌人。

1936年初，王牧师告诉我，他有一天拜访了张学良，并且开诚布公：“我是来借你的飞机去红区的。”

张学良跳了起来，大惊失色，“你说什么？你竟敢提这样的要求？你不知道你会被枪毙吗？”

王牧师详细地解释了许久，他和共产党有密切联系，知道许多张学良应该知道的事情。他谈了他们的政策变化，谈了中国团结抗日的必要性，谈了红军为了让南京抗日而乐于作出重大让步的意愿，红军意识到他们单方面无法让这项政策实现，因而他建议，他想安排张学良和某些共产党领导人就这些问题进行进一步的讨论。关于这些话，张学良惊讶之后，就开始留心的听进去了。一段时间以来，他一直认为他可以利用红军，他们显然也相信可以利用他。这挺好，也许他们可以在结束内战和团结抗日的共同基础上互相利用。

最后，王牧师终究是坐了少帅的私人飞机到陕北延安去了。他去了苏维埃中国，还带回来一个谈判方案。又过了不久，张学良亲自飞到延安，会见了周恩来，经过长时间的详细讨论，据王牧师说，他相信红军是真诚的，他们的统一战线的建议确实可行。

东北军与共产党之间协议的第一项是停止陕西境内的战事，在不通知对方的前提下，任何一方不能调动兵力，同时红军还派了几名代表去西安，他们穿上了东北军的制服，加入了张学良的队伍，并帮助他调整了军队的政治训练方法。他们在王曲镇开办了一所新学校，张学良的下级军官在那里接受了政治、经济、社会科学的强化课程，以及学习了日本如何征服满洲，中国又因此失去了什么的详细统计知识。成百上千的激进派学生涌向西安，进入另一所抗日政治训练学校，少帅本人也会经常去那里演讲。东北军采纳了苏俄和中国红军使用的政委制度，一些从满洲时代跟随来的老年高官被撤下去了，取代他们的是张学良亲自提拔的一些富有朝气的激进青年军官，少帅建设新军队的支柱变成了他们。许多在少帅“花花公子”时期围绕身边的弄臣、马屁精也逐渐被东北大学富有热情的学生们所取代。

这些改革都是在严格保密的前提下进行的。虽然东北军已不再与红军作战，但在陕晋交界处、甘肃和宁夏边境线上仍有南京军队，这些地区的战斗仍在继续。张学良和共产党的实际关系被封锁得很好，没有传到报社的耳朵里，蒋介石派到西安的特务感受到有什么事情在酝酿，但对真相，他们知道得很少。偶尔会有卡车载着共产党乘客抵达西安，但你看不出来，他们都穿着东北军的制服。其他卡车偶尔从西安驶往红区，同样也没有引起怀疑，它们和任何其他往前线开的东北军卡车一样。

在我准备出发时，王牧师告诉我，就坐这么个卡车吧，我得自己这么去前线了。乘飞机出行的计划告吹了，因为对少帅的美国飞行员来说，把一个外国人丢上前线不带回来，他很可能会嘴快泄露秘密，风险可就大了。

某天清晨，王牧师拜访我，带我去西安城外的汉朝古城遗址游玩一圈，他还带了个东北军军官，反正至少是个穿着东北军军官制服的青年。当我走出旅馆，一辆拉着帘子的车子在门前面等着我们，我上车的时候，看到车里坐着个戴着墨镜、穿着国民党官员中山装的人。我们驱车前往汉朝的皇宫遗址，在一片丘陵上，汉朝最有名的君王，汉武帝曾经坐在他的宫殿里，君临天下。至今你还能在这里捡到两千多年前的汉瓦，尽管它们已经成了碎片。

王牧师和东北军的军官聊了两句，就走远开始了他们的交谈。而那位国民党官员，在我们尘土飞扬的长途旅行中，一直坐在那里一言不发，他走到我跟前，摘下他的墨镜和白帽。他很年轻，浓密又有光泽的黑发下，一双炯炯有神的眼睛正对着我。他那古铜色的脸上露出调皮的笑容，只要看一眼他，就会注意到那身制服只是伪装，因为他很明显是一个善于户外活动的人，而非长年坐在办公室里的官僚。他中等身材，看上去并不强壮，所以当他走近我，突然用铁钳一般有力的手抓住我的胳膊时，我大吃了一惊。后来我才渐渐注意到，在那套僵硬而刻板的制服下面，他的一举一动都带着猎豹般的优雅。

他将脸凑近我，咧嘴一笑，用他那双锐利的、如同燃烧火焰般的眼睛盯着我，把我的两条胳膊紧紧地握在那铁钳般的双手里，然后摇着头，滑稽地噘了噘嘴，又眨了眨眼睛，“看看我！”他像一个有秘密的孩子那样高兴地低声说，“看看我！看看我！你认得我吗？”

我不知道该怎么办了，他滔滔不绝地说着什么，他的兴奋感染了我，可我觉得我很尴尬，因为我讲不出什么话。我认识他吗？我这辈子从没见过像他这样的中国人！我抱歉地摇摇头。

他从我的手臂上松开一只手，用手指着他的胸膛：“我还以为你在什么地方见过我的照片呢，”他说，“我是邓发，”他说——“邓发！”他向后一仰，等待着我的反应。

邓发？邓发……哦，他是中国共产党秘密警察的头子，而且还有，南京悬赏五万元要他的首级！

邓发透露了自己的身份之后兴高采烈。他按捺不住，觉得自己现下这种情况特别好玩：他，一个大名鼎鼎的“共匪”，生活在敌营之中，对那些四处刺探的特务不屑一顾。他很开心，不断地拥抱我，一个自愿进入“匪”区去的美国人。他把一切都给了我。我想要他的马吗？啊，他的马特别好，是红色中国最好的马！我想不想要他的照片？他收集了很多，都可以给我。我想不想要他的日记？他会带信给仍在苏区的妻子，把这一切以及更多的东西交给我。他后来果然遵守了诺言。

真是个令人意想不到的中国人！真是个令人意想不到的赤匪呀！

邓发是个广东人，出身工人阶级家庭，曾在粤港轮船上当西餐厨师。他还曾经是香港海员大罢工的领导者，被一个不喜欢罢工的英国警察把肋骨打断，胸口受了很重的伤。再然后他就成了共产党员，进了黄埔军校，参加了国民革命，直到 1927 年以后在江西参加了红军。

我们在那个丘陵上站了一个多小时，聊着天，俯视着一座被绿色掩盖的汉朝皇城遗址，这很奇怪，这里既协调，又特别的不符合逻辑，这是我们四个可以安全会面的地方。也是两千多年前，汉朝的开国皇帝从战火中将中国从战国的混乱中解救出来，将民族与地区统一成为一个帝国的地方，从那之后，世世代代的子孙都以“汉”来称呼自己。就是在这里，邓发告诉我谁将护送我去红区，我将如何旅行，我将如何在红色中国生活，并向我保证在那里会受到热烈的欢迎。

“你不担心掉脑袋吗？”我们开车回城里时，我问道。

“不比张学良更怕，”他说，“我和他住在一起。”

穿过红色大门

我们在黎明前离开了西安府，这座曾经固若金汤的高大木头城门拖着铁链发出嘈杂的声音，在我们神奇的军事通行证前慢慢敞开。黎明前的半明半暗中，大型军用卡车隆隆驶过机场，每天都有飞机从那里起飞，去红军防线上空进行侦查与轰炸。

对一个中国游客来说，从西安府向北走的每一里路，都会勾起他对本民族丰富多彩的历史的回忆。中国最近发生的历史性的变化——共产主义运动——选择在这个地方决定未来中国的走向，似乎非常恰当。一个小时后，我们就乘船渡过了渭河。

在这条肥沃的河域里，孔子的祖先开启了他们的稻米文化，并形成了至今仍是中国农村民间神话的那种传统力量。快到中午的时候，我们到了宗蒲县。大约 2200 年前，就是在这座战火纷起的城市附近，第一个“统一”中国的伟大人物——秦始皇诞生了。这位威严而令人敬畏的君王首先把他的国家所有古老的边墙连接起来，形成了今天地球上最宏伟的砖石建筑——万里长城。

在新修的汽车公路上，罂粟高昂着头，摇摆着肿胀的脑袋，等待被收割。这条路上已经布满了车辙与浅沟，连我们那辆 6 吨重的道奇卡车有时也难以通行。陕西一直以来都是著名的鸦片大省。在几年前造成 300 万人死亡的西北大饥荒期间，美国红十字会的调查人员将造成这场惨剧的最大原因归咎于罂粟的种植，罂粟是贪婪的军阀强迫农民种植的。最好的土地都种上了罂粟，因此一旦遇到干旱年代，西北的主要粮食作物小米、小麦、玉米都会面临严重短缺。

我在洛川一间肮脏茅屋的土炕[①]上过了一夜，隔壁住着猪和驴，我这里还住着老鼠，我估计我们都睡得不怎么样。第二天早晨出城走了几英里，就看到黄土梯田越走越高，越走越壮观，地势发生了古怪的变化。

雨量充沛的时候，这些分布在甘肃、陕西、宁夏、山西等省大部分地区的奇妙的黄土非常肥沃，因为黄土提供了几十英尺深的，取之不尽的多孔表土层。地质学家认为，黄土是几个世纪前由中亚细亚刮起的大风从蒙古、西方吹来的有机物。从本质上讲，其结果是形成了无数种森然又美丽的形状——山丘

①中国房屋中用土砌的平台，一头有灶，下面像迷宫一样有弯弯曲曲的烟道，可以把土炕烧暖和。

有时像宏伟的城堡，有时又像成排的猛犸，有时像精致的圆形烤饼，像被巨掌撕裂的山脉，留下愤怒手指的印记。那种奇妙的，不可思议的模样，像被疯狂的神明所塑造出来的可怕世界，又像超现实主义者眼中最为美丽的世界。

虽然耕地无处不在，但我们很少能看到房屋，农民们都藏在那些黄土丘陵挖出来的房子里。几个世纪以来，在整个西北地区，人们住在从坚硬的、灰褐色的山壁里挖出来的房子里——窑洞，中国人称之为“窑洞”，不过它们并不是西方意义上的洞穴。这种窑洞夏天凉爽，冬天暖和，很容易建造和清洁。即使是最富有的地主也常常在山里挖窑洞。那种窑洞有许多房间，装饰华丽，有铺着石头的地板，天花板很高，从土墙上打开的米色窗户里透着亮光，门洞处还镶着厚实的黑漆大门。

在离洛川不远的路上，有一位年轻的东北军军官坐在我旁边与我聊天，他指着那样一个“窑洞村”，离公路不算远，大概也就一英里左右，就在一条深深的峡谷的对面。

“那是红军，”他透露说，“几个星期前，我们的一支小队被派去那里买小米，村民一斤也不肯卖我们。当兵的笨蛋就强抢了些。等他们想走的时候，村民们开枪了。”他挥动双臂，摆出一条弧线，将公路两旁的一切包括在里面，那里是国民党军队驻守的堡垒，以及机枪阵地。“赤匪，”他说，“那边全是赤匪的地盘了。”

我怀着更强烈的兴趣注视着他指的方向，因为几小时内，我就要踏进那一望无际的无名山峦和那片高地了。

在路上，我们经过了一〇五师的一些部队，都是东北人，正从延安返回洛川。他们精瘦健壮，年纪很轻，大多数都比一般的中国士兵要高。在路边的一家小客栈里，我们停下来喝茶，我在几个正在休息的人旁边坐下。他们刚从陕西北部的瓦窑堡回来，那里曾与红军发生过遭遇战。我无意中听到他们之间的零星谈话，他们在谈论红军。

“他们吃得比我们好多了。”一个人说。

“是的——吃老百姓[①]的肉！”另一个人回答道。

“那不是事儿，只是几个地主，我看还挺好的。我们去瓦窑堡打仗，地主倒是感谢我们了！然后呢？我们干吗要为那些有钱人送命？”

“他们说，现在有三千多东北军都加入他们了……”

“他们在理呀，除了日本人之外，我们也不想和别人打来打去，为什么非要中国人打中国人呢？”

一名军官走了过来，这番有趣的谈话就结束了。军官命令他们继续前进。他们拿起步枪，拖着沉重的脚步沿路走去。没过多久，我们就开车走了。

第二天下午早些时候，我们到达延安，陕北唯一适合车辆通行的道路在长城以南大约400华里[②]的这个地方就算是结束了。这是一座历史名城，在过去的几个世纪里，北方的游牧部落穿过这里入侵中原，成吉思汗的蒙古骑兵也从这里向西安府进军。

延安易守难攻。它坚固的城墙耸立在岩石嶙峋的群山之中，城墙延伸到山顶。现在连上面都新筑了防御工事，远望像蜂窝一样，其中的机枪直对着不远处的红军。这条路和它附近的地区当时被东北军占领，但是延安直到最近才完全被切断联系，红

①字面意思是一百个姓氏，中国口语中泛指普通人。

②华里：华里约等于三分之一英里。

军利用蒋介石对他们的封锁来进行反封锁。

就算是飞机，对于周围的红军也不起什么作用。红军没有高射炮，他们将机枪架在山顶，南京的飞行员因此收敛不少。这也导致了为城内军队运送粮食的飞机不得不飞得极高，大多数的物资就落在了城外的红军口袋里。他们甚至在延安城外开辟了一个市场，将食物再卖给城内的被困居民。连少帅私人飞机的驾驶员也对机关枪颇为胆怯，甚至有个美国飞行员因此辞职。我在西安停留时，还曾见过少帅那架漂亮的波音式私人飞机满身弹孔痕迹，我那时就理解了那位飞行员的心情。

在我到达之前的几个星期，红军对延安[①]的长期包围已经被解除，但在那些饥寒交迫的居民脸上，以及商店内空空的货架，或是紧闭的店门上仍能明显地看到围城的迹象。当时食物匮乏，价格高得吓人。能买到的那点东西也不过是同红军游击队暂时休战的结果。作为不进攻苏区的条件，苏区的农民把粮食和蔬菜卖给饥饿的“剿共”军队。

我有去前线访问的证件，而我的计划是第二天一早离开这座城市，前往“白军”前线，那里的军队目前还在坚守阵地，不准备进攻。再然后，我打算走一条山间小道上的岔路，有人告诉我，走私贩子们经过这条路，将物资运进苏区。

准确说来，正如我所希望的那样，我通过了最后一个岗哨，安全地进入了无人区。我这么说，对于给了我帮助的那些国民党方面的人士会造成些麻烦。不过其实我想说的是，我的经历再次证明，在中国一切皆有可能，只要用中国人的方式去做。到

①延安后来被红军所占领，现在（1937年）已经是红区临时的首都。

了第二天早晨七点钟，我真的已经把国民党最后一支机关枪抛在脑后，走在一条把“红”“白”两区分开的狭长地带上了。

跟我在一起的只有孤零零一个骡夫，这是我雇来的。他要把我那点简单的行李——被褥卷、干粮、两架照相机和二十四卷胶卷——带到第一个红军游击队哨所。我不知道他到底是赤匪还是白匪，但他看起来确实像个土匪。多年来，这片土地一直由这两种颜色的军队轮流控制着，他很可能是非此即彼，或者两者兼而有之。

我们沿着一条弯弯曲曲的小溪走了四个小时，路上一个人影也没看到，准确说根本没有路，就只有湍急的河水在高高的石壁之间奔流，石壁上方就是黄土丘陵。对于解决掉一个过分好奇的洋鬼子来说，这里真的太完美了。而且那个骡夫总是对我的牛皮鞋频频投来羡慕目光，这也让我相当不安。

“到啦！”他在我耳边突然大喊了一声，两边的石壁消失，中间显现出一条狭窄的山谷，里面长满了青翠的小麦苗，“我们到了！”

我松了一口气，往远处望去，只见山坡上有一个黄土村落，炊烟缕缕，从那些细长如手指般，紧贴着峭壁的烟囱里冒出来，缓缓上升。没过几分钟，我们就到达了那里。

一个头戴白色头巾、腰间绑着左轮手枪的年轻农民走了出来，吃惊地望着我，问我是谁，我来这里是想做什么？

“我是美国记者，”我按照王牧师给我的指示说。“我要见贫民会主席。”

他茫然地看着我，回答道：“Hai pa！”

在我以前跟中国人打交道的经验里，“Hai pa”只有一个意思：

“我害怕。”如果他害怕，我心里想，我到底该怎么做？但他的外表与他的话不相符：他态度自然，并不像害怕的样子。他又转向骡夫，问他我是谁。

那个骡夫重复了我的话，又添油加醋几句。我如释重负地看到这位年轻农民的脸色缓和下来了，然后我注意到他其实是一个英俊的年轻人，有着漂亮的古铜色皮肤和洁白的牙齿。他跟中国其他地方那些怯懦的农民不相似。他那双炯炯有神的快活的眼睛里有一种挑战的神色，而且还带着几分吓人的神气。他慢慢地把手从左轮手枪的枪托上移开，笑了。

“我就是你说的那个人，”他说，“我是贫民会主席，进来喝口热茶吧。”

这些山区的农民有他们自己的方言，都是含糊不清的俗语，但他们懂说普通话，他们说的大多数语言，外地人是能听懂的。我又试了几次和主席聊天，他开始理解我的语言，我们之间的沟通取得了良好的进展。不过，在我们谈话时，“Hai pa”会偶尔出现，我一直不清楚他到底害怕什么，等到我最后问清楚，我才明白陕西山区的方言里，“Hai pa”的意思是“不知道”，我对我的发现感到相当满意。

我坐在一个铺了毛毡的炕上，告诉了这位主席更多关于我的信息和计划。这样交谈了一段时间后，他似乎放心了。我想去县政府所在地安塞，我那时以为苏维埃主席毛泽东在那里。他能给我找一个向导和一个骡夫吗？

“当然，当然，”他表示同意，“但你不该大热天赶路。”太阳已经升上了当空，天气十分闷热，我看上去又很疲惫，与此同时，我吃过东西了吗？其实我肚子已经饿得慌了，我不再客套，爽快地接受了这个邀请，和一个“赤匪”一起吃了第一顿饭。我的骡夫急着要回延安，我付了钱，就跟他告别了。这是我与白色世界的最后一次联系，在那之后很长时间我都无法再接触到它，我已经下定决心，进入红区。

我现在处于刘龙火先生还有他那些看起来很强悍的同志的控制下了，后来我才知道那位青年农民叫刘龙火，他们开始从附近的窑洞过来，穿着差不多的衣服，带着同样的武器，好奇地看着我，并且嘲笑了我的怪腔怪调的发音。

刘龙火用烟、酒、茶来招待我，并问了我许多问题。他和他的朋友们对我的相机、我的鞋子、我的羊毛袜、我的棉质短裤的布料都极为好奇，甚至对我卡其布衬衫上的拉链赞叹不已。大家的普遍印象似乎是，不管看上去多么可笑，这套服装显然相当实用。我不知道“共产主义”在实践中对这些人意味着什么，我准备看到我的财产被迅速地“共产”——但我得到的却是外国客人般的待遇。我几乎可以确定，这种严密但还挺愉快的检查目的，只是为了验证他们的想法——洋鬼子真是不可思议。

不到一个小时，主人家就端来一大盘炒鸡蛋，还有蒸卷、小米饭、白菜和一点烤猪肉。主人为饭菜太简单而向我道歉，我则为自己的胃口太大而向他道歉。其实这没啥必要，因为我得飞快地使用我的筷子，才能追上这些贫民会好汉的吃饭速度。

龙火向我保证，安塞离这里“只有几步路”，虽然我还是有点不放心，但除了像他说的那样等待之外，我也没什么办法。当一位年轻的向导在骡夫的陪同下终于出现时，已经是下午四点多了。临走前，我冒昧地向刘先生付了饭钱，但他很不高兴地拒绝了。

“你是我们的外国客人，”他解释说，“你是来找毛主席的。再说，你的钱也没用。”他看了一眼我递给他的钞票，问道：“你没有苏区的钱吗？”我的回答是否定的。他数出了价值一元的苏区纸币说：“在这儿你用这个，你在路上会需要这个的。”

最后我用国民党的一块钱作为交换，他收下了；我再次向他道谢，跟着我的向导和骡夫爬上了前路。

到现在为止，一切都还算顺利，跨过红色大门还挺简单的。我这样对自己说，却不知道在我前面是一场惊险的旅程，这还导致后来传出我被土匪绑架和杀害的谣言。事实上，土匪们——不是红的，是白的——已经在黄土坡那寂静的山壁后面跟着我了。

第二篇

去红都的道路

- 遭白匪追逐
- 造反者
- 贺龙二三事
- 红军旅伴

遭白匪追逐

“打倒剥削扒皮的地主！”

“把军阀赶出家乡！”

“和卖国求荣的汉奸势不两立！”

“民族抗日统一战线需要所有抗日军队！”

“中国革命万岁！”

“中国红军万岁！”

这些巨大的黑字涂满了四处的墙壁，走过这些标语时，多少会让人感觉到有些紧张。在这样的氛围里，我度过了在红区的第一个晚上。

不，我还没有到达安塞，也没有得到红军战士的保护，事情并没有那么顺利，而这一切也在我的意料之中。我们当天来不及到达安塞了，当天色黑下来的时候，我们只能设法为自己找个容身之所。那是一个山峦合抱中的小村落，附近有河湾供村民汲水，站在高处向下看去，能看到不少错落着的石头屋顶，标语就写在土坯墙壁上。一大堆农民和孩子跑出来看我们，总共有五六十个人，小孩子都聚精会神的，他们在好奇什么？我们这个旅队只有可怜的一匹驴子啊。

天色已暗，在这里走夜路极不安全，更何况这里距离安塞还有足足十英里。刘龙火为我安排的那位年轻向导在这里向我告别，他保证，当地贫民会分会主席会继续帮助我，他需要赶回去照料他的家庭——不仅仅是妻儿，家里豢养的牲畜也需要照应，他养的母牛才下仔不久，要保护它们免于狼群侵扰。在我提出付清报酬时，我的向导和骡夫不约而同地一口拒绝了，他们拒绝接受任何报酬，无论是哪种钱。

当地贫民会分会主席比我想象的年轻很多，还是个青年人的模样。皮色黝黑，性格爽朗热情，他一副当地人打扮，赤着脚，蓝布褂子和裤子都洗得褪了色，但依然整洁干净。对于我这样一位客人，他显得礼貌而客气。分会主席派人给我送来了热水和小米粥，并打扫出了村公所的一间客房。我谢绝了住这间有臭味的黑屋子，我请分会主席允许我拆卸下两块门板，与两张板凳拼成一张简单的床，铺上毯子，睡在户外。这是一个繁星闪烁的夜晚，夜空晴朗，微风阵阵，隐约能听到远方传来的淙淙流水声。经历了一整天的长途跋涉，我原本就又困又累，在这样宁静舒适的氛围里，我不一会儿就睡着了。

这一觉就睡到了黎明时分，是分会主席将我摇醒的。我猛地翻身坐起来，吃了一惊，完全清醒过来。

“出什么事了？”我问他。

“附近出现了土匪，你最好早点到安塞去，那样才能保证你的安全。”

我就是来找土匪的——这句话几乎已经到了我的嘴边，最后咽了回去。我慢半拍才理解了他的意思，原来此土匪非彼土匪，分会主席所指的土匪当然不是红军，而是指“白匪”。我点点头，翻身而起收拾行李，不用他再多说一个字。我千辛万苦才进入红区，当然不想在这里被白匪俘虏，那就真成了个笑话了。

在这里我需要解释一下。白匪是指称国民党组织的民团，如同苏维埃的游击队被称赤匪一样。民团实际上是控制农民的一种手段，与保甲制度息息相关(保甲制度并不只是出现于国民党统治，日本人在“满洲国”也普遍实行这一制度)，而组织民团的根本目的不外乎是为了镇压农民起义。

“保甲”又是什么意思呢？“保长甲长”，这就是它的字面含义，实际上则是一种连保制度。保甲制度将每十户农民分成一组，以甲长作为领头人，甲长有责任约束所有村民。如果保甲中的任何一个人行差踏错，不仅甲长会受到追究，就连保甲中的其他人都会受到连累。为了保护自身，保甲中的每个人都会监督彼此。在蒙古人和满洲人最初踏进中国大地时，他们也不约而同地选择了这样的方法约束中国农民。

从历史事件中我们能看到，在防止农民起义的问题上，保甲制度起到了关键性作用。这往往和甲长的身份有关。担任甲长的几乎都是高人一等的，或是家财富裕，或是身处地主阶级，或是以放债、开当铺为生，贫苦农民和他们不在同一条战线上，这些甲长也不会为任何一个不服约束、具有叛逆倾向的农民“担保”。在这样的情况下，失去担保的农民很容易受到追捕，进而由于各种各样编造的罪名被关押起来。

保甲制度不仅仅起到了防止反叛的作用，更重要的是，统治者可以随时随地要求甲长向农民收租要粮，苛捐杂税，勒索讨钱，根本上讲都是搜刮民脂民膏。征收来的钱粮基本用于维持民团，换言之就是维持掌控组织民团的领头人——地主、乡绅的光鲜生活，而农民阶级的命运呢？显然是无人在乎的。事实上，一旦出现抗争维权的农民，乡绅阶级就能轻而易举地利用保甲制度将他毁掉。

因此，红军将民团列为头号敌人，民团是他们首先对付的对手。两者之间的胜负强弱完全是一眼就能看出来的，民团全部依赖于地主的经济支撑，当地主受到红军的冲击后，民团自然而然也就随之溃散了。在这两方的斗争中，我们能够一窥中国阶级战争的真正本质，几十万民团所代表的是地主一方，红军所代表的是佃农债户等大部分工农阶级，当他们发生直接武装冲突时，民团在名义上是两百万反共军队的辅助部队，实际上却完全无法抵挡红军的进攻。

即使在红军和国民党军队正在筹备停战联合抗日的今天，民团对红军游击队依然时不时进行侵扰和袭击。我在经过西安、洛川和延安时，经常能够听到类似的消息。部分地主逃往城市之后，依然在暗中组织白匪进行恶性破坏事件，自然都是趁着红军主力不在苏维埃边区的空档期所活动的，这些白匪对手无寸铁的当地农民烧杀抢夺，将抢得的俘虏和战利品送去白区，以此向白军军官邀功领赏。

民团对当地农民的烧杀抢夺，无疑是为了报复或牟利，事实上他们很快就在红白战争中以破坏性而臭名昭著。假如我在赶路时碰到白匪，讲道理的外交政策多半一点儿也行不通，轻则洗劫一空，重则丢掉性命，只怕都是有可能的。毕竟，独身上路的异国人和他随身的现金、衣服、相机——这点儿行李虽然不多，但对这群盗贼来说，也算是一块具有吸引力的肥肉，他们会放过我吗？我并不敢抱有乐观想法。

分会主席为我准备了热茶和麦饼作为早饭，并且指派了另一个人作为我的向导兼骡夫，出于上述考虑，我们匆匆吃了几口应付了早饭，很快就踏上了旅程。我们沿着河床前进，大约走了一个多钟头，路经不少窑洞村落，听到我们经过时的动静，有负责站岗的孩子走来查问，看家护院的狗朝着我们凶狠地吠叫。我最终到达一个天然巨石围成的水潭边，首次遇到了一名红军战士。

这个青年正在水潭中洗澡，他的同伴只有一匹披着鞍毯的白马，鞍毯呈天蓝色，绣有一颗金色星星。青年听到了我和向导的脚步声，很快从水里跳了出来，穿上衣服。他的打扮也和当地人类似，蓝褂子，白头巾，不同的是头巾上绣有红星，而他腰间的毛瑟枪、枪柄上垂着的红缨绸带也证明了他的身份。青年人警惕地按住了枪，在我们走近后询问来由。好在我的向导很快取出路条，三言两语说明了我们这一行的经过。这位年轻的战士意外地打量着我，他在等我开口。

“我希望能见见毛泽东。”我说，“这就是我来的目的，这里离安塞还有多远？”

“要见毛主席？”他的语调缓慢，“他不在安塞，你搞错了。”他环顾四周，似乎在怀疑我有什么暗藏的同伴，等到他最终确认只有我一个人以后，他的态度才逐渐放松了些。他明显对我感到好奇和好玩儿，笑起来说：“跟我一块儿走吧！我也要去安塞，可以把你送到县政府。”

他走在我身边，牵着他的马，趁着这工夫我赶快详细介绍了自己，同时也适当向他提出了几个问题。据这位年轻的小伙子回答，他姓姚，今年二十二岁，就职于政治保卫局，日常工作包括在附近边境值班巡逻。他加入红军队伍的时间不短，至今已经有六年了。想想吧，在这六年里，他该遇到过多少事啊！

“这匹马以前是跟着张学良少帅的，”他拍了拍身边的白马，“最近在陕北的战争中，我们俘获了一千多匹马。”

我对这个年轻人的印象相当不错，他外表英俊，匀称结实，红星帽下是乌黑的头发，一看就让人觉得靠得住。在僻静的野外山谷里，能遇到这样一位同伴，令我感到放松了不少。我们谈起红军东征山西的事，在那年春天，这件事在北京引起了相当大的轰动，我原原本本将我所知道的告诉了姚，而他则向我叙述了他在“抗日东征”中的经历与感受，红军在短短一个月内发展壮大，足足增加了一万五千人。

安塞位于黄河支流对岸，两小时后，我们就进城了。和我想象中不同，安塞是个小城市，遍布残垣断瓦，人迹稀少。是战争留下的痕迹吗？是劫掠和破坏的证据吗？这样的念头在我脑海中一闪而过，可我很快就发觉这想法是错误的。附近并没有放火的痕迹，这些废墟也不是最近造成的，应该和红军无关。

姚回答了我心里的疑问：“发涝灾时，安塞全城都被大水给冲垮了，大概是十年前的事了。”

安塞的居民放弃了重新垒墙盖屋，他们陆续搬去了城外的窑洞，就像是一只只住在蜂巢里的工蜂。寻访后我们得知，驻扎在安塞的红军支队被派去追击白匪，要想见到县苏维埃的委员，我们必须前往附近的白家坪村庄。姚主动护送我前往白家坪，当天傍晚，我们顺利到达了那里。

仔细算算，我在苏区境内已经度过了一天半的时间，这里的情况和我想象中不同，红军战士很少，老百姓神态自若地忙碌于田间农事，要说现在是战时，实在很不像。我提醒自己，不要轻信表象。在1932年的中日淞沪战争中，我就已经见识过了，即使炮火连天，枪林弹雨，中国农民依然埋头在田垄里劳作，给我留下了深刻印象。因此，当我们即将走进白家坪时，我做足了心理准备，随即就听见前方传来了震耳欲聋的呐喊声。

我抬头看去，那阵凶狠的呐喊声来源于大路上的十几个板着脸的中国农民，他们站在一排营房前，手持武器，大部分人挥舞着长矛短枪，还有几个人端着步枪。看到我这样一个闯过封锁线的外国人，他们会作何反应呢？我不知道迎接我的是什么，可能是来自朋友的拥抱，也可能是来自行刑队的步枪，我只能等待着自己即将到来的命运。

我当时的脸色肯定像是个滑稽的胆小鬼，姚在我身旁哈哈大笑起来，他说："用不着慌！这里有一个红军游击队学校，他们正在训练——与你无关，不用害怕！"

我想起《水浒传》中对封建时代的比武描写，这才恍然大悟，原来中国古代战争的厮杀呐喊一直传到了今天，成为中国游击队的课程。我确信这种战术用来恫吓敌人肯定能事半功倍，毕竟刚刚我自己被作为恫吓对象时，我吓得脊梁骨都发冷。设想一下，当你置身于黑夜中，四周猛然响起游击队的突袭呐喊，换了谁都会受到震慑吧。

姚联系到了一位就职于白家坪的苏维埃工作人员，我们的谈话刚刚开始就被打断了。马蹄声急促响起，来了一位身穿军官制服的青年指挥员，他从马背上一跃而下，好奇地打量着我。通过和他的交谈，我才终于知道我究竟经历了怎样一段不可思议的冒险。

根据对方的自我介绍，他姓卞，是安塞赤卫队的队长。不久之前，他刚刚经历了一场和民团间的遭遇战，敌人足足有一百多个民团，而这场战争居然与我有关。

卞队长说，一名出身于农民家庭的少年先锋队员匆匆赶到了安塞，这孩子跑了好几里路，累得气喘吁吁，第一句话就是报告民团已经侵犯县境，而民团头子是个洋鬼子！——指的是我？我几乎不敢相信。

“我们立刻就做出了相应安排。我领了一队骑兵抄近路上山，一小时后，就能从山上看见白匪了，他们都跟随着你，”他指了指我，“只有两里地，已经很近了。我们派人前后包围，在山谷中发动突袭，俘虏了几个人和几匹马，剩下的人都逃向了边境。”很快，我们就看见了几个安塞赤卫队的队员牵马走进来，不用说，这就是他们刚刚夺来的战利品了。

我不知道该怎么自证清白，不知怎么向他们证明我并不是民团的头子。如果白党在无人区抓住了我，就会将我看作是赤党，而赤党抓住我时，又将我看成是白党，难道这就是我的命运吗？

但是这时候，事情出现了转机。一位留着黑色大胡子的清瘦青年军官走上前来，和蔼地向我打招呼：“Hello？你想找什么人吗？”

令人惊奇的是，他说的是一口流利的英语！

我马上就知道了他的身份，他就是“鼎鼎大名的”周恩来，曾经的教会学校高才生，今天的红军指挥员。他决定了如何接待我的问题。

造反者

我迎着周恩来走了过去，简短谈了几分钟，对他一一说明我的身份和来历。当时已到傍晚，不便长谈，周恩来就在白家坪准备了让我临时过夜的居所，邀请我次日前往附近村庄的司令部。

红军的交通处驻扎在此，我和这里的一部分人员共进晚餐，还见到了十几位宿在白家坪的青年人。他们有的是红军军官，有的就职于红军的游击队学校，有的负责无线电报的发送与接收。这里的晚饭也独具当地特色，炖鸡、白菜、马铃薯、小米，还有不发酵的保麸馒头（在这其中我偏爱马铃薯），可是很快我就感到口渴，正如以往一样，他们的饮品只有热开水，而开水烫得没办法立刻喝。

我试图向附近的孩子寻求帮助，他们穿着尺码偏大的制服和红军八角帽，衣服和帽子对他们来说都太大了，帽舌不时掉下来遮住眼睛，他们侍候我们的晚饭——确切来说，是他们端来了我们的晚饭，并且不高兴地冷冷看着我。可这难不倒我，只用了几分钟，我就设法逗笑了其中一个孩子，这使我对自己有了信心，在他即将走过时，我招呼他：“喂，我想要点儿冷水喝。”

我的要求没有得到回应，那个孩子走过去了，好像根本没听见。几分钟后我再次尝试招呼另一个孩子，同样没有受到理睬。

见到这一幕，戴着厚玻璃近视眼镜的交通处长李克农在旁边笑起来了，他拽了一把我的袖子，纠正我说："不能叫他'喂'，这是不尊重的，可以叫他'小鬼'或者'同志'。这些孩子不是佣仆，而是自愿来帮忙的革命者，是少年先锋队员。他们是我们的同志，未来的红军战士。"

就在这时，少年先锋队员端来了冷水。

我向他道歉："谢谢你，同志！"

"不用谢！"那位未来的红军小战士和我对上了目光，他十分坦然地说，"同志应当互相帮助！"

这样强的个人自尊是不容易在孩子身上见到的，在中国孩子中尤其如此。可是当时的我并不知道，这一切仅仅是个开端，在我深入苏区之后，我还将见识到"红小鬼"们更多了不起的地方。这些脸颊红润的孩子热情洋溢，对中国革命和中国红军满怀激情，他们身上有着青年人特有的勃勃生机，令人惊叹。

第二天一早，就有一位小小的红军战士护送我前往周恩来的司令部。这间小屋除了不怕轰炸以外，没有什么其他特殊之处，很难让人相信这是东路红军司令的住所。在附近许多同样的小屋前，质朴的农民照常做农活儿、拉家常，一点儿没有身处战区的紧张感，和我在其他地方看到的中国农民差不多。这样的情景不由得引起我的思考。红军为什么能够受到农民的欢迎？或许就是因为红军的驻扎丝毫没有破坏农村的原貌，战士们融入农人之中，一点儿都不引人注目，红军的敌人们很难觉察。

周恩来的司令部门前只有一名站岗的哨兵，除此以外没有别人，可是要知道，蒋介石可是悬赏八万元要他的项上人头啊。

我走进这间独特的司令部，摆设简单，打扫得干干净净，唯一说得上是奢侈品的只有土炕上挂着的一顶蚊帐。哨兵报告我的到来，而周恩来就坐在木质小炕桌前伏案看电报，身旁炕头放着两只铁制文件箱，这就是他的工作环境。

“报告上说，你是一位可靠的新闻记者，会对所看到的事情实话实说，对中国人民抱有友善态度，”周恩来说，“对我们来说，这就够了。我们并不会排斥非共产主义者，更不会排斥新闻记者，真正阻止新闻记者来苏区的是国民党，而不是我们。欢迎你如实报道在苏区的见闻，如果有需要帮助的地方，都可以告诉我们。”

这一番话在我的意料之外。我原本以为，即使容许我在苏区行动自由，必然也会在拍照、访谈、搜集材料等方面提出限制。完全不加约束的自由令我感到惊讶和忐忑，太过尽善尽美，难免会让人觉得不安心。

而周恩来提到的那份报告，显然是共产党在西安秘密提交的材料，在上海、汉口、南京、天津等等中国大城市，中国共产党都以无线电进行通讯联系。国民党虽然时常对白区城市内的无线电台进行检查，但对于红区城市里的无线通信，他们却是没办法彻底切断的。周恩来提到，自从他们的无线电通讯部门成立，在防密码破译方面已经有了明显进步，这还要感谢白军，因为红军的无线电通信设备恰恰就是从白军那里缴获的。

周恩来的司令部不远处，就设有他的无线电台。如果没有这个重要的无线电台，他将会和苏区各个重要地方、各个战线失去联络。周恩来还会和驻扎在西南数百英里外的川藏边境的总司令朱德直接通讯。红军方面对无线电通讯相当看重，他们在西北苏区的临时首都保安设立了一所无线电学校，培养了大约九十名无线电工程人才，收听南京、上海和东京的广播，整理信息，将最新消息送进苏区。

周恩来阅读完了手里的电报，将它推在小炕桌一角，其中大部分是红军东线各地驻军的报告，当时他们都驻扎在对面山西省的黄河沿岸。周恩来为我计划了此行旅程，总共九十二天，包括在苏区各个地方进行的各个活动项目，他将这份旅程表递给了我。

“这是我的个人建议，”他说，“如果你愿意根据这份旅程表来进行，一定会收获不少乐趣。当然了，怎样安排旅程仍然是你的自由。”

如果完全按照他的计划，我将会在红区待九十二天，其中一半的日子都要四处跋涉颠簸！这真的是有必要的吗？究竟能得到什么结果呢？我对此保持沉默，但心里其实是不以为然的。后来，我意识到了他才是正确的，我待在红区的时间远远超过了九十二天，最后依然恋恋不舍，我还想了解更多关于这片土地和人民的事。

周恩来帮我安排了前往保安的旅程，他会为我给保安方面发电报打招呼，我次日一早就动身，路上将花费三天时间，而交通方式则是以骑马为主。令我高兴的是，我的同行旅伴将是一批同回临时首都的通讯部队，我将和他们一起见到毛泽东和其他苏区干部。

我听说过许多有关周恩来的传奇事迹，我也清楚他是一位别具一格的红军领袖，因此，和周恩来谈话的同时，我也在好奇地观察着他。他身材清瘦，个子不高，身板儿结实，眼睛明亮深邃，富有激情。他的外表很有些孩子气，这和他一把长长的黑胡子形成了有趣的反差。这份反差同样体现在他的言谈举止之间。周恩来有着明确的领导气质，可他本人的性格似乎又是腼腆羞怯的，这两者合而为一，最终形成了一种特殊的个人魅力，对我颇具吸引力。我们的谈话相当顺利，这主要是因为周恩来有着出色的英语口语能力。他语速较慢，但用词相当精确。当我问及他的语言能力时，他回答说已经有五年不说英语了，这真是让我意外。

在此之前，我对周恩来的了解来源于那场中国“国民革命”，当然这是外国人的说法。而我联系到了一位在1925年到1927年期间的大革命时代与周恩来共事过的国民党人士，以及周恩来以前的同窗，在和他们的谈话中，我知道了许多周恩来的情况，但这都比不上周恩来自己告诉我的更多情况。我意识到他是一个完完全全的知识分子，他的行动、知识、信仰都是统一的，这在中国人当中极其罕见，我对他非常感兴趣，他既是学者，也是革命者。

周恩来的出身是比较显赫的，他的祖父曾担任清朝的重要官职，而父亲是一位受人推崇的教师，他的母亲同样博览群书，不同于普通的妇女，他的母亲对现代文学别有青睐。成长在这样一个富有书香的家庭里，周恩来似乎必然会成为一名知识分子。实际上，周恩来在小小年纪也确实表现出了杰出的文学天赋。但是，特殊的时代决定了他将来的发展方向。社会剧变，民族觉醒，周恩来和他的同龄人无法将眼光局限在书本上。1911年之后，中国新文化运动出现了进一步发展，周恩来决心投身于社会革命，为中华崛起而奋斗。

周恩来在少年时代先后就读于南开中学、南开大学，掌握了高水平的英语能力（这是因为在那时的天津，南开大学是一所得到美国教会支持的学校）。周恩来成绩优秀，连续三年获得南开大学奖学金，直到1919年，他平静的学生生活出现了变化。日本提出“二十一条”要求，不久后袁世凯又企图恢复帝制，全国各地的起义爆发，每一位有良知有血性的中国人都竭力要求国家主权完整、要求人民民主。在1919年爆发的学生运动中，周恩来作为学生领袖，最终被捕入狱。

出狱之后，周恩来从天津前往法国。在巴黎，他深入了解了战后共产主义运动，逐步参与组织中国共产党。周恩来的足迹遍及法国、英国、德国，在他1924年回到中国时，已经成为一名著名的革命组织者。很快，周恩来与孙中山取得了联系，在广州与他见面。孙中山当时同中国共产党、苏俄合作，准备发动国民革命。

在这场政治风云中，周恩来是最年轻的一位领导人。在他被蒋介石任命为黄埔军校秘书时，仅有二十六岁。黄埔军校的头号俄国顾问、即后来的苏联远东红军司令——布留赫尔将军很喜欢这个年轻人，让他做自己的亲信。但是蒋介石却很戒备这个年轻的共产党员，由于周恩来在激进学员中深受拥戴，蒋介石不得不将他任命为黄埔军校的政治部主任，但他内心深处依然对周恩来抱有警惕感。

1925年到1927年的北伐期间，国民党和共产党共同将蒋介石推举为总司令。蒋介石将周恩来分派去上海发展革命工作，目标是协助国民军完成对上海的占领，但主要的俄国顾问都留在了蒋介石身边。当时的周恩来只是个大资产阶级家庭出身的青年，二十八岁，既没有端过枪，也没有和工人阶级进行过深入接触，没有人指导他应该怎么做，也没有任何一本书能给他介绍起义流程，他唯一的伙伴是他的马克思主义理论知识，唯一的支撑是他坚定的革命决心。

在三个月内，共产党组织工人举行了一次声势浩大的总罢工，参与者有六十万人之众，外国帝国主义者在中国过惯了顺风顺水的日子，这还是第一次经历这样巨大的震动，但是起义最终没能得到成功。工人们还不是真正的战士，他们缺乏武装斗争经验，缺乏革命抗争经验，最终导致了失败。革命者们意识到，他们必须重视工人武装核心的必要性。

北洋老军阀并没有看到这一点，他们并没有意识到工人罢工运动背后有着深刻的政治意义，除了逮捕几名领头人以外，这些军阀没对工人们做出什么进一步约束措施。周恩来与著名上海工人领袖形成合作，包括赵世炎、顾顺章、罗亦农等人，共同组织了五万名工人纠察队，将毛瑟枪偷运进法租界，组织两千名干部进行秘密军事训练，很快就培养出了三百名枪手，上海工人掌握了属于他们的武装力量。

对于共产党来说，1927 年 3 月 21 日是重要的一天，总罢工在这一天举行，所有上海工厂停闭，共产党组织了六十万名怀有战斗意志的工人前往革命前线，他们陆续攻占了警察局、兵工厂、警备司令部，取得了最终胜利。五万名工人在武装后正式编成六营革命军，“人民政府”在此刻宣布成立。

这次政变在中国现代史上留下了浓墨重彩的一笔。

几天以后，蒋介石到达上海近郊，根本不需要进一步战斗，就轻松获得了工人军夺取的政权。[①]在蒋介石的心里，他已经将周恩来视为危险的对手，因为这青年既然可以为他送来胜利果实，自然也有能力夺走他的胜利。短短一个月后，蒋介石发动

①外国租界并没有被攻击，国民党只占领了中国人管辖的部分上海。

右派政变，他的枪首先瞄准了周恩来。周恩来再度逃亡，他举起红旗，第三次担任革命领导人。

与周恩来共同组织工人罢工的赵世炎、顾顺章、罗亦农等几十人被捕处决，其中包括中国共产党创建人陈独秀之子陈延年，遭到屠杀的革命者多达五千人。

作为“上海大屠杀”中的幸存者，周恩来先后逃往武汉和南昌，参加组织了著名的八一起义，对中国红军的产生形成了深刻影响，随后他去往汕头，组织红色工人坚守已占领的华南政权，与外国炮舰和地方军阀部队对抗了十天。最后则是去了广州，参与组织了广州公社。

广州公社宣告失败后，针对周恩来的追捕越来越紧，他被迫转入地下活动。1931 年后，他冲破阻碍，成功到达了江西和福建的苏区。最初他担任红军总司令朱德的政委，随后主要领导革命军事委员会，在我见到周恩来时，他依然担任着革命军委会副主席的职务。周恩来有着丰富的革命斗争经验，在他早年辗转南方各地时，他经历过无数次以弱胜强的战争，用步枪、机枪、铁锹对抗轰炸机、坦克与装甲车。新兴的红色政权缺乏武器、缺乏资源、甚至缺乏维持生命的基本衣食，然而就是在这样艰苦的情况下，周恩来展现出了钢铁般坚定的信念，领导红色政权下的人民对抗着资本雄厚的敌方大城市。同样是这样的信念，支撑着他带病长征，突破敌人的重重防线，到达了西北的红色新根据地。

不信奉古代儒家的基本哲学，排斥中庸思想和面子哲学，有着钢铁般的意志力和坚定的信念感，忠于信仰，从不轻言放弃——这一切都是周恩来的精神特点，也是中国红军的精神特点。我设想，拥有类似信念感的人往往有着激进狂热的态度，可是周恩来却并没有展现出这样的气质，我所看到的周恩来始终是沉着冷静、谈吐得体的。

因此，周恩来给我留下了深刻的印象。他理智客观，脚踏实地，一眼就能看到问题的实质。他温文尔雅，言辞平和，与国民党口中“愚昧土匪”“强盗”的共产党人形象截然不同，明明白白形成了特别的反差。

我早就将一般意义上的“赤匪”概念抛之脑后了，尤其在周恩来陪着我走过静谧的乡间小路，穿过农作物成熟的田垄，经过芝麻田、小麦田、玉米田，缓步回到白家坪的时候，他充满了活泼放松的孩子气，就像我身边那个真正的孩子——那位少年老成、神采奕奕的“红小鬼”。周恩来伸手揽着那孩子的肩膀，神色间满怀着对生命的热爱。我仿佛看到了南开大学里那个演戏时饰演女角的青年，他不仅英俊漂亮，身材颀长，还满怀着对未来的期冀。

贺龙二三事

清早六点，我就踏上了前往保安的旅程。与我同路的大约有四十名通讯部队的青年，他们的任务是护送一批保安方面需要的物资。

在这支队伍里，仅有的坐骑属于我、外交部的胡金魁和一位红军指挥员李长林。说是坐骑，可它们所担负的职责又远远超过了坐骑的职责：胡金魁所骑的骡子、李长林骑的驴子都负担着过重的行李，而我胯下骑着的唯一一匹马，实在让我时刻心惊胆战，怀疑它是不是一匹货真价实的马。

这可怜牲口的脊背已经深深佝偻了下去，步履迟缓，所迈出的每一步都伴随着剧烈的颤抖，我实在担心它随时都会就地跌倒咽气，尤其在我们爬上河边悬崖上的狭窄小路时，我更是连大气都不敢出，要是我在它背上稍稍一挪动，或是它迈出的步子没能站稳，我们就将一同跌进怪石林立的山谷，摔得粉身碎骨了。

李长林高高跨坐在他的驴子上，与一堆行李共同颠簸，他哈哈大笑，取笑着我的狼狈模样："你这副马鞍真是不错，同志，可马鞍下面的东西就让人不敢恭维了。"

我无话可答，因为比起其他人，能够骑马已经是格外优厚的待遇。可我实在对这匹可怜的老马满怀疑虑，忍不住抛出问题："我实在想不通，李长林，难道这样的牲口还能上战场吗？红军骑兵怎么能应付得来这样的战友呢？"

"当然不是。这头牲口到了退休的年纪，才只能留在后方。碰到年青壮实的骏马，首先会送往我们前线的骑兵，就算是毛泽东也不能留下它！枪炮、粮食、衣服、马匹、骡子、骆驼、羊……样样都是这样，如果你需要，最好去前线，因为最好的东西都已经送给了我们的红军战士！"

他说的是对的，我在心里暗暗下了决心，一有机会，我就会前往前线。

“但是，李长林，你为什么留在了后方呢？你也到了退休的年纪吗？”

“我？当然不可能！但是前线的革命者很多，好马却有限！”

我赞同他的说法，指挥员李长林确实是一名优秀的革命者，他已经是拥有十年从军经历的老红军，1927 年亲身经历过著名的南昌起义。他不仅有着丰富的革命经验，在讲故事时，同样展现了出类拔萃的才华。我们的旅程不得不穿越曲折山路，时不时要下马步行通过陕西的黄土沟壑，气喘吁吁，口渴难耐，好在能听听李指挥员肚子里数不清的奇闻逸事。在我再三追问时，他有时也会谈谈自己的故事。

李长林今年三十岁出头，在常规的认知里，他还是个年轻人。可是他的经历远远比他的同龄人更加惊心动魄。李长林身上体现出一种独特的品质，那就是紧密团结、无私奋斗，他们不在乎自己的成败，而是将全身心都奉献给了集体目标，与同路的战友共经沉浮患难。在后来的旅途中，我反复在中国革命家身上看到类似的品质。

这样深厚的情感与精神品质为什么能在中国出现呢？这几乎是一件不可能发生的事！对于这个问题，我会在将来慢慢解答。

李长林是湖南人，他以学生的身份参与了中国革命。最初他是国民党人，1927 年政变后，他转而加入了共产党。他曾经做过一段时间的工会组织者，那是在香港受邓发领导的时候，后来辗转来到江西苏区，组织游击队。1925 年时，李长林还留在国民党中，他曾经完成过一项重要的工作，那就是和国民党宣传队设法争取“土匪头子”贺龙，邀请他参与国民党的国民革命。假如我们翻开今天的国民党报纸，会看到他们把贺龙痛骂得狗血淋头，然而在当时，贺龙却是国民党人极力争取的领袖人物。

在赶路间隙，我们坐在溪边树下休息，李长林再度向我谈起了贺龙——“即使在那时，他们那支队伍也不是土匪。贺龙的父亲是哥老会[①]的领导人之一，他继承了他父亲的能力和名望。在湖南，人人都能说得出贺龙年轻时的英勇故事。有一次，贺龙跟随他父亲去同僚府上赴宴，席间他父亲吹嘘起了贺龙的胆识，有个客人想看他出丑，就在桌子底下放了冷枪。而贺龙神态自若，连眼睛都没有眨一下！

“我们见到他时，他已经就任于省军，监管云南到汉口运鸦片的咽喉要道，通过抽烟税维持日常的基本开支，不会侵扰当地老百姓的生活。他治军严明，不允许部下抽烟嫖赌、大吃大喝，而是注重操练演习。贺龙本人不抽大烟，但当时习惯用大烟来招待客人。当我们上门拜访时，他让人取来了烟具，我们就在烟榻上谈论革命。

“我们的宣传队长周逸群是个共产党员，之所以派他带领这次的任务，是因为他父亲是贺龙的长辈。我们与贺龙进行了长时间深谈，他的过往经验只限于军事方面，但他绝不是目光短浅的人，他明白革命的意义。三个星期的深谈之后，经过慎重考虑和反复商讨，贺龙最终同意加入国民党。

“周逸群在他的军队里主持举办了一所训练班，负责授课的大多数都是共产党员。据我们后来了解，这所训练班毕业的学员基本上都成为政治领导人。不仅为贺龙部队输送有生力量，还为第三师培养政治委员。第三师的前任统帅是左路军军长袁祖

---

①哥老会：大型的清代民间秘密团体。在全国农村都设分支。

铭，在他被唐生智的特务暗杀后，贺龙接替了他的职务，将部队扩充为第二十军，成为国民党左派将领张发奎的第四集团军的一部分。”

李长林告诉我，直到 1927 年共产党人发动八一南昌起义后，贺龙才正式加入共产党。唐生智、何键等发起的“农民大屠杀”彻底激怒了他，国民党军阀屠杀共产党人、普通农民、工人、老百姓和普通学生，这使得农民出身的贺龙深感愤怒，他毅然与汪精卫的武汉(国民党)政府划清界限，坚决投向了共产党。

何键目前的职务是南京方面的湖南省主席，李长林说，他的手里沾染过数不清的鲜血，“没人知道他杀了多少人，肯定是数以万计的了”，在诸多反革命将领里，他是最残暴的一个。仅仅在湖南浏阳县这一个地方，仅仅在 1927 年 4 月到 6 月这短短的两个月期间，何键就杀了两万多人，这其中包括无辜农民、学生、工人。何键甚至将屠刀挥向了他的父老乡亲，在他的家乡醴陵县，死去的百姓大约有一万五千人。

不知道李长林是怎么从中逃脱的？我心里这样想着，随即就向他抛出了这个疑问。李长林闻言笑了，他脱掉了自己的蓝布褂子，露出胸膛上一条长长的伤疤——“你看，这就是我付出的代价。”

“贺龙后来怎样了？在南昌起义之后？”

“他们打了场败仗，贺龙和朱德一起转移到了汕头，他不愿意前往内地，就辗转逃往香港、上海，改头换面回到了湖南。

“人们常说贺龙一把菜刀建苏区，这也不是空穴来风。那是 1928 年，贺龙和哥老会的兄弟们筹备起义，撞上了国民党收税的人。当时贺龙手里只有一把菜刀，他就率领兄弟们和这群国民党硬碰硬，夺来了他们的枪支弹药，建立起了他自己的第一支农民军。”

贺龙在哥老会里的本事是出了名的，即使在赤手空拳的情况下，只要贺龙接触到哥老会的弟兄们，他就能组织起一支部队来。他在哥老会中受人推崇，熟悉所有的规定和切口，“死了的人也能被他说动上战场”，贺龙曾经将某地全部哥老会成员都收编入红军，这样的事情还做了不止一次。1935 年，当贺龙带兵撤出湖南苏区时，他们的武装包括四万多支步枪。

贺龙在军中颇得人心。他所统领的红二方面军在去往西北的长征路上受尽了艰难险阻，一部分人死在雪山，一部分人死于饥饿，一部分人死于南京方面投下的炮火，但这些部下始终团结在贺龙周围。这是因为贺龙有着极强的个人感召力，还在中国农村有着特殊的影响力。李长林告诉我，在长征路上，无数穷人主动申请加入贺龙的军队，即使忍饥挨饿，冒着枪林弹雨，也坚持不肯离去。最后，贺龙率领着两万名精疲力竭的生死弟兄到达了西藏东部，与朱德成功会师。经过一段时间的休整，如今他们又踏上行军之路，预计将会在几周后到达甘肃。

“贺龙长什么样子？”我问李长林。

“高高大大，比老虎还威武壮实。他总有五六十岁了，可是一点儿都不显老，爬雪山过草地时，他背着受伤的部下行军。他不计较个人得失，无论是在国民党还是共产党，都生活简朴——只除了马。他喜欢马，有次打仗时，敌军俘获了贺龙的一匹爱马，后来他又亲手夺了回来！

“贺龙性格急躁，但他并不是独断专行的人。他乐于听取他人的建议，也很容易接受批评。从这一点上来说，他是个相当谦虚的人。他严格要求自己，加入共产党后更是如此。他的妻子、他的妹妹也是这样的脾气，她们领导红军作战，在战场上背伤员。”

贺龙看不惯有钱人，这也是出了名的。在何键发动“农民大屠杀”之后，不少出身穷苦的农民不堪忍受压迫，都来投奔贺龙，跟着他反抗地主阶级。那时候红色游击队刚刚开始组建，湖南苏区还没有处在共产党的全面控制之下。贺龙军队所到之处，地主士绅全都闻风丧胆，落荒而逃，即使南京军队在附近驻守也无法使他们安心，因为贺龙用兵一贯是以奇诡出名的。

当时，不少传教士会将红军的情报传给国民党当局。有一次贺龙就逮捕了这样一名瑞士传教士，军事法庭“判”他坐牢十八个月。但是中国红军很快就要开始长征，而这位名叫波斯哈德的牧师还没有结束刑期，贺龙决定带他随军长征，等刑期满了再在途中释放，允许他离开大军前往云南府。后来，有人遇到波斯哈德牧师，当他们询问他对贺龙的看法时，波斯哈德回答：“如果农民都知道共产党的真实模样，他们一定会夹道欢迎他们的。”[①]

不久就到了中午休息的时间，赶路使我们累得一身大汗，路过溪水，就决定下水洗个澡。我们安然浸泡在清凉的溪水中，仰望上方蔚蓝色的晴朗天空，绵羊咩咩叫着从不远处的岸上经过，安宁舒适，令人感到心满意足。

“你结过婚吗？”我忽然问李长林。

他沉默了片刻，随后点了点头。

“我的妻子，”他说，“死在南方，死在国民党手里。”

---

①这是约瑟夫·F. 洛克跟我说的。波斯哈德到云南时曾与他谈话。

随着我和中国共产党人的深入接触，我开始逐渐明白他们身上那种战斗特质的来源，他们不像传统意义上的中国人，他们别具一格。在我后来的旅程中，在我与其他红军旅伴的交往过程中，我还了解到了更多情况。

红军旅伴

说到陕北，它应该可以算得上是我在中国见到的最贫困的地区之一，就像云南的西部地区一样。那里其实并不缺少土地，而是那里的大部分地方缺少真正的土地——至少真正的耕地在那里是稀缺资源。生活在陕西的农民，他们即便是能够有多达一百亩[①]的土地，生活依旧是一贫如洗。在这一带地区，能够称之为地主的人家，至少要有几百亩地，但是按照中国的标准来说，这样的地主其实并不算富有。当然，如果他的土地是在那些肥沃的河谷地区，有条件能够种植水稻等有价值的农作物，这个当然另当别论。

在陕西，大部分的农田基本都是倾斜的，这其中很多都是比较滑的，所以发生山崩是常有的事。农田主要是分布在地缝

①一华亩约等于六分之一英亩。

和小溪之间，所以都呈条状的小块。很多地方的土地看上去挺肥沃的，奈何农田的斜坡太陡，这极大限制了农作物的质和量。陕西很少有真正意义上的山脉，你所能见到的都是大片的断山残垣。在我看来，这样连绵不断的孤丘简直堪比詹姆斯·乔伊斯的长句，甚至比这个更加乏味。欣赏这里的景色，它带给你的效果绝对不亚于毕加索带给你的触目。在阳光的转移变换之下，山丘的光影和颜色在发生着改变，黄昏时，那一大片山巅仿佛紫色的海洋一般，深色的天鹅绒般的褶层像满族的百褶裙一样，一直延伸到那深渊般的沟壑之中。

来到这里第一天以后，我很少骑马，倒不是因为可怜那匹苟延残喘的老马，而是我们一行人都是步行的。这群战士中最年长的当属李长林了，其他人都是比孩子大不了多少的少年。我曾经向他们中的一个绰号叫“老狗”的少年询问他参加红军的原因。

“老狗”的家在南方，他是在福建苏区加入的红军，并随之跋涉了六千英里的长征。国外的很多军事专家都对长征这件事情非常怀疑。但是“老狗”却真真实实地走了这次长征，他如今才 17 岁，看上去就像一个 14 岁的孩子一样。他没有把二万五千里长征当作一回事。他对我说，如果红军还要再次长征二万五千里，他也准备再次走二万五千里。

这个队伍中还有一个外号叫“老表”的孩子，他同样也是从差不多远的江西走来的，此时的他也不过 16 岁。

我问过他们一个问题，“你们喜欢红军吗？”他们听到这句话的时候很奇怪地看着我，似乎我这个问题问得实在有些莫名其妙，因为在他们的眼里，似乎没有人会不喜欢红军。

“我的读书写字都是红军教的！”“老狗”这样说，“别看我才

17 岁，现在我已经能够操纵无线电，还会使用步枪了。红军帮助的都是穷人。”

“仅此而已吗？”

“红军对待我们每一个人都很好，在红军的军营里，我们从来没有挨过打。”“老表”接着说，“红军军营里每个人都是一样的，要是在白区，我们这些穷人只能是地主和国民党的奴隶。在这里，我们打仗都是为了帮助穷人，为了救中国。红军打的是地主、白匪，红军还抗日。这样的红军又会有谁不喜欢呢？”

有一个农村的少年在四川参加的红军，我也问了他为什么要参加红军。从他的口中，我了解到，他的父母都是贫农，家里仅仅只有四亩薄田（不到一英亩），这点耕地根本无法养活他和另外的两个姊妹。红军来到他们村子的时候，赶走了地主，给大家分配了土地，他家同样也分到了地。村子里的每一个农民都非常欢迎红军的到来，用热茶、糖来款待他们。红军剧团还给村里人演了戏，村里的每一个人都很快活。因此他决定参加红军的时候，他的父母并没有因此感到难过，反而为此事感到非常高兴。

还有一个 19 岁的少年，因为他曾在湖南做过铁匠学徒，所以大家给他起了个外号叫“铁老虎”。红军来到他们县里以后，他抛下了一切只是穿着双草鞋、一条裤子就去参军了。他想要与那些虐待徒弟，不让徒弟吃饱饭的师傅打仗；想要同那些压榨剥削他的父母的地主打仗。同样，他也是在为革命打仗，革命的目的就是解放穷人。红军对待人民非常好，从来不会把武器对着百姓，也不会抢夺百姓的东西，跟白军完全不一样。他还给我展示了他参与战斗的纪念——腿上的一条很长的白色伤疤。

另外还有几个少年也是从外地来的，一个来自福建，一个来自浙江，还有几个江西和四川来的。不过他们中的大多数还是陕西和甘肃本地的。别看他们还是孩子一般的模样，有几个已经从少年先锋队里面“毕业”，早就已经是老红军了。他们参加红军的原因有很多，有的是为了抗日，有两个是为了逃脱奴役的生活，还有三个是从国民党军队那边逃跑过来的。不过大多数人参加红军还是因为“红军是革命的军队，是打地主和帝国主义的军队”。

和这些少年谈论完毕以后，我又和他们的一个班长谈话。班长已经是个“大”人了，24 岁。他是 1931 年的时候参加的红军。他家是江西的，那一年他的父母在家被南京的轰炸机炸死，家也被毁了，他因为去了田里逃过一劫，回到家后看到满目疮痍，于是他放下了耙子，告别了妻子加入了共产党。他还有一个兄弟是红军游击队队员，在 1935 年的时候在江西牺牲了。

他们来历是不同的，与普通的中国军队相比，他们才称得上是真正的“全国性”的军队，他们的编制都是根据省份分别编制的。尽管籍贯和方言完全不一样，但是这并不影响他们的团结，他们在日常开一些善意的小玩笑的时候还是会把他们的不同拿出来作为开玩笑的材料。他们之间从来不会真正的吵架，至少在我红区旅行的期间内，从来没有见到过红军战士打过一次架。我认为这在一群年轻人中间是非常突出的。

参加红军的人，他们几乎所有人都遭受过人生的莫大悲剧，但他们并没有就此就沉浸于悲伤之中，或许这是因为他们太年轻的缘故。就我个人来看，他们是非常快活的，可以说，他们是我见到过的第一批真正感到快活的中国无产者。在中国，你最常见的应当是消极的满足，像这帮年轻人这般快活的情感实所罕见。

因为快活是一种高级的情感，快活的人对生存是充满着自信的。

一路上，他们几乎整天都在唱歌，好像歌曲在他们的脑海里无穷无尽一般。他们唱歌不需要他人的指挥，都是自发的，但歌唱得很好。他们其中的一个人只要兴味一上来，或者突然想到了某首歌，就会突然唱起来，然后不管是指挥员或者战士都会跟着唱起来。即便是在夜里，他们也会唱歌，如果唱的是从农民那里学来的新歌，那么农民也会马上拿出家中的陕西琵琶为之伴奏。

当然他们也是一支有纪律的队伍，他们的纪律都是靠自觉遵守的。我们路过山上的一丛野杏树的时候，他们忽然都跑去摘野杏了，很快个个就装满了一口袋，总会有人给我也捎上一把。摘完野杏之后他们又会马上如大风卷过一样迅速地排列好队伍，马不停蹄地上路，把耽误的时间补回来。但是路过私人果园的时候，他们没有一个人去碰里面的任何一枚果子。我们在村子里吃的粮食和蔬菜，他们都会照价付钱。

整段旅途中，我所看见的农民没有对我的红军旅伴流露出任何的不满。有一些农民还非常友善，很向着他们——这大概与最近给农民分配土地以及取消苛捐杂税这一点不无关系。农民们尽管自己的粮食也没余多少，但是它们还是很自愿将自家的一点点吃的卖给我们，而且毫不犹豫地收下了苏区的钱。我们在中午或者傍晚到达一个村子的时候，当地苏维埃的主席立马给我们安排好住宿，并且提供炉灶让我们使用。农村的妇女和她们的女儿自发给我们拉风箱生火是很常见的。她们同红军战士说说笑笑，这对中国的妇女来说，尤其是对陕西的妇女来说，也是非常常见的一种现象。

旅程的最后一天，我们来到了一个青翠的山谷中间的一个村子，并在这里歇脚吃午饭。村里所有的孩子都跑出来，想来见识一下他们从来没有见过的“洋鬼子”。于是我决定考考他们。

我问他们：“什么叫共产党员？”

其中一个十岁左右的孩子说：“共产党员就是会帮助红军打国民党和白匪的人。”

“除了这个呢？”

“他们还帮我们赶走地主，打资本家！”

“那什么又是资本家呢？”这个问题难住了一些孩子，不过其中一个孩子回答道：“资本家就是自己不干活，但是却让别人为他们干活。”这个回答在我看来过于简单化了。我又接着问：

“你们这里有地主和资本家吗？”

“没有！”他们异口同声地说，“地主和资本家都逃跑了！”

“那他们为什么要逃跑？他们在怕什么？”

“当然是怕我们的红军了！”

“我们的”军队，这些孩子说“他”的军队？显然这不是中国，但是如果不是中国，又能是什么国家呢？我还是觉得这一切不可置信。这些到底是谁教给这些孩子的呢？

后来，我看到了红色中国的教科书和遇到圣诞老人徐特立的时候，我终于得到了答案。徐特立曾经在湖南的一所师范学校担任过校长，现在，他是苏维埃教育人民委员。

确切地来说，在当天下午我就见到了他，那是我们这支小小的旅队走下了最后一个山坡，来到红色中国的临时首都之时。

第三篇

在保安

- 苏维埃掌权人物
- 共产党的基本政策
- 论抗日战争
- 悬赏两百万元的首级
- 红军剧社

苏维埃掌权人物

在旅行中，我们时常路过西北地区的许多大小村落，却没怎么见过城镇。这是因为中国西北地区的人们依然以农耕为生，部分地区还以半游牧作为生活方式，这里仅有的工业设施几乎都是由红军一步步建设的。当我骑马登上险峻山顶时，放眼望去，青翠山岭中遥遥能望见砖石垒成的古老城墙，着实让我吃了一惊。[①]

一千多年前，保安是一道铜墙铁壁，牢牢阻挡住了北方游牧民族侵扰中原的铁蹄。直到今天，当我们走近保安附近的隘口，依然能看到昔年战火留下的痕迹。晚霞璀璨，破损的堡垒也沐浴着火红霞光，据说，这条隘口曾经就是蒙古大军大举进入的地方。保安的内城曾经驻扎过边防军，如今则是红军驻守在此。他们建造的坚实砖墙用作外围防御，里面的区域足有一英里见方，这就是今天的保安城。

在这里，我终于见到了共产党的领袖毛泽东，他已经带领军队与国民党交战了十年。值得一提的是，当共产党争取建立

①红军 1936 年 12 月占领陕北的延安，迁都于延安。

统一战线时，他们放弃了“中华工农苏维埃共和国”这一旧名，因此，毛泽东如今担任的职务是“中华人民苏维埃共和国”主席。

由于周恩来事先已经向保安方面发过电报，对于我的到来，没有人感到意外。他们将我作为苏维埃国家的客人来款待，“外交部”给我准备了一间用于办公与休息的小房间。到达保安后，我惊奇地遇到了另一位西方侨民，这就是来自德国的李德同志，他曾任德军高级军官，如今是中国红军中的唯一一位外国顾问。当然，这令希特勒深感不快。有关他的故事，我将会在后文中详细叙述。

很快，我就和毛泽东顺利会面了。乍一看去，他使我想到了林肯。毛泽东瘦削、高挑、略微驼背，黑发留得很长，他的五官独具特点：高鼻梁、高颧骨、目光炯炯。在中国，这样的面容应当会属于一位精明干练的知识分子，我在心里下了这样的定论。可是应当如何证实呢？好几天过去了，我总没有找到机会。等我再次看到他，是在一个黄昏。毛泽东没有戴帽子，边走边比比画画地和两个农民交谈。要不是别人指出，我完全没认出是他。南京愿意为他的首级付出二十五万酬金，轻易和旁人结伴上街实在太危险了，可他一点儿也不在乎。

在后来的日子里，我花了许多时间与毛泽东秉烛夜谈，我询问他的童年生活，询问他的青年岁月，询问他参加国民革命以来的种种经历，询问他与共产主义之间的渊源，询问红军发展壮大的历史，对于以上这些问题，毛泽东详细地回答了我，使我拥有了一份长达两万字的访谈记录。他向我细致讲述了长征至西北的情况，还给我分享了一首他所作的长征旧诗，我们谈到朱德，谈到一位背着铁制文件箱走长征的青年，谈到他所保护的苏维埃政府档案，谈到其他的红军战士。在我们的谈话结束后，我还访问了许多共产党员和士兵，请他们讲讲他们所了解的毛泽东。我想，关于毛泽东，我足可以单独写一本书。

毛泽东的生平是不能用数百字来简单概括的，他出身于农民家庭，不断通过学习充实自我，最终成长为一位革命家，这样的经历实质上是中国一代人的生活缩影，当我们观察中国国情时，就需要观察中国农民、知识分子、革命家的动向。在这本书的后续内容里，我还会详细介绍毛泽东波澜壮阔的人生，但是在此，我需要对一些引人关注的重要问题作出回答。

第一点，毛泽东并不是中国“救星”，在今天的世界，没有人能够凭一己之力成为一个国家的“救星”。但我必须承认，我在毛泽东身上感受到了一种特殊的人格魅力，几乎可以称之为“天命”。他是实实在在地看到了中国人民，深切地理解了中国人民。他知道，中国人民中占据绝大多数的依然是农民，他们出身贫苦，受剥削受压迫，没有得到受教育机会，但他们淳朴、坚定、宽和、勇敢，敢于抗争。毛泽东明白这些人的真正需求，并且真正为了这些人所抗争。如果这些人民团结在一起的力量足够推动中国发展振兴，那么，毛泽东必然会在这时代的浪潮中居于领袖地位。

但是在这里，我并不想对历史谈论过多。我最关注的并不是毛泽东的政治生活，而是他本人。在中国，毛泽东、蒋介石这两人都是鼎鼎大名的人物，但是毛泽东的具体情况几乎不为外界所知，坊间流传的多是些传闻。可以确信，我是第一个远渡重洋接触到他的外国记者。

有关毛泽东本人的离谱消息，最常见的就是他的“死讯”了。

尽管南京方面反复宣称毛泽东已死，宣称朱德已经遭到“击毙”，但是短短几天后，我们又能从新闻里看到他们的活跃身影，其中包括长征。有时候，得到有千里眼的传教士的旁证也并不可靠。实际上，当我和毛泽东谈话的时候，坊间依然流传着一则他的最新死讯呢，可我们都没把它当一回事儿。不过，以下这件事却是明明白白的：毛泽东有着丰富的军事战斗经验，他多次经历险象环生的局面，被国民党方面重赏缉拿，却从没有一次真正受伤过。或许，有关毛泽东的诸多传说，和这一点也多少有些关系吧。

一天晚上，我和毛泽东进行访谈的同时，一名红军医生帮助他完成了一次全面体格检查，并且确认他目前十分健康。这位医生曾经在欧洲深造。毛泽东未曾患肺病或其他绝症，并不是如某些幻想家的谣言那般。[①]和大多数红军指挥员不同，毛泽东有着很重的烟瘾，可他的肺部却相当健康。在我 1937 年访问保安时，毛泽东已经年满四十四岁了。有关毛泽东的烟瘾，我还听到了这样一则小故事：在长征过程中，毛泽东和同有重烟瘾的李德研究了各式各样的常见叶子，目的就是为了寻找能用于吸烟的替代品。

而毛泽东的夫人贺子珍就不及他运气好，她曾经在战事中受过十几次伤，不过基本都是炸弹碎片造成的外伤。贺子珍从前是一名小学教员，如今也是共产党的组织者，在我访问保安期间，她和毛泽东新诞下了一个女儿。据我所知，毛泽东的前妻杨开慧是一位中国著名教授的女儿，为毛泽东生过两个孩子，后来被何键所杀害。

①彼得·弗莱明先生在其《一个人的伴侣》(*One's Company*)一书中就似乎散播着这种谣言。

毛泽东被选为中央苏维埃临时政府主席，是由第二次中华全国苏维埃大会的出席者共同投票决定的，而他们代表着当时生活在红色法律[①]下的九百万左右的人民。我曾经向毛泽东询问过人口数字的来源，他回答，一九三四年，中央苏维埃政府曾经统计过各区最高人口数字：江西苏区人口数字位居最高，达300万人；鄂皖豫苏区次之，达200万人；湘赣鄂苏区、赣湘苏区、浙闽苏区、湘鄂苏区则各有 100 万人。将这个数字与坊间谣言相比，足以让人觉得啼笑皆非，因为传谣者口中的数字高达实际数字的十倍，他们认为中国苏区人民足有八千万。然而我们知道，就算加上红色游击队地区的几百万人口，也远远达不到这个数目。我将这个笑话告诉毛泽东，他笑着说："等我们真的有这么多的人民时，革命就该成功了！"

在今天的中国共产党的影响范围内，毛泽东所代表的意义是无人可以相提并论的，在党内各个组织都能看到他的身影，因为毛泽东在各个组织都担任要职——如革命军事委员会、中央政治局、财政委员会、组织委员会、公共卫生委员会等等。通过参与政治局会议，他将根据具体的党、政、军政策发挥重要影响。不过，尽管毛泽东拥有这样的重要地位，但并没有人对他产生英雄崇拜，至少我没有见过谁将毛泽东奉为神明，没见过谁将他和中国人民等同起来，当然，也没有人不尊敬他，没有人不爱戴他，他确然说得上是中国共产党的领袖人物。

我对毛泽东很感兴趣，在我看来，他是个相当复杂的人。他

---

①参考《中华苏维埃共和国的基本法律》(1934 年伦敦劳伦斯书店出版)。其中包括苏区临时宪法和关于"资产阶级民主革命"阶段的基本目标的说明。又可参考《红色中国：毛泽东主席关于中华苏维埃共和国的发展的报告》(1934 年伦敦)。

继承了中国农民的淳朴天真，甚至有点儿孩子气，时常捕捉生活中的小幽默。他坚定内心信念，但对他人致以宽容，在谈到他自己或苏维埃政府缺陷的时候，他反而会笑起来。他平易近人，节俭度日，生活习惯在有些人看来会显得有些粗俗，但是绝不能因此就忽略他精明老练的一面。

有关这一点，在我初次见到毛泽东时，我就深深地记住了。我很快明白，毛泽东是一名真正的中国知识分子，他熟读中国旧学，也对哲学与历史有着浓厚的兴趣，同时记忆力出众。他擅长演讲与写作，擅长集中精神做某事。尽管他日常生活不拘小节，但是面对工作，他却不会放过任何一丝破绽。他有着一副铁打的身子骨，天生就有卓越的军事与政治才能，他的能力之强，是许多日本人也不得不承认的。

我在保安的居所相当简朴。尽管红军已经在着手修建新建筑了，但短时间内不易完工。不用说我，就连毛泽东夫妇的居所也不过是两间空荡荡的窑洞，房间墙壁上挂着几张地图，唯一奢侈品是一顶蚊帐，除此以外根本没什么值得夸耀的家具。毛泽东幼年时有过不错的物质条件，成年后也经历过更艰苦的处境，因此，对于物质生活和身外财物，他并没有任何要求。尽管做了十年的红军领袖，毛泽东的日常生活也仍然和普通的红军战士相去不远，一卷铺盖，随身衣物，包括两身布制服，这就是他的随身财物。他所穿的制服、佩戴的领章都和红军里的其他人没什么区别，以往那些地主、官僚、税吏的私人财产显然不会和他们有任何瓜葛。

毛泽东的平易近人也是有目共睹的。我们不止一次地共同参加村民和红军学员的群众大会，还一同前往红色剧院看戏，他高高兴兴地坐在观众中间，怡然自乐。有一次我们在抗日剧社看演出，群众异口同声地要求毛泽东和林彪一起唱首歌儿，林彪面红耳赤，请了一位女共产党员“救场”。林彪那时候虽然已经成为红军大学的校长，却还很年轻，仅有二十八岁。

毛泽东在饮食方面也从来不讲究，他是湖南人，嗜辣，不仅爱吃辣菜，还用辣椒夹馒头吃。除了这一点外，他对饮食的要求很低。有一次我们共进晚餐，在餐桌上，毛泽东随性谈起了爱吃辣与革命者之间的联系，支撑这一理论的实例既有他的家乡湖南省，也有西班牙、墨西哥、俄国和法国等国家，但是很快有人提出异议：意大利人同样喜爱吃辣，他们常吃红辣椒和大蒜。毛泽东只得笑着承认这一理论的局限性。红军战士告诉我，毛泽东最喜欢的歌曲是《红辣椒》，这是红军中相当流行的一首歌，歌词讲述的是红辣椒的革命之路，它不满足于当前现状，决定寻找蔬菜生活的意义，并且唤醒了白菜、菠菜、青豆等其他蔬菜，领导了一场轰轰烈烈的革命运动。

毛泽东从来不会自吹自擂，但他也同样重视个人尊严。在必要的时候，毛泽东完全具有一位领导人应有的坚决果断。我的访谈对象之中，有的人曾经见过毛泽东发怒，他们确实会因此感到害怕。我虽然没有见过，却也能想象一二。身为一位领导人物，驾驭情绪应当是一项重要本领。

毛泽东对世界政治同样是心里有数的，在西北苏区，红军办有报纸。即使在长征途中，他们似乎也能够及时通过无线电新闻广播获知外界新闻消息。正是因此，毛泽东对英美及其他欧洲国家的局势相当了解，他熟读世界历史，时常会与我讨论些国际问题，但他提出的许多疑问，我都未必能答得上来。例如，他很想了解英国工党的实际情况，询问我工党目前的具体政策，还与我讨论，英国工人早早就拥有了参政权，为什么至今从未产生过工人的政府，这都是我没办法回答的问题。在我们的谈话中，他对麦克唐纳表示了充分的反感，将麦克唐纳称为“汉奸”——在中国人的语境里，指的是人民的头号叛徒。

除此以外，毛泽东还询问了我有关美国新政和罗斯福外交的具体情况，在谈论过程中，我意识到他对此已有深入思考。他认为罗斯福显然是一名反法西斯主义者，希望中国将来能够与之合作。相反，他对墨索里尼和希特勒表示不以为然。他说这两人都在欺骗群众，墨索里尼是个玩弄权术的小人，没能将才干用在正道上，而希特勒比他更糟糕，是个彻头彻尾的资本家的傀儡。

毛泽东对于印度国情也颇有见地，他认为，印度的真正独立必须建立在土地革命的基础上。他阅读过的印度相关书籍不少，结合书本知识，他向我询问各个印度领袖的具体情况，包括甘地、尼赫鲁、查多巴蒂亚等人。他分析美国的黑人问题与苏联少数民族政策之间的关系。我向他指出，在历史层面与心理层面，这两者都存在差异。即使他并不同意我的观点，仍然愿意了解我的论据。

毛泽东对哲学的兴趣是相当浓厚的，他不仅对马克思主义的哲学家深有研究，还广泛阅读古希腊哲学、斯宾诺莎、康德、歌德、黑格尔、卢梭等人的著作。在我们谈论共产党党史期间，一位客人给他带来了几本哲学新书，毛泽东便提议采访改期——他需要专心阅读这几本哲学书。事实的确如此，往后三四个晚上他潜心读书，对其他事情都不在意了。

对于一名哲学思想家而言，毛泽东在他年轻时就思考过了理想主义的本质，转而成为一名现实主义者。多年来，他始终抱着坚定的自由主义与人道主义信念，因此，对于革命过程中不得不出现的暴力事件，他或许也会有一定的责任感。虽然出身于农民家庭，但毛泽东本人并没有真正受到过来自地主阶级的压迫，当他看待阶级仇恨时，能够从哲学层面客观看待，而不会被仇恨蒙蔽了视线。

我不会认为他是一名宗教信徒，他崇尚理性，尤其在解决现实问题时更是如此。在涉及生死存亡的共产主义运动方面，毛泽东基本秉持着相对温和的态度。在我看来，他的哲学主张是"长期观点"的辩证法，并且以此来指导各项重大行动。在这样的哲学思想内，生死存亡是可商榷的问题。这在中国的领袖人物身上是不常见的，在以往的历史上，我们很难看到类似的情况。

毛泽东的日常工作时间长达十三四个小时，他清晨起床，直到深夜才会休息，而第二天依旧是精神奕奕。对于自己这样惊人的工作精力，毛泽东回答，这是因为他少年时就跟随父亲下地干过农活，还因为他读书时曾经刻意锻炼过自己——他早年就意识到了中国的将来会需要他这种艰苦奋斗的精神，因此经常和朋友们一起前往华南山区，饿着肚子，顶风冒雪，长途跋涉，还时常练习冬泳，在这些时候，他们简直就和斯巴达勇士一样。

对于毛泽东而言，这样的经历不仅能锻炼他的体能，还磨炼了他的心志。有一年夏天，毛泽东花费了几个月的时间徒步走遍了湖南全省，他和老百姓们交谈，给他们做工换取食物。找不到机会的时候，他一连几天没饭吃，只能靠豆子和凉水来饱腹。在最潦倒的时候，他甚至乞讨为生。在这样的经历里，毛泽东结交了许许多多的穷苦农民，这对他日后的革命生涯至关重要。在他的安排下，湖南农民被有组织地团结在了一起，1927年国共合作破裂后，这个湖南的农民协会就是苏维埃的雏形。

毛泽东感情深邃。我们的谈话不免涉及战争、暴动等流血事件，当毛泽东谈起壮烈牺牲的同志，谈起湖南饥荒引发的大米暴动中死去的人们，谈起那些上衙门要粮却被砍头丧命的农民，毛泽东难免会泪水盈眶。红军战士们向我再度证实了这一点，毛泽东会将自己的上衣脱给受伤的战友，如果其他战士们没有鞋穿，他自己也拒绝穿鞋。

这样的领导者固然会得到底层群众的爱戴，但是他又该如何争取中国上层知识分子的支持呢？据我所知，毛泽东虽然有着出众的才干，可他也继承于农民家庭的生活习惯。在一次和毛泽东的谈话过程中，他明显分了神，伸手解开腰带，窸窸窣窣地在裤子里搜寻着什么寄生物——尽管我承认，换了巴莱托面临相同境遇，也不得不处理这一棘手的问题，可是巴莱托显然不会当着外人这么做。在我居住在保安的那段时间，天气炎热，当毛泽东找林彪研究军用地图时，就因为狭小窑洞里的闷热气温，不经意地松开了裤带。他们一问一答，谈论着某些日期和人名，并没有觉得任何不妥当。毛泽东完全能够按照一般意义上的将军、政治家那样打扮自己，可他并不在意自己的外表，正如他并不在意自己的生活习惯。

毛泽东是一名坚定的中国共产党革命者，这体现在各个方面：除了生病的那段时间，他与其他普通的红军战士一起走完了六千英里的长征路；像其他大部分红军指挥员一样，他从未考虑过“叛变”前往国民党的可能，尽管这能给他带来无尽的荣华富贵;他们忠于主义，忠于信念，只需了解中国收买其他造反者的“银弹”的历史，就能充分了解这一事实。

毛泽东说话时往往都是诚恳的，从不弄虚作假，从不过分夸张，这是我经过几次核对验证后的真实体会。他向我宣传过他的政治思想，但比起我听过的其他政治宣传，足以算得上温和。他尽可能帮助我寻找访谈对象或新闻素材，从不干涉我的访谈自由，不检查我创作的文章和拍摄的照片，对于他的信任，我打心底里感激。

随着政局变化，中国共产党在中国政治舞台上占据的地位已经不可忽视，毛泽东有关共产党政策的主要讲话，也值得我们从各方面深入思考。这些政策得到了中国西北地区及其他各地武装和非武装的中国人民拥戴，在将来，这些政策很可能将会推动中国大步向前。

共产党的基本政策

中国共产党人秉持着怎样的基本政策？在过去的十几次访谈中，我都与毛泽东等其他共产党领导人谈到这一问题。为了详细介绍共产党的基本政策，我必须向读者阐明共产党和南京之间的斗争实质，并且阐明一部分历史事实，这能够对我们理解红色西北现状提供帮助。

我在保安访问过曾经留学美国的洛甫，他的现任职务是共产党中央委员会书记，我将访谈中的部分原话放于下文中，这部分内容较为枯燥，但是是值得一读的。

1921 年，中国共产党正式成立，它发展的速度很快。在当时，国民党与共产党任何一方都不掌握权力，因此，两党为了民主这一共同目标，很快就有合作趋向。1923 年，那个十分闻名的协议正式签订，国民党创建人孙中山与苏俄正式建立了合作关系，次年，国民党与俄国顾问深入交流，改组党内架构，正式与中国共产党达成合作。在后来 1925 年～1927 年的大革命时期，共产党的身影多次出现，最终胜利夺取了北京腐败独裁政权。

共产党人认为，在他们与国民党的合作开始前，孙中山与国民党必须首先认同两大革命原则：其一，必须主张反帝原则，通过革命行动重新收复政治、经济与实际领土上的主权；其二，必须主张反封建反军阀政策，坚决打击地主阶级与军阀，发扬民主精神，建设平等和谐的新社会。

当“资产阶级民主”革命胜利后，共产党才能在此基础上进一步建设社会主义社会。因此，他们支持国民革命与民族独立运动也是完全必要的。

然而，国民革命尚未胜利，孙中山先生就在 1925 年不幸去世，两年后，国共两党合作宣告结束。在共产党看来，孙中山先生的逝世成为一个重要转折点，国民革命由此告终。国民党出现分裂，右翼与新军阀相互勾结，取得了国外势力、地主与通商口岸银行家的支持，在蒋介石的领导下建立了南京政权，不再承认汉口政府。共产党人及大多数国民党人都不认同该政权的合法性，认为这一政权违背了资产阶级民主革命本身的目的，放弃了最重要的反帝、民主两大要求，即放弃了民族主义。

不久之后，南京方面争取到了国民党的余下势力，自诩为“开明的专政”，实则不择手段地对付共产党，屠杀共产党员与前农会、工人领袖，发动军阀内战，镇压土地革命，内战耗资庞大。在这一大恐怖时期中，共产党受到了剧烈冲击，但是红军没有屈服于国民党的反动势力，保存了大批有生力量，在 1937 年占领了地域辽阔的西北地区。

自从 1927 年以来，已有十年时间，国民党对外不实行反帝政策，对内则镇压土地革命，已经与中国民族独立和民主政治这一目标背道而驰。这一结论是中国共产党人所提出的，究竟是否正确呢？如果我们要探讨共产主义崛起的原因，寻找爱国青年投身共产主义事业，展望共产主义未来在国际舞台上的发展趋势，我们就必须深入研究这一问题。

共产党认为，国共两党合作破裂以来，蒋介石领导的反动势力分裂了革命力量，耗资巨大，政府反复对外妥协，老百姓也背上了更加沉重的负担。土地革命受到镇压，致使底层民众所承受的压迫和剥削进一步恶化，全国范围内的农民产生剧烈不满，各地纷纷出现起义造反的情况。中国知识分子几乎都在为了国家前途而忧心忡忡，尽管中国如今的公路、飞机似乎代表着新生活有望，但只要翻开报纸，就能看到各地传来的天灾人祸的消息。放在哪个国家能支撑得住？可是伤痕累累的中国人民，至今仍在艰难前行，甚至已经对这一切表现得见怪不怪。举个例子吧，就当我在写这篇文章时，我还不时听到新闻广播中传来这样的惊人消息：

> 豫、皖、陕、甘、川、黔各地都发生了不同程度的重要灾情，全国人民都面临着严重的饥荒威胁，千万人为此丧命。四川灾区灾民人口高达三千万人，河南灾民约七百万人，甘肃灾民上百万，陕西灾民四十余万人，贵州灾区扩及六十县，灾民达三百万人，各地灾民走投无路，不少人已经以树皮和观音土充饥。此次饥馑的严重程度在以往百年中从所未见。[①]

在这样的灾荒情况下，政府不仅没有设法赈灾，还依然实行苛捐杂税，以四川为例，田地赋税已经预征至六十年以上，无数农民无钱交税，被迫借贷，又背上了高利贷的沉重枷锁，最终被逼得背井离乡，几千英亩的田地彻底沦为荒地。六年以来，我寻找到了中国许多省份的相关材料，一再看到了类似情形。这样的灾荒何时能在中国结束？没有人能够回答这一问题。

中国底层农民遭到一次次盘剥压迫，他们的土地被少数地主阶级占据，他们仅有的财产也被高利贷者骗取。[②]李滋－罗斯爵士曾经说过“中国只有富得流油的顶层统治者和走投无路的赤贫者，中产阶级空无一人”，很多人曾经对此表示异议，但是在今天的中国，这句话逐渐成为现实。严酷的税收制度和谷物交租制度正在一步步毁掉底层农民生存的希望。很早以前，魏特夫博士就已经提出这种“亚细亚生产方式”必将失败，与之相关

---

①这一消息可见于一九三七年五月十五日北平出版的《民主》。

②对这一问题的研究和分析中最杰出的著作是陈翰笙的《中国的地主和农民》(1936年纽约出版)。

的一系列社会、政治、经济关系也必将失败：底层农民没有地产，没有粮食，债台高筑，但凡遇到一场干旱、洪水造成的大饥荒，他们就将无路可走。

在国共合作期间，毛泽东作为国民党中央执行委员会候补委员，曾担任过国民党农民运动委员会书记。1926 年时，他主持收集了二十一省的土地情况，进行各方面统计整理。这次统计证明，中国目前可耕种的土地基本掌握在地主、富农、官吏和高利贷者手中，他们霸占了全国百分之七十的土地，而中农占有百分之十五，贫农、佃农和雇农几乎没有土地所有权，即使他们占据着农村人口中的绝大多数(高达百分之六十五以上)，所拥有的耕地却仅仅只有百分之十到十五。

毛泽东告诉我们，自从国民党反动力量分裂革命以来，蒋介石禁止这些数据的公开发表。十年过去了，我们始终不知道中国土地的分配现状。

共产党认为，底层农民的流离失所无疑和国民党放弃反帝斗争有关，因为在大多数中国人看来，放弃反帝斗争相当于放弃抗日斗争，这将造成严重后果。我们看到，由于这一错误决策，中国失去了五分之一的领土、五分之二的运输铁路、五分之四的荒芜土地，五分之二的树木资源、五分之四的铁矿资源与相当一部分煤矿资源，将近半数的全国出口贸易额、半数以上纺织业企业，还有最后大部分的铣铁和铁矿企业，统统落在了日本侵略者手中。日本人攻占满洲，相当于同时夺走了中国的原料与市场。日本夺取了中国工业发展的现有成果，夺取了工业领域的原材料，并且截断了中国工业任何未来发展的可能性。日本盘踞中国，将这片土地作为自己的根据地，筹划着下一步的侵略行径。毋庸置疑的是，无论日本是否会继续采取侵略，南京方面都不得不为中国当前现状负起重大责任。

长达九年的南京的反共战争，究竟使国民党方面收获了什么呢？西北当局总结了这些年来反共“清剿”的整体情况，发表了一篇反对第六次反共“清剿”运动的宣言。宣言中提到，六次反共“清剿”运动以来，中国分别丢失了满洲、热河、冀东，而全国多个地区也受到了严重侵害，包括上海、河北、察哈尔等，这都是因国民党方面的错误决断造成的后果。在他们发动第六次反共“清剿”运动的过程中，如果日本发动侵略绥远北部，那么绥远人民也无法逃脱侵略者的铁蹄。

可以确定的是，只要共产党依然保持武装，国民党方面就不会首先提出停战。但是，红军方面早在 1932 年就提出过停止斗争、组成民族“抗日统一战线”的希望，这一提议并没有得到国民党方面的回应。如果当时是因为红军实力较弱，那么现在，红军已经在西北不断扩展，军事方面节节推进，仍然在联合全国各个抗日军队与爱国团体，再度提出停止内战、联合抗日的主张。只需南京同意在反帝反封建的前提下，坚持资产阶级民族主义，保障人民的基本权益，并且建立人民当家做主的代议制政府，全力抗日，那么共产党就将主动让出红军和苏区的管辖权。总而言之，共产党始终将中华民族的抗日振兴作为首要目的，甚至可以适当对国共两党斗争作出让步。毕竟，如果不是先一步解决侵略者的外部威胁，又怎么能解决国内的阶级矛盾呢。

在这里，我摘录几句访谈毛泽东时听到的原话：

“谈及共产党政策问题时，我必须再次强调，中国所面对的根本问题仍然是抵抗日本帝国主义。苏维埃做出的所有决策都围绕着这一首要目标，日本军阀企图吞掉整个中国，使中国人民沦为亡国奴。当我们讨论苏维埃政策时，实际上就是在讨论抗日政策，包括政治方面、经济方面与军事方面。

“日本帝国主义的侵略对象不仅是中国人，还包括美、英、法、苏俄等各国人民。太平洋相关国家都受到日本大陆政策和海上政策的威胁，每一位向往和平的世界公民都受其威胁。

“我们对其他国家有什么期待呢？我们希望，各个友好国家能够对中国伸出援助之手，至少保持中立，不要放纵日本帝国主义对其他国家的侵略。”

谈及“帝国主义”相关问题时，毛泽东进一步进行了详细解释，作为侵略者的日本帝国主义与其他向往和平、崇尚民主的资本主义国家并不能相提并论。他说：

“我们知道，不同国家对于世界局势的看法也是不同的。大部分国家都不希望看到世界大战的再次爆发，如美、英、法、荷兰、比利时等国不希望看到日本占领中国作为殖民地，而部分发展程度有限的国家、弱小民族、殖民地与半殖民地，都面临着和中国相同的困境，如暹罗、菲律宾、加拿大、印度、澳大利亚、荷属东印度等等，夺回民族主权，将侵略者赶出家乡，是我们共同的心愿……

“所以，所有受压迫的国家可以共同联起手来，组成反战、反侵略、反法西斯的世界联盟，共同抵抗日本帝国主义及其他侵略敌国。……以往，南京受到英美及其他国家的经济支持，这些资金与供应品全部用于内战。南京不仅杀害红军战士，还杀害工人、农民。而这些屠杀背后是庞大的耗资数字。据银行家章乃器整理出的数据，国民党每杀害一名红军战士，就耗费八万元左右。[①]所以，我们认为，这样的所谓‘援助’，实在称不上是真正给中国人民的‘援助’。

“要想让这份援助真正发挥作用，国民党方面就必须认清，日本帝国主义才是中国人民真正的敌人，国共两党应当组成抗日统一战线，建立民主的国防政府，抵抗外来侵略，唯有如此，才是真正为了中国民族做实事。”

那么，在中国现存的不平等条约，苏维埃政府又是如何看待的呢？当我向毛泽东提出这一问题时，他回答，在满洲地区，日本目前已经破坏了许多不平等条约，全国其他地区同样如此。在将来，中国代议制政府会秉持着这样的态度：

“对于那些在此次战争中采取不同态度的国家，中国政府将会给出不同的回应。中国人民将会与曾经提供援助的友好国家积极互利，对于保持中立的国家，也会保持友好关系。对待那些协助日本发动侵略的部分国家时，则截然相反，例如，目前支持伪满洲国的德国意国，就不会被视为是中国人民的朋友。

“中国将会与友好国家积极开展外交，互惠互利，共同发展。……那时的合作规模，将与现在完全不同……而面对日本侵略者，中国也将坚决捍卫应有的权利，包括索赔损失、废除所有不平等条约、废除特权、租界和所有外来的政治军事力量。中国抵抗日本帝国主义的斗争，决定了中国将来在国际舞台上的地位，也决定了中国与其他国家的未来关系。

“当中国真正独立之后，将会打开贸易大门，向全世界释放

①人民和“游击队”被杀的，要比正规红军被杀的多得多。章君的估计，除了实际军事费用外，包括劳动力损失、谷物损失以及村庄、城市、农田被破坏的耗费。

我们的贸易诚意。我国国民数量高达四亿五千万，中国人民的生产潜力、消费潜力至今尚未被完全开发，完全能够与合作国家达到双赢。到那时，世界上的经济、文化等各个领域都将出现中国人的活跃身影，将推动各种创造性活动。然而目前中国人民的生命力受军阀、日本帝国主义的压制。”

我的最后一个问题是，对于民主的资本主义国家，中国是否会与他们结盟合作呢？

毛泽东说：

“我们之所以寻求结盟合作，是为了反帝、反法西斯。中国完全赞同与资本主义民主国家合作，签订反法西斯条约，共同抵抗法西斯国家入侵，是我们共同的目标。

“假如中国在这场战争中失败，中国完全沦为殖民地，将迎来一系列可怕的战争。

“这是一个抉择的时刻。中国人民将对压迫者奋起反抗，也希望外国的政治家、人民不要步入帝国主义铺就的黑暗道路，而是与我们一起走同一条路。

“全世界人民都在时时刻刻面临着选择。中国人民面临着战斗还是灭亡的抉择，而世界各国的政治家和人民则面临着光明或是黑暗的抉择。

“如果世界各国向中国伸出援手，中国人民必然能够获得抗日战争的胜利。但是，即使没有来自外国的帮助，中国同样会在抗日的道路上坚决走下去。中国共产党、苏维埃政府、红军、以及中国的人民，都将团结一致，与外来侵略者抗争到底！”

这几乎是令人不敢置信的。日本是名副其实的“战争机器”，中国共产党目前的力量真的足够推翻它吗？我想他们的确有这样的信心。那么，他们究竟为什么坚信中国能够抗战胜利呢？在我和毛泽东的访谈过程中，我也向他提出了这一问题。在军事思想家看来，他的回答也许值得商榷，但是我们必须承认，毛泽东的思想极富启发性，极富预见性。

论抗日战争

我们的访谈是在毛泽东的住所里进行的，那是 1936 年的 7 月 16 日，夜幕降临，家家户户的灯光都已经熄去（每晚按时会吹“熄灯号”）。毛泽东夫妇住着朴素的窑洞，天花板、墙壁和地面都是岩石与砖块构成，窗户是从中凿出来的。房间中所有家具与生活用品都格外简单：没有油漆过的方桌和小板凳，桌布窗帘都是由普通布料做成，烛火跳跃，毛夫人在隔壁房间做桃子蜜饯，原材料是从小贩手中买来的野果。毛泽东在吸前门牌香烟，他叉着腿，坐在石头凿出的壁龛里。

我的采访搭档是年轻的苏维埃“干部”吴亮平，他擅长英文，能够帮我们进一步准确翻译彼此的意思。在我和毛泽东“正式”访谈时，总是有他在场。就我的采访习惯而言，我会用英文实时记录，访谈结束后再整体译回中文，由毛泽东核对细节并修正。在他首肯之后，吴亮平会帮助我将这份中文稿件重新译回英文。在我们这样的精益求精之下，我相信，这份访谈记录忠实地体现了毛泽东的真实想法。

在这一过程中，我对吴亮平提供的帮助深表感谢。他出身于浙江奉化的地主家庭，与蒋介石是老乡，他父亲迫切希望能够与蒋家沾亲带故，因此对他的婚姻横加干涉。吴亮平逃出家乡，在落足上海时，受到了帕特·吉文斯的追捕，被判入狱，在华德路监狱服刑两年。后来，他成为一名共产党员。吴亮平毕业于上海大夏大学，辗转留学于法国、英国与苏联。尽管他只有二十六岁，却已经是共产党里的重要一分子了，还领到了制服、居住地，以及小米，面条等食物。

我和毛泽东谈论的主要是共产党对日政策的相关问题，我的第一个提问是这样的："当战争结束，日本侵略者被逐出中国以后，'外国帝国主义'及其代表的问题是否就告一段落了呢？"

毛泽东说："是的。抗日战争获得胜利，即代表着中国民族主权独立，中国人民已经真正站了起来，能够当家做主。如果其他帝国主义国家愿意维持和平互利，那么帝国主义及其所代表的问题就得到了妥善解决。"

"那么，中国应该怎样达到打败日本帝国主义的目标呢？"我又问。

他回答："要想达成这一目标，中国人民必须两党停战、统一抗日；全世界要结成坚决的世界反法西斯统一战线；被日本帝国主义势力压迫的各国人民发起革命也是必要的。在这三点之中，中国的抗日统一战线是首先需要形成的。"

我问："在你的预估中，战争会持续多长时间？"

毛泽东说："战争持续的具体时间是由多种复杂因素所决定

的，包括中国内部统一抗战的程度、两国政治经济各方面的具体政策、国际方面的对华援助程度，以及日本内部的革命情况。当中国内部团结统一、政策有利、反法西斯国家纷纷向中国伸出援手，并且日本国内革命随之出现，那么我们将会在短时间内结束战争。[①]如果恰恰相反，各方面进展不顺，我们便需要做好长期抗战的准备，中国人民不畏牺牲，无论如何，日本帝国主义都将惨败。"

提问："对这场战争未来的发展方向，你怎么看？军事与政治方面会发生怎样的变化？"

回答："国外采取的政策、中国军队采取的战略，都会与这一问题息息相关。

"我们清清楚楚地看到，日本选择了怎样的大陆政策。如果我们还一门心思以为只要让出国家主权、金钱、土地以及政策就能让日本军队停步，那就是完完全全的白日做梦。南京以前就是这样想的，如今我们只需要打开东亚地图，就能看到他们已经一败涂地了。

"在日本人所绘制的大陆计划地图里，他们的目标不仅包括华北，还包括了长江下游，他们将目光投向了中国南部的海港，希望通过封锁中国海，将侵略的魔爪继续伸向菲律宾、暹罗、印度支那、马来亚和荷属东印度等国家。当战火燃起时，日本会首先占领这些国家，在加强己方储备的同时，也截断了中国寻求西方国家协助的渠道，使南太平洋完全被笼在日本帝国主义

①共产党在1932年就已"正式"对日抗战，那时苏维埃政府就已在江西发表对日战争的宣言。国民党禁止发表这份宣言。参阅《红色中国：毛泽东主席的报告》（1934年伦敦出版）第6页。

的阴影下。这一部分战略将是日本的海上战略计划，与日本路陆上战略相互配合，我们必须提前看到这一点，并且及时做好应对计划。

“很多人对中国抗战抱有消极态度，因为在他们看来，日本假如占领了沿海的重要城市，进行军事封锁，中国就只能束手待毙。这样的说法大错特错。红军一次又一次的胜利，恰恰证明了中国人民根本不可能被轻易打倒。红军一路走来，经历过许多次装备匮乏、资源匮乏的恶劣状况，甚至有些时候，我们的兵力数量是国民党军队的十分之一，而对方还得到了外部援助。但这并不能扭转局势，国军党军队依然节节败退，红军依然能够以弱胜强。这是为什么？红军究竟掌握着一种怎样的力量？

“这是因为，苏维埃政府、红军与苏区老百姓之间，形成了一种特殊的关系，我们可以称之为一种坚不可摧的团结情感，因为他们心中，时时刻刻都是为了家国存亡、民族振兴而战斗的。战士与普通人民站在同一条战线上，他们自愿为了祖国献出宝贵生命，他们是为了家国而战，为理想信念而战，为自己而战。除此以外，他们的领袖人物也在这场战争中起着至关重要的作用。他们能力卓越、坚持不懈、迎难而上，他们透彻地了解军事、政治、经济各个层面，并且都做出正确的决策。当他们决心走上革命之路时，他们一穷二白，但随着一次次漂亮的胜仗，红军与广大民众之间的情感逐渐深厚，红军的朋友甚至包括受到吸引的白军方面的人。即使他们的军事资源有限，但是这样的队伍必然会成功，因为广大人民的支持是无可替代的。

“在面临着救亡图存的困境时，中国人民将会爆发出见所未见的巨大能量。中国地域辽阔，即使侵略者的战火烧过了东北，逼迫一万万或二万万的中国人民生活在日本国旗下，但是，只要还有一寸未被占领的国土，抗日战争就远远不会结束。中国人仍有很大的力量抵抗日本军阀的进一步侵略，在一切可能的情况下，对日本帝国主义予以痛击。

“而中国军队的军火资源也是完全充足的，一方面，我们内地的兵工厂能够源源不断地为中国军队补充武器，另一方面，日本军队本身就是我们的军火补给渠道。在红军与国民党抗争的九年中，我们从双手空空到全副武装，都是通过一次一次打胜仗来装备军队的。毋庸置疑，如果中国人民能够结成抗日统一战线，我们完全不必担心军队所需要的军火资源。

“在广阔的中国大地上，不同地区的发展程度不同，经济情况自然也有区别。但是这样的现状，从某种程度而言，能够为中国的抗日战争提供助力。举例而言，假如将纽约市与美国的其他城市隔绝，整体国家必然会陷入一片混乱，而当同样的情况发生在上海市与中国的其他城市时，所造成的影响其实是有限的。因此，日本根本无法彻底孤立中国，日本无法轻易封锁中国的西北、西南和西部这些地方。

“所以，建立中国民族抗日统一战线仍然是最关键最迫切的问题。从 1932 年以来，共产党都在为了这一目标不断争取，正是因为看到了其重要性。”

问：“中日战争真正爆发后，日本会抱有怎样的态度呢？”

答：“日本必然会爆发革命，这是大势所趋。”

问：“当战争爆发后，苏联和外蒙古是否会进行干涉，对中国人民伸出援手？他们具体会在什么时候做出这一抉择？”

答："当然。苏联与我们同处于千变万化的世界局势之中，他们当然会对中日之间的战争采取密切关注的态度。如果日本侵略者占领了全中国，下一步就会将入侵方向转向苏联，苏联会坐视这一切发生吗？我更相信的是，苏联会向中国做出援助，帮助中国人民赢得独立，在两国之间结成深厚友谊。

"当中国人民结成抗日民族统一战线后，中国政府就会主动与世界各个友好国家结成同盟关系，在这其中，我们相信苏联一定会首先愿意和中国达成合作。日本帝国主义所造成的威胁不仅针对中国，而且已经逐渐笼罩了全世界。无论是英国、美国、还是苏联，都无法在这样的情况下独善其身，必然会采取行动。"

问："中国人民的首要任务是什么？是收复所有的失地，还是只夺回华北和长城以内的领土？"

答："中国当前绝不只限于将日本赶出长城以南，中国的每一寸领土都不容侵犯，我们一定会收复东北与台湾，并且维护内蒙古的自治，维护汉族与蒙古族人民的和平生活。当中国顺利收复了全部失地后，我们也会对朝鲜人民提供一定的援助，帮助他们共同抵抗日本帝国主义的压迫。"

问："为了结成抗日民族统一战线，具体应该怎么做呢？苏维埃政府和红军是否能够放下芥蒂，真正与国民党合作抗日？红军是否会服从军事指挥调度，是否会服从政治决议？"

答："是的。只要军事、政治决议都是为了抗日统一，苏维埃政府与红军都会完全服从。"

问："是否可以达成共识，在统一抗日期间，红军不得以任何形式对国民党军队发起进攻，不得侵犯国民党军队所驻扎区域，除非得到最高军事会议的指示？"

答："是的。红军坚决支持抗日，所有的抗日军队都是我们统一战线的战友。红军决不会利用战争局势达成任何目的。"

问："在结成抗日民族统一战线时，共产党对于国民党有怎样的要求？"

答："我们要求国民党军队坚决坚持抗战，绝不向日本帝国主义让步。另外，我们做出了一篇呼吁建立民主共和国和国防政府的宣言书，国民党人应当在此与我们达成共识。"①

问："在抗日战争中，人民群众能够起到怎样的作用？如何能够使人民群众发挥更大的作用？"

答："为了让人民群众展现真正的国家力量，他们必须得到武器装备、组织动员和系统训练。北平、上海与其他地方的学生们已经率先做出尝试，他们结成学生组织，做政治方面的准备。尽管政府依然采取镇压措施，但是并不能掩盖掉他们的声音。试想，如果人民群众拥有了政治、经济、社会方面的自由，所有致力于抗日救亡的中国人民团结起来，一定能成为不可撼动的国家力量。

"在此之前，红军、抗日义勇军都是凭借着不屈不挠的信念，武装斗争，夺取胜利。假如广大的中国人民能够通过自己的努力团结抗争，必将爆发出更为强大的力量。"

问："在此次意义重大的'解放战争'中，中国军队会采取怎样的战略方针？"

答："在我们的军队战略中，将会重点提升运动战的作用。

①在1935年和1936年，苏维埃政府和红军曾送了几种意见书给国民党，其中就谈论了这几点。

我军主力需要体现强大的灵活性，集中、分散、进攻、后撤都需要在短时间内迅速完成，我们依赖的不仅仅是有利地形与防御工事，还要将大规模使用的运动战与恰当的阵地战结合起来，一方面拉长战线，灵活变化策略，一方面加强防御，深壁固垒，固守我军战地。在两种战略同时实施的过程中，我们要格外重视运动战的主导作用。”

即使非共产党的中国军事领导人也对运动战这一战略表达了高度肯定。当南京拥有了空军力量后，他们对内镇压时体现出了势不可挡的力量，但是同时，空军也使得他们在经济方面承受沉重负担。这使得中央军机械化和空军队伍无法体现出应有价值。因此，对于空军力量在战争中起到的作用，军事专家们并没有抱有很大希望，他们认为，空军可以帮助军队在战争初期抢占到一定优势，并且能够提供辅助性的防御帮助，但在长期对峙过程中，空军队伍的后续补给是完全不足的。这是因为中国的基本军事工业几乎还处在发展初期，根本不足以保证高度技术化部队的正常运转。

这样的看法并不是少数派意见，白崇禧、李宗仁、韩复榘、胡宗南、陈诚、张学良、冯玉祥和蔡廷锴等将领都持有相同观点：运动战正是中国军队应当采取的主要战略，我们应当将大军化整为零，结合游击战术与防御工事，与日军形成长期对峙，不断消耗日本在经济、军事方面的现有资源。

毛泽东认为：“中国军队应该充分利用我们现有的优势，根据敌方军队的特点及弱点来决定战略战术。尽管日军军事力量强大，但行军缓慢，我军能够利用广阔的战场和高效率的运动战战略，由后方袭击，进一步拖慢日本的行军速度。换言之，假如我们在狭隘战线、军事要塞与日军硬碰硬，就将失去经济组织与地形等方面的全部优势，步了阿比西尼亚的后尘。在战争早期，我们要着重避免这一点，尽可能降低敌军军事效率、打击他们的战斗士气。

“阿比西尼亚的失败究竟是怎样造成的？一方面，他们在政治上内部分裂，使敌人发现可乘之机；另一方面，他们采取了错误的战略战术，己方的纵深战线被敌人所利用，最终导致了他们受到了毒气进攻、集中袭击等一系列致命打击。

“运动战需要由中国正规军和游击队共同完成，而在游击队中，中国农民起到了至关重要的作用。东三省的抗日义勇军已经体现了惊人的力量，而这仅仅是发动全国革命农民参与抗战的开始。一旦广大的农民群众得到适当的训练、组织与武装，他们能够爆发出强大的战斗力。这是在中国作战，日本人必将受到来自中国人民的沉重压力：日本人只能从外面输送给养，而这些给养、各交通线以及东三省和日军的基地都要日本派重兵保护、驻守。

“随着战争的推进，中国军队的力量将会逐渐强大，我们将会从日本俘虏手中夺取装备与军火，将会从外国援助的过程中获取更多资源。因此，中国军队的战略将从运动战逐步转变为阵地战，夺回日本所占领的中国领土。在长期战争的消耗过程中，日军方面的经济、军事、士气都将遭受到沉重打击，而中国军队则恰恰相反，士气高涨，民众团结，必将唱响胜利的凯歌。在战争最后，中国军队将会对日本的战略根据地做出最后的沉重一击，彻底取得抗日战争的胜利。

“中国军队不会苛待日军俘虏，我们不仅不会杀死他们，还将与他们诚恳地交流。全世界无产阶级应当联合起来，反抗他们的压迫者，我们也希望出身于无产阶级的日本士兵能够向法西斯压迫者做出抗争。假如日本士兵选择反法西斯道路，我们就将成为盟友，正如我们的口号——‘联起手来，共同打倒压迫人民的法西斯头子！’”

时钟指针指向了深夜两点，我已经疲惫不堪，可是毛泽东却依然神采奕奕，除了脸色略微苍白，我看不出他和平时有什么区别。在我和吴亮平翻译、记录的时候，他仍然在房间中来回踱步，或坐或卧，不时翻阅报告与文件，毛夫人也一直没有就寝。忽然，他们好奇地凑近了桌上的蜡烛，原来是看到了一只垂死的扑火飞蛾。那可怜的小东西外表很漂亮，绿莹莹的透明翅膀，夹杂着红黄相间的瑰丽花纹。毛泽东翻开手里的书，将这片精致的飞虫彩翼夹了进去。

这就是中国共产党的领导人，到底应当如何看待他的战略思想呢？

我忽然想到，如果说哪里可以让我们看到中国共产党人对待抗日的真实想法，那就一定是红军大学。次日早晨八点，我即将动身前去参观那里。

悬赏两百万元的首级

红军大学是一所不同凡响的学校。

一名不满三十岁的年轻指挥员担任红军大学的校长，据说他战无不胜；学校中有一个著名的“老兵班”，学员们都是军事经验丰富的老战士，平均年龄二十七岁，平均作战经验为八年，平均每人都有三次受伤经历；红军大学资源紧张，学员日常所用的笔记本背面居然印的是敌方传单；红军大学经济紧张，学员的学费、食宿、制服等等开支全部相加，每月都不足十五块银洋；然而，红军大学同时有着奢侈的一面：从这里走出过许多闻名遐迩的学员，将他们的首级悬赏数目相加，总共有两百万块银洋！

这就是红军大学。

这所学校的学员全部都在窑洞里上课，石块砖头垒起来充作桌椅，教师板书时使用的是石灰泥墙，即使敌方进攻轰炸，学员们也能找到绝对安全的庇护所。无论从哪个角度来看，这所学校都是绝无仅有的。

学员们所找到的庇护所就是古老的当地特色建筑物——窑洞、佛窟、防敌堡垒等等。在陕甘地区，这些形形色色的特殊建筑已经伫立了几百年了。早在一千多年前，当地富裕的官吏和地主希望尽可能囤积粮食，储藏财富，避免遭到灾荒、战争和饥馑的打击，因此，他们将这些隐秘的洞窟修建在岩石深处，开辟了足以容纳数百人的空间。今天，本应该用于抗日的国民党轰炸机转头攻击中国人民，红军大学的师生们则深入洞窟，躲避轰炸。

我到达红军大学后，首先见到的就是校长林彪。林彪邀请我为红军大学学员做一次公开演讲，演讲主要围绕“英美对华政策”而展开，这使我头疼不已。我向林彪承认，我对英美对华政策所知有限，也完全不熟悉马克思主义的术语。林彪反复表示这不是问题，他们会解决马克思主义术语的问题。为了表示诚意，在用餐时，红军大学方面用面条热情招待了我，我无法拒绝，只好同意这次演讲。

林彪是湖北人，出生于1907年，他的父亲是一名工场主，在林彪少年时，苛捐杂税就压垮了他父亲的工场。但是，林彪凭借自己的努力完成了中学学业，考入了广州的黄埔军校。林彪是由蒋介石和俄国将军布留赫尔所培养出来的优秀学员，毕业后很快参与了北伐战争，由于表现突出，林彪被授予上尉。二十岁时，林彪已经得到了上校军衔，隶属于国民党张发奎所统率的第四军。1927年8月，南京发生右派政变，共产党发动南昌起义，林彪率领自己的军队加入了贺龙和叶挺的第二十军，共同抗争国民党反动派。

和毛泽东一样，林彪也有着传奇般的作战经历，他久经沙场，拥有十年以上的指挥经验，他顽强无畏，熬过了数不清的战场困境，他的首级悬赏金额达十万元，而他这些年来居然毫发无伤。

林彪有着出色的军事才能，1932年，他开始率领红军当时的最强力量，即装备有两万支步枪的红军一军团。林彪的确是一位优秀的战术家，在与国民党军队进行交战时，他一次次率领队伍夺得精彩的胜利，使得红军一军团威名赫赫。国民党军队对一军团畏惧不已，后来但凡听到他们的动向，就纷纷落荒而逃。有关林彪军队的其他事迹，我到前线后将会继续叙述。

林彪年纪相当轻，没有掌握外语，也从未走出过国门(许多出名的红军指挥员都是如此)，但在这样的情况下，林彪依然很快赢得了红军内外人士的尊重。南京的军事刊物转载了林彪在中国红军的军事刊物《斗争》和《战争与革命》上发表的文章，并且进行集中讨论研究。日本和苏联也是。冯玉祥分析过林彪所创造的“短促突击战”，他认为，这种战术就是红军一军团获得多次胜利的原因。

红军大学坐落在保安城城郊，我和林彪指挥员、红军大学教员共同出发，到达时恰好是学校的文娱时间。学员们大多数都在户外，有的在打篮球、打网球、打乒乓球；有的在读书看报，记录心得；有的聚成小组，结伴讨论学习。

红军大学由四个分部组成，学员总数达到了八百人，而我们所在的是第一分部，学员人数在二百人左右。教育人民委员会在保安开办党校和群众文化教育中心，开办各式各样的学校，包括无线电、骑术、农业、医疗等学校。

面对着二百多名学员，我开始了我的“英美对华政策”演讲。我简短谈论了英美当前态度，随即就是自由提问时间。很快，我就意识到我根本无法应付红军学员们提出的问题，面条早已消化，而我面对的尴尬是实实在在的。换了H.G.威尔斯[①]先生来回

①H. G. 威尔斯（1866~1946），英国小说家。——译者注

答这些问题，只怕也不知道从何说起。他们提出的问题是这样的：

“英国政府怎样看待亲日的冀察委员会？怎样看待日本军队开进华北这一情况？”

“工业复兴在美国发展如何？全国复兴署的政策达到效果了吗？美国工人阶级的现状是怎样的？”

“如果我国和日本之间爆发战争，德国、意大利是否会做日本的后援？”

“如果德、意并不提供援助，日本目前的军备能够维持多长时间？”

“国际联盟失败的原因是什么？”

“共产党在英美两国都是合法的，为什么英美都没有工人政府？”

“英国对于反法西斯运动推进得如何了？美国的情况如何呢？”

“以巴黎为中心的国际学生运动将有怎样的发展前景？”

“李滋－罗斯访日会使世界局势发生怎样的变化？英国会对日本做出援助吗？他们又会采取怎样的对华政策呢？”

“在中国的抗日战争完全爆发后，英美两国会站在哪一方？”

“请说一下，英美两国声称他们和中国关系友好，但他们的军队与战舰依然驻扎在我国，这是为什么？”

“英美两国的工人对苏联怀有怎样的态度？”

这一次演讲开始于早晨十点，原定会在两小时内结束，但是实际上，我们的谈话一直持续到下午，我无法对他们的问题做出有效解答，最终只能徒劳收场。

在随后的参观与访谈过程中，林彪和他的教员们向我介绍了学校的招生情况。招生简章上的要求相当简单：十六岁至二十八岁之间的青年男女，无论阶级如何、家庭出身如何，只要身体健康，生活习惯良好，坚决为民族革命事业与抗日而奋斗，都可以申请加入红军大学。数不清的招生简章传遍了中国大地。

我很快意识到，红军大学的不同分部所招收的是不同的学员。第一分部的学员基本都担任着红军指挥员或政委的职务，可能是营长、团长或师长。红军做出了严格规定，要求他们每隔两年就需要前往红军大学完成高级军政的训练课程，训练时间在四个月左右。

第二、三分部学员的大部分来自红军各个连、排、班，他们或是身经百战的老战士，或是军事经验丰富的指挥员，或是学习水平突出的学生与失业教师，或是抗日游击的领袖、从事或领导工人运动的工人，这些形形色色的人们使红军的队伍更加热闹。青年学生对红军抱着最大的热忱，早在红军东征山西省时，他们的大军就增加了六十几名的青年学生。

第二分部和第三分部的训练时间比第一分部更久，在半年左右。而第四分部则是工兵、骑兵、炮兵的集训队伍，他们不少人在参军入伍之前还做过机工学徒。据林彪说，红军大学的学员来自于全国各地，报名总人数达到两千多人，可是受限于国民党的严格管控，在入境时容易受到阻碍。后来，在我离开红色中国时，碰巧就遇到了几个新面孔，他们坐着卡车从上海、北平一路辗转来此，就是来红军大学上课的。

在红军大学，针对不同分部学员设置了不同的课程。以第一分部为例，各位红军指挥员和政委的课程分为政治与军事两部分，试举一二：中国革命问题、党的建设、共和国的策略问题、政治知识；抗日战争的战略问题、运动战、抗日战争中的游击战术的发展……

当学员们上课时，他们能够使用课程专用的教材。部分教材出自江西苏区，据说那里有一个曾有八百名印刷工的印刷厂；部分教材是取自红军指挥员和党的领导人讲话，主要内容是指导俄国革命与中国革命的历史经验；部分教材就是缴获来的政府档案、文件、表格，以及其他印刷品。

如果你还对红军的抗日决心有所疑问，那么不妨来看看红军大学的课程。毋庸置疑，红军正在严肃对待这场必然来临的“独立战争”，面对残暴贪婪的侵略者们，他们不愿屈服，积极备战，决心为了争取民族独立而不懈奋斗。

中国军队能够获得最终胜利吗？没有人能说得准。许多外国人士对此抱有消极态度，但是即使是他们也不得不承认，中国许多领土已经沦陷在日军铁蹄之下，在这样的情况下，中国人只能拼死一战了。

至少，红军的态度是明摆着的。他们决定抗战，并且敢于冒着枪林弹雨参与一线战斗，这样的决心是无法动摇的。他们的领导人反复强调这一信念，他们的战士用实际行动体现这一信念，他们在苏区各地宣传这一信念，他们试图与十年宿敌国民党握手言和，无疑也证明了这一信念。

在苏区巡回宣传抗日的队伍中，有一个青年剧团起到了重要作用，那就是人民抗日剧社。他们走近农民身边，高声呼喊，提醒他们正视救亡图存的现状。

在离开红军大学之后，我很快就得到机会，观看了这个青年剧社的出色演出。

红军剧社

红军剧社演出的剧场是由古庙改建的，演出时间是星期六下午的四五点钟，当我和同去的青年干部出发时，沿路遇到了无数的同行者。保安全城的人们几乎都聚集在此了。

放眼望去，人们不分阶层，不分职业，热热闹闹地聚在河畔草地上的露天剧院里，不远处就是几头吃草的羊。红军大学的师生、工人、手艺人、职员、战士、拖家带口的村民……全都聚在这里，恐怕其他地方没有这样民主的氛围了。

这里没有三六九等的座位，所有观众一概盘腿坐在草地上，就连几位共产党领导人也是如此。我在人群中看到了毛泽东、林彪、林伯渠、洛甫等几位鼎鼎大名的人物，他们带着自己的妻子分散坐在老百姓中间，和别人没什么两样。

“人民抗日剧社”——标了拉丁化新文字拼音的几个大字龙飞凤舞地写在红幕布上，红军提倡推广拉丁化来提升群众教育水平，红军剧社的剧目也体现着宣传抗日革命的目标。他们抛弃了传统京剧的故事，从实际生活中寻找表演素材，节目持续三小时，凭借简单直接的短剧、歌舞、哑剧表演来传递抗日和革命的思想。

露天剧院的表演氛围相当好，观众对演出热烈回应，掌声雷动。尽管节目算不上精致，但这样的演出效果是很难得的。在中国，鲜少能够看到如此专注而热情的观众，看戏的观众大多数忙于吃零嘴、拉家常、扔热毛巾，看戏反而是放在次要的了。

首先演出的剧目《侵略》讲述了1931年受侵略的一个满洲的村庄。日本军队驱逐了不作为的中国军队，残暴蛮横的日本军官肆意侮辱中国农民，沾污中国妇女。日本毒贩还强行向农民兜售毒品。假如遭到拒绝，他们就会大开杀戒。

“你必须买吗啡，你不买，就是不遵守满洲国卫生条例，就是对‘圣上’溥仪不忠！你是抗日分子，是土匪！”

说完就杀了那个中国青年。

日本兵还热衷于闯进农村集市里烧杀抢掠，随后的一场戏就演了这样的故事。日本兵借口搜查“抗日匪徒”盘查集市里的商贩与顾客，忘记带身份证的人全都惨遭杀害。然后两个日本军官，大摇大摆地在一个有猪肉的摊位上吃霸王餐，当小贩试图阻拦时，他们哈哈大笑：“蒋介石都把满洲、热河、察哈尔、塘沽停战协定、何应钦—梅津协定、冀察委员会给我们了，你居然敢让我们付钱！”日本兵的刺刀落下，小贩也倒在了血泊中。

一次次的残暴行径最终引来了村民们的愤怒，他们不再组织集市，不再屈服于日本兵，村子里的男女老少纷纷拿起家里的铁锨、菜刀、木棍，誓要与日本鬼子拼命。

演员大多都是十几岁的少年，对白时全部使用了陕西和山西方言，生动有趣，经常引得观众们热烈鼓掌。台上台下的人都将全身心投入了这个故事，观众们时不时愤恨咒骂，时不时呐喊助威。他们没有将台上的演出纯粹看成是虚构故事，因为这样的情况的的确确在中国大地上出现着。

老百姓们能够感受到这场滑稽戏真正传递的严肃内涵，在短剧结束时，一名年轻战士猛地站了起来，情绪激昂地呐喊着："打倒日本强盗！把这群杀人犯打倒！打回老家！"全场观众都受他感染，异口同声地跟着呐喊起来。我后来得知，这位年轻战士来自东北，他的家人都死在日军的枪口下。

不远处的羊群也试图参与这场群情鼎沸的活动，它们不再满足于吃草，而是奋力啃吃起了人们忘记整理的球网。这使得一些学员叫了起来，他们轰赶羊群，挽救了大家的重要文娱用品，观众们笑起来。气氛总算不像刚才那么紧绷了。

随后演出的是歌舞节目，名叫《丰收舞》，十几个女孩子聚集在舞台上，打赤脚，农民打扮，系着绸头巾，以舞蹈来传递朴实农家人的丰收喜悦。在后来的访问中，我得知其中两个姑娘是从江西辗转来到保安的，她们曾经在瑞金的红军戏剧学校学舞蹈，有着深厚的舞蹈功底。

最特别的节目是《统一战线舞》，是表演宣传抗日的。演员的服装很亮眼，穿着纯白色全套水手服的青年人一个个奔上舞台，神采奕奕，舞蹈队形几经变动——骑兵队形、空军队形、步兵队形、海军队形，不同兵种队形看得我目不暇接。中国人在舞蹈方面有着出众的天赋，他们通过舞蹈动作凸显力量，凸显精神信念。舞蹈《红色机器舞》也体现了这一点，在音乐伴奏下，演员们化身机器零件，彼此连接合作，通过舞蹈展现了正在发动的气缸，转动着的齿轮和轱辘，以及轰鸣着的发动机，我仿佛看到了中国机器工业的未来。

不同剧目演出之间的空档，观众们叫喊着其他人的名字，要求对方即兴表演节目。一会儿工夫，我们就听到了陕西女工的本地民歌演唱、本地农民的土制琵琶演奏、学员的口琴演奏，以及另一个南方歌曲的节目。我万万没有想到的是，竟然有观众喊起来，邀请外国记者——也就是我——也来唱一首歌！

我站在那里不知所措，几乎脸红到脖子根。该唱什么呢？我的大脑一片空白。狐步舞、圆舞曲、《波希米》《圣母玛丽亚》这些我会的曲目显然都不适合在此时演唱，我也记不起《马赛曲》的旋律。最后，我只能硬着头皮唱了一首《荡秋千的人》，万幸观众们并没有催促我再唱。

眼看着大幕徐徐拉开，下一个节目开始了，我这才松了一口气。接下来的节目分别是以革命为主题的社会剧(账房与女主人的恋爱)、舞蹈、反映西南时事的活报剧，以及孩子们演唱的国际歌。舞台中央缓缓升起一面万国旗，演员们就聚拢在旗帜下，他们舞蹈着，高唱着，紧紧地攥着自己的拳头。

演出结束了，但我对红军剧社燃起了更多的好奇心。次日，我与人民抗日剧社的社长危拱之女士会面，请她谈谈自己的经历。

危女士是河南人，1907 年出生，现在已经是一名军龄十年的红军了。早年她曾经是冯玉祥的国民军的宣传队中的一员，当南京政变后，在 1927 年，有志于民主革命的危拱之离开队伍，前往汉口，加入了共产党。两年后，她前往欧洲，分别进修于法国和苏联，1930 年辗转回到中国，闯过国民党的封锁，在瑞金组织起了许多剧团。

危女士和她的工作伙伴所组织的学员足有一千多人，他们来自于苏区的各个地方，在高尔基学校进行集中表演训练后，组成六十多个剧团前往乡村和前线宣传演出。最早的剧团在 1931

年就组织起来了。各地村民都对他们的到来表示十分欢迎，主动安排食宿，中国农民平时几乎没有文娱活动作为消遣，当剧团前来演出时，全村人都会争相观看。

顺利走完长征之路的女性不多，危女士就是其中之一。在瑞金组织剧团时，她任职副社长，结束长征到达西北后，她就接手了所有的戏剧工作。以往，西北也有一些当地剧社，但是江西的演员到来使他们焕发了崭新的活力。据她所说，各地巡演的剧团约有三十多个,未来我还会在红色中国看到他们的身影。

“部分剧团随军演出，分布在各个县里，为人民演出。”危女士说，“很多本地人热衷于节目演出，我们这些老演员都成了导演。”

剧团中还活跃着十几岁的少年,他们都参加了少年先锋队，都是从长征之路上走出来的小英雄。现在，他们已经能够独立组织和训练儿童剧社。

“我们剧社的演出受到各方面的欢迎,”谈到剧社成果时，危女士满怀骄傲，“不仅仅是老百姓爱看，红军战士爱看，就连有的国民党士兵,也会悄悄溜到白区边界的集市上看我们演出。这些人都是瞒着国民党军官来的，因为他们看了我们的演出就不愿意再同红军打仗了。”

红军剧团演出的剧目真的具有杰出的艺术价值吗？只怕是有限的。剧团演员并不是科班出身，所使用的道具和服装也相当将就，可凭借着这些粗糙的设备，红军剧团所传递的却是真正的社会价值。他们的戏剧是真正有力的戏剧。剧社的演员也是全心全意为了剧团而奉献的，他们薪水微薄，四处奔波，却怀揣着一颗为中国和中国人民而奋斗的滚烫的心。他们的物质生活是简陋的，可他们的精神世界却无比充盈满足。

红军所演出的剧本和歌曲都出自他们自己之手。红军的宣传部门聚集着许多才华横溢的文学家与艺术家，有些多才多艺的干部也喜欢创作剧本。据我了解，中国著名文学批评家成仿吾和著名女作家丁玲都参与过红军剧社的剧本创作，他们都是红军中的一员。

在共产主义运动中，红军剧社在宣传方面占据着举足轻重的地位，对于老百姓来说，这实在是大受欢迎的宣传活动。许多农民并不轻易相信剧中出现的政治、经济、军事方面的新变化，而红军剧社采取了巧妙的方法，将戏剧作为农民生活和社会时事的桥梁，用幽默热闹的戏剧与老百姓拉近了距离。与此同时，红军剧社还会将革命思想和红军纲领写进节目中，帮助中国农民在欢声笑语中认识中国红军。现在，老百姓已经和红军剧社亲如一家，在山西，老百姓们对剧社热情欢迎，乐意接受他们的戏剧宣传。

也许有人会认为，为了政治目的而写的戏剧并不合格，这样的艺术也不再是纯粹的艺术。可是从广义上来说，艺术的目的恰恰是为了反映生活，展现社会，使观众从中获得享受与思考。对中国民众来说，艺术是一种常见的宣传手段，当演出真正使人民群众发生共鸣，切合他们的人生经验时，艺术的目的也就达到了。

当我们将目光放远，会看到中国的共产主义运动史同样是一场世界舞台上的戏剧演出。共产党人并不是在强调某种思想的真理性，而是在捍卫所强调的思想存在的权利。无论结果是成功还是失败，无论付出了多少生命的代价，至少他们曾经为此不懈奋斗过。共产党人在中国各地传播马克思主义，使无数底层农民意识到反抗剥削的重要性。命运无法使红军低头，即使他们爬雪山，过草地，步步艰难，他们依然会深入农民中去，竭尽全力推动社会变革。他们的确给中国的底层民众带来了全新的曙光，指明了未来的方向。

红军的决策并不都是正确的。他们偏离过，做出过错误决断，但是他们的目标始终是让中国人民当家做主。他们期望唤起农村中无数迷茫的人们看清现实，期望唤起人们独立自主争取解放的斗志，期望人们能够抛弃传统思想中的糟粕。他们教育人们，说服人们，同时也要求人民做出实际行动，共同构建平等自由的民主社会。数以亿计的中国农民就在共产党人的努力下，不断突破自我，开发潜力，发出民族独立、民族振兴的最强音。真正能够改变中国的绝不是纸上谈兵的国民党政府，而是千千万万生活在中国大地上的中国人。

即使从世界历史的角度来看，“共产主义”的实现过程也是绝无仅有的。在这一过程中，数以万计的知识青年主动向深渊中的农民伸出了合作之手，科学与实践共同为了理想而奋斗。在深入基层的过程中，知识青年将会对中国农民的生活产生更多理解，对中国产生更多理解。构建理想社会少不了底层人民的参与，由于共产党人认识到了这一点，他们才能真正获得人民的拥戴，“公社”将会对国家、社会和个人做出崭新定义。

当我和红军们相处的时间越长，我就越觉得我的同伴们身上凸显着青年气质，我甚至错觉他们是一群学生，可是没有哪个国家的学生会在小小年纪就上前线、走长征、打游击战，共产党里这群青年人做到了这一点。而有时候回头想想，我真觉得不可思议：他们的特殊之处仅仅是他们拥有着思想武器，竟然能够与国民党军队抗争了整整十年！他们所倚仗的力量是什么呢？这份力量与青年运动之间有什么不同？是否还有发展空间？原因又是什么？

想要探寻这个问题，我们必须回顾中国人在过去二十多年走过的足迹。红军是在特殊的历史条件、特殊的民族环境中所诞生的。他们与知识分子紧密相关，却又不愿屈服于知识分子所代表的官僚阶级。知识分子凭着仅有的一点知识凌驾于人民之上，以此来控制着乡村民众，但是共产党人真诚对待民众，不仅将知识分享民众还共同分享着理想图景。

想要将这段非凡的故事描绘出来，无疑是对我的考验。这是震撼了中国大地的一次巨大变动，最初有着怎样的预兆？共产党经历了怎样的变化？发生过怎样的冲突与矛盾？我对自己提出要求，不可以简单罗列历史事件，我必须描述中国人民所经历过的真实感情。就在这时，毛泽东向我谈起了他的人生经历，在我们不断推进访谈的同时，我忽然意识到，这不仅仅是毛泽东的故事，还是适合中国国情、对中国有实际意义的共产主义一路走来的足迹。当我分析这段历史时，我发觉它恰恰能解答共产党广受拥戴的原因，这是独具中国特色的共产主义，与苏联所秉持的思想并不完全一样。许多红军领导人的真实事迹都能反映这一点，我想读者一定对此很感兴趣。接下来，我就会讲述这个故事。

第四篇

一个共产党员的由来

- 童年
- 在长沙的日子
- 革命的前奏
- 国民革命时期
- 苏维埃运动
- 红军的成长

童年

我给毛泽东提了一长串个人问题，并因为自己的书呆子学究气而感到尴尬，几乎就像一个应该尴尬——但是没有——的粗鲁无礼的日本移民官。我提出了五六组不同方面的问题，和毛泽东聊了十几个晚上，他却很少提到自己或者提到自己在一些事件中的角色。我起初认为，他不可能把那些事件的细节告诉我：他明显认为个人不重要。和我见过别的共产党人一样，他和他们一样，谈的都是委员会、组织、军队、决议案、战役、战术、措施等，个人经验很少说起。

在那个时间段，我想，这种不愿意谈个人私事，甚至不愿谈同志的个人优点，可能是因为谦虚，也可能顾忌我或者怀疑我，又或是考虑到他们中的许多人是被有偿通缉的。但事实证明，上述原因只是我自以为是，真相不过是大多数人对个人细节记不得了。我开始为传记收集材料，然后屡屡发现共产党人对青少年时期的自己还是记得很牢靠的，但这个情况在加入红军以后就不存在了，你得反复问，仔细问，才能从他嘴里挖出来关于他自己的事。如果不寻根究底，你只能听到关于红军、苏维埃、党的故事，这些以大写字母开头的名词。共产党员们对每场战斗的时间和经过记忆犹新，还有一些地方的情况除了他们无人知道，但那些事件对他们只有集体意义，没有个人意义。在那些地方，创造历史的不是他们个人，而是红军。进一步说，是红军代表的，他们战斗的意识形态，全部有机力量。这很困难，因为不容易报道，但这个发现又很有趣，因为先前没人察觉到。

某晚，回答完我所有别的问题后，毛泽东看着我的“个人历史”问题列表，准备回答。他在“结婚次数”的问题上笑了。事后有个传言，说我问他娶了多少老婆，不过他确实是主张一夫一妻制的。无论如何，他觉得自传写这些事是没必要的。我认为不然，从某方面来说，这比别的更重要，我告诉他：“人们被你的话吸引，就会想了解你，关注你。而且自传是纠正流言的好办法。”

我提请他关注一些传言：他已经死了，他法语特别好，他是什么都不懂的土老帽，他得了肺病马上要死掉，他是个歇斯底里的狂热分子……他似乎有点吃惊，不理解人们浪费时间猜他干什么。于是，他赞成纠正流言，便重看了我的提问。

末了，他表示，要是他把我的问题放在一边，直接告诉我他的生活，相当于回答了所有问题，我理解得也会更容易。

我喊了起来：“就是这样没错！”

接下来我们聊了好几晚，像在密谋什么一样，藏在窑洞里，趴在红毡桌上，中间点着蜡烛。我挥动着钢笔直到累得睡着。我旁边坐着吴亮平，他负责翻译毛泽东那柔软的南方方言。“鸡”不是北方人直白的“Chi”而是“ghii~”，听起来挺浪漫。“湖南”也不是“Hunan”，而是“Funan”，至于一杯“ts'a”，就是一杯“茶”……总之音调都奇奇怪怪的。这些事都是毛泽东口述，我记录。如上文所说，我的记录被翻译成中文再订正。除了对吴亮平先生的一些语法做了必要的修改外，没有修饰。结果是：

1893 年，毛泽东出生于湖南省湘潭县韶山冲，毛顺生是他的父亲，文七妹是他的母亲。

他的父亲出身贫农，少时当兵还债，多年后回村做点小买卖之类，存钱把原属于他的土地买了回来。

那时候，他家有 15 亩地、5 口人，成了中农。60 担[①]谷子的年收入里，每人消费 7 担就是 35 担。剩余 25 担用来经营，后来又买了 7 亩地，升为“富”农，年收入也变成 84 担谷子。

当毛泽东 10 岁、家里有 15 亩地的时候，他家的 5 位成员分别是父母、祖父、他和他的弟弟。后来祖父在他们又买入 7 亩地后去世，但那时他又多了一个弟弟。在这样的情况下，每年剩余粮食是 49 担，毛泽东的父亲变得富有。

作为中农，父亲开始贩运谷子盈利；作为富农，他花了很大工夫去经营这门生意。他雇人，加上妻子和孩子一起下地，毛泽东务农的年龄是 6 岁。父亲没有开店，只是买贫农的粮，再运到城里卖给商人，城里价格高点儿。他会在冬天多雇佣一个短工磨谷子。当时一共有 7 口人在家里吃饭，饭食虽然节俭，但是管饱。

毛泽东入学是在 8 岁，13 岁离开学堂。白天他会学《论语》和“四书”，早晨和晚上则是下地干活。教毛的国文教员的教育理念是严格且严厉，老是打学生，很粗暴。所以毛逃学了，就在他 10 岁时。逃学后，他怕挨打不敢回家，就一路走往县城，不过误认为县城位于山谷。他走了 3 天后被家人找回，才发现

①一担等于一百斤。

自己只是转了几圈，其实离家的距离也就是 8 里路而已。

这次出走不是没有收获，毛发现他父亲不那么严苛了，老师也不那么粗暴了，于是他有了一个深刻的印象：抗议成功，说明罢课是有效的。

毛泽东识字后，他父亲就把家里记账的任务交给了他，还要他学会打算盘。在父亲的坚持下，晚上他开始记账。父亲监督得很严，毛一闲着他就不痛快，不需要记账的时候毛还得接着干农活。父亲是个暴脾气，老是打人，3 个儿子常常挨揍。父亲也不会给他们零花钱，就连吃饭也是特别差。比如说，每月十五他会给雇工们吃鸡蛋，但依然没有肉。可是对于毛泽东，别说肉了，鸡蛋也不给吃。

毛泽东的母亲善良而慷慨，乐于助人。她觉得饥荒时乞讨的穷人们挺可怜的，会施舍饭食。不过要是父亲也在，就不行了。父亲反对施舍，所以吵过很多次。

毛的家里有两个“党派”。父亲是执政党。其余人——有时包括雇工，都是反对党。但是反对党内部也有分歧。毛的母亲是间接打击的支持者，凡任何公开表露态度，比如说公开反对执政党的意见，她都会进行批评，她认为那不能算是中国人的做法。

毛泽东想到点子和父亲做有效辩论，是在他 13 岁的时候。那个点子就是引经据典。比如父亲骂他忤逆，他就引用经书的典故来反驳，说年长的人要仁爱宽厚。父亲数落他懒，他就说年纪大的本来就该比年纪小的干得多。爸爸的年纪是孩子的两倍了，多干是应该的。毛还故意说，等到了父亲的年纪，他还能更勤快点儿。

毛的父亲在村子里孜孜不倦地“聚财”，大伙儿都认为他家很有钱。父亲没有接着买地，而是用典当的办法收地，把别人的地划归自己名下，资产有2000~3000元的增长。

不过随着资产增长，毛泽东本人的不满情绪也渐渐增长着。家里不断发展着辩证的争斗。[①]他记得13岁左右，当着父亲广邀的宾客们，爷俩儿吵上了。父亲说他是个懒蛋，一点用都没有，他很愤怒地回骂，离家出走。母亲劝他回去，父亲也勒令他回去，他站在池塘旁边以投塘为威胁不让他靠近。几方僵持，互提条件。父亲的条件是他磕头承认错误。他的条件是可以单腿下跪，但父亲不能打他。这场斗争就这么终结。而毛泽东意识到，公开反抗会让父亲退让,但乖乖听话却会受到更多的殴打和责骂。

毛泽东表示，现在他想起这件事，明白父亲的严厉是导致失败的根源。他会恨父亲，他们建立了统一战线。而另一方面，父亲的严厉带给毛的好处也有，体现在他为了避免挨批而工作努力、记账认真上。

毛的父亲也不是文盲，读了两年书，认得的字也有一些，记账没问题。母亲是文盲。两人都是农民，而毛泽东是这个家里的“读书人”。虽然毛熟读经书，可是不喜欢那些书，他爱看中国的旧小说，特别是起义的。在他年轻时就躲开老师的严防死守，看《精忠传》《水浒传》《隋唐演义》《三国演义》和《西游记》这些书。老师说这些书是糟粕，但毛泽东经常看，还和很多同学一样，在课堂上看，一旦老师经过就拿别的书挡上。他们几乎能背出经典段落，还加以讨论，比村里的老人们知道得多。老人们喜欢这些，长者和少年时不时交流故事。他认为，可能在

①毛泽东回忆这些事时，老爱引用这些幽默的政治名词来做说明，还一边笑着。

最合适的年龄读到的这些书在很大程度上影响了他。

毛泽东离开小学时是 13 岁，开始白天黑夜干活，白天下地，晚上记账。但他没有放弃读书，而且是除了四书五经之外，贪婪地读任何书。父亲对此十分气愤，因为父亲只想让他读经书。尤其当父亲在一次打官司时，在这方面吃了亏，就更变本加厉了。毛的办法是把窗户挡上，让父亲看不到他屋子里有光。在这种情况下，他读了《盛世危言》并很是喜欢。那本书的作者是个老派改良主义学者，把中国没有的西洋设备——铁路、轮船、电话、电报等等，当作是中国贫弱的原因，所以想把那些东西传入中国。毛的父亲则认为这样的书没用，还是读一些实用的书，如经书，好打赢官司。

毛泽东一直读那些传统小说，直到有一天突然悟到了什么，那些小说有个共同点，所有人物不是官员就是学者，没有农民做主角的，书里就没有农民。为什么呢？他持续思考了两年，并分析那些小说，得出一个结论：书里只赞美武将，赞美统治人民的人，那些人拥有土地，控制土地，所以控制农民去种地，他们不需要自己种田。

毛泽东的父亲直到中年都不相信世界上有神，但母亲虔诚地信仰佛教，还把宗教信仰灌输给孩子们。这就让孩子们对于父亲不信佛而难过。在毛九岁的时候，他和母亲就父亲不信佛的问题进行了认真的讨论，并试了好几次想纠正父亲，但是失败了。父亲骂他们，他们不得不屈服，想另辟蹊径，但父亲始终拒绝信佛。

然而，读过的书影响了毛泽东，他也怀疑神佛的存在了，这让他的母亲很担心，并且怪他不虔诚。不过父亲却没什么意见，直到在收账路上遇到了老虎。老虎没有扑向父亲而是转身跑了，这令父亲倍感惊奇。这是个奇迹，让父亲开始反省佛祖是不是怪罪自己。从那时起，父亲烧香拜佛了，不过也没把越来越不信佛的毛泽东怎么样。因为父亲拜佛都是在遇到困难的时候才拜。

《盛世危言》这本书，引起了毛泽东继续学业的想法，他也不喜欢下地劳动了。他父亲反对这件事，俩人吵了一架，毛泽东又离家出走了。这次他到一个失业的法科学生的家里，学习了半年，后来又在一位老先生那里念了更多书，有经书，也有时论，还有新书。

那时候有件事影响了毛泽东一辈子，那是湖南的事。学生们看到很多贩豆子的商人从长沙过来，便问他们怎么离开长沙了，豆商告诉他们，城里出大事了。

那年饥荒很严重，上万人在长沙都饿死了。饥民们组织了代表团，去向抚台衙门求救，但抚台的回答是："你们在城里，不可能没有饭吃，我就有足够的东西吃。"这种傲慢的态度激怒了众人，于是饥民们游行，并打下了清朝衙门，砍了旗杆，还把抚台赶跑了。后来一个很有诚意的庄姓布政使站出来，表示官府愿意帮助饥民们。可惜的是皇帝讨厌这个庄姓官员，还说他故意勾结"暴民"，让他丢了官。再后来新的抚台走马上任，把领头的饥民抓了，砍了好多人的脑袋，以儆效尤。

毛牢牢记得这件事，因为学生们讨论了很多天。"造反"的灾民获得大部分人支持，但支持者的角度是旁观，跟他们自己过日子不相干，就是出于猎奇才关注。但是毛没法那么做，他联想到了自己的家庭，灾民们也都是平头百姓，和家人一样，这种感同身受令他觉得愤懑。

又过了一阵子，韶山哥老会[①]的成员和一个地主闹起来了。地主有钱，也有权，告官后取得了胜利。败诉的哥老会成员没有放弃，而是揭竿而起，在浏山落草为寇。官兵攻打山寨时，地主造谣说哥老会曾经杀小孩祭旗。后来官兵镇压了他们，领袖彭铁匠流亡后也被抓了砍头。但是因为同学们都同情这次造反，所以把彭铁匠视为英雄。

第二年吃完陈粮但庄稼还没有收成的时候，粮荒出现在毛泽东的家乡。穷人向富人求援，发起了叫作“吃大户”的运动。毛的父亲是粮食商人，在家乡缺少食物的情况下，还往城里运粮。穷苦村民们就扣留了其中一批，父亲大怒，毛虽然不同情父亲，但也不支持村民们。

那时候还发生了一件对毛泽东影响深刻的事，有位“激进派”的老师进了小学，老师反对佛教，支持把庙宇改建成学堂。众人都议论老师，而毛泽东对他很是佩服，也赞成他。

这一连串事情给毛泽东带来了巨大的影响，随之而来的是，他的政治觉悟出现了。他还记得一本瓜分中国的册子的开头是：“呜呼，中国其将亡矣！”那本书里讲述了日本对朝鲜和台湾的占领，也讲到越南和缅甸的宗主权的丧失。当毛读完后，觉得国家前途一片黯淡，真正想到了每个人都有责任为国家做点什么。

毛的父亲做了一个决定，让毛去一个生意伙伴开的米店里当学徒。起初毛没意见还觉得有趣，但几乎同时他听说有个新式学堂，就不管父亲怎么反对也要去上学。那个学校在湘乡县，

①就是贺龙曾经加入的一个团体。

那里住着他母亲的娘家。他表哥就在新式学堂读书，关于学堂情况和教育改革等事都是表哥告诉他的。新学校不看重经书，教西方学说更多，教学手法也很先进。

于是毛在表哥的带领下去报名了，一开始担心学堂只收本地人还谎报籍贯，后来发现哪里的人都招，就改用自己的真实湘潭籍贯。餐费、住宿和学费、杂费一共交了 1400 个铜圆，这是 5 个月的。而且毛的父亲最后也改口同意他上学了，因为朋友们劝他新式教育将来能让毛泽东赚更多钱。这时候毛已经 16 岁了，第一次去离家 50 里之外的地方。

在新学堂，毛学到了西方的新学科和自然科学等等。还有个有趣的事情，教员里面有个戴着假辫子的从日本回国的留学生，假辫子一眼就能看穿。大伙儿都笑话他是“假洋鬼子”。

在新学堂，毛第一次看到了这么多学生。学生们大部分出身地主家庭，农民供不起孩子来这样的学堂读书。毛的衣服比他们都差，他只有一套能看得过去的衣服，还是短衫裤。除了教员外，没人穿长袍大褂，“洋鬼子”才会穿洋装。毛的常服是破旧的衣裤，被很多学生看不起。不过那些人里也有他的朋友，其中两个是好同志，他俩有一个去了苏联，当了作家。

学生们不待见毛的另一个原因是本地人歧视外地人。而且就连本地人也分三六九等。湘乡按地域分成上中下三里，上下两里是仇家，总是打架。毛虽然中立，但他不是本地人，所以上中下三里的人都瞧不起他，这令他感觉沮丧。

不过，在学业方面，毛泽东还是很有收获的。教员们欣赏他，尤其是教古文的教员。因为毛的古文写得不错。可是毛对古文根本不喜欢。他表哥送他两本书，他反复地读，很感兴趣，甚至背了下来。那两本书讲康有为的变法，其中之一是梁启超[①]编的《新民丛报》。毛感谢表哥，更钦佩康有为和梁启超。不过他没想到进步的表哥后来会成为反革命，成了地主，在1925年～1927年大革命里当了反动派。

很多学生不喜欢那个“假洋鬼子”，就因为那根辫子。可是毛泽东喜欢他说关于日本的事。“假洋鬼子”教英语和音乐，毛记得其中一首日语歌《黄海之战》。

麻雀在歌唱，
夜莺在舞蹈，
多可爱啊，在春天里田野一片绿色。
红的是石榴花，
绿的是杨柳叶，
显露出一幅新的画面。

日本战胜俄国之后，这首歌是致敬。那个时候，毛从中感受到日本的美，也感受到日本的强大和傲气[②]。他没想到的是，日本也是野蛮的，正如现在我们所知。

这些，都是他从“假洋鬼子”处学来的。

他记得也是在那时，他才知道光绪和慈禧都死了，新皇帝溥仪两年前就登基了。那时候，毛泽东没有反对帝制，他把皇帝看作和很多睿智公正慈悲的官员一样，只是需要康有为帮他

①梁启超是清末有才能的政治家和维新运动领袖，所以他被放逐了。康有为和梁启超是1911年早期革命的“精神之父”。林语堂把梁誉为中国新闻史上最伟大的人。

②这首歌，显然是在日俄战争终了之后，缔结了《朴次茅斯条约》，日本为庆贺春节所唱的。

们改革而已。在古代，尧、舜、秦皇、汉武他们的事迹令人向往，毛读了很多他们的故事。同时也读了国外的地理和历史等书。有一篇文章讲的是美国的革命。毛首次知道了世界上有一个美国，文章里说经过八年的努力，华盛顿才赢得了胜利，然后建立了一个国家。还有一本叫《世界英杰传》的书也给他留下深刻印象，里面有拿破仑、俄国女皇叶卡捷琳娜、彼得大帝、惠灵顿、格莱斯顿、卢梭、孟德斯鸠和林肯这些名人。

在长沙的日子

毛泽东继续告诉我：

他憧憬着去长沙，那是湖南的省会，是个离家120里远的城市。据说长沙很大，人也很多，也有很多学堂还有抚台衙门……是个非常繁荣的地方。那时毛泽东想去那里的一所湘乡人专属中学，他非常想去，托了高小教员为他做介绍，竟然成功了。他又高兴又忐忑，一路走到长沙，进入梦寐以求的学堂。可惜的是政治局势风云变幻，他在这所学堂只上了半年学。

毛泽东在长沙第一次见到报纸，那份报纸叫作《民力报》，是关于民族革命的报纸。《民力报》报道了由湖南黄兴领导的广州反清起义，还有牺牲的七十二烈士。他被深深打动了，发现这份报纸里都是令人激动的素材。《民力报》的主编是后来任国民党的领导人的于右任。那时候毛泽东也知道了孙中山和同盟会。全中国都处于第一次革命前夕，激动的毛泽东第一次发表了政治观点，他写了文章，贴在学堂的墙上，虽然还有困惑。毛泽东没有放弃崇拜康梁，他不甚了解这几者的区别，所以提出请孙中山归国当总统，国务总理由康有为担任，外交部部长由梁启超担任。

因为铺设川汉铁路之事，一场反对外国投资的运动已经兴起。人民群众呼吁设立宪法。但是皇帝只同意设立资政院。在毛泽东的学堂里，学生们越来越激动。他们用反对留辫子来表达自己的不满。毛泽东和他的朋友都剪掉了辫子。但是有些不守信用的人答应剪辫子却不动手。所以毛泽东和他的朋友就趁其不备，把他们的辫子也都剪掉了。大概有十几个人遭殃。就这样在短时期内，毛泽东从嘲笑“假洋鬼子”留着假辫子，发展到提倡完全取消辫子。由此可见，政治思想的改变，太容易改变一个人的观点了！

针对剪辫子的事件，毛泽东和他学习法政的朋友吵了一架，在这个问题上双方的观点是截然相反的。这位法政学生引经据典来证明自己的观点，他说身体上的东西都是父母给的，不应该受到伤害。但是毛泽东和其他反对留辫子的人们，因为政治立场是反对清政府，所以提出了一种不同的理论，让对方完全没有话说。

武汉起义在黎元洪的领导下发生了，湖南宣布实行戒严，政治局势迅速变化。某天在校长的允许下，有个革命党人到学校做了令人亢奋的演讲。当时就有七八个学生支持，站出来强烈抨击清政府，呼吁大家采取行动，建立民国。在演讲会上，每个人都听得聚精会神。这位演说家是黎元洪的下属官员，他演说的时候，会场里面非常安静。

在听完演讲之后又过了几天，毛泽东下定决心去参加黎元洪领导的革命军。他决定和几个朋友去汉口，他们向同学借了钱。又听说汉口街道湿要穿雨鞋，然后又去借鞋，那个借鞋的朋友在军队里，军队驻扎在城外。他被守卫挡住了。军中气氛紧张，士兵们涌上了街头。这是他们初次拿到了子弹。

沿着粤汉铁路的起义军向长沙逼近，战斗开始了。长沙城外发生了一场大战。与此同时，城里也在起义，所有的城门都被工人占领。毛泽东进了城，站在高处观战，最后看到衙门上的“汉旗”升起来了。那是一面写着“汉”[①]的白旗。当他返校时，发现学校已经被军队保卫起来。

次日，都督[②]府成立。焦达峰是都督，陈作新是副手，他俩都是哥老会的首领。新一届政府位于原省咨议局的所在地，议长谭延闿已被撤职。省咨议局也撤销了。革命党员找到的清政府文件里，有几份请愿书，请求召开国会。请愿书的原稿是血书，徐特立写的，他现在是苏维埃政府教育人民委员。他在那份请愿书的开头就呼吁请求召开国会，作为湖南省去北京的代表，他切断指尖送上，以示诚心。

焦陈两人没有长时间在位，虽然他们是好人，也革命，但因为他们为受欺压的人求利益，令地主和商人不满。几天后，当毛泽东去访友，在街上看到两人的尸体。原来是谭延闿组织造

①“汉”指的就是中国人。

②都督就是军事总督。

反，把他俩推翻了，谭延闿是站在地主和军阀这边的。

这个时候，很多学生也参军了，组织了一支学生军，唐生智[①]也在其中。毛泽东不喜欢这个军队，因为它的基础构成很复杂。毛泽东的决定是，加入正规的军队，尽最大的努力实现革命。当时清朝皇帝并没有退位，还要经历一段斗争的时期。

那个时候，毛每个月的军饷是七元，比现在的红军要多了。这七元要用两元花在伙食费上。买水也得花钱。因为士兵必须到城外去打水才有水用，可是作为学生，毛泽东不屑于挑水，只能去买。之后剩下的钱他都拿去订了报纸。当时《湘江日报》提倡革命时，说到了社会主义。毛泽东就是从那份报纸里第一次知道了这个名词。他也和别人讨论什么是社会主义，但后来发现那是社会改良主义。他读了一些册子，是关于社会主义及其原理的，作者是江亢虎，还积极地写信和同学讨论。但是只有一个同学给予了肯定的回答。

在毛泽东当兵的班里有他欣赏的一个矿工和一个铁匠，对别人就都一般般了，甚至还有个流氓。毛泽东说动两个学生参军，还同排长和很多士兵成了朋友。因为毛泽东识文断字，士兵们觉得他有学问，能帮着写信什么的。

那个时候，革命是否能胜利还是未知数，清政府也没有放弃权力，可是斗争发生在国民党的内部，是关于领导权的。在湖南的一些人说，战争要继续，这是免不了的事情。好多军队起义反抗清政府和袁世凯[②]，其中包括湘军。然而就在湘军即将

①唐生智在 1927 年担任武汉汪精卫政府的国民军司令。他对汪精卫和共产党都叛变了，在湖南开始对“农民大屠杀”。

②袁世凯在后来当上了中国“大总统”，在 1915 年又想自己重新当皇帝。

行动时，和议在孙中山和袁世凯中间达成，没有战争了，南方和北方也都“统一”了，南京政府也因此解散。那个时候毛泽东觉得革命结束了，所以他不用再当兵，应该继续他的学业。这段当兵的日子大概是半年。

从那以后，毛泽东对报纸广告留意了起来。因为在那个时候有好多学校，都是用在报纸上登广告的方式来招生。他没有判断学校好坏的具体标准，当时也不清楚自己到底想要做什么。那时他注意到一个广告，是警察学堂在招生，就去报名了。可是临到考试，他又看到了一个“学校”招收制作肥皂的人，那个学校免费提供食物和住宿费，不用交学费，此外还会给一些津贴零花。招生广告令人感到鼓舞，因为它说，做肥皂是对社会有益处的，做肥皂可以令国家富裕、造福人民。毛泽东改变了报考警察学堂的主意，他决定去做肥皂，还交了报名费，是一元钱。

同时，毛的朋友之一，当了法政学生。那个学生提议，让毛泽东去考法政学堂，他也看到了这所法政学堂的招生广告，写得非常好，承诺在三年内能够让学生完成所有的法律课程，在毕业之后又能立刻当官。朋友不停地表扬学校。最后，毛泽东给家里写信，重复法政学堂广告上的所有承诺，并索要学费。他向他们描述了当法官的远大前途。在等待家人回复时，又花了一元钱报考法政学堂。

然而命运又介入了。这次是商业学堂的广告。毛泽东的另一个朋友说，中国如今正经历一场经济战，对国家整体经济有用的人才是亟需的。他又被这个建议说动，付了一元钱报名费，去考试，还被录取了。不过他没有停下看招生广告。有一天他又看到了一个广告，是一所公立的高级商业学校发布的。那所学校是政府牵头主办的，课程很多，教员也都是人才。他想在那里入学，成为一个商业专家。然后又付了一元去报名，写信告诉父亲他的决定。这封信令他的父亲非常满意，父亲太明白学经商有什么好处了。毛泽东进了这座学校学习，但是只学了一个月就结束了。

因为在这所学校里课程特别的难。上课都是说英语的。他和别的学生一样不懂英语。或者说除了英语字母之外剩下的全都不知道。除此以外还有一个困难，学校里根本没有英语老师。他很讨厌这种事儿，所以在月底的时候就主动退学了，接着看招生广告。

省立第一中学是他下一个尝试上学的地方，报名费也是一块钱。毛泽东的入学考试成绩是全校第一。学校大，学生多，毕业生也很多。因为他喜好文学，有一位国文教员喜欢他，还借给他有乾隆皇帝的上谕和批语的《御批通鉴辑览》。

那时候，长沙政府的一处火药库爆炸了，火烧得很大。学生们却只觉得好玩。一吨吨的弹药爆炸，燃烧的火药连成一片烈焰。这比放鞭炮要好看多了，也过瘾多了。大概一个月左右，袁世凯赶走了谭延闿，控制了民国这台政治机器。接替谭延闿的汤芗铭，开始为袁世凯称帝做准备。

毛泽东对第一中学也喜欢不起来，一是课程有限，二是校规不好。在看完《御批通鉴辑览》之后，他的结论是：最好自学。半年后他退了学，订了计划自习，每天去湖南省立图书馆看书。他对计划很认真，很坚持，就这么又过了半年。这次他觉得自己的学习是有用的。他一大早就去图书馆，中午随便吃点米糕当饭，从图书馆开门看到图书馆关门。

自学期间，毛泽东读了许多的书，还学了世界地理和世界历史。在图书馆，他首次看到世界地图，他对此饶有兴趣。他也读了亚当 · 斯密的《原富》，达尔文的《物种起源》，约翰 · 穆勒关于伦理学的书。他还看过卢梭，看过斯宾塞和孟德斯鸠的书。同时他也看美、俄、英、法各国的历史和地理，还会看诗歌，看小说，看古希腊神话。

那段时间，他都在湘乡会馆住，那儿也住着很多士兵，是“退伍”的，也有遣散的，都是湘乡人，没工作，很穷，老是和会馆的学生吵架。有一天吵架变成了打架，士兵想要杀了学生。毛泽东一直在厕所里躲着，直到他们打完。

那个时候他也很穷。家里的人表示除非他继续去念书，否则不会再给他钱了，所以他慢慢就没法住会馆了，只能找别的地方住。同时他也在想自己将来该怎么办。他想到自己将来应该可以去当教员，于是又开始看招生广告。他发现湖南师范学校在招生。优点是不用交学费，而且食宿费非常的低。另外还有两个朋友也都支持他去考师范，他可以帮他们准备入学测试的作文。毛泽东写信给家人，告诉他们自己的计划并获得批准。他代写了两篇作文，加上他自己的一共三篇，他们三个人都被录取。所以这么算起来，他其实是考了三次。那个时候他觉得给朋友代写作文没有什么问题，这是一个讲义气的表现。

接下来的五年，毛泽东都在师范学校读书。没有再去被其他招生广告所吸引。然后他拿到了毕业证。湖南省立第一师范有很多事发生，令他形成了自己的政治思想，也给他带去初步的社会实践经验。

学校的校规很多，但是他反对其中的大部分。比如他认为自然课应该只是作为一门选修，他想专门研究社会科学，而不是自然科学，所以没有花心思学。他最讨厌画画课，那门课程是必修的，但是他觉得十分没意思。就用一些最简单的东西去应付，画完就走。比如，他画了一条直线加上一个半圆，表示海上日出。再比如考试时随手画个椭圆当作鸡蛋。结果得了 40

分，当然没有及格。要不是社会科学的课都拿了高分，就没法填补那些低分了。

在师范学校里，有位绰号是“袁大胡子”的国文教员，那位老师讥笑毛泽东写的作文是新闻记者的风格，也鄙视他尊崇的梁启超，理由是梁是半瓶子水晃荡。他只好把自己的写作风格做出修正，通过研究韩愈的文章，学到古文文体怎么写。他说得谢谢这个袁大胡子，让他至今在必要的时候都能写出差不多的文言文。

杨昌济是给毛泽东留下最深刻印象的教员。杨是英国留学生，后来跟毛泽东交往密切。杨是唯心主义者和道德高尚的人，教伦理学，他对自己的道德有很强的信念，并期待他的学生能成为对社会有益的积极的人。受到杨的影响，毛泽东读了蔡元培翻译的伦理学书籍，并由此得到感悟，写了《心之力》。那时候，毛泽东成为唯心主义者。杨特别喜欢他的这篇文章，给了满分。

毛泽东还常常从一位唐姓教员处读到往期的《民报》，他看得津津有味。通过《民报》他得知了同盟会的纲领[①]和活动内容。《民报》还报道过两个学生全中国游的事。那两个学生竟然走到了打箭炉，那是在西藏边境上。那件事鼓励他出游，但是他穷，所以不能像这两位学生一样走遍全国。但是可以先走遍湖南试一下。

转过年来，从夏天开始，毛泽东开始徒步游湖南，他和萧瑜——也是学生——同行，走访了5个县，没花一分钱。农民提供了吃住，欢迎他们并热情招待他们。萧瑜后来去了南京，为国民党效力，上司是易培基。易原先就是湖南师范的校长，后来当了南京的高级官员，他帮萧瑜谋职，得到了故宫博物院管

①这是孙中山成立的秘密革命团体，是当前国民党的前身。他们的会员在日本流亡，“笔伐”梁启超和康有为。

理一职，后来萧瑜把故宫的文物盗卖了一部分，并且在 1934 年带着钱逃到国外。

在徒步考察的时候，毛泽东觉得很舒服，他认为有必要发展同伴，就往长沙的报纸上刊登广告，诚邀社会各界爱国青年为友。毛在广告上指出，他希望结识那些努力工作、有决心、愿意为国家献身的年轻人。通过这次征友广告，他获得了三个半回复。之一是加入共产党又改弦更张的罗章龙。之二之三后来都成为极端的反动青年。那个“半”来自李立三[①]，他没有清楚表明自己的观点，而是听完毛泽东的意愿后就离开了，再也没有联系，更没有友谊。

不过这时候毛泽东已经把身边的一群学生团结起来了，大家形成核心，后来成为一个学会[②]，对中国国家大事和中国的命运影响很大。这些人具有严肃的态度，对琐事无感，言必有物，行必有果，也没时间谈恋爱。大家一致同意现在的局势不好，渴求知识超越对女子和个人问题的需求。毛泽东对女人也没兴趣。他父亲给他娶了一个 20 岁的老婆，那时他才 14 岁。不过他没和老婆一起生活过，以前没有，后来也没有。他并不拿她当老婆，也始终想不起她。同龄人之间讲女人是很寻常的话题，但他的同伴们非但不讲，连生活的平常事也不提。毛泽东的一个朋友在家里说要买肉，并谈论买肉的事，然后直接叫仆人去买，这令毛泽东不高兴，他不再理那个朋友。谈大事的朋友，只愿说人性、社会、中国、世界、全宇宙！

他们也热衷于锻炼体能。放寒假的时候，徒步穿过荒野和山林，爬过高山。绕过城市，渡过江河。遇到下雨，就把上衣

①李立三即“李立三路线”的实行者。毛泽东对此激烈反对。后文也会说到毛泽东谈李立三同红军的斗争和结果。

②即新民学会。

脱了淋雨。在太阳猛烈的时候，也脱掉上衣，晒日光浴。起风的时候，大声嚷嚷着说这是一个新的运动，叫作“风浴”。结霜的时候，在外面睡觉。冰冷的11月里，还下河游泳。这些都是抱着“锻炼”的信念，也增强了毛泽东的身体素质。之后几年，毛泽东常常需要在华南来来回回行军，长征从江西到西北，身体素质不行根本撑不过去。

毛泽东和很多人成了笔友，那些人来自不同的城市。他认为需要严格的组织了，就在1917年，和几个朋友创立了新民学会，会员有70～80名，很多人都在中国共产主义和中国革命史里留名。比较著名的人物包括：现任党的组委会书记罗迈；二方面军的夏曦；中央苏区最高院法官何叔衡（后遭蒋介石杀害）；著名的工会组织者郭亮（1930年遭何键杀害）；作家，在苏联的萧子暲；共产党中央委员会委员蔡和森（1927年遭蒋介石杀害）；当了中央委员，后“转向”国民党组织工会的易礼容；在最早的建党文件上署名的六人之一萧铮，党的著名领导人，前不久刚刚病逝。1927年反革命事件中，很多新民学会的会员都遇害了。

差不多就是那时，名为互助社的另一个组织在湖北创建。它的性质类似于新民学会，很多社员后来也加入了共产党，包括互助社的领袖恽代英。蒋介石在反革命政变时杀了他。社员还有林彪，就是现在红军大学的校长。张浩，负责白军工作，他也是。另外北京有个辅社，同样有不少社员加入共产党。别的地方，如沪杭两地，还有汉口、天津①等处，好战的青年们建立起激进的社团，渐渐影响起了中国的政治。

①这样的团体在天津是“觉悟社”，吸引了一些激进的青年到组织里来。周恩来是创立人之一。此外还有：邓颖超，周恩来夫人；马骏，1927年在北京被处死；谌小岑，现任国民党广东党部书记长。

这类社团的创立，或多或少都受到《新青年》的影响。《新青年》是由陈独秀主编的，著名新文化运动杂志。毛泽东在师范学校上学时就已经读它了，他非常钦佩胡适和陈独秀，他抛弃了康梁二人，将胡陈树立为自己新的偶像。

此时，他的思想有自由主义，有民主改良主义，还有空想社会主义，是个综合体。毛向往着“19 世纪的民主”，向往乌托邦主义和旧式的自由主义，但他明确反对军阀和帝国主义。

毛泽东于 1912 年进入师范学校，1918 年毕业。

革命的前奏

当毛泽东回忆过往之际，我留心到，对此至少有一位听众和我一样关心这个。那位听众就是毛泽东的妻子，贺子珍。显然，她有很多没听毛泽东说过的，关于共产主义运动和他本人的事。在保安的毛泽东的同志们也不怎么知道这些。所以每次我找别的红军领导人要素材写传记的时候，虽然大家并肩作战已久，但大伙儿还会聚在一起，听他们没听过的事。因为这些人并不知道同伴在入党前是什么样的，大家通常把入党前看作一片黑暗，真正的光明出现在入党之后。

又是一天晚上，毛泽东靠着两个公文箱，盘腿坐着，吸着烟，把上次夜间中断的故事继续讲完：

他在长沙师范求学期间一共才花了 160 元，这里头还有很多次的报名费。而开支最大的一笔是报纸的订阅费，虽然每月只要一块钱，但总体大约占这笔钱的 1/3。毛泽东经常买书和杂志，去逛报摊。他父亲数落他乱花钱，浪费钱，但他已经习惯看报了[①]。从 1911 年到 1927 年，他从未停止过阅读北京、上海和湖南的日报，直到去井冈山。

还没毕业的时候，毛泽东的母亲过世了，他更加不想回家。就在那一年夏天，他决定到北京去，现在那里叫作北平。许多湖南学生计划留学法国，用边打工边学习的方式。世界大战期间，法国曾招募这样的中国青年来工作。学生们计划在北京学习法语后再出国，毛泽东帮忙组织了这件事。在一群出国的学生里，很多都是湖南师范的学生，里面大部分人成了著名的活动家。这件事也影响了徐特立，40 多岁的时候，徐辞去了教员的工作，去了法国。到了 1927 年，徐特立又加入了共产党。

毛泽东是陪同几个湖南学生到北京去的。尽管他是运动的协助者，运动也得到新民学会的支持，但他自己没想到欧洲去，因为他觉得还没有充分了解自己的祖国，他的功夫应该多下在中国这边。那些想去留学的学生向李石曾学法语，李石曾就是现任中法大学校长。毛泽东没有学，他有别的计划。

在北京待着，花钱如流水。毛泽东原本就是找朋友们借的钱，到了北京以后为了生计，不得不立即谋职。杨昌济是毛泽

---

①那时候，中国的现代报纸还是一件稀奇的东西，许多人，尤其是官员们，都憎恶报纸。说实在的，直到现在还是如此。

东在师范时的伦理学教员，那时担任国立北京大学教授之职，帮着把毛介绍给了李大钊——他是北大图书馆主任，后来是中国共产党的一位创始人，被张作霖杀害。李大钊让毛做图书馆助理员，开出了八元月薪，这薪水很不错。

助理的地位很低，没人搭理毛泽东。在工作中需要把读报人的名字登记在册，但是大部分读报人眼里都没有毛泽东。来看书看报的人里有很多名人，比如在新文化运动里有名的傅斯年和罗家伦，毛泽东认出了他们，想去攀谈政治和文化问题，但这些人日理万机，没空听一个操着南方口音的图书馆助理员说话。

这并不能令毛泽东气馁。为了能旁听北大的课，毛参加了社团：哲学会和新闻学会。在后者中，他遇到了南京高级官员陈公博；先入共产党，后变成“第三党”的谭平山；还有对他很有帮助的邵飘萍。邵飘萍是新闻学会的讲师，自由主义者，有理想，有品质，可惜1926年被张作霖杀害了。

当助理员的时候，毛还见到过现在苏维埃政府的副主席张国焘[①]；在美国加利福尼亚州入了三K党的康白情；现南京的教育部次长段锡朋；以及，杨开慧。毛泽东遇到杨开慧并爱上了她，她是杨昌济教员的女儿，而那时杨昌济影响了毛泽东的青年时代，也是毛泽东在北京的亲密朋友。

随着毛泽东越来越对政治感兴趣，他的思想慢慢激进起来。前文中他说过了变化的背景，不过在这个时候他的思绪还没有完全厘清。换句话说，还在找出路。毛泽东被无政府主义的书影响，对那些主张很赞同，也经常和学生朱谦之一起讨论这个

①张国焘：曾为中国共产党的领导人之一，后来投靠国民党。——译者注

主义将来在中国会怎样。

在北京，毛过得很差，但北京的美补偿了物质生活的不足。他和另外 7 人共同住在三眼井的一个小房间里。晚上挤在炕上睡觉时，都快要窒息了，和身边左右的人都打过招呼之后，才能完成一次翻身。可到了公园，到了故宫，他欣赏到北国早春的美景。北海冰雪未融时，白梅绽放，垂下的柳枝上还带着冰凌。他想到唐代岑参描写冰雪的诗句“千树万树梨花开”，他赞叹北京这些数不胜数的树木。

1919 年初，毛泽东奔赴上海，和赴法学生一起。当时他车票只买到天津的，根本不知道要到天津以后怎么再去上海。天无绝人之路，这句中国谚语在他的身上得到了验证。一个同学给他借了十块钱，这些钱是从北京孔德学校弄到的。他拿着钱去买了一张车票到浦口。在去南京的半路，他到山东曲阜的时候，下车参观了孔子的墓。他看到了一条小溪，是孔子的学生洗脚的地方。他看到了一个小镇，是孔子小时候住过的地方。他还看到了一棵著名的树，据说那棵树是孔子亲手种下的，就在孔庙旁边。另外，他还在一条河边驻足，据说孔子的爱徒颜回住在附近。他还参观了孟子的出生地。旅途中，他上了泰山，泰山就是冯玉祥将军隐居的地方，还写了爱国对联。

火车到了浦口之后，毛泽东的口袋里又没有钱了。他没有车票也没有可以借钱给他的人。不知道怎么才能继续走下去，这还不算完，他唯一的鞋子也被偷了。正在焦头烂额的时候，天无绝人之路这句中国谚语又给他带来了好运。在火车站的附近，他看到了一个老朋友，是从湖南来的。这位大救星不但借钱让他去买鞋子，还借钱让他去买到上海的车票。他在时刻关心自己新鞋不被偷去的旅途中，平安到达了上海。当到站后，他得知学生赴法一事已获得足够筹款，还有余钱让他返乡。等他把朋友们都送上开往法国的轮船之后，自己返回了长沙。

毛泽东从未忘记自己初次游历北方的经过。

他徜徉在北海湾的坚冰之上，绕着洞庭湖环游，绕着保定的城墙环游，还有徐州城、南京城都环游过。最后爬泰山，看孔墓……当时看来，每一件事都能和环游湖南相提并论。

在长沙期间，毛开始更直接地参与政治。尤其在五四运动过后，他的大量时间都贡献给了学生的政治活动。他成为湖南学生的报纸《湘江评论》的主要作者，影响了华南一带学生运动。他还协办文化书社，以研究当下现代文化和政治发展趋势。无论是新民学会还是文化书社，都不支持张敬尧，张是湖南督军，是个大坏人。毛泽东和朋友们组织了一次大的学生罢课，要求撤掉张，还让代表团去西南和北京宣传反张，因为那时候在西南的人有孙中山，影响会很大。作为报复，张把《湘江评论》封了。

然后毛泽东代表新民学会又去了北京，把单纯的反对张敬尧的斗争扩大成反对一切军阀的宣传。他当了通讯社社长，以便完成这个工作。在湖南，这个运动获得了一定的胜利。谭延闿推翻了张敬尧，新政权在长沙成立。差不多也是那时，新民学会分裂了，分成左派和右派。其中左派的目标是继续深入改革社会、政治、经济。

1919 年，毛泽东又去了上海。他看到了陈独秀[①]，这是他第二次遇到。第一次是在北京当图书馆助理员的时候，陈独秀对

---

①陈独秀于 1879 年生，安徽人，是著名政论家和学者，多年担任国立北京大学文学系主任。新文化运动的领袖，《新青年》主编，主张白话文代替文言文。也是中国共产党的创建人，后任国民党中央执行委员会委员。1933 年，被国民党当局捕于上海，现在南京监狱，经历了一次滑稽的审判。同鲁迅一样是当时最重要的文学人物。

毛泽东的影响或许比其他人都要巨大。那时毛泽东也拜访过胡适，想通过争取胡适对湖南学生的支持，来继续学生运动。在上海，毛泽东对陈独秀阐述了“改造湖南联盟”，随后返回长沙着手搭建联盟。在长沙的时候，他的工作是教员，除了工作，他继续在新民学会活动。那时候新民学会想要湖南“独立”，即自治。因为他们都反感北洋政府。人们相信，如果湖南和北京相互分离，就能更快地实现现代化。当时毛泽东坚定支持美国的门罗主义，也支持开放门户。

打着“湖南独立”的旗子，支持联省自治的赵恒惕把谭延闿赶跑了，但赵上台以后立刻反水，继续大力镇压民主运动。毛泽东那个提倡男女平等的权利和主张设立代议制政府的社团受到很大影响。社团曾经在自家刊物《新湖南》里大力宣扬改革，还指挥攻打了由军阀指派、地主任职的省议会，把省议会里面挂的全是奉承话的对联、匾额全撕了。

冲击省议会，被军阀当作湖南的大事件，他们吓着了。但是赵获得统治权以后，反水得很彻底，镇压民主运动很残暴。于是新民学会开始和赵斗争。1920 年是俄国的十月革命胜利三周年，新民学会组织游行庆祝，但是警察镇压了这次游行，也不允许游行者在广场上升红旗。游行者引用宪法第十二条，表示人民有集会结社和言论自由的权利，但是警察不管这个。警察的态度是执行省长赵恒惕的命令，而不是来上宪法课。经此一事，毛泽东越发确信，想要实现有效的改革，必须依靠群众行动，获得政治权力才行。

1920 年冬，毛泽东首次从政治角度组织工人。他被马克思主义理论指引，也受到俄国革命史的启发，主持了那项工作。之前在他第二次去北京的时候，看了很多俄国有关的书。那个时候被翻译成中文的共产主义的书非常少，他努力地找到了一些，并且对其中的三本印象极为深刻：马克思主义第一部中译版，陈望道翻译的《共产党宣言》；考茨基的《阶级斗争》；柯卡普《社会主义史》。通过读那些书和思考，他获得了对历史的正确理解，坚定了自己对马克思主义的信仰。在 1920 年的夏天，理论上和部分行动上，他都认为自己是马克思主义者了。同年，他娶了杨开慧。[①]

国民革命时期

马克思主义者和共产党员还是不同的，毛泽东当年没成为共产党员的理由是：那时候中国没有共产党的组织。虽说陈独秀在 1919 年就和共产国际有过来往，直到 1920 年，第三国际的代表，能言善辩、活力四射的马林和陈独秀会谈。这时，在巴黎的一些中国学生也召开了会议，计划在巴黎成立共产党组织。

1937 年，当人们回忆起中国共产党来，它还是个青少年，

①毛泽东以后没有再提他和杨开慧女士的生活。从种种方面看来，她是一位杰出的女性。她是北京大学的一个学生，后来成了大革命中的一个青年领袖，最活跃的女共产党员之一。当时湖南新青年所庆贺他们的结合，认为是“理想的浪漫史”。很明显的，他们对彼此很忠诚的。后来，杨开慧女士，大约是在 1930 年被何键杀害了。

但已经做出了相当大的成就。它是全世界除了俄国之外最为强大有力的共产党，同时还是除了俄国之外，唯一一个拥有自己军队的共产党。

在另一个晚上，毛泽东继续讲述他的故事：

1921 年 5 月，毛泽东去上海参加了中国共产党的成立大会。本次大会的组织领导者是中国最有才的知识界领袖：陈独秀、李大钊。毛泽东曾经在国立北京大学担任李大钊的图书馆助理员时，已经迅速了解了马克思主义并产生兴趣。当然陈独秀也帮了他。前文说过，毛第二次到上海期间见到了陈独秀，他们讨论过马克思主义的书。让毛泽东铭记在心的是陈独秀对自己信仰的看法，那可以说是在毛泽东平生最关键的时期，给他留下了深刻的印象。

那次上海会议颇具历史意义，不过毛泽东是其中仅有的两个湖南人之一。张国焘、包惠僧、周佛海等共 12 人都参加了大会，1921 年 10 月，湖南成立了第一个共产党省支部。毛泽东是其中一名成员。然后党组织陆陆续续地在别的省市也成立了。陈独秀、张国焘（现在在四方面军）、陈公博（现在是国民党官员）、施存统（现在在南京做官）、沈玄庐、李汉俊（1927 年被害）、李达和李森（后来被害）都是上海党中央委员会成员。保安现在的共产党党校校长董必武是湖北的党员，还有许白昊和施洋也是。高君宇和一些著名的学生领袖是山西的党员。李大钊、邓中夏、张国焘，罗章龙、刘仁静还有一些人都是北京支部的。李大钊也被害了，张国焘现在是红军军事委员会副主席，刘仁静现在是托洛茨基派的。而广州有现苏维埃政府财政人民委员林伯渠，和已经遇害的彭湃。还有山东支部的创始人王尽美、邓恩铭。

与此几乎同时，很多勤工俭学的法国留学生也成立了中国共产党，由周恩来、李立三、向警予创立。向警予是唯一的女创始人，她的丈夫是蔡和森。而蔡和森又是法国支部的创始人，还有罗迈。德国在稍后也有了中国共产党，高语罕、现在的红军总司令朱德、现在的清华大学教授张申府都是党员。莫斯科支部创始人包括瞿秋白。日本有周佛海。

1922 年 5 月的时候，时任湖南党委书记的毛泽东已经在工人中建立起 20 多个工会，涵盖煤矿、铁路、印刷、造币和市政各行业。到了冬天，劳工运动繁荣开展。学生和工人，是党最下功夫的领域，而没有太顾及农民。全部学生和许多大型矿山的工人们各自组成了学生战线、工人战线进行抗争。赵恒惕时任湖南省长，他杀了黄爱和庞人铨这两位湖南工人，引起社会大规模抗议。黄爱领导右派的工人斗争，带领技校学生反对共产党，但很多时候共产党对他们是支持的。工会扩大了规模，变成湖南全省劳工会，里面多了很多无政府主义者。共产党和那些人也有所妥协，还协商制止了他们的许多鲁莽和没有意义的运动。

被派遣去上海的毛泽东，担负着组织反对赵恒惕的活动。同年，上海召开第二次党代表大会。可惜他和同志失联，错过了，就回到湖南继续组织开展工会的工作。1923 年春，湖南针对涨工资、提高待遇、承认工会掀起多次罢工，大多数胜利了。5 月 1 日，湖南举行了一次总罢工，是中国工人运动空前强大的表现。

1923 年，广州召开共产党第三次代表大会。大会通过了一个历史性的决定，即：与国民党合作，参加国民党，建立统一战线，反对北洋军阀。毛泽东又一次去上海，在党中央委员会工作。次年春，毛泽东到广州参加了国民党第一次全国代表大会。3 月，回到上海，同时在共产党执行局和国民党上海执行部工作。他和汪精卫、胡汉民一起工作，汪后来担任了南京政府行政院长。夏天，黄埔军校成立，顾问是加伦，以及其他来自俄国的苏联顾问。国共合作渐渐有了全国革命的雏形。冬天，毛泽东回湖南养病，同时构建了全省伟大的农民运动的内核。

在那之前，毛泽东没怎么察觉农民间阶级斗争的激烈。直到 1925 年的“五卅”惨案后，还有随之而来的巨大的政治活动浪潮之后，湖南农民变得具有战斗性起来。毛泽东没有在家养病，而是出门发动工作，组织农民力量。没用几个月，20 多个农会就成立了。地主们敌视毛泽东，打算逮捕他，赵恒惕甚至派出军队。毛泽东逃往广州时，恰逢黄埔的学员们战胜了两个军阀，云南的杨希闵和广西的刘震寰。因此无论是广州还是国民党都很欢欣鼓舞。孙中山在北京去世了，此后第一军总司令由蒋介石担任，国民政府主席是汪精卫。

国民党的宣传部在广州有份报纸，叫作《政治周报》，毛泽东为主编。在攻击和揭发国民党右派（领袖是戴季陶）时起了很大作用。毛泽东还开班授课，培养了一些人去组织农民运动。有 21 个代表来自不同省份，包括内蒙古的学生，都接受了培训。当时，国民党农民部长是林祖涵（即林伯渠），共产党员谭平山是工人部长。在广州待了没多久的毛泽东担任了国民党的宣传部长，以及中央候补委员。

在那段日子里，毛泽东写了很多东西。他负责共产党内的农民工作。作品有二：《中国社会各阶级的分析》和《赵恒惕的阶级基础和我们当前的任务》，都是在他的研究和他在湖南开展农民工作的实践经验的基础上完成的。在《中国社会各阶级的分析》中，他写到，大家应该接受共产党的带领，对土地政策实施激进的变革，要加大力度去组织农民。这个观点被陈独秀反对，并且不许中央报纸和杂志刊发它。不过后来在广州的《农民月刊》

和《中国青年》上发表了。《赵恒惕的阶级基础和我们当前的任务》在湖南出版。差不多就是那时，毛泽东和陈独秀产生了分歧，毛泽东反对陈独秀的右倾机会主义政策，他和陈渐行渐远，在1927年，分歧达到最高峰。

毛泽东在广州国民党内的工作截止在1926年3月，那时蒋介石第一次发动政变。国民党左派和右派言归于好，重新阐述了国共两党应该团结后，毛泽东在春天去了上海。5月，蒋介石主持召开国民党第二次全国代表大会的时候，毛在上海指导开展共产党农民部的工作，后来被派往湖南，视察农民运动工作的开展。秋天，在国共统一战线下，北伐开始了，这是很有历史意义的大事。

毛泽东在长沙、醴陵、湘潭、衡山、湘乡五个县，针对农民的组织和农民的政治方面进行考察，并向中央委员会提交了报告，他认为是时候采取新的路线来开展农民运动工作了。1927年早春，毛去了武汉，并参加各个省的农民联合会议，他在会上对自己文中的观点做了讨论：应该扩大性地重新分配土地。彭湃、方志敏，俄国的约克和沃伦都在场。大家通过了决议，采纳了毛泽东的观点并提请共产党第五次代表大会审核，但中央委员会否决了它。

1927年5月，在武汉，党的第五次代表大会召开了。当时领导人依然是陈独秀。虽然蒋介石发动了革命政变，在上海和南京对共产党发起了攻击，但陈独秀的观点还是退让。他不顾一切地把小资产阶级右倾机会主义政策执行到底。当时毛泽东对党的策略，尤其是对于农民运动的策略都很不满。他现在觉得，要是那个时候农民运动能更彻底地开展，武装农民去斗地主，那么就能早点让苏维埃在全国得到有力的发展。

可是陈独秀坚决不同意。他完全不了解农民的重要性。他大大低估了农民的力量。在大革命危机前举办的这次代表大会，未能出现合适的土地政策。毛泽东关于重视农民斗争的观点甚至连商量都没有商量。因为陈独秀支配下的中央委员会拒绝提交毛泽东的报告给大会审议。大会把“拥有500亩以上土地的农民”定义为地主之后，不再讨论有关土地的事情了。在这个定义的基础上进行阶级斗争是不足的，也是不现实的。因为它一点都没想到中国农村经济的特别之处。意外的是，大会之后，全国农民协会成立了，第一任的会长由毛泽东担任。

1927年春。即便农民运动被共产党冷处理，但也足以令国民党不安。在湖北、江西、福建，特别是湖南，农民的战斗精神被激发得令人吃惊。高级官员和将领提出镇压农民的要求，农会被他们叫作“痞子会”，农会的一切行动和一切需求都是过分的。陈独秀非常不认可毛泽东的观点，认为这些都是毛泽东的错，并把他调离湖南。

4月的时候，反革命运动开始在南京和上海掀起，蒋介石指挥人马，对工人组织的人们大肆杀害。在广州也有大屠杀。5月21日，许克祥在湖南发起叛乱，他们杀了很多工人和农民。没过多长时间，武汉国民党“左”派将国共两党的协议撤销了，共产党员被国民党和政府“开除”了。

当时，共产党的很多领导人被党命令离境去俄国，要么去上海也好，或者其他安全的地方。毛泽东接到命令到四川去，但他说服了陈独秀让他去湖南做了省委书记。10天后，陈独秀命令毛泽东立即回去，指责他用暴动的手段反对唐生智，唐是武汉的掌权者。那个时候，党内一片混乱，差不多每个人都对陈独秀的领导和他的机会主义路线不满，没过多久，武汉的国共两党合作破裂了，陈独秀也垮台了。

苏维埃运动

我曾经和毛泽东谈过 1927 年春天里引起争议颇多的事，此处值得提一下。这不是他自述的经历中的一部分，却是他本人关于中国共产党党员人生转折的观点，意义重大。

我的问题是：他认为，共产党在 1927 年遭遇的失败，以及武汉联合政府垮台，以及南京的独裁政权的胜利，在这一系列事件里，谁应该对此负最大的责任。毛泽东认为是陈独秀。陈独秀的机会主义本身就是不稳定的，在关键时刻仍然妥协，令党失去了“决定性的领导作用和自己的直接路线”。

在陈独秀之后，俄国的鲍罗廷应该是第二个要负责的人，他是首席政治顾问。毛泽东对我做了解释，他说，鲍罗廷出尔反尔，就在 1926 年～1927 年间立场从支持土地广泛重新分配转为反对，毫无理论根据，也没有逻辑。鲍罗廷比陈独秀还要右倾。毛泽东认为，鲍对资产阶级的态度是讨好的，为此不惜放弃武装工人的力量。还有来自印度的罗易，作为共产国际的代表，是比鲍罗廷和陈独秀左一点，但也微乎其微。罗易空话连篇，只负责说话不负责解决问题。毛最后客观评价了这三人。罗易是个傻子，鲍罗廷是个莽撞人，而陈独秀在不知不觉中当了叛徒。

陈畏惧工人的力量，更畏惧农民武装的力量。当看到武装起义的现实后，陈独秀吓得理智全无。他不能继续看清局面。小资产阶级的天性令陈独秀害怕，从而导致失败。

毛泽东说，当时，在党内，陈独秀是绝对的独裁者，他的重大决定可以不和中央委员会协商。除了他，别人甚至看不到共产国际的指示，他也不和大家讨论那些。不过促成两党合作破裂的人是罗易。共产国际发来一个电报命令党把地主的土地没收，这电报是给鲍罗廷的，罗易拿着抄件就去找了国民党的左派武汉政府主席汪精卫。罗的草率令大伙儿尝到了苦果。[①]武汉政权从国民党中除名了共产党人，随后这个政府就崩溃了，再然后被蒋介石毁掉。

这样看来，共产国际在 1927 年对中国共产党下的是命令，而不是给出意见，中国共产党显然丧失了反对权。武汉的大失败，稍后变成俄国国内一个斗争的焦点，是关于世界革命性质的讨论的。在那之后，俄国反对派被摧毁了，也没人接受托洛茨基的"继续革命"那一套了。苏联重视起在一国建立社会主义的工程，并因此奠定了当今全球和平的砥柱地位。

在国共两党合作破裂前，共产党努力避免这种情况发生，在工人和农民中建立了自己的军队，毛泽东也觉得 1927 年反革命运动会胜利。不过基于这种结果，苏维埃可能就能在南方大规模地发展起来了，并有可能建立起一个怎么都不会被消灭的根据地。

毛泽东已经讲到了苏维埃是怎么从失败的革命中崛起的，它一穷二白，力争一个胜利的结果。毛泽东继续讲述下去：

1927 年 8 月 1 日，贺龙和叶挺领导第二十军，与朱德合作举行了南昌起义，这是历史上的一件大事，红军的前身也由此而来。

①关于当时的情形可参见汤良礼著《中国革命内幕史》（1930 年伦敦出版），这是根据国民党左派的观点写的。

8 月 7 日，党中央委员会召开非常会议罢免了陈独秀总书记的职务。毛作为政治局常委，从 1924 年广州第三次代表大会至今，都在促成此事。会上另外的 10 名委员里还有蔡和森、彭公达和瞿秋白。这时新的路线方针确立了，党没有期待继续国共合作，因为那时国民党沦为帝国主义的工具，已经没救了，不可能再有什么民主革命了。所以从那时起，为了夺取政权而斗争的事被摆到了台上。

毛泽东在长沙组织了秋收起义，他的目标有五个：湖南的党组织与国民党分离；把工农革命军组织起来；没收地主的财产，从大地主扩展到中、小地主；在湖南建立独立的共产党政权，不依附国民党；组织苏维埃。当时最后一项先被共产国际否决，以后才当成了口号。

9 月，毛和同伴们利用农会，在湖南搞了大规模起义，建立工农军队个人的首批队伍。农民、汉阳的矿业工人、起义的国民党部队三者是新的战士主要来源。他们就是工农第一军第一师。其中工人构成第一团，部分农民赤卫队构成第二团，国民党军队——原汪精卫的部分武汉警卫团构成第三团。省委批准这支队伍的成立，但中央委员会认为省委这支军队的纲领不对。还好中央委员会只是观望，而没有反对到底。

在汉阳矿工和农民赤卫队间奔走组织军队的时候，毛泽东不幸被抓了，是一些民间和国民党有关的民团干的。国民党的恐怖处在高潮，数百人因为被怀疑是共产党员遭到了杀害。那些民团接到命令要带着毛泽东去民团总部杀了他，但他借到了几十元，贿赂了押送者。他们是受到雇佣的，毛泽东的死活对他们都没有什么特殊利益。收到钱的士兵想放人，但负责这事的队长不同意，毛泽东决定偷偷跑掉。他在离民团总部约 200 码的地方找到了机会，挣脱控制往野地里跑。

毛泽东跑到了一个下方是池塘的高地躲了起来，被高高的野草掩护着，直到天黑。士兵搜捕他，还强迫一些农民帮忙。他们几乎从他身边经过，有那么好几次，他都绝望地认为自己会被发现，但幸运眷顾了他。天黑后，人们不再寻找。他趁着夜色跋山涉水，打着赤脚走路，这让脚严重受伤了。中途他结识了一位农民，得到了向导和住处。他买了鞋、伞、食物。当到达终点——农民赤卫队时，原本身上的七元钱变成了两个铜板。

毛在新师里任党的前敌委员会书记一职，第一师的师长是余洒度，原武汉警卫团的指挥员，他是被迫投诚的，所以没过多长时间就又叛逃回国民党了。现在他还在南京，在蒋介石麾下做事。

这支队伍开始转移，他们穿过了湖南，从大量的国民党军队中逃脱。他们打了很多仗，屡战屡败，屡败屡战。那个时候没有什么纪律性和政治觉悟，连一些指战员也动摇了，很多人心不在焉的。在余洒度叛变后，部队在宁都整编过，陈浩担任队伍的指挥员，指挥剩下大约一个团的人。不过后来他也跑了。但是在这支队伍截止到上井冈山[1]，最后留下1000人，都是忠诚的人。他们至今还在战斗着，比如罗荣桓，现在是一军团政委，再比如杨立三，现在是军长。

由于中央不同意秋收起义的纲领，且第一军损失惨重，站在城市的角度看，秋收起义最终是会失败的。中央委员会严肃地批评了毛泽东，并撤销了他政治局和党的前敌委员会的职务。湖南省委也说这次是“枪杆子运动”，不怎么样。不过他们说归说，毛泽东还是在井冈山让军队团结了起来，坚定了他的路线

①井冈山在湘赣边界，是不可攻破的山寨，原来被土匪占领。史沫特莱著的《中国的红军在前进》（1933年纽约）一书对共产党攻占此山及其后来在那里的情况有记录下来。

不动摇，事后也证明了，他的决定是正确的。这个队伍扩充了人员，毛泽东是他们的师长。

1927年冬至1928年秋，第一师把握住了井冈山根据地。1927年11月，在湖南的边境——茶陵，建立了第一个苏维埃并选举了政府。谭震林是主席。由这个苏维埃开始，在接下来建立的苏维埃中一贯推行民主和稳健发展，一点点完善着自己。可是这样就被盲动主义者反对了，那些人十分激进，要求烧杀抢掠地主们，让敌人因此而恐惧。第一军前敌委员会否定了他们，就被诬陷为“改良主义”。毛泽东也一样因为不够“激进”而被猛烈地抨击。

1927年冬，原土匪头子王佐、袁文才加入红军。红军的兵力增加了，大约有三个团。王和袁都当了团长，毛泽东则当了军长。虽然这两个人出身草寇，但他们率队为国民革命献身，现在有攻打反动派的意愿。毛泽东在井冈山时忠实执行党的命令，是很好的共产党人。

1928年5月，朱德的队伍和毛泽东的队伍会师井冈山。共同制定了计划：建立有六个县规模的苏区，稳健巩固湘赣粤边区党的政权，从苏区向外扩大发展。这和党内“迅速发展”的意见南辕北辙。朱德和毛泽东既要应付冒险主义，即立刻攻打长沙；又要应付“退却主义”，即撤退到广东边界再往南的地方。两人确定接下来的主要任务有两点，第一是分土地，第二是建立苏维埃。而想要尽快完成任务，必须要把人民群众武装起来。当时井冈山根据地提倡买卖自由，俘虏要优待，还有其他民主的温和主义。

毛泽东和朱德完全赞同六大确定的路线。从那后，党恢复了一致，党的领导人和在农村地区领导苏维埃运动的领导人没有了分歧。

1928年秋，井冈山以北的苏区代表出席了井冈山的代表会议，有些人对根据地的工作还有异议。在会上出现不同的观点，大部分人支持现有工作，少部分觉得这样下去没有未来，因此最后还是通过了宣告苏维埃运动即将胜利的决议案。不过直到那时，党中央委员会也不批准。在冬天的时候才批准了，根据地也是在那时得知中国共产党第六次代表大会是在莫斯科召开的。

六大把 1925 年～1927 年间的革命和南昌起义、广州起义、秋收起义经验加以总结提炼，得出了土地运动应该是革命的重点。同时，中国各地出现了红军的身影。1927 年冬，湖北东西部地区都有了暴动，那是新苏区的根基。东部的徐海东，西部的贺龙，两人都组建了工农军队。前者活动的地方慢慢变成了鄂豫皖苏区的中心，连徐向前、张国焘在后来也过去了。同时，江西东北部边界，有方志敏、邵式平发起运动，也建立了苏维埃根据地。彭湃在广州起义失败后，带着忠诚的部下们去了海陆丰，成立苏维埃，可惜因为执行盲动主义政策没有保持住。古大存指挥那里的一些部队突围，联系了朱德和毛泽东，他们后来是红军第十一军的骨干力量。

1928 年春，以李文林、李韶九为领袖的游击队开始活跃在江西兴国和东固。他们后来成了第三军的骨干。根据地是吉安地区，那里也成了中央苏维埃政府的根据地。张鼎丞、邓子恢、傅柏翠(后为社会民主党人)则在闽西建立苏维埃。

井冈山“反对冒险主义”的时候，第一军两次打败白军，保护了根据地。他们所建立的机动部队发现井冈山具有很好的屏障功能，粮食也能自足，实在是一个理想的根据地。这块地周长 500 里，纵横 80 里，老乡们叫它“大小五井”。真正的井冈山其实是个大荒山。所谓“五井”的意思是在山麓上有五口井，分别是大、小、上、中、下五井，山上五个村各自以之为名。

红军在井冈山会师后做出改编，成立了有名的红军第四军。军长和党代表分别由朱德和毛泽东担任。在 1928 年冬天，何键队伍起义，上了井冈山，产生了第五军，军长是彭德怀。第五军里还有邓萍，长征时牺牲在遵义；还有黄公略和滕代远，牺牲在江西，那是1931年。

军队一多，粮食和衣服就都不够了。井冈山的条件开始变差。有小半年的时间战士们都只吃南瓜，那时候他们的口号就是“打倒资本主义吃南瓜”。在他们眼里，地主家的南瓜和资本主义几乎画上了等号。彭德怀留守井冈山，朱德去突破白军的封锁线。到了1929年1月，井冈山第一次守山结束。

这时，第四军发动了一场战斗，打得又快又好，顺利地打通了赣南，和东固红军会师，并建立了苏维埃。随后军队向永定、上杭和龙岩进发，这几个县的苏维埃也纷纷成立。因为在红军到来之前，那些地方就有群众基础，这也是胜利的保证，使政权很容易巩固。无论是土地活动还是游击队活动，都得到了群众的大力支援，红军到来的影响力越来越大，不过真正完全掌握权力，还是在共产党到来之后。

红军获得了物质上的支援和政治上的进步，但是还有很多不好的一面。比如说所谓的“游击主义”，纪律性和组织性差，搞极端民主。还有一些人主张“流寇思想”，不搞任何稳定政权的行动，打一枪换一个地方。还有一些残余军阀主义思想的——个别的指挥员随意打人、虐待人。

“1929年12月，红四军第九次党代表大会在闽西的古田召开，克服了上述的问题。大会讨论怎么改进，怎么解除误会，也通过了新的计划。这为提高红军中的思想政治基础提供了有利条件。往常，上述问题是很危险的，容易被托洛茨基派别在党内和军内利用，反过来打击红军。现在在新的思想指导下，撤销了那些人的职务，停止了他们包括党内的工作和军队的指导工作。军长刘恩康就是典型，他设计陷红军于险境，但是他失败了数次，党看穿了他的伎俩，于是他凶狠地反对党的主张，攻击党的纲领。事实证明是他们犯了错，被罢了职，不再干涉红军的工作了。

古田会议为江西的苏维埃的建立奠定了基础，次年大胜了好几次。差不多赣南地区都归红军控制，这就建成了中央苏区根据地。

1930 年 2 月 7 日，赣南又举行了一次重要的地方党会议，地方党对苏维埃将来的纲领做了探讨。党、政、军三方的当地代表，对土地的政策进行了深入的探讨，挫败了所谓反对“机会主义”的斗争。会上决定分田地，快点建立苏维埃。会议之前，红军不过是组建地方和乡一级的苏维埃，会议之后，决定建立江西省苏维埃政府。农民们表示踊跃支持，几个月后能在国民党军队的围剿中取胜，这个决定是功不可没的。

红军的成长

毛泽东的自述渐渐脱离了个人的经历，在某种程度上潜移默化地成为一场伟大的事业。尽管他是这个运动的主导者，但我们看不到他的个人情节，他所说的不再是自己，一切都是“同志”，是“大家”。毛泽东的名字被红军所取代，毛泽东的主观记忆，也变成了一个对人类集体命运抱持着关心的旁观者的客观记录。

越接近故事的结尾，我就越想知道他自己的情况。那些时候，他做了什么？他是怎么做到的？他的职责是什么？他的想法是什么等等。总而言之，我诱导着他多说说他自己：

红军针对群众的工作逐步完善，规范了纪律，总结出新的经验，很多农民自愿支持革命了。在井冈山的时候，红军就有三条纪律：一切行动听指挥，不拿群众一针一线，一切缴获要归公。1928年的会议后，为了争取更多农民的支持，又增加八项纪律，分别是：

1 离家上门板[①]；

2 捆铺草；

3 对人和气，时刻助人；

4 借物必须还；

5 弄坏东西必须赔；

6 公平买卖；

7 不白拿东西，要给钱；

8 讲卫生，在离家远的地方建厕所。

林彪加了第七、第八两项。这八条纪律直到今天还在，执行得十分成功，战士们都会背[②]。除了这些，另有三条守则是红军牢记的，是主要任务：和敌人斗争到底；把群众武装起来；筹集资金帮助斗争。

早在1929年，李文林、李韶九的几支游击队改编加入红军第三军。第三军指挥员是黄公略，政委是陈毅。同期，朱培德民团里有哗变，在罗炳辉带领下投奔共产党。罗炳辉原来是国民党的指挥员，他投诚是因为对国民党的希望破灭了。现在罗是红二方面军第三十二军的军长。红军第十二军也成立了，是

①这并不难理解，中国的木板房的门是可以拆卸的，并且不用费多大力气，所以能够拆下来临时作为床使用。

②红军中有首歌就是以此为内容，战士们每天都唱。

由福建的游击队加上其他红军正规部队的骨干力量创立的。指挥员是伍中豪，政委是谭震林。伍中豪战死后，继任者是罗炳辉。

红军一军团也是同期成立的，朱德是总司令，政委是毛泽东，是由第三军、第四军、第十二军组成。第四军指挥员是林彪，第十二军指挥员就是罗炳辉。党的领导是前敌委员会，前敌委员会的主席是毛泽东。一军团总共有万人以上，分为十师，是红军主力。除此之外，地方上还有不少独立团、游击队、赤卫队之类。

红军在军事方面的胜利原因有二，一个是有着众人支持的政治基础，另一个是收效良好的战术。井冈山上有四句口号，精辟概括了游击战术，红军就是从游击作战中积累经验的。这四句口号是：

1 敌进我退！

2 敌驻我扰！

3 敌疲我打！

4 敌退我追！

一开始，很多老兵们不赞同这四句口号，不喜欢这样的战术，可是实践出真知，事实证明这一战术是对的。普遍看来但凡没有遵守它们，红军的战斗就会输。因为红军和敌人比起来，人实在太少了，比例大约是一比十或者一比二十。加上各种资源奇缺，只能结合游击战术和运动战术，才有望出奇制胜，以弱胜强。

无论是过去还是现在，红军都坚持一项最重要的合适的战术，那就是集中所有力量去进攻，进攻之后飞快化整为零，分散开来。这样做意味着不打阵地战，而是通过不断运动来消灭敌人主力。依靠着这种战术，红军发展出了有力、神速的“短促突击战”，红军的机动性也由此培养起来。

红军用潮水的方式，一波波地扩大苏区的规模，而不是随意或者跳跃式前进。红军每到一个地方，一定会深入地去发展、去巩固那个地方。这种发展方针也是和实际相符合的，因为这套思想是由很多军事和政治经验统合出来。李立三强力抨击这种战略方针，他的意见是持续进攻，红军集合所有武器，整合所有游击队，主动出击，打完一个地方换一个；无论是巩固根据地还是保护大后方都不应该在考虑范围；而且攻打的目标得是大城市，要使人震动，同时应该更加激进，更加极端。在那个时候，李立三路线覆盖除了苏区的党组织，他的势力强大到足以迫使红军听命于他，哪怕是在一定程度上反抗战地指挥部的判断。这导致两个事件：进攻长沙和进攻南昌。好在这两次事件里，红军没有完全听他的，后方依然被保护着，游击队也还在活动。

1929 年秋，红军向赣北进军，许多城市被攻下了，屡次在和国民党军队交锋中取胜。一军团临近南昌时，突然转西奔往长沙。途中，一军团会师彭德怀。长沙曾被彭的队伍占领过，为了躲避极具优势的敌人大规模围捕，被迫撤出城外。1929 年 4 月，彭德怀不得不离开井冈山前往赣南，这扩充了他的部队。1930 年 4 月，彭与朱和红军主力在瑞金会和，并举行会议，决定湘赣边界由彭的三军团活动，而朱、毛入闽活动。1930 年 6 月，一军团、三军团再汇合，合并为一方面军，向长沙发起第二次进攻。总司令是朱德，政委是毛泽东。他们兵临长沙。

大约同时，由毛泽东担任主席的中国工农革命委员会成立。在湘赣一带，红军影响力很大，毛泽东之名在农民中无人不知，因为他被重金悬赏，死活不论。有着同样“待遇”的，还有朱德和别的红军领导人。国民党没收了毛泽东在湘潭的土地[①]。何键抓走了他的妻子、儿子、妹妹和他兄弟毛泽民、毛泽覃的妻子。

---

①在大革命中，毛泽东曾经将这些地的租金用在湖南的农民运动上。

他们杀掉了毛的妻子和妹妹，后来释放了其余的人。红军的威名，连毛自己村里的人都听说了。因为毛听过传言，农民乡亲们坚信他很快就会回家乡。某天他们还指着头顶上飞过的一架飞机说毛就坐在里面。乡亲们还警告占了毛家土地的人说，等毛一回来发现地里的树被砍了，肯定要让蒋介石赔偿。

可惜的是这一次长沙之战，红军打败了。长沙内部城防严密，还有大量国民党的增援部队。9月，攻打红军的部队纷纷到了湖南。红军围困长沙的这段时间，只有一次大的战斗。红军的成果是消灭了国民党大约两个旅的队伍，但依然没有攻占长沙。过了几周，红军撤回江西。

战事的失利也有积极的意义，李立三的统治地位动摇了。红军不再遵照他的指示去继续进攻武汉，那可能也会败得很惨烈。招募新兵和在新的农村实施苏维埃化成为红军在那时的工作重点。特别紧要的是在苏维埃政权的坚强领导下巩固新打下的地盘。长沙之战除了冒险以外，没什么别的意义。从另一个角度分析，如果把第一次打下长沙看成是一次临时行动，没有长久驻守并设立政权的想法，倒是有一定意义的。意义在于对全国革命运动有积极作用。但是想让长沙成为根据地，却不考虑怎么巩固苏维埃政权，那么它就是不对的，战略不合适，战术也不行。

我冒昧地打断一下毛泽东所说的经历，说些关于李立三的过往轶事。李是留法的湖南学生，多次在共产党的两处“地下”总部——汉口和上海往返（直到1930年党的中央委员会才搬到了苏区）。在共产党员中，李立三是一个非常有才华的共产党人，又让人琢磨不透，或许也是中国最有“托洛茨基”范儿的。他在1929年～1931年统治了党，直到被动离职，后去俄国进修至今。和当年的陈独秀差不多，李也不相信能在农村发展苏维埃。他的观点还是占领城市，在战略要地诸如长沙、南昌和武汉大举进攻，而在农村用高压政策令地主畏惧。他认为工人起义和大罢工是有力的革命方式，让敌人的任何事都干不了。他还想在获得苏联支持的情况下，在北方从外蒙古和满洲展开侧击。在莫斯科看来，李立三最大的“错处”是：1930 年，李立三声称全世界革命运动的中心是中国，这意味着他否认了苏联的地位。

我的跑题到此结束，继续前面被打断的内容，毛泽东说：

那时李立三不仅高估红军的战力，还盲目自信国家的局势即将稳定，革命即将大获全胜，在全国掌握政权的日子也即将到来。这是蒋介石和冯玉祥内战造成的错觉，蒋介石和冯玉祥打了很久，双方互有折损，李立三因此判定形势大好。但红军认为实际上虽然打着内战，但国民党已经计划好了，那边一停，这边就全力攻打苏区。这时候完全不应该盲目自信和冲动。后来事实也证明，红军的看法是很准确的。

队伍中的“李立三主义”没有了，这是经过湖南事件，红军退回江西，占领吉安之后消失的。事实证明李立三是不对的，党员们不再信他。不过在彻底放弃李立三主义前，红军有一个生死攸关的时刻。红军三军团的部分成员是赞同李立三路线的执行的，要求和其他红军分开。彭德怀坚决反对，维护他指挥的部队的忠诚和队伍的向心力。可是在刘铁超的带领下，第二十军还是公然背叛了，他们在要地吉安附近的富田把江西苏维埃主席和指挥员、干部们逮捕了，还在政治上攻击党。这次事件叫作富田事件，引发了不小的震动。好多人都猜测富田事件是影响革命未来发展的关键大事。不过因为三军团还有很多人是忠心耿耿的，红军和共产党整体都团结一致，加上农民们的支持，叛乱被镇压得很快，逮住了刘铁超，解除了其他叛徒的武装和消灭了他们。彻底地打消了“李立三主义”，肯定了现在路线的正确。从此之后，苏维埃运动渐渐发展壮大起来。

江西苏区的革命干劲震撼了南京政府，他们第一次围剿[①]红军就是在1930年年底。总指挥鲁涤平用超过10万人的军队，从五个方向围攻苏区。而红军满打满算也就4万人。红军以运动战术为指导思想，打退了围攻，获得大胜。红军在这场战斗中快速集中快速分散，用主要力量各个击破。红军还诱敌深入，随后集中力量，反客为主。以上种种，克服了敌众我寡的不利局面。

1931年1月，红军第一次反围剿胜利。毛总结出三条关于获胜的经验：一军团、三军团集中统一指挥；清算李立三路线；同红军内、苏区内的AB团（刘铁超）和一些现行的反革命分子的斗争取得了胜利。

但是4个月之后，第二次围剿开始了。军队有20万的兵力，总司令何应钦是现任军政部长，他兵分七路而行。这次情势严峻，因为敌人资源丰厚、装备完善，而红军物资极为匮乏，这时运动战再一次发挥了作用。通过诱敌深入、快速机动、集中兵力攻其第二路的办法，逐步攻下第三、六、七路。第四路没打就吓跑了，第五路被打垮了一部分。红军在反围剿的14个日夜，8天急行军，6天作战，终大胜。甚至在蒋光鼐和蔡廷锴的领导下的一路军，得知其他军队败北或撤退之后，没有真刀真枪干一场就撤离了。

又过了一个月，第三次围剿发动了30万人，蒋介石亲自指挥，宣称这是“剿灭赤匪的最终一战”。协助作战的是陈铭枢、何应钦和朱绍良，都是蒋的干将，每人带领一路军队向苏区进发。蒋介石希望达到“荡平赤匪”的效果，他长驱直入苏区内部，日

①在《中国共产党现况》（杨铨，1931年南京出版）这本书中，详细地描述了这一次围剿的情况，相当有意思。

挺进 80 里地。这正好撞在红军擅长的诱敌深入战术的枪口上，使蒋介石犯了严重错误。红军的主力只有 3 万人，但是在 5 天之内，通过运动战，向五路敌人发起攻击。首战即告捷，缴获大量俘虏、装备、枪炮、弹药。蒋介石不得不在 9 月就承认自己的失败，次月撤出苏区。

接下来红军得到了休养生息之机，它迅速扩张发展。1931 年 12 月 11 日，第一次苏维埃代表大会召开，成立中央苏维埃政府。主席是毛泽东，红军总司令是朱德。同月在宁都，国民党二十八军里有 2 万多士兵起义投靠红军。他们是董振堂和赵博生带领的。他们建立了五军团，董到现在还是红五军军长，不过赵在江西作战时阵亡了。

红军开始进攻。1932 年，大战后他们攻克了福建漳州。他们向南雄的陈济棠发起进攻，以及乐安、黎川、建宁、泰宁 4 个蒋介石战线上的城市。他们还打过赣州，但没占领它。1932 年 10 月到长征西北这段时间，毛所有时间差不多都忙着打理苏维埃政府的工作，由朱德等人指挥军事工作。

1933 年 4 月，南京方面发动第四次围剿，这可能是输得最狠的一次①了。红军首战缴械两个师，连师长也抓住了，歼灭部

①关于对苏维埃区域“围剿”的次数，在剿共战争的许多记载上，有很多说法。有些作者说“围剿”的次数总计八次之多，可是这几次南京的大动员中间，有若干次，纯粹是自卫的性质。红军指挥员只说有五次的主要“围剿”。这五次的时间，以及在这五次中南京军队直接参加作战的大概人数如下：第一次，1930 年 12 月到 1931 年 1 月，人数 10 万；第二次，1931 年 5 月到 6 月，人数 20 万；第三次，1931 年 7 月到 10 月，人数 30 万；第四次，1933 年 4 月到 10 月，人数 25 万；第五次，1933 年 10 月到 1934 年 10 月，人数 40 万（“动员了”90 万人以上，进攻 3 个主要的苏区）。在 1932 年中，南京没有发动大规模的“围剿”，那年蒋介石在包围着红区设防，动用了约五十万人，而这倒是红军大举进攻的一年。显然，1932 年的南京的防卫战，因为被当作反共的“围剿”来宣传，就被许多作者误解为大“围剿”了。红军并不这样加以讨论，蒋介石也一样。

分第五十九师，全部第五十二师。连第十一师也被歼灭，师长重伤，那是蒋介石的精锐部队。一连串战斗成为具有决定性的转折，使得第四次围剿以惨痛失败收场。蒋介石在写给部下陈诚（当时的战地司令）的信里说，这是他平生的奇耻大辱。而陈诚其实反对这种形式的围剿，他的意思是，同红军打仗是打不完的，是要打一辈子的，另外这也是“坐一辈子牢”。蒋介石听到他这么说，就撤了他的职。

第五次围剿——这也是最后一次——是规模最大的，有100万人。蒋介石在德国顾问们的建议下，第四次围剿时启用堡垒体系，第五次将其发扬光大——他调整了战术策略。

同时红军也犯了两个重大错误：一、1933年的福建事变中，本应联合蔡廷锴而没能联合成；二、仅为防御打阵地战，没有进行运动作战。这等于放弃了自己的技术优势和精神优势，用本来就不多的兵力硬抗百万大军，这个错误代价是惨痛的。

此消彼长，加上蒋介石在战斗中用的新策略，以及无论人数还是技术都完胜红军的队伍，到了1934年，江西的环境恶劣到红军几乎不能存续，不得不去努力改变它。同时，中国的整个局势也很不好。日本占领东北和上海已成既定事实，苏维埃政府从两年前就正式宣布抗日，但是耽于反围剿，红军根本无法将力量投入抗击日军。于是，中央调整方针，号召全国的武装力量统一起来抗日。在1933年，苏维埃政府表示愿意和白军合作，只要停止内战，不和红军作战也不进攻苏区，保障人们的公民自由及民主权利，武装人民来抗日。

1933年10月，红军开始进行反围剿。1934年1月，第二次中华全国苏维埃代表大会上，总结了革命斗争收获的成就，毛泽东作了很久的报告。会上选举了一批中央苏维埃政府成员。

没过多长时间，长征开始了。它恰好是进行反围剿的一年后，1934 年的 10 月。这一年是两败俱伤的一年，几乎没有停止过硝烟。

红军大部队到贵州遵义的时间是 1935 年 1 月，并且在 1 月～5 月间不停地行军、作战。长征路上困难重重，险境环生，简直无法想象。红军不畏生死，翻过一些又高又险的高山，跨过又深又急的大河，走过荒无人烟的茫茫草原。无论环境是严寒还是酷热，无论天气是风雨交加还是大雪纷飞，红军都一一克服了。他们战胜了一切天然的阻碍，战胜了粤、湘、桂、黔、滇、康、川、陕各地部队的拦截追击，最终在同年 10 月抵达陕北，将大西北根据地的规模大大扩展了。

通过长征的方式，保存有生力量，抵达陕西和甘肃，这是红军取得的极大胜利。首先归功于共产党的正确领导，第二点则要归功于基本干部们，是他们用勇气和毅力支撑起了整个队伍，他们对于革命的信心，和非同一般的忍耐力，带来了这场胜利。无论是曾经、现在还是未来，中国共产党都坚定不移地坚持马克思列宁主义，它会坚持避免任何机会主义倾向。怀着这种决心，中国共产党所向披靡，并终将胜利。

第五篇

长　征

- 第五次围剿
- 举国大迁移
- 大渡河英雄
- 过大草地

第五次围剿

长征是一部慷慨激昂的大型历史剧，而它的序幕部分正是在华南的苏区。在足足6年之久跌宕起伏的经历中，不知为何却没有被完整地记录在册。因此我也几乎没有办法把这些事简明扼要地表述出来。毛言简意赅地说起苏区是怎么慢慢发展起来的，红军是怎样一点点从无到有建立的，共产党又是怎样筚路蓝缕，以启山林。成立之初只有数百名有理想的革命者拉起了好几万工农组成的队伍，1930年他们成为政权的有力竞争者。这支队伍已经发展到南京政府不得不去进行围剿。第一次，以及后面接连的第二、三、四次，但是每一次都输给了人数远远不足自己的红军。在每一次反围剿中，红军都大规模的打败并歼灭敌人，用敌人的装备武装自己，招募兵员并扩张地盘。

同时，大家不由好奇，红军非正规部队拉起防御的线后，人民的情况是什么样的？有一个震惊所有人的事实。这个地方本来是世界上除苏联外仅有的共产党统治的国家，但没有任何一个外国观察家在这里待过。所有外国报道其实都是二手货。可不管是正面的还是负面的，我们都能看到苏区的情况：红军越来越受拥护的基础是什么，重新分配了土地，减少了税负，建立了很多集体企业。截至 1933 年，1000 多个苏维埃合作社在江西存续。没有失业者，没有妓女和抽大烟的，没有奴隶和买卖婚姻。没有战乱的影响，人民的生活水平大幅度上升，受教育水平也有所上升。有的地方经过三四年的扫除文盲，成果比几个世纪的成果还要卓越。最著名的莫过于晏阳初的一次群众教育试验。他接受洛克菲勒的赞助，在定县“奢侈”地开展了教育试验。而比定县的县份还高的是兴国县，那是一处共产党模范县，里面的“文化人”占全县人数的八成。

关于这个苏维埃共和国是由很多报道可以证明的。而我们探讨的方向还只能是理论上，那些不是我的目的。举个例子，如果南方的根据地还坚挺，红军会怎么发展呢？这就是理论上的猜想，而得出的结论必然是主观的、片面的。

不过那个猜测是纯学术问题，现实已经变了。在 1933 年 10 月，坚持了一年之久的反围剿，是南京发动的最大的一次反共战争，而红军被迫撤退。这一撤，好多人觉得没戏了，这种想法要到两年后才能被证实是非常错误的。一直到了将来的某一天，大家蓦地发现蒋介石的命运竟然要靠共产党决定！这种强大的回归实属少见，而在它发生前，蒋介石还自我催眠，吹嘘自己已经彻底把共产党除掉了。

国民党和红军打了 7 年后，战局才出现压倒性优势。红军当时切实掌握了赣闽湘三省的大多数地方，实际上也掌控着行政控制权。而另外有不接壤的零散地区也被控制了，它们分别位于湘、鄂、豫、陕等地。

蒋介石带着约 90 万大军实行围剿，里面 360 个团共 40 万人是实际参加战斗的，包括在赣闽苏区的作战，还有在鄂豫皖苏区的作战。其中，战役的中心是江西，那里有18万红军，都是正式的军队加后备力量。游击队和赤卫队也有20万人。不过这么多人却没有足够的武器，步枪不足十万，没有大炮，手榴弹等弹药也没什么地方能搞到，只有瑞金有一家红军军火厂。

蒋介石用了新的打法，这次他充分发挥了国民党军队的优势：资源、技术、装备等等。他还有现代化的空军，能够让400架飞机在空中作战。红军有几架飞机是缴获蒋介石的，虽然有飞行员三四个，但是他们既没有汽油也没有弹药，更没有维修师。前四次的围剿说明突袭苏区是不可能胜的，于是蒋介石在第五次围剿里改用了消耗战，他包围红军，并且进行经济封锁。

蒋介石这么做要花费很多钱。他修路，建了成百上千里的军事公路，还有数千个小堡垒，可以让火力线封锁一大片。这种稳中求进的办法极大削弱了红军的强项，反而暴露出红军人少、装备差、没资源的缺点。换句话说，蒋介石是在围剿中建了一座长城，把苏区围在了当中，逐步缩小包围圈，目的是彻底击溃红军。

国民党大部队是得到重重掩护的。首先它不在公路碉堡网之外出现，其次每次行军总会得到空中或者地面炮火的掩护，不会离开掩护圈太远。碉堡圈在赣、闽、湘、粤、桂遍地开花。而这种办法极大克制了红军伏击、佯攻等计策的施展。红军被迫跟国民党打阵地战，这导致了战争的失败，后文将会详说。

有传言说，第五次围剿的策划者是蒋介石的那些德国顾问们。其中就有原纳粹陆军参谋长冯·西克特（已故）将军。他有一段时间任蒋介石的首席顾问。堡垒战术推进得很慢，相应耗费的人力物力又都非常大。好几个月都没有关键性作战。但是这种战术的效果也十分显著。在红区的人们受到了极大的影响，最明显是食盐的供应被完全切断了。苏区渐渐抵抗不住这场战役了，因为它不仅仅是军事战，还是经济战。尽管红军否认，但是我怀疑他们肯定对农民有了一些压制。但要明白红军本身也是农民。如果国民党打下了苏区，自己手里的土地无疑将会被地主收回。而一个农民为了保卫自己新得的土地，大多都是愿意拼上性命去作战的。

当时，蒋介石觉得自己已经要赢得了围剿的胜利，红军不可能有任何反击和逃跑的机会。他“清剿”收复地区里的共产党人，还在上空狂轰滥炸，造成了千万农民的死伤。周恩来估计，红军战士的伤亡是 6 万人以上，而平民的伤亡更令人吃惊。很多地方都没有人烟，国民党要么就强迫农民们背井离乡，把他们全都赶走，要么采用极端的方式把他们杀死。国民党本身统计，在围剿过程中，他们以杀死或饿死的方式让超过 100 万的人死亡。

但是围剿还没有尘埃落定，蒋介石还是没能完成他自己的目标，即消灭红军主力。因为红军在瑞金的一次军事会议上，决定大撤离，把主力转移到别处去。这个大撤离就是长征，预计时间跨度为一年。这个计划准备妥当，收效甚佳，这种军事天才在红军进攻阶段从未显露过，因为相对而言，发起胜利的进攻容易，现在大家都知道的艰苦条件下胜利完成撤退计划是非常有难度的。

撤离江西的动作机密而高效。国民党本部得知红军撤离的消息时，9 万人的主力部队已经行军好几天了。在江西南部，通过动员，游击队代替大量前线的正规军。替换是在夜里悄悄完成的。从 1934 年 10 月 16 日开始，江西南部的雩都附近，红军集结完毕，开始准备最后一搏。

红军用三个晚上，分兵为西、南两个纵队。在第四天夜里猛然同时进攻湘、粤的碉堡线。在强攻之下，国民党退散，红军把国民党南线的碉堡工事封锁网完全控制住了，向西和向南的生路大开，红军的先锋部队正式开始了辉煌壮观的长征。

长征队伍里，除了红军主力，还有大量的农民，年龄性别身份都不限，有党员也有非党员。大家努力拆掉兵工厂，拉走机器和任何一切能拉走的有价值的东西，用驴、骡驮着，跟着红军走。这个队伍因此很特别，但大多数的东西在半途不得不被丢下。有红军战士说，他们在长征的路上埋下了许多枪、机器、弹药甚至银洋，预备将来的那一天重返苏区使用，现在被国民党部队包围的红区农民会拿起它们，继续战斗。他们在等一个契机，或许就是接下来的抗日战争。

国民党政府花了好几个礼拜，才占据了苏区。大量游击队员和农民赤卫队员在少数正规人员的带领下，继续在苏区作战，这些留下来的人丝毫不怕死，他们的英勇事迹被红军传唱至今。正是由于他们的掩护战斗，极大拖延了蒋介石军队的调度速度和追踪速度，让红军的有生力量得以突围，走上长征路。一直到 1937 年，赣、闽、黔还有一些红军的残部据守。最近，国民党又要开展一次“最后肃清”福建的红军了。

举国大迁移

红军在突破国民党的碉堡线之后，正式开始了一年的长征。先往西走，再北上。征途历尽千难万险，途中发生了无数令人敬佩和感伤的真实故事。我在此不能尽述。几十名参加长征的共产党人正在撰写集体报告，尽管还没写完，篇幅已经有 30 万字了。字里行间看得出惊险刺激，也看得到牺牲奉献，危机和灾难并存，希望与勇气同在，这成千上万的年轻人那燃烧不尽的热情、希望、革命乐观情绪照亮着征途，他们在人、自然面前永不低头，甚至超越了人人畏惧的死亡，以及更多我无法用语言文字描述的东西。这一切的一切都是空前绝后的，都呈现在那一次堪称现代史上无与伦比的远征的历史中。

后来，这次远征被红军称为“二万五千里长征”，因为它是从福建最远端到陕西西北处的尽头，全程曲折往复，还时有折返，所以其实走完全程可能会更长。我有一张图表[①]，是一军团编的，分阶段的路程统计。根据这个旅程表，整个路线是 18088 里地，折成英制是 6000 英里。这个长度足够横穿美洲大陆一个

① 《长征记》（一军团编，1936 年 8 月预旺堡出版）。

来回了。而这只是主力部队最短的行军路线。必须要强调的是，这全程都是步行，部分地方没有路，车子在大多数地方都穿不过去。途中还有亚洲最高峰和最宽广的大河，这场长征也是名副其实的持久战。

国民党在中国西南的苏区周围设置了四道防御工程，满布钢铁堡垒和机枪。红军想要转移，首先要突破这四道防线。1934年10月21日，在江西，攻克第一条；11月3日，第二条；一周后，第三条；29日，第四条，这最后一条是国民党军队放弃的。此后红军往北走，取道湖南腹地，直奔四川，意图进入那里的苏区，汇合四方面军，那是徐向前领导的队伍。一个多月里，红军和陆续一百一十个团的兵力作战，其中大战九次之多。敌人包括南京政府和地方军阀陈济棠、何键、白崇禧。

红军在江西、两广和湖南途中，损失极为惨重，到了贵州边境时减员三分之一。这是因为有五千人都被很多运输任务占据，拖累了先锋部队，有时还有敌军设置的路障。另外因为路线固定，特别容易被南京预测。

损失太过严重，使得红军主动调整了长征方案。把直线运动掩护在无数转移视线的运动当中，有时候分兵两队，甚至是四队，开展一系列声东击西活动。让飞机搞不明白红军的真正动向。而先锋部队则轻装简行，双管齐下。运输队伍的行进时间则改成夜里，也削减了人员，避免空袭伤亡。

蒋介石从鄂、皖、赣等地调出很多兵，布置到西部，打算拦截红军北上入川，阻止他们渡过长江。在江边重兵把守，长江南岸不留一艘船。他还封锁了所有的道路，把大片地区坚壁清野，不留一颗粮食。他甚至去增援王家烈——贵州地方军阀的烟枪部队，随后烟鬼们就被红军歼灭。此外，还有队伍在云南边境把守，使得在贵州的时候，红军被10万～20万的部队迎面打来，那支军队设置了很多障碍，红军被迫两次大迂回。

红军队伍在贵州耗费了四个月。他们的收获是摧毁了敌军5个师，占领王家烈的司令部和洋房，补充了20000新战士，并且在很多乡村里开群众大会，把年轻人培养成为共产党干部。这么一来，红军的损失还不是很严重，可最大的问题是没有办法过江。敌军在四川和贵州的边境守着他们，任何通往长江的小路也被封锁。蒋介石认为只要阻止红军过江，在江边就能全歼红军，或者将之逼到西南或荒凉的西藏。蒋介石发出电报，宣称国民党和国家的命运如何，就看能不能在长江南岸截住红军了。

1935年5月初，红军突然调头南下，进入和缅甸、越南交界的云南省。急行军4天后，离省会就只有10英里的距离了。云南军阀是龙云，闻讯赶紧调动一切力量展开防御。蒋介石也从贵州调遣增援部队过来。蒋氏夫妻原本在云南府，此刻匆忙乘坐法国火车前往印度支那。来自南京的飞机每天都在搞轰炸，但红军步伐始终不停。这场恐慌在不久后以得知红军此举只是少数部队佯攻而结束。但在那个时候，红军主力已经一路西行，试图通过位于长江上游的龙街渡江。

长江上游位于云南省，那里有很多荒凉的山脉。它流过深深的山谷和高高的山峰。在一些地方，山峰突然上升，形成一到两英里长的陡峭峡谷。上游只有很少的渡口，它们都被政府军把持。蒋下令烧掉了所有的船只，下令国民党军队和龙云的军队包围红军，兴奋地期待着毕其功于一役。

对于将来的前途，红军似乎一无所知。他们兵分三路，继续急行军挺进龙街。没有船，南京飞行员观察后汇报说，有一支红军的先头队伍在用竹子搭桥。这极大鼓舞了蒋介石，他知道搭桥没有十几二十天是不可能的。但是某天夜里，有一个营的红军突然逆行，神奇地在 24 小时之内走了 85 英里。黄昏时分，他们假扮国民党人，悄然摸进一个镇子，不声不响地解除了守军的武装。在那里，有附近唯一的渡口，叫作皎平渡。

皎平渡的船只也都在长江的北边，但是，并没有被烧掉！大概政府军的想法是“红军离这里足有几百里地呢，又过不来，烧掉船只多不划算”吧。现在的难题是，船在北岸，红军在南岸，怎么把船弄过来。这个难题在夜里得到了解决。红军让村长向对面的哨兵喊话说政府军到了，需要一只船过河。对面的士兵没有任何异议地派出了一只渡船。“政府军”于是上船，过江，登陆，进入四川境内。红军到来时守卫的士兵们还在搓麻将，枪都挨墙放着。红军喝令他们举手投降并缴了他们的械，他们好一会儿才醒悟自己已经是俘虏了，他们以为红军起码要在三天后才能到达呢。

停在南岸搭竹桥的红军大部队在这个时候也行动了，次日中午先锋部队来到皎平渡。此时过河已经容易多了，花了 9 天时间，红军用 6 条大船把全军都接到四川去了，全员无伤。在破坏船只后，红军躺下睡觉。而整整过了两天，蒋军才到河边。对岸的红军高兴地告诉他们游过来挺好的。政府军只好绕了两百里地找到另一个渡口，这时候已经被红军远远甩在后面。蒋介石大怒，飞往四川亲自调兵遣将，要在另一个战略枢纽——大渡河上，将红军拦腰截断。

大渡河英雄

在长征中，最重要的事件非强渡大渡河莫属。要是红军未能渡过这条河，他们的命运就是被消灭。史书记载了不少前车之鉴，大渡河的河岸上埋葬了三国时期的英雄们，以及后面朝代里很多将士的尸体。太平天国的残部，在大渡河的河谷里死了10万人，他们是石达开的部下，被曾国藩在此处包围并全歼。到了现在，蒋介石总司令告电盟友地方军阀刘湘和刘文辉，试图像曾国藩打石达开一样，对红军来一次全歼。

不过石达开的败亡原因红军也是知道的。石达开是耽误了时机，因为儿子的出生，他在大渡河边停了三天，让曾国藩有充足的时间调兵遣将，并实行包抄。当石达开意识到问题时，一切都迟了。狭窄的山谷里没法用大军硬抗，他陷落在包围圈里，最终丧命。

这个教训太过惨痛，红军并不想变成石达开，所以部队飞快地北上，从金沙江到了四川境内，再进入到土著居民彝族境内。彝族又分“黑彝”和“白彝”。他们骁勇善战，桀骜不驯，从没被汉人征服。他们占据深山老林，以江水为界，独立生活了数百年。他们还把汉人看作仇敌，军队想要通过基本是不可能的。蒋介石非常自信红军在那里一定遭遇大麻烦，如兵力遭到削弱。

可是红军自有妙计。他们和土著民族打过交道，与云贵地区的苗族和掸族成为朋友。甚至还有一些士兵就来自那些部族。红军的使者与彝族人谈判，发现他们攻占的一些彝族区边界的城市乡镇里，彝族首领竟然被军阀监禁，于是他们释放了这些首领们，从而获得了首领的赞颂。

刘伯承是先头部队的队长，他曾经是一个四川军阀军队里的一名军官，了解彝族的情况，也能说上几句彝族话。他作为使者去同彝族首领谈判，坦诚地说，红军和彝族人一样，是反抗四川刘湘军阀、刘文辉军阀和国民党的。彝族人想保持独立，而红军的主张是中国各少数民族自治。彝人恨汉人的原因是受到汉人的欺压，但是和彝族人分“黑彝”和“白彝”一样，汉人也有“红汉”和“白汉”之分，欺负彝族人的是白汉。白汉是红汉和黑彝共同反对的对象，两方应联起手来。彝族人半信半疑，还找红军要武器要独立，红军毫不克扣地给他们枪支弹药，彝族人对此很吃惊。

所以红军不仅飞快而且情绪轻松愉快地穿过了境，离开时队伍里还多了几百位自愿参军的彝族人，他们要一起去打白军，有些人甚至一直走到长征的末尾。刘伯承和彝族总首领一起喝了一只现杀的鸡的血，歃血为盟，拜了把子。红军用这样的方式表明，违反誓盟之人怯弱如鸡。

彝族区的森林茂盛，飞机看不到下方部队的行踪，林彪率领的红一军团的先锋师沿着羊肠小道顺利穿行，抵达大渡河岸，像突然占领皎平渡那样，出人意料地攻占安顺场。他们登高眺望，惊讶而又欣喜地看到南岸有一艘船！命运又一次眷顾了他们。

当时大渡河北岸镇守的兵力只有一个团，是刘文辉的队伍。其他四川军队和国民党的增援还在赶来的途中。因为一共三艘船都在北岸，所以看守的兵力不用特别多。这个团的团长是当地人，他知道红军必须得经过哪里，要多长时间才能到河边，按照他的估计那是好几天之后的事儿。他的老婆也是本地人。所以他回来走亲戚，大吃大喝，正好赶上红军奇袭安顺场的这天。他成了俘虏，而他的船也变成了渡口的通行证。

红军的先头部队有 5 个连，从每个连里选出了 16 人组成一支队伍，他们的任务是坐船到对岸去，把剩下的两艘船也都带回来。一边红军在岸边竖立机枪火线掩护这支队伍。5 月，山洪暴发，河宽超过了长江，流速很急。横渡一次要花上两个小时。南岸的红军提心吊胆观望，他们看到先头部队差不多就在对方眼皮子底下过河，登陆，但接着毫无动静——这就结束了？并不，南岸红军机枪继续喷吐着火舌，先头部队慢慢爬上去，隐蔽自己，翻上陡崖，架起轻机枪，狠狠往敌人的炮楼扔了一批手榴弹。

白军突然熄了火，冲出炮楼，往后面两道防线退去，南岸开始喧闹起来，纷纷喝彩，先头部队隔着河都听得到。三艘船都带到了南岸，守军都逃跑了。红军开始渡河，每条船运 80 人，在河上不停往返，一个白天加一个夜晚，共有一个师的人过了河。

但是河水流得越来越快了，过河变得很不容易。第三天，乘船过河需要 4 个小时，这样下去想要把全部军队拉到河对岸，没有二三十天是不行的。但这样一耽误，他们就会被蒋介石的部队追上并陷入包围。这时候一军团已经集结在安顺场，侧翼纵队、辎重部队和后卫部队都将一个接一个地赶来。而蒋介石的飞机也在头顶大肆轰炸。敌人从北方和东南方合围。情况十万火急，林彪召开紧急军事会议，此时朱德、毛泽东、周恩来、彭德怀已经抵达，他们一致决定：马上强攻。

泸定桥，位于安顺场西 400 里处，那里山高，水急，河道窄。泸定桥是一座铁索悬桥。这个地方是大渡河上，西藏以东最近的唯一渡河点。如果占领泸定桥，红军就能全部过河进入川中。有一队红军光着脚出发了，沿着羊肠小路，时而攀越上千英尺的山崖，时而蹚过没到胸口的淤泥。如果这次战斗失败，红军就要放弃现在的局面，不得不掉头从原路返回，到云南后折向西边，一直去往位于西藏边境的丽江，这一趟迂回线长度有 1000 多里，红军生存概率渺茫。

当南岸的红军主力向西靠拢时，在北岸的一师红军隔着江河南岸齐头并进。峡谷的两侧有的时候是很窄的。隔着峡谷的喊声互相都可以听到，有的时候两方又离得很远，他们会担心可能再也见不到彼此，于是纷纷加速急行军。在黑夜里，河上左右悬崖亮起两道长长的灯火，一万多支火把倒映水面，如同箭矢。这两批先头部队几乎没有休息的时间，连吃饭休息也不能多于 10 分钟。同时政治工作者即使累得要命，也要向他们做讲话，再三重申急行军的意义，他们的全部生命都将在这一次战役中绽放，要拿出最后一口气来克服考验，无论是灰心丧气、放松步伐，还是疲惫，都不可以。除了胜利，他们别无选择。

第二天，北岸落后。因为四川军队在途中发起了阵地战，双方有所交锋。南岸士兵顶着压力向前走。没过多长时间，白军的增援部队也到了，南岸红军用望远镜观察到，对方也正在赶往泸定桥！隔着河的红军和白军展开了竞争，红军精英们用一天时间拉开了距离。显然，白军休息时间长，精力消耗大的原因是不急着为了去夺泸定桥送命。

泸定桥已经建了几百年了。华西急流河上的桥梁都是这样用铁索建造，粗长锁链连接两岸，长 100 多码，共 16 条。桥头修建石堡，深深埋着锁链的两头，并用水泥封好。在锁链上覆盖着厚厚的木板当作桥面——红军到达时才看到，一半的木板已经被撬走了。半座桥上只有摇晃的锁链。北岸石堡前铺着机枪火力网，后面有一个师的敌人。这桥是应该是要炸掉的，但是修桥太难了，也太贵了，四川人舍不得。据说修一次泸定桥就能花掉 18 个省的募捐。没人认为红军能沿着光秃秃的铁索爬过来，除非他们都疯了。而红军做到了。

和时间赛跑就是和敌人的援军赛跑，想要打败敌人就要占领泸定桥，这一次先锋部队里征召了志愿人员，所有人都挺身而出，于是在这些人里选出 30 位战士，带着毛瑟枪，拿着手榴弹，抓住铁索一点点前进。他们身下是奔腾怒吼的湍急河流，他们前方是桥头堡的一串串机枪子弹。红军和敌人互喷机枪，火花飞溅。敌方狙击手摇晃地向过桥的红军射击。中枪的战士被咆哮的河水吞没了，一个，又一个，接二连三……但借助木板一点微不可及的防护，有些子弹改变了方向，让更多的战士慢慢爬到了桥的中段。

四川军队从没见过这样不畏死的战士——通常当兵只为了有口饭吃，没人真的愿意卖命，但这些红军战士们，却甘心赴死，他们是人，是疯子，还是神？四川军本来就迷信，看到前仆后继的红军，战斗的意志动摇了。可能有些人故意胡乱往周围开枪，也可能有些人暗中祝福保佑红军。总之，一位红军战士终于爬上桥面，一枚手榴弹正中桥头堡。敌军指挥官命令手下把剩下桥面快点拆掉，为时已晚，又有几名红军踏上了桥面。敌军倾倒煤油并点燃，意图烧毁桥面，但差不多20名战士爬过来了，一支支手榴弹摧残着敌人的机枪阵。

蓦地，留在南岸的红军大声欢呼万岁！他们为红军欢呼，为革命欢呼，为大渡河上30位英雄欢呼。因为白军已经慌张地撤退了！红军开足马力，踏过桥板上烧灼的火舌，跃入碉堡，把机枪转了方向，对准它们原来的主人。

越来越多的红军通过铁索爬过泸定桥，大火被扑灭，桥面被重新铺好。没过多久，原先从安顺场过河的一师红军也赶到了。双方从侧翼对敌人的阵地发起攻击，白军没有坚持多久就全部逃走了。准确地说，是一部分白军这么跑了，而另一部分，则和红军在一起，追击他们的前同僚——100多名四川军队的士兵交出武器直接投诚，反过来打四川军了。一两小时的工夫，红军大声欢歌，成功渡河入川。南京的飞机在红军头顶盘旋，但只是徒劳。红军向飞机叫嚣着发起挑战。在红军渡河时这些飞机试图炸毁渡河中的红军所踩的泸定桥，可惜炸弹全都掉进了河里，只激起片片水花。

安顺场和泸定桥的英雄们获得了金星奖章，这是中国红军最高级别的功勋。我有幸后来在宁夏见到了他们中间的几人，令人吃惊的是他们的年纪，都不超过25岁，十分年轻。

过大草地

红军安全渡河，进入四川西部，有了鱼儿入水的畅快感。蒋介石还没在那里搭建成体系的碉堡群，红军掌握着主动权。但是这不意味着长征就轻松了，因为前面还要走2000英里，并翻过7座高山。

大渡河之北矗立着16000英尺高的雪山，山顶空气稀薄，在那里可以眺望到西藏。翻山的时候是在6月，平地地带天气是热的，但是雪山上太冷了。战士们大部分来自南方，他们穿的很少，气血不足，不少被生生冻死。更加困难的是他们还要翻越荒凉的炮铜岗，都是自己搭的路。红军把竹子砍倒。铺在齐胸深的泥泞上，曲折前行。毛泽东说，有个军团2/3的驮畜都死在那座峰头，数千名战士走着走着倒了下去，失去了生命。

接下来是邛崃山，同样付出了大量减员的代价。随后是梦笔山、打鼓山，又是一次次的减员。直到1935年7月20日，红军进入毛尔盖地区，那是四川西北的丰饶之处。在那里，红军汇合了四方面军，以及松潘苏区，他们终于停下来了，做了长长的休整，估算损失，对队伍进行重整。

开始长征时，一、三、五、八、九军团在江西有9万士兵，但 9 个月后，他们减员了一半。并不是他们死了或者成为俘虏或者赶不上队伍，而是一些人留在中途，在湘、滇、贵三省，组织农民游击队对敌军进行骚扰牵制，这是战术的需要。他们拿着缴获的千百条步枪，从赣到川，一路给敌人造成很多麻烦。而贺龙还在湘北主持苏区工作，萧克的部队后来去了他那儿，新建的游击队也向他那里靠拢，兵力对比之下，国民党就算想要把贺龙赶走，没有一年时间是不可能的。他的离开，是在收到红军总部的入川命令后才进行的，当然也克服了极大的困难，取道西康才成功。

有了江西红军的经历，贺龙的队伍获得大量经验教训。他们交了新的朋友，也结了新的仇恨。途中，他们“抄没”富人的财产纳为己用，包括官员、地主、豪绅在内，而穷人的生活则受到他们的保护。他们基于苏维埃法律进行抄没，而物资要经过财政人民委员部的没收部门分配。所有抄没的财产要告知那个部门，再由该部门统一分配给红军各部。他们在山里迂回时，足足拉了 50 英里那么长。

红军来不及运送的财产也有很多，它们被称为剩余物资，直接分给了当地的穷人们。红军从富裕的火腿商人处抄来了几千根火腿，几里外的农民们纷纷而来，按照分配领取它们。盐也是一样，还有鸭子。这些鸭子来自地主家的养鸭场，用他们的话说，红军吃鸭子都吃到腻了。红军带着很多银锭，还有南京的钞票和银洋。在穷困的地方，用这些钱买东西。红军还烧了地契，废除赋税，把武器分给穷人。

我从红军处得知，除了在川西的经验，红军还处处受到农民热烈欢迎。往往人还没到，名声就先到了，经常有饱受欺凌的农民们派代表团前来，要求他们稍微绕一绕路，把他们那里也“解放”。实话实说，他们其实不太懂红军的政治纲领，就知道红军是“穷人的军队”。这已经可以了。毛泽东一边笑一边说，有个农民代表团说“欢迎苏维埃先生”①。不过军阀和他们一样，福建军阀的卢兴邦在他的地盘上发过一张通缉令，说是悬赏捉拿一个叫苏维埃的人。他称这个姓苏的横行霸道，尽干不法勾当，应该处以极刑。

来自南方的红军在毛尔盖和茂功两个地方休整了三周。苏维埃政府、革命军事委员会与共产党的代表在其间开会商议将来的发展目标。前文提过，早在1933年，红四方面军就在四川建设起根据地，原先就在湘鄂皖苏区形成。从豫到川的长征中，领导者是张国焘、徐向前，两人将在后文谈到。他俩在四川打了很多胜仗，但后果是损毁的东西太多了，有段时间川北很受影响。在毛尔盖会师南方来的布尔什维克，徐向前有5万部下，所以川西的红军全部将近10万人了，这是截止到1935年7月的统计数字。

会师后，两军再次分离。部分南方来的军队接着向北，其余和四方面军一起留川。那时候都对将来的行军路线的看法，众说纷纭。其中张国焘的意见是留川，在长江以南地区慢慢休养生息。但毛泽东、朱德以及“契卡”的大多数人的观点是继续前进，挺进西北。双方都在犹豫，但很快他们就必须做出决定了，因为有两个因素：一是蒋介石派人从四川的东部和北部进入，对红军进行包围，在这两部分红军中形成一个楔子。二是有一条

① “苏”在中国是一个常见的姓氏，“苏维埃”很容易被误解为是一个人的名字。

激流把红军分成了两部分，那条河的河面突然上涨，到时候两部分红军无法互通。另外，党内还有一些斗争，这里就不细讲了。

在8月，江西主力以一军团打头阵，挥师北上，坐镇四川的是朱德、徐向前、张国焘。红四方面军要在川康两地再待一年。待贺龙领导的红二方面军会师，再前往甘肃。这件事当时反响很大，会在后面细说。1935年8月，在林彪、彭德怀、左权、陈赓、周恩来和毛泽东的领导下，以及江西中央政府大多数干部和党中央的很多委员的指挥下，红军开始征服位于四川和西藏边界的大草原。一共3万红军，踏上长征的最后一段路。

这段路穿越川康地区，也是一条险路。红军的行进路线途经藏族人部落和好斗的游牧藏族人居住的地带。红军甫一入内，就遇到了人民团结起来敌视他们的情况。在这里，红军用钱买不到吃的，可是打又打不起来，因为根本找不到对方的踪迹。红军跋山涉水的时候，部族的人把他们将要经过的地方全部能吃的粮食、牲畜、家禽都带走，连人影都不留一个。

可是只要红军偏离路线一两百码便很容易遇到危险。山区的人民视红军为“入侵者”。当红军不得不拉长队伍鱼贯前进时，他们往队伍里扔大石头砸死人和牲畜。他们根本不会靠近红军，红军也没有机会解释“少数民族政策”，更谈不上结成联盟。有位女酋长，对汉人有很深的仇恨，不管汉人是红军还是白军，只要她的人民敢去帮过路的人，她就用开水把那个人活生生地烫死。

食物买不到也找不到，红军被迫为了几头牲畜而打仗。据毛泽东说，差不多一条人命换一只羊。红军从藏民的土地里收集到青稞、甜菜、萝卜等吃的。一个萝卜很大，能分给15个人吃。凭借这样微薄的供给，红军走过了草地。毛泽东还幽默地说，这是红军唯一亏欠的债务，将来总要把这些不得不从藏民那拿走的给养归还。红军找到向导的办法只能是俘虏部族人，在和向导们打交道的过程中，他们吸引了向导。有些向导参了军，跟着大部队一直来到西北。其中一些人已经在陕西党校进修了，等他们学成可能会回去和同胞们解释“红汉”与“白汉”的区别。

草地处处沼泽，泥泞不堪，大雨连绵不绝，走了足足 10 天都没有看到人，而道路只有本地人才能分辨，因为那几乎不是路，只是一些错综复杂的足迹。很多人被茫茫水草所迷惑，走着走着就陷入深深沼泽窒息而死，同志们甚至一点忙都帮不上。草原上没有干柴可以点火，大家只能生吃青稞和野菜；没有树木可以遮阴，而红军轻装简行，是没有帐篷的，大家便蜷在成捆的灌木下面过夜，那挡不了多少雨水。但是，红军通过了草地，沿着那条不是路的路，他们胜利了。白军追逐而来，更要面临迷路死亡的风险，在折损一大半人马之后，不得不撤退。

抵达甘肃边界线后，红军还要应对接下来的战斗。任何失败都有可能是决定性的。蒋介石找来南京政府的军队，还有东北、回民军队在那里等着阻碍红军。但红军一次次成功闯了过来，甚至把大家公认的强敌——回民骑兵打败了，俘获数百匹马。到达陕北的红军，真是几乎耗尽了全部力气。1935 年 10 月 20 日，是他们从江西撤离整整一周年的日子，红一方面军的先头部队和陕西苏区的第二十五军、第二十六军、第二十七军成功会师。陕西苏区早在 1933 年就已经是根据地了，现在红军只剩有一万多人，在能够休整的时候，大家终于意识到他们的壮举。

长征相关的数据[1]是惊人的。红军差不多每天都要打一次仗，而有足足15次是耗费整天的大战役。长征一共花了368天，235天的白天行军，18天夜行军，剩下100多天，有许多天是在不停地打遭遇战。其中在四川西北的战斗有56天。所以这条总长度5000英里的路上，红军休息的天数只有44天。平均每天要走24英里，即71华里，而他们平均每次在走了114英里以后才能得到休息。这个速度不仅包括大军的速度，还要加上行李辎重，而他们行进的路线多么艰险，是众人皆知的。这不是伟大的奇迹又是什么呢？

红军一共跨越了18条山脉，其中5座是积雪不化的大雪山。渡过了24条河。他们穿过12个省，占领过62座城，还从10个地方军阀包围中突破。他们用各种方式或战或避，甩脱了中央军各个部队。他们成功通过6个不同少数民族的地盘，有的地方几十年内中国军队都未踏足过。

不管你怎么看红军，不管你怎么想红军的立场和政策——这是很容易发生辩论的地方——每个人都必须承认，红军的长征，在军事史上，是浓墨重彩的伟大业绩之一。亚洲里只有蒙古人曾经比这次还要厉害。前数三百年至今，倾尽举国之兵长途跋涉并保持战力，几乎绝无仅有。或许西域探险之父斯文·赫定在《帝都热河》这本书里记载的土尔扈特部迁徙能与之相较。而汉尼拔翻越阿尔卑斯山的壮举在长征面前不过是一场假期远足。还有一个参照是拿破仑兵败莫斯科，士兵们也跑了很远，不过那已经几乎不能称之为军队了。

---

①《长征记》，一军团编（1936年8月预旺堡）。

我们必须认清一点，长征不是溃败，而是战略上的撤退。它有目的地，它保存了核心力量，士气无损，军心稳定，觉悟坚强，从未放弃。每一个共产党员自始至终都怀有坚定信念，他们是在奔赴抗日前线。而这样的信念是促使每个人坚持下去的重要动力。而在战略上的选择，也是长征胜利的重要因素。中国的西北是抗日战争中的战略要地。他们早于所有人做出预判，那里将决定中、日、苏的命运。事实证明共产党是对的，它不仅仅是宣传，还是杰出的政治战略。从另个角度说，这也是令长征胜利结束的要素。

在某种意义上长征不仅仅是一场军队的大规模转移，还是历史上规模最大的一次武装巡回宣传。红军走过 12 个省份，接触红军的人民超过两亿。不打仗的时候，他们召开群众大会，通过戏剧表演宣传自己的政策纲领，他们打击地主、豪绅和官吏，没收财产，解放“奴隶”（这些人很多也参军了），宣传自由、平等和民主，穷人分到了土地和财物。如今，有千百万农民看到、听到并实际感受到红军和共产党到底是怎样一支队伍。他们不再怕红军战士，他们知道土地革命的目的，他们知道红军还要抗日。他们把农民们武装了起来，他们把干部留下来训练游击队，给南京军队不断添堵。长征是艰苦的，无数人失去了生命，而又有无数人成为红军的新鲜血液，无论是工人、农民，是奴隶还是国民党的逃兵，一切穷人都参加了红军。

早晚会有人将所有这些激动人心的、史诗般的过程诉诸笔端，在那之前，我还要继续完成报道任务。现在我们文章的进度是红军长征结束，在西北胜利会师。在此，我将引用毛泽东主席的诗作作为本篇的结尾，这是他为这 6000 英里的征途所作。无论是在征途中，还是在创作中，他都是一位不走寻常路的人。

红军不怕远征难，万水千山只等闲。
五岭逶迤腾细浪，乌蒙磅礴走泥丸。
金沙水拍云崖暖，大渡桥横铁索寒。
更喜岷山千里雪，三军过后尽开颜。

第六篇

红星在西北

陕西苏区:开创时期

死亡和捐税

苏维埃社会

货币解剖

人生五十始!

陕西苏区:开创时期

1927 年，共产党人在全国各地建立对抗南京的根据地，包括江西、福建、湖南等地区，其他地区也有了红军的身影。最具代表性的就是鄂豫皖苏区，它占据了居于长江中游三省的大部分，物产丰富。这里生活着二百多万人，所驻扎的红军先后由徐海东、徐向前统领。徐向前是位身经百战的老战士了，他早年从黄埔军校毕业，辗转任职于国民党军队与广州公社中，后来参加了红军。

而在西北方向的山区里，同样活跃着骁勇善战的红军战士。毕业于黄埔军校的刘志丹就在这里率领红军打倒地主阶级，帮助穷苦人翻身当家。当地人民对他满怀敬仰，而地主老财纷纷闻风丧胆。正是刘志丹等红军战士的努力，才开拓了后来的陕甘宁苏区。

刘志丹出生于保安城的中农家庭。他少年时曾经走过陕西同蒙古商队开辟的贸易之路，前往榆林，就读于那里的学校。后来，刘志丹考进了黄埔军校，于 1926 年顺利成为一名国民党军队的青年军官，同时也是一名共产党员。在后来的北伐战争中，他到了汉口，国共两党的合作趋于破裂时他正好在那里。

1927 年南京政变发生后，刘志丹转入地下工作，在上海度过了一年的时间。随后，他动身返回陕西，尝试联系了在冯玉祥国民军中的旧识。1929 年，刘志丹领导了一场农民起义，起义地点选定在陕西华县。尽管刘志丹率领的起义军并没有胜利，但产生了陕西第一批游击队核心。

短短四年间，刘志丹经历过无数次大起大落。他曾经担任过保安的民团团长，巧妙地和地主老财周旋作对，也曾经率领部下应对各式各样的围追堵截，几乎命悬一线。在最危急的情况下，刘志丹只带了三个部下逃走。那是在一次宴席上。冯玉祥部下的一个军官设的宴，请刘志丹他们参加。正在酒酣耳热之时，军官被缴了械。刘志丹他们夺了二十支枪，还在山间争取到了三百多位并肩奋战的战友。

但是，刘志丹所率领的部队依然是寡不敌众的。于是刘志丹采取了权宜之计，让这支部队编入国民党军队，由他任上校军官并且驻守在陕西西部。后来，由于带头反对地主，刘志丹再次受到逮捕。而他在陕西哥老会的势力使他不必被投入监狱，却必须带领手下参与军需物资运输的工作，他担任旅长。不久以后，矛盾再度出现。习惯享受特权的地主阶级拒绝付税，两方再度发生剧烈冲突。在地主阶级的利益受损后，他们向当地政府施压，要求撤刘志丹的职，而刘志丹的军队被包围解散。

为了捉到刘志丹，国民政府不惜悬赏缉拿，他不得不暂时前往保安避风头。他的旅里有不少青年共产党官兵都选择坚定追随着他。1931 年，刘志丹所率领的部队在保安和中阳建立了自己的根据地，开辟了陕北的地区，他的队伍中有来攻打他却投诚了的政府军，还有渡河而来的散兵游勇。刘志丹“刀枪不入”的名号响当当地在西北地区传播开来。

但我搜集到的材料证明，他在陕西的前两年的斗争中，对于官僚地主的打压行动超出了一定限度。他们到处抢夺财物、绑架人质，与一般的土匪没有两样。这样的情况持续了一两年时间，直到 1932 年前后才得到改善。那时，刘志丹所率领的农民在陕北占了 11 个县，共产党专门在榆林成立了一个政治部介入管理，逐步指导他们成立了正规的苏维埃政府。这也是陕西第一个苏维埃。

陕西苏维埃政府的成立后，司令部在安定，还设了一所党校。苏区开办银行，发行新货币，推动邮政事业。在完全苏维埃化的地区，重新分配土地，没有了苛捐杂税，实行苏维埃经济，还开了合作社。另外，给小学征教员。

在陕西苏区不断发展成熟的过程中，刘志丹向省会进逼，以临潼作为中转，围住西安发起进攻，但最终以失败告终。一个纵队去往陕西南部，在好几个县里建立了苏区。此时，刘志丹与驻守西安的杨虎城将军几度交手，各有胜败。这时，土匪成分消除，军内纪律严明起来，得到了农民更多拥护。1935 年，西北苏区扩展到陕甘二十二个县城，红军二十六、二十七军的战士总数达到五千人，能够与南方、西方的红军用无线电联系。在国民党军队集中应对南方红军进攻时，陕西红军却在不断发展壮大，蒋介石后来将他们视为重要对手，派遣张学良所率领的大军与之正面交战。

1934 年 10 月，徐海东率领的二十五军、刘志丹所率领的红色游击队在陕西南部会师。在这里，红军发展当地农民参军，整顿部队，与杨虎城率领的军队开展了几次战斗，获得胜利。继续发展苏维埃政府，一个临时苏维埃政府成立了，由郑位三、李龙桂、陈先瑞分别担任主席与红军两个旅的旅长。徐海东与他率领的八千红军战士在不久后离开河南，与马鸿宾率领的回民军队对战，攻占甘肃多个县城。

1935 年 7 月 25 日，徐海东、刘志丹率领的队伍在云长再次整编，他们两人分别就任司令和副司令，刘志丹兼任陕甘晋革命军事委员会主席。二十五、二十六、二十七军统一整编为红十五军团。几天后，他们与王以哲的东北军两个师交战，获得胜利，补充了新兵并获得了相应的战利品。

就在这时，一件奇怪的事发生了。共产党中央委员会的代表张敬佛来到了陕北。这个外号叫张胖子的年轻人掌握着“改组”党和红军的权力。可以说是钦差大臣了。这是据刘志丹部下参谋的说的。

张胖子收集证据，以证实刘志丹偏离“党的路线”。刘志丹被“提审”，被免除了所有的职务。这时出现了一个奇怪又可笑的情况，这也恰恰体现了刘志丹遵守“党纪”。刘志丹对此并没有抗争，他接受了张胖子的决定，放弃了原有的职权，在保安的窑洞里生着闷气。这令我想起阿基利斯的类似行为。然而，张胖子并没有适可而止。他对另外一百多名党内、军内的“反动派”实行了逮捕关押，然后满意地稳坐下来。

两个月后，南方的红军一军团到达陕西，领导人毛泽东、林彪、周恩来、彭德怀等人得知此事后深感震惊。在复查之下，张敬佛拿出的所谓证据几乎都站不住脚，此人受到“反动派”的煽动，越权行事。张敬佛被逮捕审判，刘志丹及他部下们的原有职权得到恢复。

1936 年，两支红军联合向东，开入山西省，以抗日为目标发起东征，在短短两个月内攻占了十八个以上的县。刘志丹在此次东征中担任指挥，表现突出，带领突击队成功攻下了敌军的防御工事。然而，他本人却在这一行动中受重伤，最终壮烈牺牲。红军将刘志丹的遗体送回陕西，将他埋葬在瓦窑堡，使他长眠在这片他深爱着的故乡土地上。苏区将红色中国的一个县份改名"志丹县"，用以纪念他。

刘志丹的遗孀和孩子仍然居住在保安。红军为这孩子专门裁制了一套红军军服。小男孩头戴着红星军帽，身穿军官制服，雄赳赳气昂昂。那里的人都很疼爱他，他也对自己的"土匪"父亲感到非常自豪。

我们要知道，尽管刘志丹在开辟西北苏区的事业上起着重要作用，但是，发展苏区的决定性力量并不是来自于刘志丹，而是来自于生活在这片土地上的中国人民。要想尽可能了解他们为什么胜利，我们不仅要了解他们的革命事业，也要了解他们曾经遭受的苦难。

死亡和捐税

1929 年夏天，我途经中国北部的绥远省，当时这里干旱成灾，老百姓饱受饥馑的折磨。持续三年的西北大灾荒里，四个省份里究竟饿死了多少人，我无法回答这个问题，只怕也没有人能够回答这一问题。三百万是人们普遍认同的答案，但是我也并不怀疑其他关于完全可能有六百万人因此丧命的推测。

这场灾荒造成的影响如此之大，所受到的讨论却几乎没有。西方国家对此一无所知，甚至在中国沿海，人们也同样知之甚少。所幸，仍然有几位来自中国国际赈灾委员会的热心人士为西北大灾荒四处奔走，包括德怀特·爱德华兹、O.J.托德和罗伯特·英格兰姆等外国人。他们冒着巨大风险深入灾区，每时每刻都有可能患伤寒丧命。我跟随着他们度过了几天时间，目睹了人们的死亡，目睹了城市的凋敝，目睹了乡野的荒芜，这都使我感到战栗。

那时候我还自以为是个冒险家，自以为能够在绥远看到“东方的魅力”。但我没想到，我真正看到的却是近在咫尺的死亡，在我二十三年来的人生里，那还是头一次。我亲眼看到数不清的人饿死在我面前，他们饥肠辘辘，瘦骨嶙峋。当我回忆起那一切时，仿佛又回到了那个地狱。

当人整整一个月都水米未进是什么模样？在此之前我根本无法想象。这是个淳朴老实、勤劳“守法”的普通青年，二十出头，原本有着完满的家庭，如今却被迫面对这样的厄运。他瘦得皮包骨头，行路蹒跚，苍白单薄的皮肉上遍布褶皱，望出来的眼神也是呆滞的。他的家早就已经支离破碎了，房屋卖了，梁木卖了，妻女也被贩卖了。就连他身上最后一块蔽体的衣物，最终也不得不卖掉，到了这个地步，已经完全不像一个人。他一丝不挂地踉跄行走在路上，私处暴露于日光下，连最后一丝做人的尊严也丧失殆尽了。

面对孩子，我更是不敢正视。他们瘦骨伶仃，为了饱腹不得不吞吃树皮锯末，而无法消化的树皮末使他们的肚皮高高鼓胀起来，连骨骼也出现了畸形。没被卖掉的妇女们也只剩死亡一条路，浑身上下没有一点肉，胸部低垂下来，像是空了的麻袋，她们一个个瑟缩在角落里一动不动。

我没有对事实做出一丝一毫的扭曲夸大，这一切都是我亲眼看到的景象。灾荒之下这些人就是这样死去，在今天，在现在，中国大地上依然有数不清的人这样死去。我目睹过无数次赤裸裸的死亡，目睹过街头的尸体和农村里埋着几十个因灾荒和时疫死去的人的万人冢，这一切已经足够令人惊讶的了，但是还有更可怕的事。那就是，不少富商和地主仍然花天酒地，他们尽情与歌妓舞女寻欢作乐，将囤积的粮食堆满了谷仓，即使坐吃山空好几个月也完全足够。能救命的粮食被一吨一吨地被留在京津等地，赈灾委员会收集的粮食，却运不到灾民的枯瘦的手中。这是为什么？因为西北有些军阀会扣留铁路车皮，不让东返。而东部的国民党将领也不肯冒着失去火车车皮的风险运送粮食，他们宁愿眼看着灾民活活饿死。

当情况恶化到无以复加的地步时，赈灾委员会决定用美国经费修渠引水，灌溉旱地。官员们闻风而动，纷纷从农民手中低价收购灌溉区的土地，当大渠修成，能够在雨期灌溉土地时，他们就会以最快速度将手中的土地租出去，而后坐收租金。灾区农民再次成为砧板上的鱼肉，被黑心官员层层盘剥。

大多数饿死的人没有抗争过，保持沉默，直到生命的最后一刻。

“他们为什么不反抗？”我百思不得其解，“挨饿的农民为什么不联合起来，组成一支强大的武装力量，夺回属于自己的土地和财产，推翻盘剥穷人的地主阶级，甚至对官僚主义发起剧烈冲击，让那些酒池肉林、纵情声色的官员付出应有的代价？

他们为什么不这么做？”

这一切都使我对中国农民的未来抱有悲观态度。我想不出什么能够推动他们去抗争的。

而现在，我改变了以往的想法，中国农民不是消极的胆小鬼，我看到了中国农民反抗压迫的希望，只要在有方法、有组织、有领导、有纲领、有希望，并且有武器的情况下。中国共产主义运动已经做出证明。与中国其他地区相比，西北苏区的农民生活并没有太大区别，根本没有得到了改善，自然而然的，他们对于中国共产党的拥戴也可想而知了。

在国际方面，也有调查研究证明了中国人民的真实情况。其中，国际联盟派赴南京政府的斯坦普尔博士所完成的考察报告[①]是最令人意想不到的。作为卫生专家，他深入陕甘两省的国民党统辖区，观察人们的生活情况，记录数据。报告中也有与国民政府提供的官方材料。

斯坦普尔博士在报告中提及了中国古代的郑国渠。在两千多年前的战国时期，一位名叫郑国的水工在今天的陕西渭水流域修筑灌溉水渠，当时所灌溉的土地达到一百多万亩。然而，随着时间流逝，堤坝逐渐损坏坍塌，当地人又没有及时修葺，到了1911年，郑国渠这一古老灌溉工程所灌溉的土地已经仅剩两万亩左右！斯坦普尔博士所看到的事实是骇人听闻的：在大灾荒期间，陕西地区有两个县份的死亡比例分别高达62%和75%，甘肃一省的死亡人数更是高达两百万人。这一惨烈灾情在很大

---

①见斯坦普尔博士所著的《西北各省及其发展前途》，1934年7月，由国家经济委员会在南京非公开出版。不幸，跟斯坦普尔博士和国联其他专家所作的许多关于华中、华南问题的调查报告一样，这本书没有公开发行。

程度上应该归咎于当地军阀与官僚肆意囤积粮食，垄断运输渠道。

斯坦普尔博士从日内瓦而来，当他来到西北时，红军还没有踏上这片土地，当时，斯坦普尔博士看到的情况是这样的：

> 在1930年的灾荒中，够吃三天的口粮能够从饥饿的农民手中换取二十英亩的土地。官僚、地主和富商借此之机买到了属于农民的大批土地。中国国际赈灾委员会的芬德莱·安德鲁会发表讲话时说：
>
> “……甘肃省内的一些地区的饥馑、疫病和战争在过去两年里使人口数字下降，粮食需求也大大降低，相比去年而言该省的外表情况大大改善了……”

在这场可怕的灾荒中，有许多土地集中在官僚阶级和地主阶级，而另一些土地荒芜了。在灾荒持续的三年时间里，他们以极其低廉的价格收购农民的耕地，在灌溉工程修成之后又坐享数十倍上百倍的利益。

> 陕西的地主阶级享受着免税的特权。他们不仅仅能够拥有这份特殊待遇，还能以土地税进一步盘剥农民。灾荒年间，不少农民背井离乡，逃往外地设法求生，然而他们离开家乡之后，土地税款依然在不断积欠。如果他们无钱支付，就只能丧失自己的土地。

斯坦普尔博士调查发现，当地苛捐杂税的严重程度是不可小觑的，陕西农民所付地税、附加税等税款占劳动所得45%，还有其他税款占 20%。而且，由于估税的方式很随意，征收方式也显得浪费、残暴，还存在贪污腐败的情况。

在斯坦普尔博士的考察报告中，甘肃地区的情况是这样的：

> 甘肃的税收在过去五年间是惊人的，平均数字超过了 800 万，而在中国最富有的省份浙江，他们的税收也没有达到这一地步。甘肃税收并不是来自一或两种主要的税收项目，而是来自种类繁多的杂税项目。几乎没有哪一种商品或生产、商业活动是免税的，官方公布的税收数字已经足够惊人了，而人民实际支付的款项远远超过这一数字。首先，收税人员能够从中抽取一定钱财，有时候这是相当不菲的一笔钱，其次，省政府、县政府和军方领导都会参与瓜分余下的利益。官方数据表明这已经超过了 1000 万[①]。当地民兵组织同样给人民带来了沉重的负担。民团早已不再起到抵抗土匪的作用，反而将压力施加给了当地的民众。

据斯坦普尔博士的数据，民团每年的开支占据了政府预算的三四成，政府除了这一项开支，还需要有足够资金维持正规军的正常运转。斯坦普尔博士称，陕甘地区苛捐杂税的一大半款项，都充作了正规军的维持费。

在陕西，我遇到了一位外国传教士，他说他曾经目睹了一

---

①这个数据仅仅是保守估计得出的。它没有提到陕甘军方的鸦片税，这是非法税收。冯玉祥控制这一片区时，每年从中得到 8000 万元。这是西安府提供的数据。虽然后来由于南京的鸦片专卖竞争，这项税款已大大减少，但每年仍有好几百万。

头猪出生、成长、贩卖等过程。在这段时间里，经历了六种不同的税收。另一位来自甘肃的传教士描述了他在甘肃的见闻。他说，当地农民推倒了他们的房屋，拆除木梁，将值钱的木头卖向市场，用所挣得的钱来支付税款。在这样的情况下，红军开进西北时，虽然有些“富”农并不欢迎，但他们也认为，“无论是什么政府都一定会比原先的政府更好。”

然而，西北地区的经济发展水平绝不会是让人感到绝望的。当地人口有限，土地肥饶，所生产的农作物很容易就能超过消费水平。况且，随着灌溉水平的发展，陕甘地区对中国的意义或许比得上乌克兰对于世界的意义。陕甘地下还有煤炭、石油等矿产资源。斯坦普尔博士认为，“陕西地区，特别是西安附近平原地区，未来很有可能成为重要性仅次于长江流域的工业中心，煤矿资源拿来自己用就行了。甘肃、青海、新疆的地下都是几乎没怎么开采的庞大矿藏宝库，仅就黄金而言，斯坦普尔博士说，这里就很可能成为下一个克朗代克。

我们能够确定的是，西北地区的革命基础是存在的，尽管当地人民还没有明确的斗争目标，但是一旦推动变革，必定会得到相应成果。因此，当红色旗帜在西北冉冉升起时，数以万计的百姓热情地欢迎它的到来，并且怀抱着对于未来的美好憧憬。

那么，红军是否给他们带来好的改变呢？

苏维埃社会

无论中国共产主义运动在南方开展得如何，据我在西北的所见而言，与其称为马克思主义成果，不如称之为农村平均主义的成果。在经济方面，这是相当明显的。尽管马克思主义的简单指导体现在苏区的社会、政治和文化中，但物质条件的匮乏依然是不可避免的。

我们之前就已经强调过，西北地区没有成熟的机械工业，与中国东部地区相比，该地区的收入主要来源于农业和畜牧业，工业对其的影响是相当小的。经济弊端直接影响了西北地区人民的生活水平，影响了城市的工业化速度。西北地区的文化水平更是趋于停滞。然而，红军正是在“工业化”对中国的影响下应运而生的，它对原有的文化造成的思想冲击确实具有革命性质。

然而西北地区苏维埃政府的政治体制不得不受到当地经济水平的限制，这就使共产党只能做出未来蓝图的规划。他们期待着，共产党人将来能够夺得城市政权，接管外国租界的工业基地，从而逐步为社会主义社会打好基础。此时，在农村地区，他们的首要目标是解决农民面临的最急迫的两大问题：土地与税收。这样的发展方向很容易让我们联想到俄国以前的民粹派反动纲领，但是进一步了解以后，就会发现它们截然不同：中国共产党认为，土地分配应该属于群众基础建设的一个阶段，使革命斗争得以发展，从而夺取政权，实现彻底的社会主义改革。中华全国苏维埃第一次代表大会在1931年的法律文件中制定了“最高纲领”，在此提出了中国共产党人的最终目标——跟随马克思列宁主义理论，建立真正意义上的完全的社会主义国家。与此同时，必须牢记，红区的社会、经济、政治组织不是一成不变的，江西也是如此。苏区从一开始就是要为生存而战斗的，这使得他们致力于建设一个军事政治根据地，尽可能广泛、深入地，扩大革命规模。许多人误以为共产党在他们的根据地试行共产主义，但其实不是这样的。

西北地区的人民群众拥戴共产党，显然不是为了“各尽所能，各取所需”，他们期待的类似孙中山先生主张：“耕者有其田”。在共产党实际产生了重要效用的经济改革中，农民最看重的包括四个方面：土地重新分配、废除高利贷、废除苛捐杂税、打倒特权阶级。

从普遍意义上讲，苏维埃政府是由工人阶级和农民阶级共同组成的，但是从实际来看，占据绝大多数的选民都是清一色的农民。因此，政权必须根据这样的情况做出调整。不仅制约农民的势力，并将之抵消，将农村人口分为以下类别：大地主、中小地主、富农、中农、贫农、佃农、雇农、手工业者、流氓无产阶级和专业工作者。所谓专业工作者，就是包括教员、医生、技术人员和“农村知识分子”。这种分类在政治和经济方面体现出来，在苏区选举中，佃农、雇农和手工业者都掌握着更多的选票，这无疑是为了形成“农村无产阶级”的某种民主专政。

除此以外，这些不同分类之间区别不大，没有决定性的根本阶级，这是因为他们都围绕着农业经济进行劳动生产。

在这一基础上，苏维埃在政权稳定的地区好像会更顺利些。村苏维埃是建立代议制政府的第一步，这也是规模最小的苏维埃政府，往上就是乡苏维埃、县苏维埃、省苏维埃，最后是中央苏维埃。每一次苏维埃代表大会都由各个层级选出代表出席上级苏维埃，只要年满十六岁，就能够选举代表，但是，选举权并不是平等的。

乡苏维埃设有各个委员会，其中权力最大的就是革命委员会。红军占领一个乡后，都会开展宣传，举行群众大会，民主选举革命委员会，革命委员会与共产党紧密合作，对选举起决定性作用，还有改选的权力。除了革命委员会以外，乡苏维埃下还设立了教育、合作社、军训、政训、土地、卫生、游击队训练、革命防御、扩大红军、农业互助、红军耕田等委员会，全部受到乡苏维埃的指派。苏维埃各个分支机构中，都有负责不同领域的委员会，一直到对各项政策进行统一、做全国性决策的中央政府。

而政府并不是全部的组织活动都负责。在城乡、工农中都有大量党员，还有共青团。在共青团下，设有少年先锋队和儿童团，将负责组织大部分青年，妇女们也得到有效组织，各个共青团、抗日协会、幼儿园、耕种队、纺织班都出现她们的身影，当然，成年农民在贫民会、抗日协会中。哥老会、农卫队、游击队都参与到苏维埃生活中来。

中央苏维埃政府、共产党和红军领导着以上这些委员会和各个组织。他们的工作方向各不相同，却又能够有效结合，在此就不赘述那些复杂的内部联系了，我们只需要知道，虽然看似是农民以民主的方式来吸收成员，做出决定、开展工作的，但都是由一个共产党员直接领导。苏维埃组织的想法显而易见，就是让每一个人都在这个或那个组织完成被分派到的工作。

只需试举一二例，就能证明苏维埃的组织活动。那是有关土地委员会的一项活动，要求各个机构向农民宣传开垦荒地，广泛参与耕种，尽可能提升农作物产量。土地委员会准备了许多相关条令和文件，下发至各个分支机构，文件内容相当详细，范围相当广，实在出乎我的意料之外。例如，某办事处的指示文件对春耕工作作出了细致要求，要求工作人员在前期广泛宣传的基础上，号召农民踊跃参加，但不要对此做出强制性命令。对耕种季节如何完成四项主要工作也做了要求，那就是充分开垦荒地，扩大耕地面积，提升农作物生产量，尝试多种新品种农作物，并且重视扩大棉花种植。

根据实际效果来看，土地委员会下达的这道命令对于提升生产水平起到了有效作用。在多数男性参军的情况下，各地劳动人口都以妇女为主，而土地委员会成功争取妇女参与了农业生产活动：

> 参与春耕的耕种队伍中，动员包括妇女、儿童和老人的人员，根据具体情况，参与力所能及的各项耕种劳动。主要的农业劳动生产要动员大脚妇女、年轻妇女来参与，并组织生产训练队。其余除草、施肥等辅助工作则动员小脚妇女、老人、儿童来共同完成。

在一般情况下，农民是不容易被动员参与具有组织性、纪律性的社会活动的。据我所了解，中国农民注重家庭层面的生产活动。当我表达了这一观点时，共产党却报以大笑。他们说，中国农民所抗拒的并不是组织活动，而是抗拒为官僚地主工作，若集中起来是为了提高农业产量，农民们不会拒绝的。后来，当我进一步了解了中国农民后，我承认，苏维埃政府的确对中国农民有着深层次的了解。农民们同样拥护苏维埃与红军，他们会对目前的政府提出意见，却也仍然坚定地拥护着当前政府，并将它看作是属于人民的政府。在中国农村，这是以前没有的现象。

还有许多事例都能证明共产党在人民群众中受到的爱戴，例如，农民会自发集结起队伍，担任苏区的警卫工作，支持红军将所有战力都调往前线。农民武装力量是多种多样的，包括村革命保卫队、农卫队、游击队等等。一方面，证明红军是为人民而战斗，不会向人民索取军饷与粮草；另一方面，证明把人民群众严密地组织起来，红军就有了根据地与后备力量，时时刻刻都有支撑。

但是要想理解农民与共产主义运动之间的深层次关联，我们必须了解中国经济的构成。在官僚地主阶级的长期盘剥之下，西北农民几乎被苛捐杂税逼得无路可走，如今在红军所到之处都无疑从根本上改变了这一情况。新区暂时取消租税，给农民留有足够时间用来休养生息，老区也仅仅收取不到一成的一种单一的累进土地税和单一的小额营业税。除此以外，地主阶级的土地和牲畜得到共产党的重新分配，确保农民都能够得到足够的土地，他们开荒耕种，提高生产。

重新分配土地是共产党政策中的一项根本性政策。总体而言，西北苏维埃政府所颁布的土地法被执行了下去，官僚地主的土地被没收，不由富农自己耕种的土地也重新分配。根据土地质量不同，富农、中农、贫农所获得的土地也有所不同。在大多数情况下，最肥沃的土地会被分配给贫农，而富农的待遇则截然相反。但地主和富农都有一份自己种的地。后来，为了全局考虑，苏维埃政府在分配土地时多多少少做出了调整，但是重新分配土地依然是共产党人所走出的重要一步。

地主是什么样的人？共产党对此的定义非常复杂，简而言之是：将土地出租给别人收取租金、不再从事劳动生产的人，都被归于地主阶级。由此，我们可以将土豪劣绅和高利贷者都归于这一剥削阶级。据斯坦普尔博士说，西北地区的高利贷利率在 60%以上，年景越差，对于农民的盘剥就更严重。即使陕甘宁地区的土地地价很低，但是贫农依然无法拿出这样一笔钱置办自己的土地。我曾在红区遇到过一些农民，虽然地价只有二三元银洋一亩，但他们也无法拥有土地。

除了地主阶级、土豪劣绅和高利贷者以外，占据大多数的农民阶级都能够从土地分配中获利，土地所有权的非平均就体现在这里。贫农、佃农、雇农拥有了属于自己的土地。曾留学于俄国的年轻干部、西北三省的土地人民委员王观澜说，苏维埃土地法的目标是使每个人都有足够的土地，不必为家人的温饱问题而发愁，这就解决了农民的真正需求。

在西北，重新分配土地的政策开展得很顺利，主要是因为西北地区的农村社会结构较为简单，这里的大地产基本属于官僚地主阶级。在重新分配土地的过程中，贫农和没有土地的农民因拥有土地而爱戴红军。对于中农、富农和小地主而言，共产党同样是受到欢迎的伙伴，因为他们取消了苛捐杂税，宣传抗日救国。尽管重新分配土地的政策没收了属于地主的土地，但不少地主依然支持中国共产党，好几位来自陕西的著名共产党员就是地主家庭的子女。

高利贷已经被苏维埃政府所废除了，当贫农因故必须借款时，可以得到低利率或无利率的放款渠道。政府放款仅收取每年百分之五的低利率，如果私人利率低至每年百分之十，也是得到允许的。当农民们决定开垦荒地时，红军兵工厂可以提供数以千计的简易农具与成千上万磅种子。共产党开办农业学校，还打算办一所畜牧业学校，只待上海的讲师到来。

与此同时，合作化运动成为主要活动，生产和分配合作社不再占据主流。对于农民们来说，公有化的牲畜和农具是从所未见的，共同耕种红军土地和公共土地也令他们感觉到不同，他们互帮互助，合作劳动，彼此监督对方的劳动，一同劳作，一同收获。通过这一方式，西北苏区的耕地在最大程度上得到了利用。农忙时节，更是全员参与农事：儿童组织、苏维埃干部、游击队员、赤卫队员、妇女组织的会员、驻扎在附近的红军战士全部都投入到劳动中去，每周至少下一次地，就连毛泽东也没有例外。

从这时起，集体劳动的概念就不知不觉地影响了中国农民，这是将来实现集体化迈出的第一步，对将来的集体化而言，将是意义非凡的。各个组织团体，各个委员会，共产党称之为经济、政治、文化三结合的事物。

如果用西方眼光来看，共产党对这些农民的影响实在是有限的，但是，当我们耐心地深入陕北的二十多个苏区，就会看到共产党在此取得的真正成就：鸦片被彻底消灭，罂粟也不怎么见到，遗风陋俗得到了摒弃与纠正(包括缠足、溺婴、卖淫、重婚和贩卖奴婢等等)，官员的贪污腐败被完全根除，当地的无业游民和乞讨者也没有了。新区同样如此。

有关共产党的诸多谣言中，有一个荒唐可笑的就是关于“共妻”“妇女国有化”的说法。实际上，中国共产党彻底改革了婚姻方面的种种法律，甚至引起了某些守旧者的非议。《婚姻法》[①]做出明确规定，禁止重婚，禁止彩礼，禁止干涉婚姻自由，禁止虐待女性。所有自愿结婚的男女必须分别符合二十岁和十八岁的年龄要求，需要前往市、县、村苏维埃进行登记并领取证书，这是不收费的。当同居后，同样认定为合法婚姻，他们的交往关系和子女都将随之合法。私生子的身份不被承认。

当婚姻状况濒临破裂时，只需任何一方有着强烈的离婚意愿，就可以前往苏维埃登记处免费办理离婚手续，这一条例对红军战士而言较为特殊，如果红军的妻子要求离婚，需要双方达成共识。离婚后，两方需要平分财产，而债务则由男方承担。抚养子女的开销由双方共同支付，而男方有责任支付总费用的70%。

共产党早早就提出了普及教育的观点，但是目前来看，西北苏区的教育水平还需要进一步提高。父母供给孩子的温饱仍然是首要任务。教育人民委员徐特立表示，西北如果能够处于和平环境，他们教育普及速度必将突飞猛进。在将来，我会详细介绍共产党人在教育方面的具体目标，而现在，我们需要谈谈苏维埃政府推动教育的经济成本，维持这个极其复杂的苏维埃社会运转，经费又是从何而来？

---

①《中华苏维埃共和国婚姻法》（1936年7月保安重印）。

货币解剖

苏维埃政府在经济方面必须完成两大基本任务：一方面，他们要供应红军的粮草和军备；另一方面，他们要帮助贫苦农民解决非常紧急的情况。如果这两大目标没有完成，红区的社会生活就无法得到保障。因此，为了保证完成这两大任务，自苏区建设起，中国共产党就提出了开始从事经济建设要求。

西北苏区存在多种不同的经济的混合，包括国家资本主义、私人资本主义、原始社会主义等等。国家经营和开发油井、盐井、矿产等企业，也有牛羊、皮革、食盐、羊毛、棉花和纸张等其他原料的贸易。在这些领域国家没有进行垄断。各个领域，都存在着国家交易和私人交易，虽然土地和土地产品的私人交易相对受限但也被允许，在其他方面也可以进行竞争，私人经营的各种企业和工业是得到国家的许可和鼓励的。

除了这两种经济形式外，合作社经济也同样存在，合作社由政府和群众共同经营，与国家、私人资本一同参与市场竞争。在红区这一又小又原始的有限市场规模内，三种经营模式能够彼此互补，共同发展。然而，若在经济水平较发达的地区，这三种经济方式就很容易发生冲突，导致恶劣结果。

显然，在苏区，合作社经营是具有社会主义性趋向的。经营合作社是“抵制私人资本主义和发展新的经济制度的工具”，对此规定了 5 个主要任务：有效避免资本家盘剥人民、开辟外界输送渠道、推动国民经济发展、提升群众对政治和经济的认识、为社会主义经济建设打好基础。可以为中国资产阶级民主革命提供帮助，使之逐步过渡为社会主义。

从某种程度而言，以上任务的头两项。从实际层面来说，合作社起到的重要作用是，团结群众组织偷运队协助共产党突破封锁线，偷运苏区所必备的物资。南京不允许红白两区间的贸易往来，但服务于国家贸易局或合作社的运输队利用山道和贿赂边境哨兵，部分时间都可以进行活跃的出境贸易。可以输送原料和商品出境，兑换白区货币，或是换购急需的工业制品。

在合作社总局的统一安排下，村、乡、县、省各级组织的各个分社分别负责消费、销售、生产等各项经济工作，下辖部门涉及宣传、经营、调研、统计等方面的工作。各个合作分社属于财政人民委员会和一个国民经济部门领导发展。在实际活动中，合作社动员社会最底层的群众参与经营。群众只需要支付 2 到 5 角钱，就可以入社，入社的业务十分广泛，使得每一个入股的群众都要参与合作社的政治和经济活动。对于每一个入股的人购买的股票数并无限制，但每个人仅有一票的权利。每个分社在总局的指导下可以选举出自己的管理委员会和监察委员会。合作社内的工作人员和组织人员也是经过总局专门培养的，整体素质较高。

如果合作社经营顺利，农民不仅能够从中获利，还可以得到苏维埃政府的各种奖励。政府不仅对农民进行合作社的好处的普及和教育，还主动提供技术援助和资金援助，参与经营，推动利润分红。陕甘地区的合作社中，政府为合作社提供了约 7 万元的免息财政保障。

除了边境各县还通用白区纸币外，苏区各地流通的货币是苏区纸币，共产党在江西、安徽、四川的苏区中曾经铸造过银圆和铜币，还有些是银币，其中多数运往西北。不过，银币的使用是相当有限的，这是因为1935年11月南京国民政府回收全国银币，各地银价大幅提高，共产党所使用的银币也被共产党回收，作为纸币发行的储备货币。国民党并未收回全国藏银，因为共产党还掌握着一部分银币。

南方的钞票印刷得十分正式，使用专门的钞票纸，印有“中华苏维埃共和国国家银行”的印记。而西北苏区的物质条件较差，技术上存在困难，纸币印刷质量相对较低，有时用劣质纸张，有时印在布上。所有纸币印有各式各样的革命口号，我看到的陕西钞票上有这样的字样：“联合抗日！停止内战！中国革命万岁！”

苏区物价较白区整体较低，而苏币在这里是被普遍接受的，人民完全信任政府，因此在使用纸币时有足够的实际购买力。苏区的经济制度是怎样构建起来的？或许就和人民群众的信任有关。我不知道苏币的纸币储备和发行情况，但我可以确定，苏区人民使用纸币时，并非是因为可以兑换金银保值储备。关于强制流通，我并未见到，当边界地区的农民拒收苏币时，红军就支付白区纸币。正如白区人民肯定国民党的经济制度一样，苏区人民也信任苏维埃政府发行的纸币。

但是，在贸易中，商人出售从白区运来的商品获得苏币，苏币的价值在苏区以外不存在交换价值，又该怎么办呢？苏维埃政府的经济政策将会解答这一问题，政策规定，1元白区货币能够兑换1元2角的苏区货币，规定如下：

当白区货物售入苏区后，如果与国家贸易局直接交易，可使用外(国民党)币偿付；如果与合作社或私人进行交易，需先在国家贸易局登记后，收入的苏区货币可兑换白区货币。必要情况下，其他凡证明者亦可进行兑换。[①]

简而言之，售入苏区的“外国”进口货需要用白区货币来购买，而进口货价值往往高于苏区出口货的价值(主要是原料，而且是作为走私货低价售出的)。总是存在支付不平衡的趋势。长此以往，苏维埃政府必将入不敷出。这一问题应当如何解决？

据我所知，苏维埃政府至今还没有完全解决这一问题。而在其中起到重要作用的就是苏维埃政府的财政人民委员林祖涵(林伯渠)。这位老人德高望重，受人敬仰，他的工作是保证苏区财政平稳运行，确保共产党收支平衡，而他也被称为“老财神”。在参加共产党之前，林伯渠曾经负责管理国民党财政现金。由于篇幅所限，他的经历丰富，我在此只能简单概述。

林伯渠出生于1882年，是湖南一个教师的儿子，自幼学习四书五经，他曾经在常德师范学校学习，后来留学于日本。在东京，林伯渠遇到了逃亡在外的孙逸仙，加入了同盟会，在孙逸仙将同盟会和其他革命团体合并成国民党后，他也就自然加入了国民党。后来，林伯渠结识了陈独秀，在与他的交往中受益匪浅，于是在1922年投身于共产主义事业。但是，林伯渠依然仍在孙中山手下工作，孙逸仙吸收共产党加入国民党，林伯渠先后担任国民政府的财政司库和总务部部长，在孙中山生命的最后时刻，林伯渠陪在他身旁。

国民革命初期，林伯渠就任于国民政府的中央执行委员会，

①《关于苏区货币政策》，刊载于《党的工作》第十二期（1936年保安）。

比蒋介石的资历更深，是几个元老之一。后来他前往广州，负责农民部事务，在北伐战争爆发后则担任第六军政委(南京参谋总长程潜将军当时指挥着第六军)。1927 年，蒋介石开始强力压制共产党员，林伯渠抗议这一残酷行径，也受到了追捕。从这一年起，45 岁的林伯渠彻底放弃了他的家庭与社会地位，全身心投入到了共产主义事业。他辗转香港逃往苏俄，在共产主义大学潜心学习共产主义理论 4 年。4 年后回国，搭乘“地下火车”突破封锁线到达江西苏区，负责苏区的财政事务。

这一天，这位年逾五十的共产党老战士敲开了我的门，我们即将针对苏区财政进行一番谈话。林伯渠面带微笑，身穿红军旧制服，头戴红星帽，鼻梁上架着的眼镜只剩下一根眼镜腿，只能系着绳子使用，这就是苏区财政的负责人！我们面对面坐下，我向他问起了苏区税收的具体情况：我们知道，苏维埃政府已经取消了所有针对农民的苛捐杂税，而他们的工业发展又实在有限，那么苏区的收入究竟出自哪里？

林伯渠说：“我们的确不会向农民征税，但是对于剥削阶级，我们的税法也是相当严苛的。我们会直接没收他们剩下的房产地产、现金和其他物资。和国民党不同，他们大多数是从贫下中农和无产阶级中纳税，而我们只是向小部分地主豪强收取税金。少数大商人也需要交税，而小商户的税金就基本减免了。将来，我们的税收制度也许会发生变化，但是现在，苏区的群众不必为此而担心。

“除此以外，人民群众也会主动对红军提供物资支持。战区群众热情欢迎红军的到来，意识到他们有可能会失去苏区，因此主动捐献了许多金钱、粮草和军需物资。苏区的其他收入来源包括国家贸易、红军土地的粮食收获、苏区工业发展、合作社经营和银行贷款，不过，我们收入主要来源于没收地主财产。”

“没收和抢劫有怎样的区别？”我提出问题。

林伯渠笑了起来：“国民党认为这是一种抢劫行径。如果我们征收地主的税款是在抢劫，那么他们就是在抢劫人民群众。但红军没收地主财产是在专门的财政人民委员监督指导下，统一登记上报进行的，只用在普通对社会有益的事情上，和私自抢劫截然不同。红军绝不会做出私自抢劫的事情来，只需要问问人民群众，就能一清二楚了。”

苏区农民想必会同意林伯渠的说法，但是对于地主阶级而言，他们的回答大概是否定的。

“如果能够维持一段时间的和平境况，”林伯渠接着说，“苏区经济就能够很快达成自给自足的良性循环。这是因为苏区人民无须太多消费，只需维持基本温饱就足够了。每一位热爱祖国的苏区人民都怀抱着坚定的革命信念，能够艰苦奋斗，节俭度日。以外人的眼光看来，苏区人民的消费是少得惊人的。整个苏区①每月使用的货物价值和货币相加，目前仅有 32 万元的开支，这些钱款中有 40%到 50%来自于地主阶级的没收财产，15%到 20%来自于人民自愿捐助、筹款，其余的收入来自于贸易、贷款、土地粮食产量等等。”

为了建设苏区的经济制度，林伯渠编纂了一本《预算制定大纲》，在这本书中，他介绍了共产党特别的财政预算方法，不仅能够维持收支平衡，还能够防止贪污腐败。这一方法的诀窍在于集体监督。据《预算制订大纲》的规定，从中央级别到村级别，各级政府都要受到人民委员会的财政监督，要想私自修改账目是很难的，这就几乎断绝了一切徇私舞弊的可能。林伯渠对这

①当时约有奥地利那么大。

本书相当自豪，因为这就确保了苏维埃政府的清正廉洁。但是我觉得，苏维埃政府面临的挑战并非传统所说的贪污腐败，而是经济发展。林伯渠认为这一问题不必过虑，我的想法却是这样的：

> 苏维埃政府的经济现状堪称是一个奇迹。战争已经持续了五年之久，游击战斗依然随时都在影响苏区人民的生活，可是经济仍然能维持下去，没有发生逃难与饥馑。他们信任政府，信任苏区货币，信任苏区的经济制度。从根本上来说，这已无法从经济体制的角度来分析，只有通过社会和政治基础来理解。
>
> 但是，这样的情况只能维持一时。即使是苏区靠小本生意来维持的组织，也会很快发生变化。接下来，苏区经济必将迎来如下改变之一：第一，为了供需市场平衡发展工业，重工业与机器生产将会走进苏区。第二，西北苏区将会加强与外界沟通交流，或占领相对经济水平较高的某个经济基地（如西安或兰州），随之发展现代化经济。第三，国民党所控制的基地或许会与苏区控制的一个基地进行合并。

是，苏维埃政府并不这么想。他们坚信，车到山前必有路，经济建设必将顺利发展。在数月之后，他们果然用“实际合并”的方式找到了正确的经济方向。

顺带一提，尽管林伯渠掌握着苏维埃政府的财政大权，可他本人的每月工资仅仅只有5元苏币。

人生五十始！

老徐是位受人尊敬的教书先生，苏区的人们都这样亲切地称呼他，我也是一样。他的年纪并不算很老，刚刚迈入花甲之年。如果你走进南京国民政府，能够很容易看到好几位与他年龄相仿的高级官员。可是在红色中国，这样的年纪就是相当罕见的了。老徐虽老，却是越发精神矍铄，他常与同龄好友谢觉哉携手出行，健步如飞，当他登高远足时，仍然使人想起他在长征时的矫健风姿。

徐特立一生致力于教书育人，他担任着长沙师范学校校长的职务，家庭和睦，儿女满堂。然而，就在 1927 年，徐特立毅然加入了中国共产党。徐特立与彭德怀是同乡，他于 1876 年出生于长沙，父母亲都是当地贫农，为了供给孩子读书，不得不节衣缩食地勉强度日。徐特立完成 6 年学业后，辗转做过几年塾师，后来考入长沙师范，毕业留校继续任职教师。

徐特立早年就为政治事业做出过奉献。徐特立在上书请愿实行宪政时，为表示诚意，抽刀斩去小指，这是他身上作为帝制时代与封建政治作斗争留下的标志。后来发动革命，徐特立还曾经参与湖南省议会的议政。在长沙师范学校任教时，徐特立是毛泽东的老师之一，他后来还时不时提起毛泽东糟糕的数学水平。当时的长沙师范学校里人才济济，不少青年都在后来投身于革命事业，为共产主义事业作出贡献。

徐特立少年时还曾经前往法国进修，辗转于里昂与巴黎，在日常学习之余，他打工挣取学杂费和生活费，做过铁工厂学徒，也做过中国学生的数学家教。1923 年后，徐特立回到家乡筹办新式师范学校发展得很顺利。1927 年，徐特立转而加入共产党。

在国民革命期间，徐特立虽然没有加入共产党，但他关心共产党人的现状，并且向学生宣讲马克思主义。在“清洗”期间，徐特立受到国民党人的搜查追捕，不得不四处躲藏。由于当时并不是共产党，他得自己寻找避难所。“在当时，我早就希望能够加入中国共产党。”当他回忆过去时，这样对我说着，“我担心共产党可能觉得我太老了，毕竟我已经是个年逾五十的老人了，没人要求我参加。”当共产党员有一天真正向他提出入党邀请时，他想到还能够为新社会添砖加瓦就喜极而泣。

在共产党的派遣下，徐特立前往俄国进修了两年。学习结束后，他突破障碍回国前往江西，跟随瞿秋白同志学习教育人民委员会的各项事务。瞿秋白牺牲后，徐特立就接管了教育人民委员会。从此，他成为教书先生。他的工作不仅仅是教书，还有普及教育，推广革命。多种社会生活经验——在帝制、资本主义、共产主义形式的社会中的生活和教书的经验——使他应对自如，徐特立没有对匮乏的教育现状心生畏惧，相反，他跃跃欲试。

徐特立所面临的困难是我们无法想象的，在某一次谈话中，他却用轻松的口气向我谈起了这一切：“西北地区的教育程度在我们的意料之中，”他说，“少数地主、官僚、富商是识文断字的，而文盲占九成以上。他们的愚昧无知只怕是地球上的独一份儿。陕北甘肃的当地农民用水很少，他们平均每个人一生只洗两次澡，竟相信水是有害的，从不注意日常清洁，许多人至今还留着辫子。

“这一切的造成，以及其他偏见的产生归根结底是因为蒙昧无知，我的目标就是要改变这样的思想现状。与江西相比，这里的状况显然是相当差的，江西地区的文盲占比虽然高达九成，但是他们具备的文化水平比这里要高，工作的物质条件较好，合格的教师也多。当红军撤离兴国县时，当地文盲率已经不到二成。兴国县的小学数量达三百多所，教师总数达到八百人——即使将这里红区的所有小学与教师数量相加，也不过是这个数字。

“我们在西北的教育事业只能从头做起，进展缓慢。我们没有纸，没有印刷机，我们就手工造纸，使用简单的油印和石刻来印刷。事实证明，西北农民是非常乐于接受教育的，我们已经开始在群众中开展教师的训练，有几十人接受训练，党也在培养教师，有许多人将担任群众文化学校的教师，开展义务教育。如果时间充裕，我们能有更大的收获，这会使得全中国为之震动。

“他们也有一定的学习能力，只要知晓了道理，他们就能很快改正陋习。在这里，妇女缠足的情况已经不再出现了，他们都在逐步接受新风俗，男人剪辫子，姑娘也换了新发型，不少人都在共青团员和少先队员接受教育。”

在紧急状态下，苏区的教育事业是由三个方面所共同组成的：苏维埃开办的学校；红军在军队中大力推广教育；而社会上的各个组织也在共产党的领导下共同发展教育事业。这三种教育方式都注重政治教育，儿童识字也是从革命口号中识得的，然后是主要围绕着红军在前线的战斗、工农联盟反抗官僚地主和资本家的故事，都是关于红军、共青团员的英勇事迹，以及苏维埃政权下的美好蓝图。

共产党所开办的学校包括师范类学校、农业学校，纺织学校、工会学校和党校，小学约二百所。技术学校将会每半年培养出一批学员。

军事教育自然得到了很大程度的重视，虽然困难重重，但这两年也获得了很大成就。有关红军大学的各项课程，我们已经在前文中详尽叙述。红军开办了红军大学骑兵学校、步兵学校，同时重视学员在无线电和医学方面的技术学习。由于实际条件和师资限制，技术训练只做了基础部分。这些都是临时性的，主要是为了给红军培养干部，让红军后方的活动得到加强。但是最难得的是他们合作互助、赤诚相待的良好氛围。共产主义在这里得到了明确体现，这不仅仅是体现在意识形态方面，更体现在共同学习技术，彼此分享知识上。

在社会教育上，政治化也是苏区的主要目标。在战争时期根本无法开展陶冶情操的文学艺术交流。共产党是实事求是的。共产党向列宁俱乐部、共青团、村苏维埃发放简单的识字课本，群众团体组织小组自学，每个组都有组长，一般是共产党或识字的人担任。学习的人在朗读句子的同时，学习句中传达的思想。当我走进西北苏区的小型“社会教育站”时，我看到他们进行着这样的对话：

“这是什么？”

“这是红旗。”

“他是谁？”

“他是一个穷苦老百姓。”

“红旗是什么？”

“红旗是红军的象征。”

“红军是什么？”

“红军是咱们穷人的军队！”

当识字教育进行到某一阶段后，学校就会开展评比，学得最快最好的学员将会得到奖励，或是红旗，或是铅笔，或是其他奖品。尽管这只是初步的政治宣传工作，但对于农民来说，他们不仅能够学会简单认字，还能了解是谁给他们带来了文化教育，目的又是什么。中国共产主义和基本战斗思想，就这样被掌握了。

我觉得，这样的识字方法是更加高效的，反正比对照图片辨认猫、狗、牛、羊要有趣得多。

为了帮助人民群众更快掌握识字和阅读，共产党开始在一些地方尝试推广汉语拉丁化拼音，一部分保安学生首先学习了这一方法。拉丁化拼音所用到的字母有28个，28个字母的多种组合能够对应所有的汉语发音，他们编写字典用来推广这种识读方法，还在《红色中华》的部分章节中使用到了拉丁化拼音。徐特立认为，复杂的汉字终究要在大规模教育中退场。他还有一些其他的赞成这一做法的理由。

不过，徐特立本人并没有怎么向我提起他的工作成就，他表示，这里的人基础文化素质太低了，因此很容易体现工作成果。真正的挑战在未来。他让我着重研究红军中的教育方法，从中能了解到真正的革命化的教学。一般来说，一边战斗一边学习，是无法在现实中实现的，但在中国，你会怀疑这一点。中国共产党真的能够成功做到这样的目标吗？徐特立肯定了这一点，他说，红军前线已经在推广这一革命化教学方法，只需我前往那里，就能够亲眼看到。很快，我就动身前往前线，当然，我的目标不仅仅是研究红军的教育方法。

第七篇

去前线的路上

- 同红色农民谈话
- 苏区工业
- “他们太能唱了！”

同红色农民谈话

我越过保安，向甘肃边境和前线方向进发。一路上我住在农民简陋的棚屋里，睡在他们的泥炕上(在我找不到门板那种奢侈的“床”的时候，只能这么将就)，吃他们的食物，与他们聊天。他们非常贫穷，但善良又好客。有些人听说我是“外宾”，就拒绝要我的钱。我记得有个小脚的农妇，家里只养了五六只小鸡，却非要杀一只给我吃。

我无意中听到她对我的一个同伴说：“咱可不能让洋鬼子挑了礼，说咱们不知礼数，不懂待客。”我相信她不是有意这么称呼我，因为除了“洋鬼子”，她也不知道其他什么更恰当的形容词。

当时我和一个年轻的共产党员胡金魁一起旅行，外交部门委派他陪我到前线去。像后方所有的共产党一样，胡很高兴能有机会上前线，因此他觉得这差事是天降的好运。但与此同时，他坦率地告诉我，在他看来我只是一个帝国主义者，他也很怀疑我这趟行程的目的。然而，他在各方面都帮了大忙，没等旅行结束，我们就成了非常要好的朋友。

晚上，在陕北甘肃边境附近，一个叫周家的村子里，我和胡金魁找到了一个农家大院，算是个不错的住处，那里住着五六户农民，十几个孩子跑来跑去，有个生了六个孩子的农民，四十多岁，热情而客气地招待了我们，给我们安排食宿。他给了我们一间干净的屋子，找了条新毛毯，还拿了些苞米和稻草帮我们喂了马。我花了两角钱买了只鸡，以及一些鸡蛋，但这房间是免费的，他不收我的钱。这个农民称得上见多识广，他到过延安，以前也见过外国人，但大院里其他的男女老少都没见过，现在都怯怯地围过来偷偷看我。有个小孩没见过长得像我这么“惊人”的人，还吓哭了。

晚饭后，一些农民来到我们的住处，递给我们些烟草之后开始跟我们聊天。他们很好奇我的国家种什么，是否有玉米和小米，马和牛，是否用羊粪做肥料。(一个农民问我们有没有鸡，主人家嗤之以鼻。“有人就有鸡！”他说。)在我的国家有富人和穷人吗？有共产党和红军吗？

作为回答他们无数问题的回报，我也问了他们几个问题。他们认为红军怎么样？他们立即开始抱怨骑兵的马吃得太多。红军大学最近迁走骑兵学校的时候，似乎在这个村子里停了好几天，结果储备的苞米和稻草大为减少。

“他们买东西没付钱给你吗？”胡金魁问。

“付了付了，他们当然是付钱的，不过这不是问题所在。你知道，我们存量不多，只有这么点苞米、小米和稻草，这也只够我们自己吃用啊，当然也可能有点余粮，但我们还得过冬呢！明年一月合作社肯卖粮食给我们吗？这都是没信儿的事儿！你说苏区的钱能拿来干吗？鸦片都买不到！”

这是一个衣衫褴褛的老人说的，他愁眉苦脸，鼻子皱皱巴巴，一边讲话一边盯着自己两英尺长的旱烟袋。他一开口，年轻人就都乐了，胡金魁承认他们不能买到鸦片，但他说他们可以在合作社买到他们需要的其他东西。

“真的？现在就可以？”我们的房东问。“我们能买一个像这样的碗吗，嗯？”他拿起我从西安带来的那个便宜的红色塑料碗（我怀疑是日本制造的）。胡金魁承认合作社没有这种塑料碗，但说他们有很多粮食、布料、煤油、蜡烛、针、火柴、盐——还不够吗？

“我听说一个人最多只能买到六英尺的布，是不是？”一位农民问道。

胡金魁对此不大确定，他觉得有挺多布料的，于是他把话题转移到抗日上来。“我们的生活和你的一样苦，”他说，“红军是为你们这些农民和工人而战，是为了保护你们而抵抗日本和国民党。可能你买不到足够的布，也买不到鸦片，但你不需要缴税，对不对？你不会欠地主的债，也不用担心房子田地哪天被抢走，对不对？所以说，难道你喜欢白军胜过我们吗？你讲讲看，白军拿走了你的东西，会好好地付给你钱吗？”

听了这话，所有的抱怨似乎都烟消云散了，大家意见一致。“当然不，老胡，当然不！”房东点了点头，“二选一我们当然选红军，我的一个儿子在红军，我让他去的，这谁能说个不呢？”

我问他们为什么喜欢红军。

作为回答，那个嘲笑合作社没有鸦片的老人此时发表了激烈的演说。

“白军来了会怎么样？”他问道，“他们要吃要喝要粮草，就是不给钱，我们要是不给，我们就是共产党，要被逮的，我们要是给了，赋税我们就交不起了！无论如何，我们都缴不上税！

缴不上税了，他们就牵了我们的牲口去卖。去年，红军不在，白军回来了，他们带走了我的两头骡子和四头猪。骡子每头 30 元，猪是快出栏的，每头至少 2 元。他们给了我什么？

“啊呀！啊呀！他们算了一通，反说我还欠了 80 元的税和租子，40 元的债用牲口抵，还有 40 元逼着我缴，我还能怎么缴！他们就要我用女儿抵税！这事千真万确！而且真有人不得不这么干了，还有些更惨，家里没有牲口，也没有能卖掉的闺女，就被抓进保安的监狱里去，许多人冻死在那。”

我问这位老人他有多少土地。

“土地吗？”他声音很沙哑，“那边，那边就是我的土地。”他指着一个长满苞米、小米和蔬菜的坡田说。我看到那片田地就在我们院子对面的小溪上。

“它值多少钱？”

“这里的土地一文不值，除非是河谷地，”他说，“这座山就值 25 元，值钱的是骡子、山羊、猪、鸡、房子和工具。”

“那么，比如说，你的地值多少钱？”

他仍然拒绝计算他的土地的价值。“我的田地，房屋，牲口，还有那座山，加起来 100 元就卖你。”他最后估计道。

“那你得缴多少税和地租呢？”

“一年 40 元！”

“那是在红军来之前吗？”

“是的，现在我们不用缴税了。但谁知道明年会怎样？当红方离开时，白军回来。一年红军，一年白军。当白军来的时候，他们叫我们红匪，红军来了，就抓反革命分子。”

“但是有一个区别，”一个年轻的农民插话道，“如果我们的邻居说我们没有帮助白军，红军就相信了。但是，哪怕有 100 个好人签字，如果地主不为你担保，白军仍然说你是红匪，是不是？”

老人点点头。他说，上次白军到这里来的时候，就在小山那边的一个村子里，他们杀了某户贫农全家，为什么？因为白军问起红军藏在哪里，那户人家拒绝告诉他们。“此后，我们都带着牲畜从这里逃走了，红军回来，我们再回来。”

“白军要是再来，你们还走不走？”

“啊呀！”一个长头发，长得一口好牙的老头儿喊道，“我们一定得走，他们会杀了我们的！”

他开始讲述村子里的罪名：他们加入了贫民会，他们给苏维埃投票，他们向红军提供关于白军动向的信息，有两家的儿子在红军，另一家有两个女儿在护士学校。这些都算是罪名吗？他向我保证，他们中的任何一个都可能因为这些原因被枪毙。

这时，一个十几岁的光着脚的少年走上前来，聚精会神地加入了争论，把我这个洋鬼子的存在忘得一干二净。“你把这些叫作罪名？爷爷？这些都是爱国行为！我们为什么要这么做？难道不是因为我们的红军是穷人的军队，是为我们的权利而战吗？”

他充满热情，继续演说：“我们周家村以前有免费的学校吗？在红军给我们带来无线电之前，我们听到过世界新闻吗？谁告诉我们世界是什么样的？你说合作社没有布料，但我们以前有过合作社吗？你的田地又怎么样？当初还不是抵给王家地主了？我的姐姐三年前饿死了，但是自从红军来了以后，我们不是再没饿过肚子？你觉得这种生活苦，但如果我们这些年轻人读书识字了，这不叫苦！我们的少先队，学会开枪对付汉奸和日本，这不叫苦！”

对于那些了解中国普通农民的人来说，这样不断提到日本和汉奸可能觉得是不可能的，毕竟中国普通农民对日本侵略和任何其他民族问题是无知的（不是冷漠的）。但我发现这种情况经常发生，不仅共产党人会提到这种事，农民也会提到。共产党的宣传已经造成了广泛的影响，以至于这些落后的农民中还真有许多人认为他们即将面临被“日本矮子”奴役的危险——他们中的大多数人其实根本没有在共产党招贴和漫画之外看到过这样的人种。

少年慷慨激昂一番之后退了下去，我看了看胡金魁，只见他脸上露出满意的微笑。在场的几个人也大声表示赞同，大多数人都笑了。

谈天说地一直持续到将近晚上9点，早已过了睡觉时间。我非常感兴趣的一件事是，这场谈话是在胡金魁面前进行的，而这些农民们似乎并不怕胡金魁是个共产党“官员”。他们似乎把他当作自己人——而且就是把他当作一个农民的儿子那样对待。

最后一个离开我们的是那个开场就抱怨的老头儿。他已经跨出门，又转身回来，又一次对胡金魁低声说：“同志，”他恳求道，“保安有鸦片吗？现在，还有吗？”

他走后，胡金魁厌恶地转向我。“你相信吗？”他问道，“那个老头是这里贫民会的主席，可他还想要鸦片！这个村庄需要加强教育工作。”

苏区工业

我在去前线的路上，离保安向西北方向走了几天，我停下来参观了一下吴起镇，这是陕西苏区的一个“工业中心”。吴起镇之所以引人注目，不是因为它在工艺方面取得了什么值得使底特律或曼彻斯特不能等闲视之的成就，而是因为居然有它的存在。

方圆几百英里内的地方只有半牧区，人民和几千年前的祖先的生活方式差不多，住在窑洞里，许多农民头上仍然盘着辫子，马、驴和骆驼是最新型的交通工具。照明用菜油，蜡烛是奢侈品，电灯闻所未闻？外国人就像非洲的因纽特人一样稀少。

在这个中世纪的世界里，突然发现苏区的工厂，发现机器在转动，一群工人正忙着生产红色中国的货物和工具，这太令人吃惊了。

在江西，共产党人虽然没有海港，而且由于敌人的封锁，切断了他们同任何大型现代工业基地的联系，但他们还是建立起好些繁荣的工业。例如，他们经营着中国最丰富的钨矿，每年生产100多万磅这种珍贵的矿物——秘密地卖给了陈济棠将军在广东的钨垄断企业。在吉安的中央苏区印刷厂，有800名工人，印刷许多书籍、杂志和一家“全国性”报纸——《红色中华》。

江西也有织布厂、纺织厂和机器车间。小型工业生产足够的制成品来满足他们简单的需要。共产党自称，1933 年的“对外出口贸易”超过了 1200 万元，其中大部分是通过敢于冒险的南方商人进行的，他们通过突破国民党的封锁赚取了巨额利润。但那种制造业大部分都是手工艺和家庭工艺，产品通过生产合作社出售。

根据毛泽东的说法，到 1933 年 9 月，江西苏区有 1423 个“产销”合作社，全部由人民拥有和管理。[①]国联调查人员的证词清楚地表明，共产党在这种集体事业上取得了成功，即使他们还在为生存而战。国民党也想模仿一下这种经济模式，迄今为止的结果表明，在纯粹的自由资本主义制度下经营这种合作社，即使不是不可能，也是极其困难的。

但在西北，我根本没有想到会发现任何工业。共产党在这里面临的障碍比南方那时候可大得多，因为在成立苏维埃之前，在整个西北，包括陕西、甘肃、青海、宁夏和绥远，这些省份的面积几乎相当于整个欧洲（俄罗斯除外）的面积，但几乎不存在一个哪怕小型的机器工业。

西安和兰州有几家工厂，但大部分都依靠华东的大工业中心。西北巨大的工业潜力的任何大规模发展只有通过向外界引进技术和机械才可能实现。西安和兰州是西北的两个大城市，工业已经是这种程度，那么共产党所面临的困难就更加一目了然了，毕竟他们所占的甘肃、陕西和宁夏这些地区更落后。

①见《红色中华：毛泽东主席对苏区发展的报告》，第 26 页。

封锁使苏维埃政府无法进口机器，也无法“进口”技术人员。然而如果说到“后者”，共产党表示，其实他们的“供应”还挺充足，主要问题是机械和原材料不够。红军会为了得到几台车床、纺织机、发动机或一点废铁不惜作战。我在那里访问时发现，他们几乎所有的机器都是“缴获”的。例如在1936年远征山西途中，他们就是用骡子驮着机器、工具和原材料，跋山涉水运回陕西，最终达到他们奇妙的窑洞工厂的。

我访问红色中国时就发现了，苏区的工业都是手工业，有保安和河连湾（甘肃）的造纸厂、织布厂、被服厂、制鞋厂，定边（长城上）的制毯厂，永平的煤矿产出中国最便宜的煤[1]，以及好几个县还有毛纺厂和纺纱厂——所有这些工厂都计划生产足够的货物，用以供应红色陕西和甘肃的400个合作社。据经济人民委员毛泽民说，这个“工业计划”的目的是使红色中国“经济自给自足”——如果南京拒绝接受共产党提出的结成统一战线和停止内战的建议，能够有不怕国民党封锁而维持下去的能力。

苏区最重要的国营企业是宁夏边境长城上的盐池的制盐工业，以及在永平和延长的油井，它们生产汽油、煤油、凡士林、蜡、蜡烛和其他副产品。盐池的盐是中国最优质的，产出大量美丽的水晶盐。因此，苏区的食盐比国民党统治下的中国更便宜、品种更丰富，而在国民党统治下的中国，食盐是政府收入的主要来源。在占领盐池以后，红军同意卖盐给长城以北的蒙古人，废除了国民党的产品专卖政策，从而赢得了长城以北的蒙古人的好感。

①红区煤炭售价，每八百斤（约合半吨）售一银圆。见毛泽民著《甘陕苏区的经济建设》，刊载于《斗争》（1936年4月24日陕西保安）。

陕北的油井是中国仅有的油井，以前出产的原油都卖给了一家美国公司，这家公司在该地区的其他油田也宣称签了租约，不过在夺取永平后，红军打了两口新油井，据说产量比以前任何时期（当永平和延长被“非匪徒”控制时）增加了约40%。这包括在报告的3个月期间增加的“2000吨原油、25000吨一级油和13500吨二级油”[①]。

他们正在努力清除罂粟，重新种上棉花。共产党在安定建立了一所纺织学校，现在有100名女学生在那里上课。她们每天三小时学字，五小时学纺织。三个月后，课程学完，学生被派往各地开办手工业纺织厂。“预计两年内陕北出产的布料够全苏区用了。”[②]

吴起镇是红区工厂工人最集中的地方，同时也是红区主要兵工厂的所在地。它控制着一条通往甘肃的重要贸易路线，附近两座古老堡垒的遗址证明了它曾经的战略重要性。这座城镇建在一条湍急河流的陡峭河岸上，一半是“洋房”——就是正常的房子，一半是窑洞修建的。

我到达时很晚了，筋疲力尽。前线军需处的给养委员接到我来的消息，立刻骑马出来迎接我。他“把我安排”在工人列宁俱乐部里，那是一间用泥土铺地、白泥刷墙的窑洞，不朽的伊里奇的肖像挂在上面，周围还有彩纸条做装饰。

热水、干净的毛巾——上面印着蒋介石新生活运动的口号——和肥皂很快就送了过来，供我清洗一下自己，而后他们又提供了一顿非常丰盛的晚餐，甚至还有烘制得恰到好处的面包！这让我感觉舒服了许多。我在乒乓球桌上铺开被褥，又点了一

①②毛泽民上引文。

支香烟。但是人是一种很难满足的动物。这些奢侈的招待只会让我渴望更多，比如我最喜欢的饮料。

然后，给养委员突然从天知道什么地方，端出了黑咖啡和白糖！吴起镇赢得了我的心！

“我们五年计划的产品！”这位给养委员笑了。

“不不不，我觉得你的意思其实是‘收缴品’吧？”我纠正了他。

“他们太能唱了！”

我在吴起镇待了三天，拜访工厂里的工人，“考察”他们的工作环境，参加他们的戏剧表演和政治会议，阅读他们的墙报和课本，同他们交谈，以及一同锻炼。我参加了在吴起镇三个篮球场之一举行的篮球赛，还组成了一个由外交部使者胡金魁组成的临时小组，其中有一位在政治处工作的，英语说得很棒的大学生、一位红军医生、一位战士以及我自己。兵工厂篮球队接受了我们的挑战，然后把我们打得稀巴烂。

和红色大学一样，兵工厂也建在山坡上的一大片窑洞里。里面凉爽、通风良好，特别防弹，还有斜插在墙上的烛台扦为它们提供照明。在这里，我发现一百多名工人在制造手榴弹、迫击炮、火药、手枪、小炮弹和子弹，以及一些农具。修理部正在修复大量破损的步枪、机关枪、自动步枪和冲锋枪。不过兵工厂的做工粗糙，大部分产品只能提供给游击队，而正规的红军的枪支和弹药几乎全部是从敌军缴获的。

兵工厂厂长郝希英带我参观了各个车间，介绍了一下这些工人，并告诉了我一些关于工人和他自己的情况。他三十六岁，未婚，在日本入侵前曾是著名的沈阳兵工厂的技术员。1931年9月18日以后，他就去了上海，并且在那里加入共产党，后来到了西北，进入红区。这里的大多数机械师也是“外地人”。许多人曾在汉阳工作，汉阳有中国最大的铁厂，可惜是日资。少数人曾在国民党兵工厂工作。我遇到了两位年轻的上海机械师和一位钳工专家，他们给我看了来自英国和美国著名的怡和洋行、慎昌洋行和上海电力公司的推荐信。其中一个曾在上海一家机械车间当过领班。这里也有来自天津、广州和北京的机械师，有些人甚至还曾与红军一起进行过长征。

我了解到，在兵工厂的 114 名机械师和学徒中，只有 20 名已婚。他们的妻子和他们一起在吴起镇工作，要么是工厂工人，要么是共产党员。在代表红色地区最熟练工人的兵工厂公会中，80%以上的成员属于共产党或共产主义青年团。

除了兵工厂，吴起镇还有服装厂、制鞋厂、袜厂、制药房和药房，还有医生看门诊。这个医生刚从山西的一所医学培训学校毕业，他年轻漂亮的妻子陪着他一起在这里当护士。他们都是在去年冬天红军远征山西时加入红军的。离这不远还有一家医院，在那里有三名军医，大部分的病号都是伤兵。那里还有一座电台，一间简陋的实验室，一个合作社和一个陆军补给基地。

除了兵工厂和制服工厂外，大多数工人都是年龄在18岁到25岁或30岁之间的年轻妇女。他们中的一些人嫁给了当时在前线的红军士兵，几乎都是甘肃、陕西或山西妇女，所有的人都剪了短发。“同工同酬”是中国苏区的口号，不应该有对妇女的工资歧视。在苏区，工人们似乎得到了比其他任何人都优惠的经济待遇。这其中包括红军指挥官，他们没有固定的工资，只有很少的生活津贴，根据国库的负担而有所不同。

吴起镇是刘群仙小姐的根据地，她今年29岁。曾在无锡和上海的工厂做过工，后来去莫斯科中山大学读书时认识了博古，并嫁给了他。从她在莫斯科的日子起，她就特别喜欢文森特·希恩所著《个人的历史》中那位美国叛逆女神——不过应该不是红发——雷娜·普罗姆，而现在她成为红色中国的工会妇女部长。她告诉我，工厂工人每月工资10到15元，国家提供食宿，工人们得到免费医疗和工伤赔偿的保证，妇女在怀孕生产期间有四个月的带薪休假，而且还有一个简陋的“育儿室”提供给这些工人的幼儿们——不过这些孩子大多数一会走路就开始撒欢野跑，不太用得到这里。母亲们还能从她们的“社会保险”中得到一点补贴，这份补贴来自保险基金，基金资金源于工人工资中扣除10%的部分，政府在此基础上增加了相同数额，并贡献了相当于工资产出的2%供工人教育和娱乐，这些资金由工会和工人组织的工厂委员会共同管理。工人们实行每天八小时工作制和每周六天工作制。当我访问他们的时候，这些工厂一天24小时开工，工人们三班倒，全速生产。

尽管离共产主义的乌托邦还很远，但这些似乎已经表现得十分先进了。毕竟这种情况实际上是在苏区贫穷的困境中实现的，因此确实更有趣了。他们的生活多原始朴素就是另一回事了。他们有俱乐部，有学校，有宽敞的宿舍——没错，这些都有——但他们住在窑洞里，没有淋浴，没有电影，没有电力。他们吃得饱，但一日三餐只有小米、蔬菜，有时有羊肉，没什么美味佳肴。他们以苏区货币领取工资和社会保险，但这种货币能买到的物品仅限于必需品，而且不多。

“难以忍受！”美国或英国的普通工人肯定会这么说。但我还记得上海的工厂什么样子，那里有许多小男孩和小女孩当童工，每天坐或站着工作 12 或 13 个小时，然后就筋疲力尽地，在他们的机器下面铺着的脏棉被里疲惫地睡去。我想起了缫丝厂的小女孩，想起了棉纺厂里面色苍白的年轻妇女，她们都是被卖过去当包身工的，四五年内都没有人身自由，没有得到特别许可就不能离开戒备森严、高墙耸立的工厂。我记得在 1935 年，上海的街道和运河里一共打捞出了 29000 多具尸体，其中有赤贫的穷人，有被饿死或淹死的婴儿，也有父母喂养不起的儿童。

对于吴起镇的工人来说，无论生活环境多么原始朴素，这里的生活至少是健康活泼的，这里有清新的空气，有自由，有尊严和希望，还有成长的空间。他们知道没有人从他们身上赚钱，而且我想，他们认为他们是为自己和中国工作，他们告诉我他们是革命者！每天两个小时的阅读和写作、政治演讲和戏剧小组的时间，他们都非常认真地对待，并且还会在体育、文化、公共卫生、墙报和“工厂效率”等团体和个人之间的竞赛中，激烈地争夺那点微不足道的奖品。这种生活真真切切地摆在他们面前，这是他们以前从未了解过，在中国的任何其他工厂也不可能了解的生活，他们也很感激生活为他们打开了这扇大门。

像我这样的中国通很难相信看到的这一切，而且我对它最深层的意义还不能完全理解，但我不能否认我看到的。要想详细地列出证据，我得讲一打我与之交谈过的工人的故事；引用他们在墙报上发表的文章和评论——是用新文人幼稚潦草的笔迹写的，其中许多是我在大学生的帮助下翻译的；讲述我参加的政治会议；以及这些工人创作和改编的戏剧；还有许多构成“印象”的小事。

举个例子，我在吴起镇遇到了一位电气工程师，名叫朱作其。他精通英语和德语，是个电力专家，写过一本在中国广泛使用的工程教科书。他曾经在上海电力公司工作，后来还去过慎昌洋行。不久以前他还是个在南方工作的顾问工程师，十分能干，因而每年可以拿10000元薪水！但他离开了家人和高薪的工作，来到了这片荒蛮黑暗的陕西群山之中，这难以置信！不过他的思想可以追溯到他敬爱的祖父，一位著名的宁波慈善家，这位慈善家临终前嘱咐年轻的孙儿“毕生致力于提高大众的文化水平”。这位工程师于是认为最快的方法就是共产主义。

朱作其带着殉道者和狂热者的精神，有些戏剧性地投身于这个事业。对他来说，这是庄严而神圣的事业，他认为这意味着将会早逝，因而他希望每个人都有这样的觉悟。不过当周围这些工人们每天快快乐乐，还会唱歌嬉闹时，他肯定是震惊了。当我问他喜不喜欢这样的氛围时，他严肃地回答我说，对此他只有一点意见，一点严肃的批评意见：“这些人花在唱歌上的时间太多了！”他抱怨道，“现在不是唱歌的时候！”

第八篇

同红军在一起

- “真正的”红军
- 彭德怀的印象
- 为什么当红军?
- 游击战术
- 红军战士的生活
- 政治课
- 红色窑工徐海东
- 中国的阶级战争

“真正的”红军

在甘肃和宁夏的丘陵上绕了两个星期后，我总算来到了预旺堡。这里是宁夏南部相当体面的一个市镇，不仅有城墙，驻扎着红军一方面军，而且还是司令员彭德怀的司令部所在地。

虽然从严格的军事意义上讲，所有的红军战士都算是“非正规军”(有些人会说是“高度非正规军”)，不过红军自己还是明确区分了方面军、独立军以及那些游击队还有农民赤卫队的。在我初来陕西的短暂旅行中，我没能见到任何“正规”红军，因为他们的主力部队在距离保安 200 英里以西活动。我原计划去前线一趟，不过蒋介石正准备从南线发动另一场大规模攻势的消息传来之后，我还是倾向于去规模更壮观的那条前线看看，趁现在还来得及越过战线继续报道，我得赶紧动身。

有一天，我把这些思绪讲给吴亮平听，他是个年轻的苏维埃官员，在我和毛泽东长时间的正式会谈中充当翻译。他听了大吃一惊，“你有机会上前线，你还在犹豫？可不要犯这样的错误！蒋介石这十年来一直想消灭我们，但他不会得逞！你一定得看看真正的红军什么样子！”他极力提出证据来证明他的论点，因此我听从了他的劝告。

也许理解这些被认为是“土匪”的人，最好的途径就是用数据说话，红军对全部正规人员都有完整的档案，以下是由29岁的、精通俄语的红军一方面军政治部主任杨尚昆提供的资料：

首先，许多人认为红军是一群顽强的亡命之徒和不满分子。我自己也模糊地有过这样的想法。很快我就发现，大部分红军是由年轻的农民和工人组成的，他们相信自己是在为自己的家园、土地和国家而战。

据杨说，这些士兵的平均年龄是19岁。虽然许多红军战士战斗了七八年，甚至十年，但他们中间还有许多十几岁的青年。甚至大多数“老布尔什维克”——也就是参加过许多战役的老兵，现在也只有二十出头。大多数人是作为少年先锋队参加红军的，或者是在十五六岁时入伍的。

在一方面军中，总共有38%的人来自农业无产阶级（包括工匠、骡夫、学徒以及佃户等）或工业无产阶级，58%来自农民。只有4%的人是小商人、知识分子、小地主等的儿子。在这支军队中，包括指挥员在内，有50%以上是共产党员和共青团的成员。

60%到70%的士兵受过教育，也就是说，他们能写简单的信件和文字、海报、传单等。这比白区军队的平均水平高得多，也比西北地区农民的平均水平高得多。从入伍之日起，红军战士就开始学习专门为他们准备的红色课本。进步迅速的人还能得到奖品（粗糙的笔记本、铅笔、小旗等，深受这些战士的喜爱），并且激励更多人产生好胜心和竞争心去努力学习。

红军战士和他们的指挥官一样，没有固定的工资。但是每个士兵都有权得到他的那份土地和一些收入。他不在田地里，而是在前线的时候，由他的家人或当地苏维埃来照顾田地。如果他不是苏区本地人，他的报酬就来自“公田”(一般是从大地主那里没收得来)的农作物收益中分得的那一份，这也为红军提供了给养。这种“公田”由当地村民负责耕种。这是义务劳动，但大多数农民在重新分配土地的革命中获得了好处，他们也乐意付出一些劳动来维护他们的革命果实。

红军军官的平均年龄是24岁，小到班长、普通军官，大到将官。尽管他们很年轻，但这些人平均有八年的战斗经验。所有连级以上的连长都有文化，不过我也遇到过几个连级以上的军官曾经不识字，进了红军才学会读写。红军指挥员中约有三分之一曾经是国民党军人，他们当中有不少是黄埔军校毕业生，莫斯科红军大学的毕业生，张学良“东北军”的前军官，保定军官学校的学员，前国民党(“基督将军”冯玉祥的军队)士兵，以及一些来自法国、苏联、德国和英国的归国留学生。我只遇到一个从美国回来的学生。红军不称自己为“兵”——这个词在中国引起了极大的反感——他们称呼自己为“战士”。

红军的大多数士兵和军官都是未婚的。他们中的许多人是“离婚”的——也就是说，他们把妻子和家人抛在身后。有几次，我曾严重怀疑，这种离婚的愿望实际上可能与他们参军有关，这么说可能有点刻薄。

从路上和前线的大量谈话中，我的印象是，红军中的大多数人还是童男。在前线的女性很少，她们几乎都是苏维埃政府的工作人员或嫁给了那些工作人员，随军行动。

据我所知，红军对农家女性很尊重，农民们也非常信任红军的道德水准。我没有听说过强奸或虐待农家妇女的案件，尽管我从一些南方士兵那里听说过他们留在家乡的“恋人”。红军中很少有人抽烟或喝酒，戒酒戒烟是红军的“八项注意”之一，虽然对这两种恶习都没有特别的惩罚，但我在墙报的“黑栏”上看到几篇对习惯性吸烟者的严厉批评。饮酒并没有被禁止，但醉酒却是闻所未闻的。

曾经担任国民党将军的彭德怀司令员告诉我，红军的组成非常年轻，因而它更能吃苦耐劳。我也觉得是这样，红军战士的年纪使得没有伴侣的问题并不那么尖锐。自 1928 年领导国民党起义并加入红军以来，彭德怀就再也没有见过自己的妻子。

红军指挥员一直是伤亡率非常高的战斗单位。他们喜欢与自己的士兵并肩作战，从团长往下无不如此。一位外国武官有一次对我说，单凭一件事就可以解释为什么红军能与兵强马壮的敌人作战。红军指挥官的口号是：“同志们，跟我来！”而不是说：“兄弟们，给我冲！”在南京的第一次和第二次“最后清剿”中，红军军官的伤亡率高达 50%，使得红军无法承受这样的损失，因此不得不采取一些战术来降低有经验的指挥员的生命危险。然而，在第五次江西战役中，红色指挥员的伤亡人数仍然占到军官总数的 23%。这个数据是可信的，因为在红区经常可以看到大量的证据。常见的景象是二十出头的年轻人，胳膊或腿没了，手指少了几根，头部或身体上留下了触目惊心的疤痕——但他们依然保持着对革命的热情和信心。

在红军的各支队伍里，几乎中国每个省份的士兵都有，某种意义上讲，这大概是中国唯一的真正全国性军队，同时也是“征途最辽阔”的军队，老兵们甚至跨越了 18 个省的土地，因而他们对中国地理的了解可能远超其他任何军队。在他们的长征中，他们发现那些旧地图毫无用途，因此红军制图员重新绘制了数百英里的领土，特别是那些还居住着土著居民的地区以及西部边疆地区。

在由大概 3 万人组成的红一方面军当中，南方人比例很高，大概三分之一来自江西、福建、湖南或贵州。近 40%来自四川、陕西和甘肃等西部省份。一方面军还包括了一些土著居民，比如苗族和彝族的战士，此外甚至还有个新组织起来的回民红军。在独立部队当中，当地人的比例就比较高了，约占了总人数的四分之三。

红军从高级指挥员到普通士兵，吃穿都是一个待遇，营长以上可以骑马或者骡子。我注意到，哪怕是弄来了一些难得的美味——其实也就是西瓜或者李子等水果——他们也一定要平等地分享。指挥员和士兵们的住所没什么不同，他们也不讲究排场，自由走动。

共产党人要如何补充他们的食物、衣服、装备？我对此曾经迷惑不解，认为他们必须完全靠掠夺为生，许多人和我的观点也是一致的。不过当我来到这里，我发现这么想就大错特错了。他们每占领一个地区，就立刻开始动手建立起自给自足的经济，这种能力让他们可以不怕敌人的封锁而守住他们的根据地。而我之前也没有猜到，中国无产阶级军队所需的经费少得几乎令人难以置信。

军备方面，红军所得非常有限，大部分供给来自他们的敌人。红军声称他们 80%以上的枪炮和 70%以上的弹药是从敌军那里缴获的。我看到的正规军主要装备有英国、捷克斯洛伐克、德国和美国的机关枪、步枪、自动步枪、毛瑟枪和山炮，这些还真是南京政府大量采购的……

我看到的唯一的俄国制步枪是 1917 年造的。据说是从马鸿逵将军的部队中缴获的，这是我从马鸿逵的一些退役士兵那里打听到的。这位马将军统领着国民党在这些地区的残余力量，而这批步枪还是从 1924 年统治过这个地区的冯玉祥将军手里搞来的，据说冯玉祥是从外蒙古得到的这些老古董。红军的正规军不乐意用这种玩意儿，我看见游击队手中才有这种武器。

当我在苏区的时候，我确定俄国武器是无法进入这里的，红军被近 40 万敌军包围，他们控制了通往外蒙古、新疆和苏联的每一条道路。但是，从地图上可以很明显地看出，除非中国共产党人能继续开疆扩土，否则莫斯科根本没办法卖给他们任何武器，那可根本瞒不住任何人的眼睛。

其次，共产党不给官员和将军发高薪，这里也没有贪污的问题。对于其他中国军队来说，这一直是军队资金的大部分去向，但在这里，军队和苏区都厉行节俭，因而他们就只需要解决吃饱饭的问题就可以了。

关于这个问题我曾经提到过，当时西北苏区全部预算也就每月 32 万美元，其中 60%都要用来维持武装部队正常运行。财政人民委员林祖涵对此也觉得很抱歉，但他表示：“在革命得到巩固以前，这无法避免。”当时的武装部队（不包括农民辅助部队）大概有 4 万人。这是在二、四方面军到达甘肃之前的事，在那之后，红军开疆辟土，西北地区的红军主力达到了 9 万人。

以上是一些显而易见的统计数据，不过，如果你想了解中国红军到底如何坚持了这么多年，就必须了解他们的内在，他们的斗志、士气、他们的日常训练。更重要的是，你还得了解他们的政治和军事领导的许多细节。

比如说，彭德怀是个什么样的人？南京开出的悬赏相当可观，足以维持他整个军队一个多月的正常运转(如果林祖涵的预算是正确的)。

彭德怀的印象

8、9 月份我到前线视察时，一、二、四方面军的统一指挥工作还没有开始。当时，一方面军的八个“师”在坚守从宁夏的长城到甘肃的固原和平凉的阵地。一军团的先遣部队向南和向西挺进，为朱德开辟出一条道路，朱德率领二、四方面军从西康和四川北上，在甘肃南部突破南京部队的重重封锁线。而后在预旺堡，一座位于宁夏东南部的古老的回民城池中，我在这里找到了一方面军的司令部，还见到它的参谋和司令员彭德怀。

彭作为“赤匪”的生涯早在十年前就开始了，那时他在一夫多妻的军阀省主席何键将军的国民党军队中搞了一场起义。彭德怀的革命之路自从军开始，他先在湖南，后来被南昌的一所军校录取。毕业后，他升职很快。1927 年，当他二十八岁的时候，他已经是旅长了，并且在整个湘军中以“自由派”军官著称，他还真的经常与手下士兵委员会商量事情。

彭在国民党左派、军队、湖南军校中的影响，逐渐成了何键需要解决的一个大问题。1927 年冬天，何将军开始对军队中的左派分子进行彻底的清洗，并发动了臭名昭著的湖南“农民大屠杀”，他把成千上万激进的农民和工人当作共产党杀害。然而，在是否采取行动干掉彭德怀这件事上，他犹豫了，他为他的犹豫付出了代价。1928 年 7 月，彭德怀以自己著名的第一团为核心，加上二、三团的一部分官兵和军事学校的学员，领导了平江起义，并联合农民起义，建立了湖南第一个苏维埃政府。

两年后，彭已经积累了大约 8000 名兄弟的“铁军”，这是红军五军团。他用这支部队进攻并占领了湖南省会长沙，击溃了何键的六万大军，这六万人中大部分都是鸦片鬼。在宁湘联军的反击，甚至加上了外国的炮舰轰击，红军在占领了这座城市十天后，被迫撤退。

不久之后，蒋介石开始了他对赤匪的第一次“大围剿”。在南方红军的长征中，彭德怀是先锋一军团司令员。他突破了数万敌军的防线，占领了前进路线上的重要据点，并为主力部队保证交通，最后成功地到达了陕西，还在西北苏区根据地里建立起自己的栖身之地。他部下里的人告诉我，6000 英里长征的大部分路程他是走过来的，他的马经常用来给那些更疲惫的，或者是受伤的同志骑乘。

彭德怀是个开朗爱笑的人，只是胃不怎么好之外——这是因为在长征中被迫吃了一个星期的生麦粒和草根，还有一些有毒的野生植物，并且经常挨饿造成的，身体特别健康。除此之外，作为一名身经百战的老兵，他只受过一次轻伤。

我住在彭德怀的司令大院里，他的司令部就在预旺堡，所以我在前线经常看到他。顺便说一下，这个指挥了 3 万多军队的司令部是个特别简陋的房间，里面摆着一张桌子和一条木凳，两个铁公文箱，红军绘制的地图，一部野战电话，一条毛巾和一个脸盆，以及一个铺了毯子的炕。他只有两套制服，跟其他士兵一样，也不佩戴什么军衔徽章。他有件背心，是用长征中被击落的敌机上捕获的降落伞做成的，他特喜欢这件衣服，有种孩子气的自豪感。

我们一起吃过很多次饭，他吃得不多，而且饭菜十分简单，跟他手下的官兵们差不多，通常就是些白菜、面条、豆子、羊肉，有时还有些馒头。宁夏产各种瓜，彭德怀非常喜欢。不过，精于美食的作者发现彭德怀在吃瓜方面其实也没什么战斗力，他手下有个姓韩的医生，吃瓜的能力让他赢得了"韩吃瓜的"的绰号。

他的态度和言谈总是十分直率开朗，不加修饰的。他行动敏捷，思维也非常敏捷，喜爱说笑，又喜爱运动，上马时是个好骑手，下马时又吃苦耐劳，也许这与他烟酒不沾的生活习惯有关。有一天，我和他一起参加红二师的演习，我们需要爬一座非常陡峭的山，"跑步到山顶！"他突然对他气喘吁吁的手下和我喊道，然后他迅捷如兔地冲刺起来，并且把我们也如此赶上了山顶。除此之外，在骑马时他也经常如此，不管怎么看，都是个精力极为充沛的人。

彭德怀睡得晚、起得早，不像毛泽东睡得晚、起床也晚。据我所知，他平均每晚只睡 4 到 5 个小时。他似乎从不忙乱，但手边总有忙不完的工作。我记得那天早晨，一军团接到命令，要向敌占区的海原推进二百里。他立刻上路，但不慌不忙，姿态就像去乡下旅行，他和他的随从们沿着预旺堡的大街走着，还有空停下来跟聚集起来为他送别的阿訇们谈几句话。这支庞大的军队似乎能自己把自己管理得井井有条。

政府军的飞机经常在红军前线散发传单说要彭德怀的脑袋，出价从 5 万美元到 10 万美元不等，但在他的司令部前只有一名哨兵值班，他在城市的街道上闲逛，没带任何警卫。我在那里的时候，成千上万的传单投了下来，上面写着对他本人、徐海东和毛泽东的奖赏，彭德怀命令把这些传单收集起来，它们是单面印刷的，正好红军的纸也不够用。这些传单的空白面后来被用来印刷红军宣传语。

我注意到，彭很喜欢孩子，经常有一群孩子跟着他。许多当过通讯员、号兵、勤务员、马夫的青年，被组织起来成了红军正规部军的一部分，组成“少年先锋队”。我经常看到彭德怀和两三个“红小鬼”坐在一起，严肃地向他们谈论政治和他们的个人问题，他非常尊重他们。

有一天，我和彭以及他的一部分参谋人员去参观了一个小兵工厂，并参观了工人文娱室，那里有他们自己的列宁室，也就是列宁俱乐部。在房间的一边，有一幅由工人们画的大漫画。这幅画描绘了一个穿着和服的日本人，脚踩满洲、热河和河北，他举起刀，血滴如注，向其余的中国劈去。这个日本人有个大鼻子。

“那是谁？”彭德怀问一个管理列宁俱乐部的少先队员。

“那个，”那孩子回答，“是一个日本帝国主义者！”

“你怎么知道？”“彭问道。

“看看他的大鼻子！”这是他的回答。

彭笑着看着我。“嗯，”他指着我说，“这是洋鬼子，他是帝国主义者吗？”

“他的确是个洋鬼子，”少先队员回答，“但不是日本鬼子。他有一个大鼻子，但对一个日本帝国主义者来说，鼻子还不够大！”

我向彭德怀指出，这样的漫画可能会导致严重的失望呢，当红军真正接触到日本人时，发现日本人的鼻子和他们自己的鼻子长得差不多。他们可能认不出敌人，也可能拒绝战斗。

“别担心！”指挥官笑道，“我们能认出每一个日本鬼子，不管他有没有鼻子。”

有一次，我和彭一起去看第一军抗日剧院的演出，我们和其他士兵一起坐在临时搭建的舞台下面的草坪上。他似乎非常喜欢这出戏，并带头要求剧团唱一首他最喜欢的歌。天黑以后，天气开始变得相当寒冷，尽管此时还是八月底。我把棉衣裹得更紧了。但在看表演的时候，我突然惊奇地发现彭脱下了自己的外套，给一个担当号手的小男孩裹在了身上。

后来在某天晚上的长谈中，我知道了他对这些“小鬼”为什么这么喜欢。这是因为我再三要求，他终于讲出了他的童年，他在童年受过的苦，对于西方世界来说简直让人吃惊，但在当时的中国却相当典型。这也能解释为什么有那么多年轻人会义无反顾的投奔红军。

为什么当红军?

彭德怀出生在湘潭县的一个村子里，离毛泽东的故乡不远。这是一片相当富饶的土地，位于碧水长流的湘江畔，离长沙约 90 里。湘潭是湖南最美丽的地方之一，满目绿意，到处是深深的稻田和高高的竹林。这个县有 100 多万人口，根据彭的说法，虽然湘田的土地很肥沃，但大多数农民都是一贫如洗，目不识丁。据彭德怀说，“不比农奴强多少”。地主在那里权力滔天，他们拥有最好的土地，收取高昂的租金和税金，在大多数情况下，他们同时还是管理当地的官员。

湘潭有几个大地主的年收入在 4 万到 5 万石米之间，省内最富有的一些粮商都在那里。

彭家是富农。他的母亲在他六岁时去世，他的父亲再婚，继母十分憎恨他，因为他总能提醒自己丈夫还有个亡妻。于是她把他送去了一座学堂，那里的老师管理学生总是简单粗暴，经常打他们。显然，彭德怀是个有能力不让自己受委屈的孩子，在一次殴打中，他反击了老师，打了一拳然后逃走了。老师把这个学生告上公堂，他的继母于是不依不饶起来。

在这场争吵中，他的父亲表现得很冷漠，而且偏袒妻子，为了照顾她，把彭德怀打发去了一个他很喜欢的婶母那里住。婶母又将他送去了一所新式学校。在那里他遇到了一位“激进”的老师，这位老师不信孝道。有一天，彭德怀在公园玩耍的时候，老师走过来与他聊起了这些事。彭德怀问他是否无条件孝顺父母，是否认为自己也该无条件孝顺父母？老师则回答，他可不这么认为，父母在寻欢作乐的时候让孩子来到这个世界上，就像彭德怀当时在公园里也只是在玩耍，仅此而已。

“我觉得老师说得挺有道理，”彭说，“我回家的时候跟我的婶母说起，把她吓坏了，她立刻把我从‘邪恶的洋鬼子影响’中拯救出来。”他的祖母听说了这个年轻人不赞同孝顺父母的事,就开始在每月初一、十五，逢年过节，下雨打雷时虔诚祈祷，祈求上天能降雷劈了这个不孝的孩子。

用彭德怀自己的话说。

“我祖母认为我们这些子孙都是她的奴才。她是个鸦片鬼，身上的鸦片味儿让我恶心。一天晚上，我再也受不了了，站起来把她的鸦片锅踢翻了。她非常愤怒。她开了祠堂，召集全族的人来，要把我沉塘，因为我是个不孝的孩子。她对我提出了一长串指控。

“这一大家子还真准备这么办了。我的继母同意杀了我，我的父亲声称既然宗族都这么考虑，他也不会反对。后来我的舅舅，也就是我生母的弟弟赶来了，他狠狠地叱责了我那不负责任的父母一顿，说这都是他们的错，再怎么样也没有让孩子承担责任的道理。

“我的命是保住了，但我不得不离开家。那年我九岁，正值寒冷的十月，除了一身衣服之外，我一无所有。我的继母还想让我把身上的衣服也留下，但那不是这个家的，那是我生母留给我的。”

这就是彭德怀在这个广袤世界中生活的开始。他先是找了一份放牛娃的工作，后来又找了一份矿工的工作，每天拉 14 个小时的风箱。厌倦了这些长时间的工作后，他从矿井里逃了出来，成了一个鞋匠的学徒，这次每天工作 12 个小时，但得不到薪水，八个月后他又逃跑了，这次是去一个钠矿工作。矿井关闭后，他被迫再次找工作。除了身上的破衣烂衫，他一无所有，但运气还凑合，得到一份修大堤的活儿，说是运气不错，但他两年的薪水是 1500 文钱——12 美元！但就连这点钱也因为货币作废而成了废纸，他真的走投无路了，只能先回家乡。

当时彭已经十六岁了，他去拜访他一位家境殷实的舅舅，那位舅舅就是曾经救过他一命的人。舅舅的儿子刚刚夭折，而他又一向喜欢彭德怀，因而他欢迎这个孩子的到来，并且给了他一个家。在这里，彭德怀爱上了自己的表妹，而他的舅舅也为他们俩订了婚。他们在教师的指导下一同学习玩耍，一同筹谋未来。

这个美好的未来被彭德怀骨子里的暴脾气打碎了。在他回乡的第二年，湖南发生了大饥荒，成千上万的农民一贫如洗，饥肠辘辘。彭德怀的舅舅帮助了很多人，但是最大的粮店是由一个大地主经营的，在这场饥荒中，他发了一笔大财。有一天，两百多名饥饿的农民聚集在他家门口，希望他能平价卖些大米出来赈济灾民，但那个有钱人可不管外面多少人饿死，他把饥民赶走，然后闭门不出。

彭德怀继续说：“当我路过的时候，我停下来旁观了一会儿这场示威，我看到其中许多农民已经饿得半死不活，而我知道那个人的粮仓里放着一万多吨大米！他铁石心肠，就这么坐视农民饿死！我那时心头火起，带着农民砸了他的大门，冲进去抢了他家的粮食。事后想起来，我也不知道自己为什么当时就那么做了，但我知道他本来就应该把米平价卖给那些饥民，他不卖，那被穷人抢了也是活该。”

事情闹大了，为了活命，彭德怀不得不再一次背井离乡，这次他已经到了参军的年龄，他的军旅生涯开始了，而在不久的将来，他就要成为一个革命者了。

十八岁时，他被任命为排长，参与推翻当时统治该省的一位姓傅的督军的密谋。彭德怀深受他军队中一个学生领袖的影响，后来那个学生领袖被督军杀死了。不久后他接到了刺杀这个督军的任务，当那个督军在长沙的街上开车经过时，彭德怀丢过去了一枚炸弹，炸弹没有爆炸，但他仍然不得不逃走。

此后不久，孙逸仙博士成为西南联军大元帅，打败了胡督军，但又被北洋军阀赶出了湖南，彭德怀带着孙逸仙的军队也被迫离开。回到长沙后，他被孙逸仙手下的一名将领程潜[①]派去执行谍报任务，结果遭到了背叛和逮捕。那时张敬尧在湖南当权。那段经历，彭德怀简单地描述了一下：

“我每天都要被折磨一个小时。有一天晚上我的脚被绑着，手被绑在背后。我手腕上系着一根绳子，吊在屋顶上。大石头堆在我的背上，狱卒们站在旁边踢我，要我招供，因为他们还没找到什么证据。我在酷刑中晕倒了多次。

①林伯渠当时在程潜军中当参谋长。

“这种折磨持续了大约一个月。我那时总想着，下次再这么上刑我就招了吧，我再也受不了了。但每次上刑我都忍住了，最后他们什么情报也没得到，令我吃惊的是，一个月后我被释放了。几年以后，我们占领了长沙，摧毁了那个刑室，我人生中一大目标被实现了。我们在那里释放了几百名政治犯，还有许多人没等到我们，就已经死于殴打、酷刑和饥饿。”

彭德怀重获自由以后，他就准备回到家乡去迎娶他的表妹，他爱她，并且认为两个人已经订下终身。不幸的是他的表妹已经病逝，婚约也烟消云散。重新入伍后，他很快就接到了第一个任务，被送往湖南军事学校。毕业后，他在鲁涤平部下的第二师当营长，奉命回故乡执行任务。

“我舅舅去世了，听到这个消息，我准备回去参加葬礼。回去的路上，我不得不经过我童年的家。我的老祖母还活着，已经八十多岁了，身子还健朗。得知我要回来，她走了十里来接我，并请求我原谅那些过去。她现在的态度大变样了，谦和又慈祥，让我大吃一惊。我后来细想她对我的态度怎么会变化这么大呢，是因为她喜欢我这个孙儿？不，是由于我从一个流浪儿一跃成为一个月薪200大洋的军官。我给她点钱，她感激不尽，从此在家族中宣称我是个感天动地的‘大孝子’！”

我问彭德怀都受过什么书籍的影响，他告诉我，他读过司马光的《资治通鉴》，第一次开始对军人对于这个社会负有怎样的责任，开始了严肃的思考。“在司马光笔下，战争是无意义的，只会给人民带来痛苦——我所处的时代也是如此，中国军阀连年混战，与古时没有什么不同。我们怎样做才能使我们的奋斗有意义，并且给我们的国家带来真正的改变呢？”

彭德怀阅读了不少作家的著作，比如梁启超，康有为，这些人同时也对毛泽东产生了影响。有一段时间，他对无政府主义也挺感兴趣，在陈独秀的《新青年》中，他接触到了“社会主义”的概念，从那时起，他开始学习马克思主义。国民革命在那时正在蓬勃发展，他担任团长，也觉得有必要用一种政治学说来激励自己部下的士气。“孙逸仙的三民主义比梁启超的想法又进了一步”，但在彭德怀看来还不够，“太含糊，太混乱”。在他看来，布哈林的《共产主义入门》是“第一次呈现了一种切实可行的、合理的社会和政府形式”。

到 1926 年，彭已经阅读了《共产党宣言》《资本论》简介、《新社会》(由一位中国共产党党员著)、考茨基的《阶级斗争》以及许多关于中国革命的唯物主义论述的文章和小册子。“以前，”彭说，“我只是对社会不满，但看不到有什么根本改善的机会。读完《共产党宣言》后，我不再悲观，开始带着一种新的信念工作，我开始相信社会终将会被我们改变。”

彭德怀直到 1927 年才加入共产党，但他征召了许多共产主义青年加入他的军队，并且开始办马克思主义的政治训练班，组织起士兵委员会。1926 年，他娶了一个中学女孩，她是社会主义青年团的团员，不过后来革命期间他们又分居了，自 1928 年以来他再也没见过她。那一年七月，彭德怀起义了，占领了平江，开始了他漫长的反叛生涯，或者你也可以说是土匪生涯。

他手里拿着一只蒙古马鬃制成的苍蝇拍，一边漫不经心地挥舞着，一边把他年轻时的斗争讲给我听。这时，一个通讯员送来了一捆电报，他突然变成了严肃的司令员，聚精会神地准备读电报。

“行了，反正也就这些了，”他总结道，“这就解释了为什么一个人会变成‘赤匪’！”

游击战术

我们坐在预旺堡的前任县长的两层楼高的宅子里，门廊都修了围栏——这里居高临下，你可以越过宁夏平原，远眺蒙古。

在预旺堡高大坚固的城墙上，一队红军号兵正在操练，堡垒般的城楼一角飘扬着绣了黄色镰刀与锤子的红旗，旗帜不时地在微风中噼啪作响，仿佛背后有只手将它抖开。我们可以俯视一边干净的庭院，那里的回族妇女正在做饭，洗好的衣服挂在院子另一边的绳子上。在远处的广场上，红军战士们正在训练，练习翻墙、跳远和扔手榴弹。

虽然彭德怀和毛泽东都是湖南人，称得上同乡，但在红军成立前他们从未见面。彭说话带着浓重的南方口音，速度快得跟机关枪似的。只有当他说得慢而简单时，我才能清楚地理解他的意思，而他通常不耐烦慢慢讲话。这次采访由一位英语很好的大学生担任了翻译。

“在中国，游击队兴起的主要原因是中国大规模的经济破产，尤其是农村地区的破产，”彭说，“帝国主义、封建主义和军阀混战一起摧毁了农村经济的基础，如果不消灭这些主要敌人，就不可能恢复农村经济。巨额的赋税，加上日本的军事和经济侵略，再加上地主压迫，加速了这种农民破产的速度。豪绅在农村的剥削已经导致许多农民连生存下去都很困难。农民失去了赖以生存的土地，因而贫困阶层有了革命的根本意愿。

“第二，由于农村地区发展落后，游击队也就更容易发展起来了。公路、铁路、桥梁、通讯都非常缺乏的前提下，农民更方便组织和武装起来。

“第三，虽然中国的战略中心或多或少都被帝国主义所控制，但这种控制是不平衡的、不统一的。帝国主义势力范围之间存在着巨大的缝隙，在夹缝间，游击队得以发展起来。

“第四，大革命（1926 年—1927 年）使许多人心中有了革命的思想，甚至在 1927 年反革命大屠杀以后，许多革命者仍不肯屈服，寻求反对的方法。由于大城市里，帝国主义和买办联合控制的特殊制度，以及缺乏武装力量，城市里无法找到一个根据地。因此很多革命工人、知识分子、农民回到农村地区去，领导农民起义。无法忍受的社会经济条件产生了革命的条件：所需要的只有给这一农村群众运动一个领导和明确的目标，以及实现它的方式。

“所有这些因素都促成了革命游击战的发展和成功。当然，它们只是简单的陈述，并没有深入到它们背后更深层次的问题。

“除了这些原因之外，游击战之所以能获得成功，与游击队和群众的关系是密不可分的。红色游击队不仅是战士，他们还是政治宣传员，以及组织者。无论他们去哪里，都会把革命思想带去哪里。他们耐心地向农民解释红军的使命，只有通过革命，才能让这些农民获得解放，而在宣传中，农民也会理解，为什么共产党是唯一可以领导他们的政党。

“但是，关于游击队更具体些的细节，你们曾经问过，为什么在一些地方，游击队发展得很快，成为强大的政治力量，而在另一些地方，游击队很容易被迅速镇压，这是一个有趣的问题。

“首先，中国的游击队只有在共产党在革命领导下才能取得成功，因为只有共产党有决心和能力满足农民的期望，能够在农民种进行深入、广泛的政治宣传和组织工作，能够实现它的目标。

“第二，游击队的实际战斗中，领导必须是坚决的、无畏的、勇敢的。没有这些领导才能，游击战不但不能发展，而且一定会在反动派的进攻下迅速消亡。

“因为群众只关心生计问题的实际解决，只有立即满足他们最迫切的需要，才有可能发展游击战。这就意味着必须立即解除剥削阶级的武装。

“游击队员永远不能保持静止，这样做就会招致毁灭。他们必须不断扩大，在自己周围建立新的外围团体。政治训练必须伴随斗争的每一个阶段，地方领导人必须从革命的每一个新团体中发展出来。在有限的范围内，可以吸收外界的领导者，但是如果这个运动不能激励、唤醒并不断地从当地群众中创造出新的带头人，那么就不可能取得持久的成功。”

张学良少帅之所以开始尊重红军（他原本被派来消灭他们），一个主要的原因是他对红军的这种作战技巧印象深刻，并且相信这种战法可以用来对付日本。在他与红军达成休战协议后，他邀请红军教官到军官训练班讲课，这所学校是他在陕西为东北军开设的，共产党的影响在那里迅速扩大。张少帅和他的大多数反日军官都深信，在对日战争中，中国最终必须依靠的是优越的机动和运动能力。他们迫切地想知道，红军在十年的内战经验中，对于运动战的战术和战略都有哪些心得。

我问过彭德怀："红色游击战术的原则是什么？"他应下了并且抽时间写了个笔记给我，里面是关于游击战的一些心得体会，更深入的一些细节，在他提到的某本毛泽东所著的小册子里，那本书在苏区出版，但我没能拿到。

"新发展起来的游击队要想取得胜利，某些战术规则是必须遵守的，"彭德怀说，"这些都是我们从长期的经验中得到的教训，尽管它们会随着情况的变化而变化，但我相信背离它们通常会导致失败。主要原则可以归纳为以下十点：

"首先，游击队员不能打任何必输的仗。除非有确凿的胜利把握，否则他们应该避免与敌人的正面交锋。

"其次，领导有方的游击队应该尽量打突袭战，避免阵地战。游击队没有辅助部队，没有后方，没有补给线和交通线，只有敌人的补给线和交通线。在漫长的阵地战中，敌人占有绝对优势，一般说来，游击战胜利的机会随着战斗时间不断变长而会不断减小。

"第三，必须制定一个周密的进攻计划，尤其是撤退计划，然后才能提出或者接受战斗计划。不充分了解具体情况而进行的任何进攻都可能使游击队员被敌人所消灭。游击队的一大优势是运动能力强，这意味着一个操作失误就可能导致灭亡。

"第四，在游击战争的发展中，要特别注意民团[①]，这是地主豪绅第一道，也是最后一道，并且是最坚固的一道防线。军

①彭德怀估计民团为数至少三百万人（中国的庞大正规军有两百万人）。

事上来说，必须消灭民团，但如果可能的话，政治上必须争取群众的支持。一乡的民团没有被解除武装的前提下，就无法有效地动员群众。

“第五，在与敌军常规作战时，游击队的人数必须超过敌人。但是，如果敌人的正规军正在移动、休整或守卫不周，那么一小股游击队力量就可以对敌人防线上一个重要的‘点’进行迅速、坚决、突然的侧翼攻击。许多红军‘短促突击’的进攻都是由几百战士来对付几千的敌人。出其不意、速度快、勇气大、决策坚定、机动速度无懈可击，‘解剖’敌人防线中最脆弱、最关键的部位，是这种进攻取得彻底胜利的关键。只有经验丰富的游击队才能成功。

“第六，在实际战斗中，游击战线必须有最大的弹性。一旦发现他们对敌人力量、准备或战斗力的计算是错误的，游击队就应该能够以开始进攻时同样的速度脱离和撤退。每一个单位都要发展可靠的干部，完全能够代替在战斗中被消灭的指挥员。在游击战争中，必须大大依靠下级的智谋。

“第七，必须掌握分散敌人注意力、诱骗敌人转移注意力、埋伏、佯攻和激怒敌人的战术。在中国，这种战术被称为‘声东击西’。

“第八，游击队必须避免与敌军主力交战，而要将攻击重点集中于最薄弱的一环，或最重要的一环。

“第九，必须采取一切预防措施，防止敌人找到游击队的主力。因此，当敌人进攻时，游击队员应避免集中在一个地方，并应经常改变他们的位置——尤其是进攻前进行准备的白天或者一个夜晚，应当至少变换两三次位置。游击队行动的隐秘性是取得胜利的绝对必要条件。在攻击结束后迅速分散是与集中力量消灭敌人同样重要的事情，需要提前进行周密计划。

“第十，游击队和当地群众是分不开的，除了机动性强以外，他们还具有情报来源广泛快捷的优势，必须充分利用这一点。理想情况下，每一个农民都应该是游击队的情报人员，这样敌人就不可能在游击队不知情的情况下采取行动。要特别注意保护敌情渠道，如有可能，要尽量多建立几条辅助的情报线。”

根据彭司令的说法，这些就是红军建立力量的主要原则，在每一次扩大红区的行动中，都必须运用这些原则。他最后评价道：

“因此，你们看到成功的游击战需要这些基本要素：无所畏惧、迅速而精密的计划、优良的机动性、保密性、突袭的隐秘性和必胜决心。没有这些，游击队员就很难赢得胜利。如果在一场战斗的开始，他们不能快速做出决断，战斗节奏会延长。他们必须行动迅速，否则敌人就会获得增援。他们作战必须具有灵活性和弹性，否则就会失去机动的优势。

“最后，游击队必须赢得农民群众的支持和参与。如果没有武装农民的运动，就没有游击队的基础，就没有军队的存在。只有深入人心，只有满足群众的要求，只有巩固农民苏维埃的根据地，只有掩护在群众之中，游击战争才能取得革命的胜利。”

彭一直在阳台上踱来踱去，每次回到我坐着写作的桌子上，他都会发表自己的观点。现在他突然停下来，站在那里沉思。

他说：“但是没有什么，绝对没有什么比接下来我要说的更重要——红军是人民的军队，它能够成长是因为人民在帮助我们。

“我记得 1928 年冬天，我在湖南的兵力已减少到两千多一点，我们被包围了。国民党军队烧毁了周围约三百里的所有房屋，抢走了那里的全部粮食，然后封锁了我们。我们没有布料，只能用树皮做短上衣，我们把裤腿剪短，省下来的布料做鞋。我们没有宿舍，没有灯，没有盐吃，也无处去修剪头发。我们又病又饿，但农民的生活也很穷困，我们也不愿碰他们仅有的一点东西。

“而农民们鼓励我们。他们把瞒着白军藏起来的粮食从地里挖出来给了我们，他们自己吃野菜根和芋头。他们痛恨白军烧毁他们的家园，抢走他们的粮食。我们还没到，他们就和地主老财打了起来，所以他们欢迎我们。许多人加入了我们，几乎所有人都在某种程度上帮助了我们。他们想让我们赢！正因为如此，我们继续战斗，突破了封锁。”

他转向我，简单地结束了谈话。“战术很重要，但如果大多数的老百姓不支持我们，我们就无法生存。我们只不过是人民打向那些压迫者的拳头！”

红军战士的生活

中国士兵在国外名声不佳。许多人认为他们的枪主要是装饰用的，用来打仗的是鸦片烟枪，打仗时双方有默契地对天开枪，然后用银洋决定胜负，用鸦片充当军饷。在过去，大多数军队都是这样，但是现在装备精良的第一流中国士兵(无论红军还是白军）都已经不再是这种杂耍笑话了。

中国仍有很多只能演喜剧的旧式军队，但近年来出现的新型中国战士和以前不一样，他们也将很快取代前者。内战，特别是红军和白军之间的阶级战争，付出的代价都十分高昂，战斗凶猛激烈，并且打得不死不休。中国十年的内争，即使没创造出别的有价值的东西，至少也造就了具有核心战斗力和善于运用现代技术和战术的军事人才，这种具有战斗力的新型军队不久就会崭露头角，让人不再把他们当成一个个玩具士兵。

正如我在 1932 年的淞沪战役中所学到的那样，中国人和别国的士兵一样能打仗，因此问题并不出在人才身上。技术上的局限先不提，统帅们没有能力训练出可用的人，也通常没能力去加强军事纪律，注重训练，以及灌输给士兵们必胜的信念。而这些都是红军的优势所在——在一场战斗中，它经常是唯一坚信并明确自己为何而战的唯一一方。红军在建设军队教育的任务上取得了巨大成功，这使他们能够抵抗那些在军备和人数上占优的敌人。

中国农民构成了红军的主体，他们坚忍不拔，吃苦耐劳，毫无怨言，因而不可战胜。在各方面，红军都一直忍受着各种挫折与磨炼，露宿野外，靠麦麸也能坚持许多天，并且仍然拥有一股强大的军事力量，时刻保持团结一致。这一点也表现在红军日常生活的严谨性和严格要求上。

我在宁夏和甘肃看到的红军，他们住在窑洞里，住在富裕地主的旧马厩里，住在用泥土和木头仓促搭起来的兵营里，住在前官员或驻军部队遗弃的大院和房子里。他们睡在硬邦邦的床上，没有床垫，每人只有一条棉毯。尽管简陋至极，但这些房间被修整得相当整洁干净、有秩序，地板、墙壁、天花板都刷上了白色涂料。他们很少有桌子或课桌，经常用一堆堆砖块或石头当椅子，因为大部分家具在敌人撤退之前就被破坏或者运走了。

每个连都有自己的炊事班和后勤补给部门。红军的饮食极其简单：白菜，小米，有时来点羊肉，偶尔还有一点猪肉。这样的伙食平淡无奇，但他们总是狼吞虎咽。咖啡、茶、蛋糕、任何种类的糖果或新鲜蔬菜，他们闻所未闻，但也不感兴趣。咖啡罐比里面的东西更有价值；他们不喜欢咖啡的味道，苦得像药，但是一个咖啡罐能做成结实的饭盒。热水几乎是唯一的饮料，喝冷水是特别禁止的。

红军士兵在不打仗的时候，一天也会过得充实又忙碌。在西北和在南方一样，有很长一段时间没有军事活动，当一个新的地区被占领时，红军会在一两个月的时间里安定下来，建立苏维埃政权，或者"巩固"苏维埃政权，并且只在前哨部署一支小部队。敌人几乎总是处于守势，除了偶尔发动一次大规模的歼灭性进攻。

当红军士兵不在战壕里或在哨所值勤时，他们每周工作六天，早上 5 点起床，晚上 9 点熄灯。一天的日程安排包括：起床后立即锻炼一小时；吃早餐；两个小时的军事演习；两个小时的政治演讲和讨论；吃午餐；休息一小时；两个小时的识字课；两个小时的游戏和运动；吃晚餐；唱歌和进行小组会议；"熄灯号"。

跳远、跳高、跑步、攀墙、跳绳、跳绳、扔手榴弹、射击等项目，连队都鼓励红军战士踊跃参加。看着红军飞檐走壁、翻栏杆、玩绳索，你很容易就能理解南京报纸为什么会因他们动作敏捷、善于翻山越岭而称他们为"人猿"。在团体赛中，由班到团，在体育、军事演习、政治知识、文化素养和公共卫生等领域，都有奖旗可以争取。我看到列宁俱乐部里挂着这些条幅，上面写着赢得这些荣誉的部队。

在这里，所有的社会和“文化”生活都有中心地点，列宁俱乐部的房间是部队宿舍中最好的，当然也没好到哪去，因为这里的一切摆设都十分粗糙简朴。但人们的兴趣不在家具，而在室内的人的活动。这些地方都挂有马克思和列宁的画像，是由连队或团里的艺术人才画的。像中国的一些基督像一样，这些马克思和列宁像通常具有明显的东方特色，眼睛像缝线，或者是像孔子一样前额凸起，又或者根本没有前额。红军战士们给马克思取了个外号，叫“马大胡子”。他们似乎对他怀有深深的崇敬之情，那些回民战士尤其如此，他们是唯一能够留大胡子也喜欢留大胡子的人。

列宁俱乐部的另一个特色是有专门研究军事战术的一角，用黏土做模型，微型城镇、山脉、堡垒、河流、湖泊和桥梁都建在这些角落里，玩具军队用来在课堂上模拟战斗，同时也让战士们学习一些战术问题。因此，在一些地方，你可以看到中日淞沪战争的重演，或者是长城战役的另一种可能，但大多数的模型是专门用于过去的红军和国民党之间的战斗。它们还被用来解释军队驻扎地区的地理特征，推演假想中的战斗，或者仅仅是为了引起红军战士们对地理和政治课的兴趣。在一个卫生连的列宁室里，我看到了人体各个部位的黏土模型，展示了疾病和人体卫生状况所带来的影响等等。

俱乐部的另一个角落专门用来研究识字，在这里你可以看到墙上钉了许多钉子，上面挂着每个战士的笔记本。识字课学员分为三组：一组人认识的汉字少于100个；一组人认识100～300个字；以及一组读写能力超过300个汉字的人。红军为这些团体印制了自己的教科书(使用政治宣传作为学习材料)。

每个连、营、团、军的政治部负责群众教育和政治训练。据我所知，第一方面军中只有大约20%的人仍然在“瞎子”班里，这是中国人对完全不识字的人的称呼。

“列宁室的原则，”22岁的政治部主任萧华向我解释道，“其实很简单。战士们的日常生活和文娱活动必须和他们的工作与未来发展联系起来，战士们必须亲力亲为，这些文娱活动也应该简单易懂，能够把娱乐价值和军队当前的实践教育结合起来。”

列宁室里的“图书俱乐部”里除了红军的教科书，俄国革命的历史书，各种各样从白区走私来或者缴获的杂志，以及中国苏维埃出版物，比如《红色中华》《党的工作》之类。除此外就是战士们自己组织起来写的墙报，定期更新。

墙报对战士们的各种问题和发展方向都作了相当深入的了解。我搜集了许多墙报，翻译之后给他们做成了笔记。一个典型的例子是9月1日在预旺堡驻扎的二师三团二连的列宁室墙报。里面包括：共产党和共青团的日报和周报；几篇新识字的战士的作业，基本就是规劝和口号之类的粗糙文字；红军在甘肃南部胜利的电报；要学唱的新歌；来自白区的政治新闻；最有趣的两个位置叫红栏和黑栏，用来表扬和批评。

“表扬”包括对个人或团体的作战无畏、勤劳节俭或其他美德的赞扬。在“黑栏”里，同志们互相批评，指名道姓地批评军官，理由可能是他们没有把来复枪擦干净，可能是学习懈怠，粗心大意丢了手榴弹或刺刀，在执勤时抽烟，“政治落后”“个人主义”“反动习气”等等。在黑栏里我看到一个炊事员因为他“半生不熟”的小米饭而受到批评；我又看到那个炊事员抱怨有人总是挑剔他的饭做得不好吃。

许多人听到红军对英国乒乓球运动的热情感到很有趣，其实我也觉得这挺有意思。列宁室的中心确实都有一张大乒乓球桌，这平时是当成餐桌用的，所以列宁室在饭点儿还是食堂，但总有四五个“共匪”，带着球拍、球和乒乓球网，催促同志们赶快行动；他们想继续他们的运动。每个连都有一个乒乓球冠军，我比试了一下之后就甘拜下风了。

一些列宁室从前官员或白军军官家里没收了留声机。一天晚上，我欣赏了一场音乐会，“演奏”的是一把缴获的美国留声机，这个留声机被他们笑称是某位高将军留给我的意外礼物。这份礼物里大部分都是中文歌曲，只有两张是法语唱片，一张上面有《马赛曲》和《蒂珀拉赖》，另一张是法国喜剧歌曲，还引起了这群其实根本听不懂法语的观众们的狂笑。

红军有许多自己的比赛，并且不断地创造新的比赛。其中一种叫作“认字卡”，是一种帮助文盲学习汉字的游戏。另一种有点像扑克牌，但分值高的牌上标有“打倒日本帝国主义”“打倒地主”“革命万岁”和“苏维埃万岁”。小分值卡片上的标语则根据政治和军事目标而改变，他们一般按照小组进行游戏。共产主义青年团成员负责列宁室的节目，并领导群众每天唱歌。我能听出来许多歌曲是用基督教赞美诗的曲调唱的。

所有这些活动使士兵们的生活忙碌充实，并且相当健康。我所见到的红军中没有随军的商人或妓女。他们禁止吸食鸦片，我这一路也没看到有人有鸦片或鸦片烟袋，当然在红军的营房里也没有看到过。除了值班以外的时间里，抽烟不被禁止，但是有反对吸烟的宣传，而且红军战士也很少吸烟。

这就是后方正规红军有组织有纪律的生活。也许没什么吸引眼球的地方，但与过去的宣传可是大不一样的。在那些宣传故事里，人们认为红军生活是由狂欢、裸体舞女和醉生梦死的酗酒组成的。但事实上，不管哪里的红军都有过于禁欲化的危险，这与之前的宣传是截然相反的。

红军的一些思想现在已经被蒋介石的“新军”和他的“新生活”运动所照搬，而且实现起来方便多了。但是红军战士们告诉我，有一样东西是白军无法模仿的，那就是他们的革命意识。这种情况在红军的政治会议上表现得最为明显，在那里，人们可以听到这些年轻人为之战斗和牺牲的根深蒂固的信条。

政治课

某个闲散的下午，我去找红军政治部的刘晓，他的办公室在预旺堡城楼上，一座不起眼的碉堡里。

现在能够很明显地看出，红军指挥员和党的领导人的确是忠诚的马克思主义者，通过共产党在各部队政治部的代表，保证他们一直在共产党的领导之下。当然，托洛茨基可能会争论他们是好马克思主义者还是坏马克思主义者，但关键是，他们是以自己的方式有意识地为社会主义奋斗，他们知道自己想要什么，并相信自己是世界运动的一部分。

刘晓是我在红军中遇到的最认真的年轻人之一，也是工作最努力的一个。他只有二十五岁，年轻而热情，聪明又英俊，文雅谦逊，彬彬有礼。我感到他内心对自己投身红军事业感到无比自豪。他对共产主义有一种纯粹的宗教式的虔诚，我相信他会毫不犹豫地听从命令，射杀任何数量的“反革命分子”或“叛徒”。

我没有权利擅自打扰他，但我知道他接到了命令要尽一切可能帮助我。他几次充当我的翻译，所以我充分利用了这个机会。我觉得他不喜欢外国人，后来他给我写了一篇他自己的简介我就明白了，我不能责怪他：他曾在自己的祖国，两次被外国警察逮捕和监禁。

刘晓曾就读于湖南辰州府的一所美国教会修建的书院。在1926年和大革命来临之前，他一直是个虔诚的基督徒，是原教旨主义者和优秀的基督教青年会会员。有一天，他领导了一场学生罢课，然后就被学校开除，也和家庭断绝了关系。这让他意识到中国的“教会帝国主义基础”，于是他去了上海，积极参加那里的学生运动，加入了共产党，在法租界被警察监禁。1929年他被放了出来，重新加入了他的同志们，在共产党地下省委领导下工作，而后又被英国警方逮捕，关在臭名昭著的华德路监狱里，被电刑折磨，要他招供，得不到什么情报就又将他转交给了中国当局，直到1931年他才出狱。那年他才20岁。不久之后，他被共产党“地下交通”派往福建苏区，从此加入了红军。

刘晓同意陪我一起到去列宁室，那里正在开一个政治会议。这是一军团二师二团的一个连在开会，有62人参加。这是该连的“先进小组”，另外还有一个“第二小组”。红军中的政治教育是通过三个大组进行的，每个大组又分出了两个小组。每一小组选出自己的士兵委员会，同上级军官协商，派代表参加苏维埃大会。这三个大组中，一个是由连长以上军官组成；一个是由班长和全体士兵组成；一个是由炊事员、马夫、骡夫、通讯员、少年先锋队等后勤人员组成。

绿色的树枝装饰着房间，门口挂着一颗大大的红色纸星星。里面挂着马克思和列宁的画像，另一面墙上是淞沪战争英雄蔡廷锴将军和蒋光鼐将军的画像。有一张俄国红军在十月革命游行时集结在红场的大照片——一张从上海杂志上裁下来的照片。最后，还有一幅很大的冯玉祥将军的石板印刷像，下面刻着一句口号：“还我河山”！这句话自古就被人传颂，现在又因抗日运动重新使用。

士兵们坐在他们带来的砖头上，这算他们的凳子(经常看到士兵们一手拿着笔记本，一手拿着砖头去上学)，这个班由连长和政委带队，他们都是党员。我猜主题是“抗日运动的发展”。一个高挑瘦削的年轻人在讲话，他似乎在总结中日五年来的“不宣之战”，并声嘶力竭地大喊。他讲述了日本入侵满洲的故事，以及自己在东北的经历。他谴责南京下令“不抵抗”。接着他描述了日本入侵上海、热河、河北、察哈尔和绥远的情况。他坚持认为，每一次，“国民狗党”都是不战而退，“把我国四分之一的领土拱手让给了日本强盗”。

“这是为什么！”他情绪激动，声音有点哽咽，“为什么我们的中国军队不为拯救中国而战？因为士兵们不想？不！我们东北人几乎每天都要求我们的军官带我们打回老家去，为我们的祖国而战！每个中国人都讨厌成为亡国奴！但是中国军队不能去打日本人，因为那时领导我们的是个‘卖国的政府’！

“但是如果是我们的红军来领导军队，人民也会一同战斗！”他最后总结了共产党领导下的西北抗日运动的发展情况。

另一个人站了起来，立正站着，双手紧紧地贴在身体两侧。刘晓悄悄告诉我，他是一个班长——一个士官——参加过长征。“只有卖国贼才不想打日本人！只有富人、军阀、税吏、地主和银行家才发起了‘与日本合作’运动和‘联合反共’的口号。他们只是少数，他们不是中国人。

“我们的农民和工人，每个人都想抗战救国，为国而战，他们只需要这样一条路。你问我为什么知道这些？在我们的江西苏区，要知道那里只有300万人口，但我们却招募了50万人志愿加入游击队！我们忠诚的苏区在反对卖国、反抗白军的战争中饱含热情地支援我们。当红军在全国取得胜利时，我们的游击队员将超过一千万，到那时，让日本鬼子放胆过来！”

除此之外还有更多，他们一个接一个地站起来叱责日本侵略者，有时强调他们的意见，有时不同意前面发言者的言论，有时回答讨论的人提出的问题，有时又会为“扩大抗日运动”提出建议，等等。

一位青年讲述了去年人民群众对红军抗日远征山西的反应。“老百姓欢迎我们，”他喊道，“他们成百上千地来加入我们。我们行军时，他们在路上给我们送来了热茶和干粮。许多人离开他们的田地、家乡来加入我们，或为我们鼓气。他们非常清楚谁是叛国者，谁是爱国者，谁想跟日本人战斗，谁想向日本人投降。我们的问题是要唤醒全国人民，就像唤醒山西人民一样……”

其中一个谈到了白区的抗日学生运动，另一个谈到了西南的抗日运动，还有一个东北人谈到了张学良少帅的东北军拒绝再和红军战斗的原因。“中国人不打中国人，我们必须团结起来反对日本帝国主义，我们必须赢回我们失去的家园！”他用简洁的雄辩结束了演讲。第四个提到了东北抗日义勇军，另一个提到在中国的日本纱厂的工人罢工。

讨论持续了一个多小时。有时，指挥员或政委会打断他们，总结一下刚才说过的话，详细说明一点，或补充一些新的情况，有时也要纠正一下刚才说过的话。这些人在他们的小笔记本上作了简短而费力的笔记，这种严肃的思考任务让这一张张朴实的农民脸上也露出了烦恼的皱纹。整场会议讨论论点十分粗糙，宣传也十分生硬夸张，但这不重要。某种意义上讲，这甚至有点传教的味道，而且效果还挺好。简单而有力的信念，合乎逻辑的形式，正在这些年轻的、没有受过训练的头脑中形成——信条，就像伟大的十字军东征时，骑士们都认为有必要通过团结一致，英勇无畏，加强牺牲精神来把他们紧密联系在一起。

我打断他们的讨论，问了几个问题，他们举手回答。我发现，现在的 62 人中，有 9 人来自城市的工人阶级家庭，而其余都是从农村来的。其中 21 人是前白军，6 人是前东北军。这个群体中只有 8 个人结婚了，21 个人来自红军家庭——也就是说，来自贫穷的农民家庭，他们在苏区享受到了土改的政策红利。其中 34 人年龄在 20 岁以下，24 人年龄在 20 到 25 岁之间，4 人年龄在 30 岁以上。

“红军在什么方面比中国的其他军队好？”这个问题立刻使十二个人站了起来。

“红军是革命的军队。”

“红军是抗日的。”

“红军帮助农民。”

“红军的生活条件和白军完全不同。在这里我们都是平等的；在白军中，士兵群众受到压迫；我们为自己和群众而战；白军为土豪劣绅而战；在红军中，军官和士兵平等；在白军里，士兵们被当作奴隶对待。”

“红军军官是从我们自己的队伍里来的，他们凭战绩被提拔。白军军队里的军官要么是买来的官职，要么是通过人脉关系上来的。”

“红军都是志愿入伍的士兵，白军强征来的！”

“资本家的军队是维护资产阶级的。红军是为无产阶级战斗的。”

“军阀的军队的工作就是收税和榨取民脂民膏，红军为解放人民而战斗。”

“老百姓们恨国民党军队，爱红军。”

“可是，”我又一次打断他的话，“你怎么确定老百姓真的那么爱红军呢？”这个问题又让好几个人站起来了，政委指了一个人回答。

“我们一到新区，”他说，“农民们总是自愿帮助我们做医护工作，他们帮我们把伤员从前线送回后方医院。”

另一个人说：“在我们穿过四川的长征中，农民们给我们送来了新编好的草鞋，热茶热水。”

第三个人说："我在定边时，参加刘志丹的二十六军的作战任务时，我们只有一支小分队，一边抵抗国民党将领高桂滋的进攻，一边守着一个偏僻的岗哨。农民们给我们送来了水和干粮，我们也不需要用我们的人来运送物资，老百姓会帮助我们。高桂滋的军队被打败之后，我们抓了些俘虏，他们告诉我们，他们已经有两天喝不到水了，农民们在井里下了毒之后就纷纷逃跑了。"

一位来自甘肃的农民战士："人民在很多方面帮助我们。在战斗中，他们经常解除敌军的武装，切断他们的电话线和电报线，并向我们报告白军的动向。他们可绝不会这么对我们，他们帮我们拉电话线呢！"

另一位说道："最近，一架敌机在陕西撞了山，除了几个农民外，没人看到他们，但这几个农民只带着长矛和铁锹就去袭击了飞机，缴械了两名飞行员，把他们抓起来送到瓦窑堡交给我们！"

还有人说："四月在延长的时候，我驻扎的五个村庄组成了苏维埃政权。后来，我们遭到汤恩伯的袭击，不得不撤退。民团回来了，逮捕了十八名村民，砍下了他们的头。然后我们进行反攻。村民们带领我们走了一条秘密的山路去攻打民团。我们就这样出其不意地袭击了他们，还缴获了三个排的武器。"

一个脸颊上有一道长长的伤疤的年轻人站了起来，讲述了长征中的一些经历。他说："当红军经过贵州时，我和其他一些同志在遵义附近受了伤。军队不得不继续前进，我们只能留下来。医护兵给我们包扎了伤口，而后将我们留在了老农那里。农民们给我们吃的，对我们很好，当白军来到那个村庄时，他们把我们藏了起来，几周后我们就恢复了。后来，红军又回到那个地区，第二次占领了遵义。我们得以重新参军，村里的一些年轻人跟我们一起去了。”

另一个人说：“有一次，我们住在一个叫安定的，陕西北边的村子里，我们只有十几个人，带着步枪。那里的农民给我们做了顿热豆腐，还送我们一只羊。我们好好吃了一顿，因为饱食而忍不住睡着了，只留下一个站岗的，可他也睡着了。但在半夜，一个农家孩子跑来把我们吵醒。他从山的另一边跑了十里路来警告我们，民团在那里，打算包围我们。大约一个钟头以后，民团果然来袭击我们，但是我们已经准备好了，把他们赶走了。”

一个眼神清澈、还没长出胡须的少年站了起来，说：“我只有一句话要说。当白军来到甘肃的村庄时，没有人帮助他们，没有人给他们任何食物，也没有人想加入他们。当红军来的时候，农民组织起来，成立委员会来帮助我们，年轻人自愿参加。我们的红军与人民是一体的！这就是我要说的！”

那里的每一个年轻人似乎都有亲身经历，证明“农民喜欢我们”。我写下了17个不同的答案。这种问答形势还挺受欢迎的，又过了一个小时，我才意识到，这些勇士的晚餐时间已经被推迟了很久。我道了歉，准备离开，但一个连队的“小鬼”站起身，彬彬有礼地说：“请不要客气。我们红军在打仗的时候顾不上吃饭，我们向外国朋友介绍红军的时候，也顾不上吃饭。”

红色窑工徐海东

这天一早，我造访了彭德怀的司令部，发现他正好跟好几个部下开完会。他们开了个西瓜，热情地把我请进去吃。我们围着桌子坐下，大快朵颐，甚至顽皮地把西瓜子吐在炕上。在这些部下中，我发现了一个以前没有碰过面的年轻指挥官。

彭德怀发觉我视线所指，向我开玩笑道："这家伙，是个大名鼎鼎的赤匪。你能认出他是谁来吗？"那个人涨红了脸，但还是向我咧开嘴，露出个缺了门牙的笑容，这孩子般的笑容立刻把大家都逗得大笑起来。

"你一直想见他的，"彭德怀又提示道，"他叫徐海东，说希望你去访问他的部队呢。"

恐怕在中国共产党的所有军事领导人当中没有谁比徐海东更加"大名鼎鼎"的了，同样地，也没有谁像他一样的神秘。外界对他的了解仅限于他曾在湖北做过窑工，蒋介石对他更是忌惮，甚至称他是文明的一大祸害。就连近期南京的飞机在红军前线上空散发的传单上，除了原本的那些诱惑（凡是携枪投奔国民党的战士可获得奖金一百元）以外，还加上了这么一条保证：

凡击毙彭德怀或徐海东，投诚我军，当赏洋十万。凡击毙其他匪酋，当予适当奖励。

可是如今就在我眼前，长在那宽阔而少年气的肩头上的，这么一个羞怯的脑袋，悬赏竟不亚于彭德怀。

我表示受宠若惊，心里却在想，不知道他对于自己的脑袋在其他人那里值这么多钱有什么样的感受。于是我问徐海东，这话是客套话呢，还是正式的邀请。他是红军十五军团的司令，如果要去他的司令部，要到西北八十里外的预旺县。

“我连住处都替你在鼓楼准备好了，”他回答，“你想来的时候随时通知我一声，我派人过来接应。”

于是这事就谈妥了。

几天后，我就带着支“借”来的自动步枪(实则是我从一名红军军官处“收缴”来的)，在十名装备着步枪和毛瑟枪的红军骑兵的护卫下去往红军十五军团的司令部，因为我们的行走路线在某些地方过于接近红军的前线阵地。与陕甘地区的成千上万条山沟沟相比，我们走的路线——通向长城和那历史性的内蒙草原的一条——是平坦许多的，到处都是绿油油的嫩草，些许高耸的草团和土丘作为点缀，成群的绵羊和山羊在上面慢吞吞地啃着草皮，有时还能见到盘旋的秃鹫和鹰。有一次，一群野羚羊竟然向我们所在的位置走过来，嗅闻一阵后又蹦跳着回到了山丘后面去了。不得不承认，它们既轻捷，又矫健；既优美，又灵动。

我们花了五小时到达预旺县。城外有一个未遭炮火洗礼的清真寺，从它美丽的釉砖可以看出这里原本是个古老的回民小城。在雄伟的砖石城墙范围内约有四五百户居民，有些房屋上还看得出红军攻克旧围城时留下的痕迹。县政府的两层小楼已经半毁，墙上有无数触目惊心的弹痕。他们跟我介绍，这栋小楼和城外那些房屋上留下的痕迹，都是红军围城时马鸿逵将军的守军干的。一般来说，敌人撤出原本的阵地时都会纵火烧毁那些房子，以免红军占领后将其化为己用。

“攻克这里时，”徐海东后来跟我说，“其实只打了小小的一场仗。我们把预旺县包围了整整十天，里边是马鸿逵的千人民团和一旅骑兵。我们甚至没有进攻，到了第十天晚上，我们等天黑了在城墙上架了云梯爬上去，大概上去了一连的兵吧，他们的岗哨才发现，我们用一架机枪就把他制住了。守住了云梯，我们才又爬上去一团人。

“根本没发生什么战斗。我们把所有民团的械都缴了，把骑兵旅包围起来的时候，天还没亮呢。总共七个兄弟受伤，一个死亡。我们给民团每个人发了一元银洋，马鸿逵的部下发了两元，然后把他们都给遣返回家了。有好几百个人都不愿意走，就加入了我们。他们的县长和旅长早从东墙爬走了，就在部下们缴械的时候。”

在这五天里，我发现在十五军团的每分每秒都有趣极了。这些事对于我这个“红区调查员”——在预旺县他们就管我叫这个——来说，没有比徐海东本人的故事更妙的素材了。每天晚上我都等他完成工作之后，去找他谈话。我与他一起骑马去七十三师前线，也一起去红军剧社看演出。他告诉了我关于鄂豫皖苏维埃共和国的历史，这还是史上第一次，因为这些事情从前从未为外人所知。这个苏区的面积仅次于江西的中央苏区，而徐海东作为这个地区上第一支游击队的组织者，对这里的情况可谓是了如指掌。

不论是态度、仪表、谈吐和背景上，徐海东给我的印象都可以说是共产党领袖当中“阶级意识”最强的那一位。事实上，他可能是除了贺龙之外的所有指挥官当中唯一一个成分纯粹的“无产阶级”。我们知道红军当中绝大部分下级军官出身于无产阶级，但还是有许多高级指挥官是来自资产阶级或中农家庭的，更不必说还有些是出身于知识分子的。

而徐海东明显是个大大的例外。他常自嘲自己是“苦力”，可见其对自己的无产阶级出身颇为自豪。从他身上你看得出，他是真心诚意地觉得中国的穷苦农民和工人都是好人——善良、勇敢、诚实——而那些富人无恶不作。我想，他的确是把问题看得那么单纯：他就是要为消灭一切坏事而努力。这样绝对的信念令他无所畏惧，而你听到他为他的部队打气时的自夸，从不显现出任何狂妄自大的样子来。他说：“一个红军战士，能抵五个白军。”他说这话的语气并不是在夸耀什么，而是实打实地这么认为。

这种自豪难免有点天真，但他的赤诚，或许就是部下拥戴他的真正原因所在。他对自己的部队毫不吝于表现出自豪——不论是他们的为人，还是作为战士、革命者的素质。他对他们的列宁俱乐部，他们的艺术化的招贴——做得确实不错——都不吝于表现出自豪。他对他手下的那几个师长——其中两个“是和我一样的苦力”，其中一个参军六年了，今年也才二十一岁——也不吝于展示他的自豪。

徐海东很重视他的身体健康。他在战火中奔波了十年了，八次负伤使得他的行动并不是很便捷，这或许是他唯一一件憾事。他这人不烟不酒，一身的腱子肉，身材修长而灵活。他的胸口、肩膀、屁股和四肢都受过伤，甚至有一颗子弹是从他眼睛下方打穿了他的脑袋又从耳后钻出的，但他仍然像一个刚刚从稻田里出来，把裤腿一放下就加入了一队路过的“志愿军”战士队伍的农村青年那样质朴。

我也终于弄清了他为什么缺了门牙，原来是骑马弄出的事故。有次，他打马驰骋，马失蹄碰上了一位红军战士，徐海东急忙拉缰回身，想看看战士是不是受了伤。马受惊之下将他撞飞到了一棵树上。两周后他从昏迷中醒转，才知道他的门牙已镶嵌在树上了。

“你难道不怕受伤吗？”我向他提问。

“不太怕，”他笑嘻嘻的，“从小挨打，我已经习惯了。”

他的童年正是他成为革命者的原因。我花了九牛二虎之力才从他嘴里套出了他的生平，因为红军战士都只愿意谈打仗，他也不例外。从我的笔记中，我摘录出一部分重要的内容，放在书中。

1900年，徐海东于汉口附近的黄陂县出生。他们家世代做窑工谋生，虽然在他祖父那一代也曾置办了田地，但由于天灾人祸搁下了。他父亲和五个兄长都在一个窑里做工人，但收入非常微薄，仅能糊口。他们全家都是大字不识一个的文盲，仅有徐海东因天生聪明伶俐，又是娇儿幼子，才使得父亲决定凑钱送他念书。

“和我一起上学的，几乎全是地主家的孩子或者商户家的孩子，”徐海东这么向我解释道，“穷人家的孩子很少有人读书，我和他们虽然在同一张桌子上读书，但他们看不起我，因为我的衣服总是破破烂烂的，又经常光着脚。他们讥笑我时，我总会忍不住揍他们，可要是我去先生那儿告状，他就会揍我。要是地主家的孩子打输了去告状，他还是揍我！

“我十一岁的时候，已经上了四年学了。那时我们打了一场‘富人打穷人’的架，一群‘富家子弟’把我逼到墙角。我们互相丢着棍棒和小石子，石子不长眼，我不小心打破了一个姓黄的孩子的脑袋。他哭着跑去把家里人领来了。他爹是个有钱的地主，说我‘连自己的生辰八字都忘了’，把我揍了一顿。先生又为了这事打了我一顿，我就再也不肯回去上学了。这件事给我的印象特别深，就是从那以后我才明白了，穷人家的孩子是得不到公平的待遇的。”

后来徐海东就去窑厂当学徒去了。在“学徒期”是没有工钱的，十六岁出师后，他成了三百来个工人当中工资最高的窑工。他微笑着向我自夸道：“我做起窑坯来，又好又快，全中国没有谁能比得上的，革命胜利后，我还能当个有用的人！”

他又回忆起一件使他更加仇视地主豪绅的事情：“有个戏班子来唱戏，工人们都跑去看戏了。听说豪绅官僚的太太也在包厢里看戏。那些平日里足不出户的阔太太们引起了工人们的好奇，他们就盯着包厢，想知道这些太太究竟是有三个眼睛还是两个嘴。阔佬们恼了，命令民团把工人们全给赶出了戏院，结果两边就打起来了。后来我们厂主为了息事宁人，设宴款待‘贵人们’，还放鞭炮为那些因为被偷窥就‘清白受了玷污’的女人们赔礼道歉。厂主还想扣我们的工钱来抵宴席的花销，我们纷纷表示要以罢工来反对他，这才算罢了。这是我第一次感受到穷人自己的武器就是团结起来产生的力量。”

二十一岁那年，徐海东因为家庭纠纷，一气之下离家出走。他靠一双脚走到了汉口，又到江西做了一年窑工，攒足了钱后打算回家去。但他又在这时候染上了霍乱，等他治好了病，积蓄也花光了。他羞于空着一双手回家去，于是便在得到每月能拿十元军饷的承诺下，加入了军队。可他不仅没有拿到一个子，还时常挨揍。这时候，国民革命已经在南方开始了，共产党也在徐海东所属军队中宣传起来。他们中的几个人被砍了头，反而引起了徐海东的注意。他早已厌恶了军阀的军队，于是就跟一个军官一起逃走，到广州去加入了张发奎将军的国民党第四军，他一直在那里待到 1927 年，当上了排长。

1927 年春，国民党军队内部分裂成了左翼和右翼两个派系，在张发奎的部队中，这种冲突进行到了白热化的阶段，而此时他们的部队已经行进到了长江流域。徐海东是站在激进派这一边的，于是他不得不逃走。他在这时候，已经受到了一些学生的宣传影响，成了共产党员，他悄悄回到黄陂，立刻在这里开始建立党支部的事宜。

1927 年 4 月左右，右派政变发生了，共产党被迫转入地下工作。但徐海东却不走寻常路，他自己得出了一个结论，认为已经到了采取独立行动的时机。全窑厂的工人几乎都被他组织起来了，当地的一些农民也响应了他的号召。湖北省的第一支“工农军队”就从这些人当中被他组织了起来。一开始，他们只有十七个人，一支手枪和八发子弹——那都是徐海东自己保留下来的。

这就是后来发展成了六万人的红四方军的前身，到了 1933

年，徐海东所掌管的苏区已经有整个爱尔兰那么大了。他们拥有自己的铸币厂、合作社、纺织厂、邮局和信贷系统，甚至还有总体而言较为完善的民选政府领导之下的农村经济。这支四方面军的司令是自黄埔军校毕业的前国民党军官徐向前，而这个民选政府的主席是从莫斯科留学归来的、中国新文化运动领袖之一的张国焘。

和江西的遭遇一样，这个鄂豫皖红色共和国不但经受住了南京方面四次“围剿”的冲击，还在不断抵御围剿的过程中逐渐壮大了自己的武装规模。同样地，在第五次围剿中，四方军主力也在同样的战略和战术下受限，进行了“战略后撤”，先撤到了四川，然后又去了西北。

除了完全性的经济封锁和空袭以及建立碉堡网，南京的将领们显然想要把红区的老百姓赶尽杀绝。他们最后终于意识到了，红军真正的基础和命脉来源于农民群众，于是他们开始着力于按部就班地消灭老百姓。在第五次围剿中，蒋介石派来训练三十万反共部队的军官，是在南昌和南京的军校中经过一整年的反共宣传思想灌输和法西斯训练的，其结果是一场不亚于法西斯对西班牙的侵略的激烈内战。

看起来，无论是什么种族或肤色的统治阶级政权，一旦地位受到了威胁，它所进行的报复都是一样野蛮和凶狠的。虽然手法上有些许不同之处，但在这里对我们同样具有启发性，不妨花些篇幅来介绍一下它在中国是怎样进行报复的。

中国的阶级战争

我花了三天时间，每天都用好几个小时不停地向徐海东和他的部下提问，问他们的过去、他们的军队、他们在前鄂豫皖苏区——共产党称为鄂豫皖苏维埃共和国[①]——的斗争、他们在西北目前的状况。作为第一个访问他们的外国记者，他们并没有什么“独家机密”“神秘内幕”可以向我曝光（这种行内的术语他们也不明白），也不会大段大段地说冠冕堂皇的漂亮话，我必须反复提问才能从他们口中套出一些有用的信息来。但回想一下，能得到这些不懂说话的艺术的人为我提供的直率而未加修饰的答案，的确是一种全新的体验。你可以感觉得到，他们说的话百分百可靠。

或许正因为如此，我向徐海东问出“你的家人现在在哪儿”的时候，不禁对他的回答产生了强烈的好奇，于是赶忙坐直了等待他的答案。他的答案轻描淡写，显然并没有事先演练演练，也没有修饰过辞藻，使我不能不怀疑这答案是真相。

①鄂、豫、皖是湖北、河南、安徽的古名。共产党把这三个名字连在一起称呼他们在这三省边区的地苏维埃。

“都死光了。只剩下一个哥哥，在四方面军里。”

“你是说在战争中牺牲了？”

“啊，不！我的哥哥们只有三个加入了红军。其余的，是被汤恩伯和夏斗寅将军枪决了。国民党军官一共杀了我们徐家六十六个成员。”

“六十六个人的生命！”我难以相信自己听到了什么。

“对，被杀害的人当中，一共有二十七个是我的近亲，三十九个是同族——黄陂县的人都是姓徐的。男女老少，甚至连婴儿都没逃脱。除了我的妻子，和参了军的哥哥们，还有我自己，其他姓徐的一个也没活下来。之后我又有两个哥哥在打仗时牺牲了。”

“那么，你的妻子？”

“她下落不明。1931年白军占领黄陂县的时候他们把她俘虏了。后来我逃出来的哥哥告诉我说，她被卖给附近的一个商人当小妾了，其他人被杀的事也是他告诉我的。第五次围剿中，徐家有十三个人从黄陂逃到了礼山县，但也只逃到那儿就被抓住了。男的都被砍了头，女的和孩子被枪杀。”

我的脸色一定很吃惊，因为徐海东给对我露出个惨然的微笑来：“这并不罕见，在我们当中，”他解释道，“有许多红军指挥员身上都发生了类似的事，只不过不像我家发生的那么惨烈而已。蒋介石下的命令，占领我们那儿时，姓徐的一个也不能留下。”

这件事就是我们开始谈起阶级报复的契机。我必须承认，我很乐意略过这个问题，因为无论在哪里，搜集这样残暴而惨烈的故事对我来说都并不愉快。可是为了给红军公正的对待，我是应当报道他们的敌人对于将他们斩草除根都采取了什么措施的。十年来，国民党一直全面封锁红区相关新闻，在全国各地散播“恐怖”宣传言论，将他们的飞机大炮造成的各种破坏栽赃给“共匪”，可实际上，红军并没有他们所掌握的武器。因此偶尔换个角度听听共产党对国民党的看法，并非无用功。

我一页页地记录下与徐海东等同志们谈话的内容，其中有不少国民党军队在鄂豫皖对老百姓所犯罪行的日期、地点以及详细情况。可我却没有能力重述我所听到的最惨无人道的罪行。这些罪行无法被诉诸笔墨，而且(就像西班牙司空见惯的事件一样)，对于那些根本不明白阶级战争中比天还高比海还深的仇恨究竟从何而来的天真怀疑派来说，他们根本不相信会发生这样的事情。

我们要记住的是，大家都明白了国民党将领在第五次反共围剿当中，在大量地区下令杀光所有老百姓，且将这件事视为必须之举。因为蒋总司令在某次演讲中提及，在那些苏维埃政权确立已久的地方，“赤匪和老百姓是难以辨别的”。这样的屠杀在鄂豫皖共和国执行得特别凶残，归根结底是由于有些负责剿共的国民党将领正是本地人，他们的父亲正是被共产党没收了土地的地主，因此父亲的仇恨成了他们仇恨的根源。在第五次围剿结束的时候苏区的人口总数减少了六十万。

共产党在鄂豫皖地区，实行在广大地区进行机动作战的战术，每次围剿一开始，他们的主力军队就会从苏区撤出，到敌人境内与他们火拼。他们没有什么重要的战略根据地需要防守，于是打游击战对他们来说就变得很容易，试探、佯装进攻、打散敌人的兵力，以及用其他方法获得优势。不过相对的是，这也使他们的“人力基地”毫无余地地暴露在敌人眼前，但曾经面对这样的情况时，国民党军队是不会屠杀那些他们占领的苏区里安安分分过日子的农民和百姓的。

像对江西做的那样，南京政府在第五次围剿中采取了新战术。他们不再与红军正面交战，而是更愿意集中兵力挺进红区，构建碉堡，深入红区，将红军边界周边的人口屠杀殆尽，或者是迁移一空。按照他们的新战术，必须把这些地方变成荒无人烟的荒地，这样一旦红军再度来袭也无法从这些地方获得补给。南京如今已充分明白了，农民才是红军真正的基地，要打败红军，必须釜底抽薪，将这种基地一起毁灭。

他们把成千上万的儿童抓起来卖到汉口和其他大城市去做“学徒”，把成千上万的妇女卖到工厂里去做包身工或娼妓。如果在城市里，这些女性是会被以“灾民”或“被红军灭口的人家的孤儿”的名义卖掉的。我还记得，在1934年间有数以万计的人是这样被弄到了大工业城市，结果生意极好，就连中间商都从国民党军官手里收购妇女儿童。在某个时期这门生意的利益甚至大到了影响到部队军纪的程度。为了堵住外国教士的悠悠众口，虔诚的基督徒蒋介石不得不明令禁止军队内部这样“纳贿”，下令严惩从事这种交易的军人。

“到了1933年12月的时候，”徐海东告诉我，“半个鄂豫皖都成荒地了。那些曾经富庶过的地方，房屋都没剩下多少，牛羊也被拉走，沃土成了一片一片的荒地，凡是白军占领的村落满是堆积如山的尸首。湖北的四个县，安徽的五个县和河南的三个县都几乎不存在了。方圆四百里内的人口不是被杀光，就是被赶跑。

“那年我们在战斗中还是从白军手里抢回了一些这样的村落，可是回来以后，我们吃惊极了，人几乎没了，只有少数老人还在，他们告诉我们的事情更叫人吃惊。我们都不敢相信，中国人竟然会对自己的同胞犯下这样的罪行。

“1933 年 11 月的时候我们撤出了天台山和老君山，当时这两个苏区大概有六万人。两个月之后，我们回来了，却发现农民们的土地已被没收，房屋也全数被毁，整个地区只剩下不到三百个老人和一些病孩。从他们口中，我们了解到了整个情况。

“白军一到这儿，就命令妇女和姑娘们分开。凡是剪了短发或放过脚的女性，统统被当作共产党枪毙，剩下的女性中，长相漂亮的被高级军官和下级军官挑走，其余的则成了军妓。他们对士兵们说，这些女人都是‘土匪家属’，他们爱怎么折腾都行。

“这些地方的许多年轻乡亲都加入了红军，那些留下来未随军队行进的，都想杀了白军军官复仇，就连一些老人也这么渴望。可只要有人抗议，就被当作共产党直接枪毙了。那些活下来的人告诉我们，白军内部为了抢女人而争吵打架的行为也不在少数。这些女性被他们奸污之后就被送到城里贩卖掉，那些军官只留下了少数美丽的女孩当小妾。”

“你的意思是，这都是国民政府的军队干的？”

“没错，是汤恩伯的十三集团军和王均的第三集团军。但事实上夏斗寅、梁冠英和孙殿才也要负连带责任。”

徐海东又跟我说起了在另一个地方，湖北黄冈县发生的事，1933 年的 7 月，红军从王均将军手中收复了那里。“本来句容集镇上有条街，那儿的苏维埃合作社生意好极了，人民安居乐业，老实本分，现在全成了废墟，只有几个老人还活着。他们把我们带到一条山沟，那里躺着许多年轻姑娘的尸体，有整整十七具，她们就那样赤裸着身子躺在太阳底下。她们是被奸污后惨遭杀害的，显然白军行事匆匆，只有时间剥了一个姑娘的一条裤腿子。那一天，我们全军在那里为他们举行了一个大型追悼会，每一个人都哭了。

“过了不久，我们在麻城，去了曾经待过的一个运动场。那里有一个浅浅的坟坑，里面躺着我们的十二个同志，他们是被杀害的，被剥了皮，挖了眼珠子，割了耳朵和鼻子。这惨绝人寰的一幕把我们都气得大哭起来。

“也是在同一个月，红二十五军到了黄冈的欧公集，这儿本来很兴旺，现在却成了一座荒坟。我们在镇外巡了巡，看到山边上有一个冒烟的茅屋，就让几个人爬上去看看，发现里面有一个已经疯了的老头。走下了山，我们终于看到了堆得满满的四百多具尸体，显然才刚被杀害不久，这里血流成河，有些地方的血积了几寸厚。有些女人的尸体维持着紧紧抱着孩子的姿势，大批的尸体被摞在一起。

“我注意到一具尸体似乎在动弹，于是过去检查，发现是个还没断气的男人。后来我们从中又找到了十几个活口。我们把他们抬回去救治，给他们包扎好伤口，询问他们发生了什么事。原来这些人是从镇上逃出来在山沟里避难的，他们就睡在那块空地上。可是后来，白军的部队来了，他们在山边架起了一条条机关枪，对着下面毫不留情地开了好几个小时的火。等到完事了之后，他们以为人都死光了，也没派人下来检查，就拍拍屁股走人了。”

徐海东说，第二天他就把整个军队带到了这条山沟里，让他们看看这些死去的同胞们。其中有些战士认出了他们认识的乡亲，这些老实巴交的人们，有的曾经给他们找过住处，有的曾经卖给他们西瓜，有的曾经跟他们在合作社做过买卖。这幅光景让他们心都碎了。徐海东说，就是这件事使他们的士气大大地上涨了，也使他们坚定了与国民党军队决一死战的决心。这份决心的效果是显著的，在这最后一次大围剿剩下的一年里，二十五军中没有任何一个战士开过小差。

“第五次围剿结束的时候，”他继续告诉我，“几乎每家每户都有亲人死去。我们经过一个村子，从外表看似乎是个空村，可是当你到烧毁的屋舍里去看的时候，就会看到门口、地上和炕上的一具具尸体，或者有尸体被藏在了什么角落里。有些地方连狗都看不到，全逃走了。在那样黑暗的一段日子里，我们连报告敌军动向的情报员都不需要了，根据他们烧村时村落里飘起的烟就知道他们到了哪里。”

这些在我从徐海东和其他人那里听来的可怕的故事中只不过是沧海一粟。这些战士们是从那可怕的一年中拼搏过来的，他们最后向西撤退，并不是因为军队的疲软，而是因为国民军队对他们的“人力基地”的毁灭性破坏。堆积如山的尸首，染红了河水的鲜血，那一片曾经民生和乐的土地彻底失去了生命的活力。之后，我又与一些来自鄂豫皖地区的战士进行了交谈，他们给我的是更多比这些还要悲惨的故事。那样惨烈的事件，他们讳莫如深，只在我追问时才犹豫地提及，显然这些经历在他们的内心深处留下了不可磨灭的伤痛和刻骨铭心的阶级仇恨。

这就使我们不免产生了这样一个疑问：这是不是就说明，共产党是清白的，没有做出任何暴行和阶级复仇？我想并不是这样的。没错，在我深入红军的四个月中，确实进行了无所顾忌的调查，就我所掌握和了解到的情况，他们只杀过两个老百姓。而且，我确实没有看到过任何一个村庄或城镇被毁，也没有听那些农民向我提过红军对纵火有某种嗜血的喜爱。可是，我的个人经历是有限的，我与他们的相处从开始到结束只有在西北那短短的四个月，如果他们在其他地方干过什么“烧杀”的事情，我可就无法证实，也无法否认了。同时，这些年来国民党和国外的报刊上对于反共的宣传和报道，百分之九十是在大吹法螺，如果对此不抱有一个怀疑的态度去对待，那就真是太过于天真了，因为其中大部分都是未经可靠渠道证实过的。

第九篇

战争与和平

- 再谈马
- “红小鬼”
- 实践中的统一战线
- 关于朱德

再谈马

我在八月二十九日那天骑马去了韦州县一个顶秀美的镇子，叫红城子，那里盛产梨和苹果，还有葡萄，于是就因着那些美丽的果园出了名。这些果园都受着灌溉渠里的清澈泉水的滋养。部分七十三师的战士就驻扎在此处。不远处，有条临时战线和被碉堡扼守着的山隘。这里有一系列机枪阵地和碉堡——也就是有用泥土石块堆砌的防御工事——是红军与敌方的对峙之处，我却没有看到战壕。这条战线已经维持了好几周的和平，于是红军便趁着这短暂的和平进行了休养生息，并且将新区好好地巩固了一番。

我返回了预旺县，发觉为着甘肃南部那一带传来的无线电消息，部队正以吃西瓜作为庆祝方式，原来马鸿逵将军麾下的一师军队向朱德投诚了。那一师的师长叫作李宗义，原本奉命截断朱德的北上之路，可他部下中的秘密共产党员——几个年轻的军官——谋划了一次叛变，带来了一个骑兵营在内的三千来名战士，到陇西一带加入了红军。这大大地打击了蒋介石总司令在南部的防御阵线，且很大程度地助力红军两支大军北上。

又过了两天，徐海东十五军团当中有两个师也要转移了，一支为朱德开道南下，一支向黄河流域行进，往西边去。军号在凌晨三点响起，部队则在六点钟启程。而我呢，我是要与去向彭德怀汇报的军官同行的，于早晨与他们去了预旺堡。从南门离开，我与徐海东跟在浩浩荡荡如灰龙蜿蜒的人马末尾，在大草原上，他们行进如龙形，一眼简直望不到尽头。

这纪律森严的军队虽在行进，却鸦雀无声，除军号外简直听不到其他声响，显然是非常服从指挥的。我从他们的言语中得知，这行军计划是早早准备好的，他们也早早研究过路上会发生的各种情况，包括敌营集中的地区都在地图上被仔细地标注了出来，也派出了警卫负责阻拦行经战线区域的旅者。如今，国民党军队浑然不觉，红军却悄然向前挺进，之后在敌军岗哨发生的奇袭足证此言不虚。

我并未在这支军队里发现随营者，却发现了三十几条甘肃猎犬。这些猎犬在平原上追逐蹦跳，时不时以远处的野猪或羚羊为奔跑的目标。它们看上去很是高兴，狂吠着，蹦跳着，嗅闻着，迫不及待要到战场上一展身手。不少战士是有亲手喂养的动物的，它们也被带着行军。我看到了白色的小耗子、兔子、被绳栓的小猴，甚至还在一个战士肩膀上看到了一只灰蓝色的小鸽。这让我不禁疑惑了，这真是在军队里？那样年轻的一支队伍，时不时还能听见队伍里飘出愉悦的歌声，倒让我觉得更像是中学生在远足。

才出了城几里远，一个防空演习的命令就突然炸响了。一班班士兵飞快地撤离大道，躲进能藏人的草丛中去，他们戴起伪装帽和草做的披肩，在小土坡上架起机枪来，为打下低飞的目标做足了准备。这条长长的灰龙就在短短几分钟内隐没在了大草原中，若是有飞行员经过上空，也只能看到大道上的骡马和骆驼，没准会把他们当成是商队里的牲口。但骑兵(当时作为先锋队伍冲在前面，我无法观察)就不能这样，那些骏马在无人驾驭的情况下是难以控制的，所以他们不能下马，若是遇到空袭就只好就地寻找掩护，在没有掩体的情况下唯一能做的就是尽可能地分散开来。若真有"嗡嗡"的飞机声近前，他们得到的第一道指令和其他人永远不一样，总是让他们"上马"！

显然演习取得了让人们满意的结果，于是我们继续行进。

李长林告诉我的话没有错，最好的马都在红军前线呢。大名鼎鼎的骑兵师令全军与有容焉，没有人不渴望被选入骑兵师去。从全军中选拔出体格最棒的三千多匹宁夏骏马，这就是骑兵师的坐骑。它们比华北马来得更加膘肥体壮，高大飒爽，大多是从马鸿逵和马鸿宾的军中取来的胜利果实，不过也有三个营的马是从国民党骑兵第一军那里夺来的，其中一营全黑，一营全白，漂亮极了。这可算是红军第一骑兵师的核心战力。

曾有这么一个预言，说回民骑兵会把红军打得屁滚尿流。这话是红区之外的人在红军进入甘宁地区时说的，可结果恐怕令他们大失所望。1935年，德国顾问李德在陕西负责训练红军骑兵的核心战力，为此他们办了一所骑兵学校。说到骑马，李德可是个中好手，他曾是俄国红军骑兵中的一员，而陕甘地区许多当地人——不像有些南方人是一辈子没上过马的，他们骑术本就精湛，于是精锐的骑兵队伍很快就从这些人当中被训练好了。1936 年他们上了战场后，西北地区才有了新式的骑兵战。

回民擅驭马，却不懂如何在马上动刀动枪，这一点同汉民骑兵是相同的。因此他们实行配合战术，一般是从两翼包抄敌军后与步兵配合作战，如果没法将敌军击溃，他们会选择下马射击，可这样机动性就被大大削弱了。于是在李德的训练中，红军骑兵要在马上动用红军自己的土制马刀，虽然粗制滥造，却也足够用了。红军能够挥刀冲锋这一点，很快就显现出优势来，他们在一年内打了不少胜仗，又俘来了一批新的军马。

在甘肃那段时间，我随军骑了好几天马，不过准确地说应当是随他们走了几天路。他们分配给我一匹配着西式马鞍的骏马，可每天行军结束的时候，我总觉得不是我在骑马，而是马在骑我。为什么这么说呢？因为我们的营长不希望累着这些四条腿的宝贝，规定我们每骑一里路就得下马走三四里，这也就是为什么我说自己是随着骑兵在走路了。他对马的态度就像是对狄翁尼的四胞胎，我想，能够格在他手底下当骑兵的，恐怕必须是个护士而不是骑士，最好在步行上能够吃苦耐劳，骑术反而不需要多少。虽然对他的爱马精神我表示敬意——这在中国实属罕见——不过我还是很高兴能够从他军中脱身并自由行动，至少这样我还真有些骑马的机会。

这事我向徐海东发了些牢骚，我估计这些牢骚让他打起了捉弄我的主意。回预旺堡时，他给我批了匹比公牛还健壮的宁夏骏马，这马带着我达成了一生中最有野劲儿的一次骑乘。在草原上我同十五军团分了道，向徐海东和他手下的参谋道了别，之后就骑上了这匹借来的马。我一骑上去，它就如脱了缰一样奔跑起来，似乎要与我不死不休，瞧瞧最后是谁能活着回去。

这条路全程摸约有个二十五千米，一路都是坦途。途中我们只下马步行过一次，最夸张的是最后两千多米路，这马儿是一步不停地飞驰到预旺堡的，连我的同伴都被远远地甩在了后面。在彭德怀司令部门前我才下了马，心里想着，这家伙一定精疲力竭了，没准会昏倒。于是我简单地察看了一下它的状态：身上有几滴汗水，微微有些喘。除此之外，它的状态比我好多了，仿佛没有狂奔过那么长的一段路似的。

我的状态不佳，完全是因为中式马鞍的折腾。这种狭长的马鞍使我无法坐下，只好用双腿夹着它走完了全程，可它的马镫也短而沉重，我无法在马上把双腿伸直，到了预旺堡时整条腿已经都麻得没有知觉了。我只想躺下来做个美梦，却连这梦也没法做。

"红小鬼"

这天清早，我从预旺堡那宽厚的土黄城墙上俯瞰，发现地面上在进行着形形色色的工地作业，不过这些对我来说算是很熟悉了，甚至熟悉得有些单调。他们在拆毁一大段城墙，这是红军的工作中唯一的"破坏性"行为。对于他们这些偏擅游击的战士而言，墙是种障碍，他们更倾向于在开阔的战场上对决，这样一来，即使战败也无须消耗守城的兵力，而是能够马上撤退，不会在城池内被封锁或歼灭，反而把这种可能性转移到敌人身上。一旦他们具有足够的力量卷土重来时，失去城墙的城池也更好攻克。

我才在上面走了半圈，就遇见了号手们——我很高兴他们总算是休息了，因为那些响亮的号声已连续许多天搅得我心浮气躁。他们都是些孩子，虽然叫作少年先锋队员，可我还是对他们产生了一种父辈的心情，这种心态在我停下来采访他们当中的一员时多少表现出了一些父辈才会有的态度。这个年轻的号手戴了顶画着红星的灰帽子，穿着灰短裤和网球鞋。但是在这灰扑扑的装束下却是个鲜活的人：炯炯有神的黑眼睛发着光，红扑扑的面颊闪着亮，这是个让你一看就打心眼儿里疼爱的孩子，会迫不及待地向他付出你的友谊和安慰。我以为他会非常地想家，可是很快我就发现这是我的一厢情愿，这孩子可不是妈妈怀里的宝贝疙瘩，是个老红军战士呢。他说他今年十五岁，可在南方加入红军已经是四年前的事了。

“四年之久！”我难以置信地叫出了声，“你十一岁时就参加红军了？还有长征？”

“一点没错，”他脸孔上的得意带着点滑稽，“我参军四年了。”

“为什么要参加红军？”

“我家在福建漳州一带。我们一家算上父母和哥哥们共六口人，穷得叮当响，平日里我上山砍柴和采树皮补贴家用。村里人经常提起红军，听说红军是帮助穷人的，我就喜欢这点。我们家没田，是租的地，每年收成有一半多都得拿来交租，老也吃不饱。冬天的时候为了把粮食省下来做种子，没办法就把树皮烧了做成汤喝，我总觉得肚子饿。

“后来有一年，红军来了。我翻过了山头去找他们，向他们求助，他们对我好极了。他们让我吃得饱饱的，还送我到学校去读书。过了几个月，红军占领了漳州以后就到了我们村，赶跑了地主、放债的和官员，还给我们分了土地，这么一来我们就再也不用交租了。我们家的人可高兴了，说我干得好，我的两个哥哥也参加了红军。”

“你知道他们现在在哪儿吗？”

“现在吗？那我可不知道了。我离开江西的时候他们还在福建红军里，现在到了哪儿我可没消息了。”

“农民是否喜欢红军呢？”

“喜欢红军？那是当然啦。红军给他们分土地，又赶走了地主和收税的这些剥削者呀。”(这些“红小鬼”心里都装了好些马克思主义词汇！)

“可我说实在的，你怎么知道这一点呢？”

“他们亲手给我们做鞋呀，成千上万双呢！妇女给我们做军装穿，男人们帮我们侦察敌军，每家人都有子弟加入军队中来。老百姓这样待我们呀！”

也不必再问他是否喜欢他的同志了，一个十三岁的孩子，跟着一支军队走了上万里，这怎么会是一支他痛恨的军队呢。

红军里有许多少年是像他一样的。据共产主义青年团书记冯文彬的介绍，这由共产主义青年团所组织起来的少年先锋队，在西北苏区约有四万名成员。光是在红军队伍里的，想必就有数百：每个红军驻地都会有少年先锋队的“模范连”。少年先锋队的成员来自中国各地，但都是十二至十七岁(按外国算法是十一至十六岁)的少年。他们当中的一些人甚至是经历过长征的，就和这个小号手一样。

在红军里，少年先锋队担任各种各样的职位，有通讯员、勤务员、号手、侦察员、无线电报务员、挑水员、宣传员、演员、马夫、护士、秘书甚至教员。我曾经看见过一个少年为一班新兵讲解世界地理，也曾经见过两个少年是姿态最优雅的舞蹈家，他们是从江西长征到这儿的，来自一军团剧社。

你可能难以想象他们是如何生活的。一定有不少人已成了枉死的灵魂。有二百多名这样的少年就关押在西安那阴森而污糟的监狱里，他们有些是行军时与队伍失散了被捕的，也有做侦察工作时遭殃的。但他们始终对红军忠贞不贰，这种刚毅得令人为之赞叹的精神和赤子之心，想来是只有年轻如他们才会有的。

他们当中的许多人都穿着过大的、袖口拖到膝盖的军装。即使说着自己每天洗手、洁面三次，他们仍然满脸脏污，用袖子揩去脸上的鼻涕，露齿微笑。即使这样，他们还是觉得自己拥有全世界：吃得饱、穿得暖，有自己的毛毯，能够当上头头的话，还能得到自己的手枪；他们有红领章和大一两号的帽子，尽管帽檐短短地塌着，但上面缀着颗红星。他们往往说不清自己的来历：有许多人甚至不知道父母是谁，也有逃出来的学徒和做过奴隶的，不过他们大多数都是出身于穷困而人口饱满的家庭，而且全部都是自愿参加红军的，甚至还有成群的少年逃家参军。

许多地方流传着他们勇敢的故事。他们并不要求被当作孩子去照顾，也没有得到这样的待遇，许多人是实实在在地参加了战争的。据说，红军主力撤离江西之后，与那些成年游击队员并肩作战的，正是少年先锋队员和共产主义青年团员——这就是为什么有白军士兵笑哈哈地说，他们能够抓住那些人的刺刀，把他们拖下壕沟，因为他们实在是太年轻、太弱小了。在蒋介石的共匪感化院里，被俘虏的"红军"有许多是十至十五岁的少年。

少先队员对于红军的喜爱，大约是来源于红军对待他们的方式是把他们当成人看待的，这可能是他们生平第一次有这种体验。他们的吃住都有个人样；他们每件事情都可以参与；他们与任何人都是平等的。我从未见过有谁受过欺负或挨揍。当然了，那些做通信兵和勤务兵的会受到"剥削"（一个吩咐从上传到下竟然会派少先队员去做，这也令人很惊讶），不过他们也是有个人自由的，也受到组织的保护。他们受到了初步的教育，学了些体育运动，也对简单的马克思主义口号产生了某种信仰——这些口号在多数情况下只是帮助他们开枪打地主和自己师傅的东西。显然对他们而言，这已经比一天给师傅当十四小时的帮工，伺候师傅的饮食起居，倒他“妈的”便壶强多了。

在甘肃我就碰到过一个这样的人，他绰号叫山西娃娃，是个落跑学徒。他被卖给山西洪洞县附近某个镇子的铺头，与另外三个学徒一起，趁着红军到来时翻过城墙加入了他们。我不明白他是为什么自认为属于红军一方的，不过很显然，阎锡山的那些反共宣传和他从长辈那儿听到的各种警告起到了反效果。他是个只有十二岁的小胖子，有张胖乎乎的娃娃脸，不过照顾起自己来已经很周到了，他越过晋陕的边界进入甘肃的长时间行军征途证明了这点。我询问他当红军的动机，他反问我说：“红军既替穷人战斗，又为抗日战斗，为什么不当红军呢？”

还有一次，我遇见了一个十五岁的少年。他是甘肃河连湾一带某个医院的少先队和共青团的头儿。他是打兴国那儿来的，也就是红军在江西的模范县，他提到自己的一个兄弟还在那儿的游击队里，他的一个姐姐是护士。对家人的近况，他并不知情。对，他们喜爱红军。喜欢的原因呢？因为他们“都明白红军是属于我们自己的军队——为无产阶级作战”。我不知道在他年轻的思想里，西北长征是怎样的存在，但是我并不清楚，对于这个正经得不能再正经的少年来说，徒步走过了美国宽度距离的两倍这件事情为什么只是一件小事情。

“过得很苦吧，嗯？”我小心翼翼地问。

“不，不苦。和同志们在一起行军，是不会苦的。我们革命者不能去想这件事究竟困不困难，辛不辛苦；我们要去想这是任务。如果任务要求走一万里，我们就要完成一万里；任务要求走两万里，我们就能完成两万里！”

“那么，你觉得你喜不喜欢甘肃？它和江西相比好坏如何？在南方会不会生活条件更好些？”

“江西是很好的。甘肃也是很好的。有革命的地方就是好地方。我们吃得好不好，住得好不好，都不重要。革命才是最重要的。”

都是些千篇一律的套话，我这么想着，不知道这个青年从哪个红军宣传员那里学来的，答话倒是很好。结果第二天我就惊奇地在一个红军战士的大规模集会上发现，原来他就是个“宣传员”，因为他是那个集会的主讲者之一。战士们跟我说，在军队里他是最好的演说家当中的一员。而在集会上，他分析了当前的政治形势，又简单地说明了红军要停止内战，并与其余抗日军队建立合作关系的理由。

我还见到了一个十四岁的少年， 他是跟三个伙伴经历了千辛万苦才来到西北的，以前是个机器厂的学徒，在上海。不过，现在已经是保安无线电学校的学生了。我问他对上海是不是很怀念，他却说并没有什么可怀念的，他在上海无牵无挂，唯一的乐趣是看着橱窗里的美食发呆——当然是他消费不起的美食。

不过在这些“小鬼”中，我最喜欢的是一个在外交部交通处处长李克农那儿当通讯员的。他大概十三四岁，是山西人，参加红军的前因后果我不大清楚。在少先队中，他可算是“风度翩翩”，对自己的角色认真得紧。也不知道他是从哪里搞来了条军官皮带给自己系上，又总穿着套干净合适的小军装，他的帽檐总是衬着硬板纸，一塌下就会去更换。他那洗得发白的上衣领口里总是衬着点白布条。毫无疑问，他是城里最整洁神气的士兵。就连毛泽东站在他身边也会被比得像个流落江湖的流浪汉。

这孩子的名字凑巧叫作季邦（音同），他的父母在命名一事上显然考虑不周。虽然名字本身没什么问题，可是听起来却和“鸡巴”一词十分相似，所以旁人总管他叫“鸡巴”，这可让他羞坏了。有次，季邦一脸庄重地来到我在外交部的小房间里，一个立正，向我敬了个最标准的军礼，管我叫“斯诺同志”。然后，他就对我透露了一些深埋在他心底的不安。原来，他是特地来向我解释，他的名字是叫“季邦”而不是“鸡巴”，两者之间天差地别。他还仔细地在纸上写下了自己的名字，把它递给我。

我在惊讶之余也尽量严肃地给了他答复，说我平日里只叫他“季邦”，并没有用别的名字称呼过他，也不打算这么做。瞧他进来时的神色，我以为是要我选择决斗用的武器，跟他来一场黎明对决呢。

但他维持着庄重的神色向我鞠躬道谢，又像刚才那样子敬了个礼。“我想得到你的保证，”他说道，“在外国报纸上，你提到我时，可不能把名字写错了。要是外国同志误以为中国红军中真有人的名字是‘鸡巴’，可不会给他们留下好印象啊！”虽然在那之前，我并没有想把季邦写进这本不同寻常的书中，可他的话已说到这个份儿上，我也就别无选择了。于是他被放进了这本书里，和蒋总司令被相提并论了，尽管这样略微有损历史的尊严。

少年先锋队员在苏区有这么一项任务，就是检查后方过路的旅客，查看他们的路条。他们对这项任务的执行态度是十分坚决的，还会为了盘问没有路条的旅客，把他们弄到当地的苏维埃去。彭德怀同我说，有一次，好几个少先队员对他大呼小叫，喝令要看他的路条，否则就把他逮走。

“可我就是彭德怀，”他说，“你们看的路条都是我开的。”

“就算是朱总司令我们也不理会，”小鬼们不买他的账，“得有路条你才能过。”他们甚至呼叫了增援，然后田里就跑来了几个孩子。

彭德怀只好把路条写好，在上面签字，把路条交给他们之后继续上路。

总体而言，你是很难在红色中国的这件事上找出什么不对的，那就是“小鬼”。他们精神焕发，我想，成人看着他们就会把自己的悲观情绪抛掷脑后，想起自己正是为这些年轻人的未来而投身战斗的，情绪就会被这种想法调动得乐观起来。在行军那令人疲乏的路途中，他们总是保持着愉快的心情，只要别人问起他们的状况，就大声地答一个“好”。他们又勤劳又聪明，是那样地有耐心和求知欲，你一看到他们，就会明白，中国是有希望的，任何国家只要有这样的青少年，就是有希望的。中国的未来就在他们身上，只待他们得到解放，得到发展，得到启蒙，得到机会在建设新的世界中贡献出一己之力。虽然这话听起来说教意味十分浓厚，但我还是要说，看看这些年轻而英勇的生命，没有人会觉得中国人生来就无药可救，他们在品格上有着无限的未来可以去发展。

实践中的统一战线

1936 年 9 月初的时候，我正在宁甘前线一带。彭德怀麾下的军队一分为二，一边西去黄河流域，一边南下西安兰州公路，与朱德部队会师，十月底这一行动完满结束，两支大军汇合后，几乎将甘肃北部全部收入囊中。

可红军如今要“迫使”国民党一同抗日，就得寻求一个让他们妥协的方法，因此已经逐渐转变为政治宣传队伍，而不是原本那支一心要武装夺取政权的军队了。根据党的新指示，在今后的行动中部队要遵守“统一战线策略”。“统一战线策略”的定义是什么呢？或许可以用这段时期军队活动日志来解答这一问题：

包头水（音同）九月一日。距一方面军预旺堡司令部步行约四十里，彭德怀指挥员与大家闹着玩，跟骡夫说笑。落脚点到处是山。彭德怀司令部在这个村落中的一个回民老乡家过夜。

地图立刻挂上墙面，电台也开始运转。电报已发来。彭德怀休息时，请了回民老乡入内并同他们解释红军政策。他与一位老太太坐着聊了约莫两个钟头，她说了不少话叙述自己的苦楚。此时，一支红军收获队路过，负责收割逃亡地主的庄稼去。地主的出逃，导致自己的土地被当作是“汉奸”的东西而充公了。另一队人负责保护和打扫当地的清真寺。红军和农民相安无事。此地在共产党的领导下已有数月未曾交税，上周本县农民派了个代表团过来，给彭德怀送礼，表示他们的谢意，礼物是六大车粮食和物资。昨日几个农民又来送礼，送的是张木床，被彭德怀转送给了这儿的阿訇，不过他收到这份礼物的心情还是愉快的。

李周沟（音同）九月二日。凌晨四点出发，彭德怀早起了。路遇农民十人，是随军从预旺堡过来帮忙的，负责抬伤员到医院。他们是为了打马鸿逵自愿过来帮忙的，由于马鸿逵把他们的儿子都强征入了伍，引起了他们对他的痛恨。打南京来的一架轰炸机开展空袭，侦察军情，我们立刻散开去找掩体，全军躲藏。飞机绕了两个圈之后投弹——照军中说法是“扔铁蛋”或“拉鸟粪”——并扫射马匹，之后又飞往前线去袭击先头部队了。一个战士找掩护晚了些，腿部负伤——伤得不重——包扎好伤口后并没有要人扶，继续行军。

这个小村就是我们过夜的地方，从这儿四处望去，伸手不见五指。一团敌军就在左近，是十五军团派了部队去打的。

无线电自预旺堡发来，说早上有敌机空袭，扔下炸弹十枚，若干农民受伤或死亡，战士无伤亡。

吊堡子(音同)九月三日。已离开李周沟(音同)，途中有不少农民过来送战士们白茶喝——这词指的是热水，也就是这一带最流行的饮料。伊斯兰教老师为了感谢彭德怀对学校的保护，也来与他告别。近吊堡子的那段路上，马鸿逵的骑兵从一个阵地撤出，冲进我军后方距离几百码的位置。红军一队驮物资的骡马被袭，聂参谋长又派了一队人去将它们夺回来。于是运输队伍毫发无伤地返回了。

今夜，布告栏上张贴了一些新闻。李旺堡被围住了，一颗迫击炮在那附近空降，差点命中了徐海东司令部。一名少先队员死亡，三名战士受伤。在那一带的红军阵地上，突击队活捉了一个正在做侦察工作的白军排长，他们把他押送到司令部来。他受了些轻伤，彭德怀为此大发脾气。“这不符合统一战线的策略，”他表示，“一句口号胜过十发子弹。”他与参谋人员说了许多统一战线该如何成为现实的理论。

农民们在路旁兜售瓜果，红军是会付钱去买的。有一个年轻战士跟果贩子讨价还价了许久，最后才用自己珍爱的兔子换了三个西瓜。结果吃了西瓜之后，他倒不乐意了，要农民还他的兔子！

传来电话消息，说(一军团)二师已包围了一团敌军，他们已向敌军致了欢迎辞，也吹响了敬礼的军号。红军送了信函去解释他们奉行的最新政策，又为着敌军食物的短缺，随信附赠了两百头羊。信里解释了统一战线的纲领，表示希望双方讲和，最好白军后撤，红军方面为表诚意不会动一颗子弹追击。白军方面已表示下午会给出自己的答复。到了下午两点左右，这些兵(是马鸿逵麾下的)真的撤退了。彭德怀高兴极了，认为“这是统一战线斗争中胜利的一步。”不过遗憾的是，红军当中还是有极少数人开了枪，虽然是些微不足道的“个人主义者”，但也够呛。他们没办法理解这种白白放过眼前唾手可得的军备的事情。不过他们因这份“不理解”遭的批评也是极严厉的，且又为了理解统一战线的道理被派去学习了好几堂课。有些士兵仍不明白这道理，虽然组织并不允许，但还是想把白军给俘虏了。本来在这次战役中，红军如果不是奉令行事，或许还能再俘虏一队骑兵。

今晚，彭德怀和政治部对于战士们不了解和抵触统一战线纲领的情况，进行了一番长谈，他们的结论是“更多的思想工作是必要的”。

又有消息：于马良湖（音同）处，红军群众抗日大会上竟有穿过战线前来加入的敌军。他们应了团长的邀前来参与大会，是手无寸铁的。这位团长表明，“至于日本人，我们是准备打的。问题是怎么打。”他与红军沟通，提到合作必须保密，因为马鸿逵部下的每一团，包括自己的团在内都有最少三个法西斯(蓝衣社)特务，汉民团和回民团都是一样的情况。

开会的不止有彭德怀和左权（一军团司令），还有骑着大骡子过来的徐海东。他在会后跟我们说了个故事，主人公是十五军团的一个“小鬼”通信员。通信员听命去送信，途经敌人的碉堡。可他不愿去绕那山路，仗着自己有匹快马，故意去走了直通碉堡枪口的大道。一进入白军的视野，他便被一队骑兵追逐，却仗着骑术把他们甩开了。徐海东以一种抱怨的口吻总结了这个故事，“他老这样叫人头疼，可前线又没有比他更好的通信员。”

为了庆祝今天收到的这么多好消息，彭德怀开了个物美价廉的大西瓜来吃，是这儿的特产。

吊堡子九月四日至五日。(政治部的)刘晓在回民中做工作，目前在李旺堡周边。他于今日发回一份报告，记载了那儿的近况。红军回民团能否派代表去同他们对谈，这要求是马鸿逵麾下的一个团提出的。这位团长不肯见红军，但是如果他的部下要与红军代表谈话，他是会同意的。

于是王（红军回民代表）去了，从他后来报告的内容可以知道，敌团部队营房里有许多共产党的传单，他与马鸿逵的部下交谈长达数小时，极大地激起了他们的兴趣，说到最后连他们的团长也忍不住跑过来听，可他听着听着又觉得害怕，想要把王抓起来关押，却在部下们的抗议下作罢了，又派人把他送了回来。除此之外，该团也为刘晓送的信给红军写了回信，表示自己奉命守卫此处，军令如山，不能后撤；但抗日是他们愿意的，如果红军与他们师长能够进行谈判的话；要是红军不主动攻击他们，他们也不会攻击红军；除了这些，他们也提到了那些在战士间流传的、来自红军的信件和宣传册子。

今日有一队骑兵被两架飞机空袭，不幸的是，一颗炸弹在清真寺被投下，炸毁了寺庙的一角，寺中回民死亡三人，都是负责照料寺院的老人。不幸中的万幸，士兵和牲口都毫发无损。这种事情的发生，并不会让当地人更加拥戴南京。

吊堡子九月六日。休整日。彭德怀司令部里全是吃着西瓜的一军团的指挥员，战士们自得其乐，各自打球和吃瓜去了。彭德怀开了个政治报告会议，连以上的指挥员都参加了，他们把我也叫了去。彭报告内容摘要如下：

“调动到此处，我们是为了苏区的扩大和发展，这是第一位的；其次是二、四方面军（在甘肃南部）要调派和前进，我们得配合；三呢，要跟马鸿逵、马鸿宾的部队建立统一战线，我们得清除他们在这儿的那些影响。

“我们得把这儿的统一战线基础扩大化。那些如今对我们表示同情的白军指挥员，我们必须彻底地熏陶他们，坚决争取把他们拉到我们这一边。现在的情况是，他们中的许多人已经跟我们建立了良好的联系；我们要依靠信件、报纸、红军代表、秘密会社等渠道继续这些工作。

“我们要尽可能早地解放这儿的回民群众，越早越好，先把他们组织起来，再把他们武装起来，然后，让他们把自己的代议制政府建立起来，才能及时成立回民的抗日军队。

“我们对自己的部队也要加强思想工作。我们的人违反统一战线政策的事件，最近已发生好几例了，竟然有人对我军允许后撤的军队开火，还有人不愿意归还从白军那里缴来的步枪，说了好几次才交出来。这个问题与遵不遵守纪律无关，是大家不相信自己指挥员的命令。这说明了什么？说明战士们还没有充分理解为什么要建立统一战线，有些战士还说自己的上级发布的命令是‘反革命命令’。有个连长，收到了白军指挥员来信居然一把撕掉，看都没看一眼就说什么‘白军都一样’。这些实例，证明了我们对战士的教育还不够深入。第一次讲话的时候，我们对应该处于什么立场的问题的表述，对他们来说太含糊了。我们要彻底地对政策进行一番讨论和解说，倾听大家的意见，对我们的政策进行必要的改正。要让战士们真正地明白，并不存在什么迷惑白军的欺骗战术，统一战线政策就是党决定的根本方针。

“蒋介石在江西把我们妖魔化了，给我们的政策泼了许多脏水，我们无法穿过他的封锁，对苏区之外的中国人民进行说明。如今，他的谣言已经被法西斯党徒传到这里来了，他们为了攻击我们的抗日政策，逐一对比中日资源，嘲笑我们螳臂当车。蒋介石并没有提到的、按压下来的真相是，中国还有苏联和日本本国的无产阶级者作为盟友，中国的反帝运动是不孤立的。这是我们必须去拆穿的谎言，得让敌军了解，我们是有基础去抗日的。

“现在甘肃和宁夏有许多同志，是东征(山西)后过来的，他们来了之后，觉得在这里红军并不像在那儿一样受欢迎。这里的农村比较贫困，人民的政治热情也不怎么高，对比起来这些都让他们觉得灰心丧气、觉得失落。别失望！要努力！这里的人民也是我们的手足，他们是有感觉的，也是会有反应的。对于白军和回族农民的思想工作，是我们做得还不够，但不能因为做得还不够，就放弃这珍贵的机会。

“群众呢，需要我们去鼓励，才会愿意带头参加革命活动。我们要让人民明白，他们有权利去动那些回民地主的，那是他们的劳动果实，他们的革命权力；而且我们会去维护他们的革命权力，但我们自己不能去碰地主。我们必须牢牢记住一点，他们的政治觉悟迄今为止仍然局限在民族仇恨上，仍需我们去帮忙提高，所以我们必须抓紧时间，努力工作，唤起他们的爱国热情，使他们成为抗日活动当中的有力臂膀而不是消极存在。同时，我们与阿訇之间的关系，也要维持好，最好再加强些，鼓励他们带领回民们抗日。为了把革命政权的基础巩固好，我们要组织起一切回民青年。”

彭德怀说完了话，就轮到一军团和十五军团的政委，他们发表了大篇幅的批评。这两个人都自我检讨了“统一战线教育工作”进度不理想的情况，也提供了一些改进想法。指挥员们辩论着、记录着，会议到了晚饭时分还在热火朝天地进行。最后，是彭德怀建议扩充一军团和十五军团的规模，各招新兵五百人，经过复议，这条建议被全票通过。

用过了晚饭，一军团剧社以上周发生的各种事件为蓝本，改编了一出新戏。这戏用一种逗趣的方法，把战士们在执行新政策时犯的问题都上演了一遍。某一场演的是两个指挥员在争执，另一场演的是指挥员和战士之间的争执，还有一场把指挥员撕白军的信的情节放了进去。

到了第二幕戏，错误基本都改正了，红军和抗日回民军队一起唱着歌儿，大步携手前行，并肩作战。文艺部的手脚真是快得吓人，这么迅速就配合新政策出了剧。

（国民党军队驻扎的）李旺堡被南京政府轰炸了，这是忽然传来的一个消息。这很明显是因为红军无处不在，引起了飞行员的误会，以为己方军队早已撤离。回民战士在轰炸的时候逃出去，在山中的窑洞里躲藏，红军战士们虽然看见了，但却没有人开枪。彭德怀表示，这种现象不算稀罕，以前在江西的时候，飞行员炸光了整个市镇，认为自己炸的是红军，其实却是炸了整批整批的民团和南京军队。

先锋部队在挺进期间拔除了不少位于李旺堡和马良湖的敌军阵地，尚未到达海源。如今红军深入回民区了，如果要再进入汉民区，要等进入到靖远[①]黄河流域才行。

我明日就会离开，回保安去。

整个中国所有的共产党员在之后的一个月内，都忙于一系列的军事调动，根本无暇将注意力转移到其他事情上去，红军一切主力在一片广大地区上会师，还是苏区史无前例的一次。我想，这里该为这位来自南方的第二次大行军的领导，做一个全面的介绍。在藏地冰雪中蛰伏了一个严冬之后，“中华全国”红

①靖远：应为泾源。

军总司令朱德，率领着二、四方面军倾巢出动，深入西北，其猛虎出闸的气势和势如破竹的成功，都在大家的意料之外。

关于朱德

孔夫子觉得名字是最重要的，和莎士比亚的想法不一样。至少，这对朱德来说是没错的。他的名字，英文里按照发音应该拼成 Ju Deh，念起来响亮得很。这名字由于文字奇异的谐音效果，如果用中文进行一番解释的话恰巧有“红色品德”的意思，对他来说异乎寻常地合适。他的父母在四川省仪陇县将他生下，为他命名时，如果能预料到这个名字日后将会拥有如此深远的政治意味，恐怕会吓得给他另取名的。

朱德在南方统领全军，面对敌人的五次围剿也不失赢面，打过的大小胜仗，没有几千也有几百，他在最后一次围剿中面对的敌人，所调动的力量不论是军事装备（重炮、飞机、武装部队）还是后备资源都是他自己部队的八九倍之多。即使无法定论他的成败胜负，对于他的战术，鬼才也不得不承认的确胜过了每一个被派来与他对战的将领。他在战术上出类拔萃的独创性、机动性和多样性，为中国革命化军队在游击战中战斗力的提升提供了不可低估的助力。红军在南方犯下的战略性错误应当由政治领导人负主要责任，但红军当时如果有旗鼓相当的条件与南京政府一战，毫无疑问会使敌军铩羽而归，即使是发生了这种错误也不能掩盖这一事实。

中国没有任何能与朱德率领大军长征相提并论的战略和战术手段，前文已经提过，这里不再赘述。他麾下的军队竟然能够忍受整整一个寒冬的藏边冰雪，仅靠吃牦牛肉挺过被围困的艰苦，仍旧维持着团结一心、众志成城的精神，这与他个人的领袖魅力和才能是大有关联的。换句话说，如果换成是蒋介石、白崇禧或者宋哲元，甚至是中国任意一位国民党将领，对我个人来说绝对想象不出，他们能够在这种环境中保全一支大军，并带着他们东山再起的。朱德的部下们在他的鼓舞下保持着那种为了伟大的革命事业能够牺牲自己的忠贞品格，如一把匕首一样切断了敌军为防止其突围，花费好几个月时间从容构建出的防线，又如一枚钢钉一样直插入敌军的防线中。这正是朱德在我骑着马在西北奔走时所做到的。

无怪乎他在中国民间被传得神乎其神：千里眼、顺风耳、呼风唤雨、御风飞行、刀枪不入——国民党那么多枪炮弹药都杀不死他，不是刀枪不入还能是什么？甚至有人觉得他能死而复生——国民党屡次宣布他的死亡，他不都活得好好的吗？有人把朱德当作威胁，有人觉得他是救命的活菩萨，但不论如何，朱德的大名对中国人而言都可谓是如雷贯耳，在这十年历史长河中始终熠熠生辉。

可实际上，朱德貌不惊人——这是大家异口同声的说法。他身量适中，一身肌肉结实得像钢铁，有双极大的黑眼睛(大家都说他“眼神慈蔼”)，总是很沉默，说起话来轻声细语，一副饱经风霜的样子。他已经五十几岁了，但我问具体的岁数，却没人能给出一个准确的答案——只有李长林笑嘻嘻地向我透露，他记忆中不论什么时候去问，朱德都会说自己五十六了。但这似乎是他开惯了的玩笑。据李长林分析，他已经不再记录自己的年纪了，就是从与夫人康克清结了婚开始的。这位夫人出身农村，做事麻利，体格挺粗壮的，身体也很壮实，有着男人般的大手大脚。她领导过游击队作战，枪法和骑术都很精妙，也很有勇气，曾经把受伤战士背在背上救回。

朱德还有一件天下闻名的事情，就是他对部下的爱重。他总是与部下同甘共苦，衣食住行一向与普通士兵同等规格，即使当了全军统帅后也没有改变，曾经有一个冬天他吃了整整一季的南瓜，另一个冬天又吃了一季的牦牛肉，但他也没有叫苦连天，连病也很少生。士兵们表示，朱德很喜欢到营地里来跟兄弟们联络感情，说说故事，打打篮球或乒乓球。在他们的军队里，朱德总是谦逊的，与别人说话时会脱下自己的帽子，任何一个人都可以直接向他反映事情——而且他们也常常这样向他告状。在长征途中，他绝大部分时间都在步行，并不是他没有坐骑，而是他把坐骑让给了其他走累了的同志。而他自己呢？他是感觉不出累的。

“要说他的特点，我觉得最根本的就是极度温和的性格。”他的妻子康克清在被要求谈到他的性格特点时就这么说了，“还有，他很负责任，不论对大事还是小事。此外，他很喜欢跟战士们打成一片，也喜欢跟他们谈心。

“朱德和兄弟们说话的时候，总是把话说得简单易懂。他不忙的时候就会去帮助那些农民，挑粮食下山、种庄稼什么的。他不挑食，像所有四川人那样嗜辣，身体很健壮。他虽然总是早晨五六点就起床了，可晚上会熬到十一二点才睡。

“运动和读书他都很喜欢，在书的种类选择上，他偏好政治类和经济类的书，读书的时候他会很仔细地拟定阅读计划。他并不像毛泽东那样幽默，与朋友谈天时却也会开些小玩笑，是个有趣的人。他在战争中是会大发雷霆的，但平日里脾气太好了，我们甚至没有拌过嘴。打仗时他总是冲锋在第一阵线，幸运的是从未受伤。”

他到达陕北的时候，我已经出发了，看来是无缘得见这位战神了。但有缘的是，朱德吸引了全世界作家的注意力，让我有机会得到了一些时新的采访资料。历经了“西安事变”，就有人去苏区对他们进行了访问。以上康克清女士的这番话，正是由第二个与中国红军领袖相见的外国人，也就是韦尔斯女士记录下来的。朱德也亲口对韦尔斯女士简述了他的自传，这为过去关于他的那些满是谬误的记录的修正提供了一个最好的范本。[①]里面并没有什么跌宕起伏、充满戏剧性的惊险情节，正如韦尔斯女士说的那样，“朱德觉得不能离开他的工作去谈论他这个人，这样的人是不会去写自传的。”不过，下面这一段是他亲口提供的翔实的亲身经历，价值仍然是珍贵的。

这是朱德口中自己的一生：

“我是在1886年四川仪陇县一个叫马鞍场的村子里出生的。我家是佃户，家里有二十口人，过得很穷困。为了糊口，我们

①这本书第一版中关于朱德的一节，虽然是根据我在西北时所搜集的材料，而且是朱德的同伴所供给的，可是其中仍然有许多错误和不准确的地方。幸蒙韦尔斯女士慨予合作，使得我在中译本里纠正这些错误，不胜欣幸。从这一个经验，更可证明，写作关于中国革命的复杂的生活，除了第一手的材料外，其他都不可靠，这一个规则，到底是对的。

租了二十亩地。六岁的时候我进了一个被人叫作丁财主的人开的私塾，他待我很苛刻，还要求我交学费。我吃住都在家里，为了上学每天要走一千五百多米路去上学，放了学还得挑水、放牛……干的都是些粗活。我在这私塾上了三年学。

“后来我们这个家实在是不堪重负了，就分了家。我去了大湾的伯父家，相当于被过继给他了。伯父对我就像亲生的一样，可以说他比我的生父对我还好许多，因为我的生父待我并不好。在这个家里，唯独我受了教育。他送我去上了六七年学，我一边念书，一边为了给家里帮忙干各式各样的活计。

“我考过科举，那是1905年的事情了。一年后我去了顺庆县的一个小学念书，然后还在那里念了半年中学。又过了一年，我去了成都，在体育学校念了一年书，之后我就回了家乡的县立小学教书。两年后，我又去了云南，因为我的志愿是参军，当时云南讲武堂在我的认知里是中国最进步的新式军校了，他们对学生的筛选是很严格的，我知道自己被录上之后，特别高兴。我在那里待到了辛亥革命发生才离开学校。

“我一向认为中国需要一个产业革命，所以向来是对现代科学秉持崇敬态度的。小时候听了织布匠和那些走街串巷的手艺人讲的太平天国的故事，我很是向往。后来，因为我有革命倾向，进了讲武堂没几周我就加入了孙中山的同盟会。

“又过了两年，我已经成了云南都督蔡锷麾下滇军当中的一名连长了。为了推翻清政府，我参加了革命。辛亥革命是那年十月十日，由武昌起义打响了第一炮，二十天后这炮火就烧到了云南。同年，我到四川去，打败了清朝总督赵尔丰，又在 1912 年 4 月和 5 月间返回云南。下半年我当上了学生队长，在讲武堂负责教战术课、野战术课、射击课和步枪实训课。

“1913年，我升了官成了营长，直到1915年都驻扎在法属印度支那边界。1915年又升格成团长，他们派我去四川打袁世凯。仗打了六个月，赢了，又把我升为第七师精锐第十三混成旅(后改为第七混成旅)的旅长，去了川南叙府泸州一带驻扎。我们打出了一些小名声，可是代价是在战争中损失惨重，半个旅都被歼灭了。我在长江流域驻扎的五年内一次又一次地与北京段祺瑞政府的反动军队作战。

“1920年底，那是蔡锷去世后的事了，我又去了云南打唐继尧。蔡锷对我的影响很大，因为1915年袁世凯阴谋称帝时，他是率先为保卫民国而战的青年领袖，可以说他的共和派思想是南方最进步的。

“我从1921年的9月开始就任云南省警察厅长，唐继尧在这时朝我攻来了，我带着一连人出逃，他追了我二十天。另一位同志也同样带了一连人预备与我会合，可他没我这么幸运，被唐继尧捉回去活活打死了。后来我走了一条路线到西康去，这正是1935年红军长征的路线。渡过金沙江后，我往四川去，先到嘉定又往重庆，是刘湘和杨森接待的我。这两个人后来当然都被红军打过，因为他们都是四川的军阀。1922年六月，我还跟他们一起看了龙舟盛会。当时刘湘并不想杀我，我的特殊战术已经小有名气，而且令人胆寒，他很惜才，想要在军中给我一个师长的位置，却被我婉拒了。因为当时我已决意去走一条新的革命道路，那就是加入共产党。这种机动性很强的游击战术是我吸收了在印度支那边界驻扎时打蛮子和土匪的经验琢磨出来的，后来被我用来对付反动派的军队，效果很好。我从跟部队逃兵和流窜匪徒对战的经历中汲取作战经验，加以学习，结合从书本和学校里学来的军事理论知识，化为己用。这是非常有价值的战术。

“我的特殊战术是这样形成的：由于我体格很好，吃住都和兄弟们一起，这就取得了他们充分的信任。不论大小战役，我总会在事先把地形勘探好，做好周密的作战计划。我总是能取得成功的原因，是我有足够的细心去处理一切事务，大小事务都愿意亲力亲为，总是带头领兵冲在第一线。而且，要从各个角度去详尽了解敌人的阵地，这是我所坚持的。除此之外，民众也很愿意帮助我，因为我总是与他们维持交好的状态。我从蔡锷那里学到了许多，他的滇军是由德国步枪武装起来的新式军队，而他本人是极擅战术指挥的。我从他身上学到，指挥战斗必须对政局有充分的了解，愈是清楚政治形势，战斗起来愈是胸有成竹，有底气和士气去迎战。除了这些东西，还得有丰富的作战经验，有能力掌握局面的人往往是仗打多了打出来的。

“辞别了刘湘，我沿长江顺流而下，去往上海。我是为了找共产党去的。这是中国的黑暗时期，各处都在军阀统治之下，我被这种沉重的气氛感染了，内心苦闷无比。

“当时我虽然在寻找共产党，心里对自己却并没有一个完整的规划，只有一股决心告诉我一定要与他们取得联系。但是其实那个时候，党才刚刚组织起来几个月，我之后才知道这件事。共产主义和布尔什维主义对我产生的吸引力和其他事件关系不大，主要是因为我阅读了俄国革命的相关书籍，除此之外我和他们唯一算得上相关的接触就是和法国留学生的一些谈话。以前的我把精力全部放在了保卫民国和实现孙中山的民主政治的斗争中，但驻军四川那段时间，我尽可能地搜罗世界大战和俄国革命的书来读，就为了对这种主义多一些了解，因为 1911 年的失败和后来的军阀混战实在令我心灰意冷。我这才认识到，中国革命必须像俄国一样彻底，才有成功的希望，于是我心里又有了新的希望。

“到了上海，我没有寻找到他们的踪迹，于是又北上前往北京。可在北京我也碰了一鼻子灰，于是又返回了上海。1922 年，我就像个陀螺一样在上海和北京来回奔走。北京让我觉得印象深刻的仅有国会的滑稽和腐败。不过另一方面，我在途中碰到的学生们搞的活动我认为挺好,也同其中一些学生同行了几段路。

“再次返回上海,我碰上了国民党领袖孙中山和胡汉民等人。孙中山是一个很有魅力的领袖，坚毅而诚恳，他希望在打陈炯明的事情上得到我的帮助，我没有同意，他又希望我能去美国，可我当时打定主意要亲眼看看世界大战的结果，于是就出发去德国研究军事学。我乘船去了欧洲，途径新加坡和马赛。我还去巴黎拍了张神气活现的照片：从埃菲尔铁塔上俯瞰巴黎全景。

“我在柏林碰见了周恩来(如今的红军军事委员会副主席)和其他的一些同志。谁能想到我是在柏林找到了中国共产党！那个时候是 1922 年 10 月，我立刻加入了他们。那年我大概有三十六岁了。

“我在那儿的一年里学了德语,到哥廷根的大学进修社会科学,并以此作为待在德国的掩护。在那里，我做了不少党的工作。1924 年，我们组织了国民党柏林支部。1925年，我出席了世界学生大会，我在那结交了不少国家的学生朋友，但由于涉及臧戈夫案被德国宪警拘捕了。我的第一次被捕经历长达二十八小时，后来我又在柏林因为参加共产党为声援五卅运动而召开的大会被捕了一次，长达三十小时，也是我一生中的最后一次。所以我为了革命坐牢的时间也就只有这么点了——五十八个小时。最终，我因为种种活动被驱逐出境了，我环游欧洲到了苏联，于1926年回国。

“我回了国，遵照党的命令，为领导军事运动从上海去往汉口，又去了四川万县。杨森与我关系不错，于是我就在他的军队里宣传起来，鼓动他们加入革命。这些人包括杨森在内，都是吴佩孚旧部，他们是反对国民党北伐的。但我花费了一些力气还是把他们收编成了国民革命军第二十军，政治部主任兼国民党党代表就是我本人，但我并未任军职。1927年时，我发现杨森态度依然暧昧，而他的军队也阳奉阴违，暗中与北方敌人来往，这时我得到消息，唐生智率领国民党军队去打杨森了，我就离开了万县，去往江西。

“我于1927年1月加入了朱培德的军队，当上了南昌军校校长兼南昌公安局长。直到我参与组织的八一南昌起义发生前，我都担任着这两个职位。起义后，他们把我推举成了三千多人组成的新九军的副军长，国民党第四军、第十一军和第二十军也参与其中。

“在那个时候，周恩来、贺龙、张国焘、刘伯承、林伯渠、林彪、徐特立、叶挺等革命同志与我一起工作，没有毛泽东是因为他当时不在南昌，我是之后才与他会面的。

“然后我就去了广东附近的东江，是作为革命军右翼司令率军队去的。叶挺和贺龙同志负责进攻潮洲和汕头，我则负责梅县。进攻集体失败后，我退回福建，又后撤至湘赣地区。第九军的弟兄只剩下了一千两百多人，还包括了从贺龙和叶挺部队退下来的一些散兵，其余大部分都在作战中牺牲了。

“接着，在1927年的湘南起义中，我们摇身一变成了‘工农革命军第一师’，第一次高举绘了锤子、镰刀和红星的红旗。当我在半年后到了井冈山地区的时候，队伍中已有一万人了。我在这里第一次见到了毛泽东，我们在井冈山下建立起了最初的革命根据地，回想起来，这是令人无比激动和振奋的。

“湘南起义前，毛泽东就已上了井冈山。他的兄弟毛泽覃是在我从广东撤军的时候被派来与我联系的，那是 1928 年前我们之间仅有的一次联络。后来在井冈山，为了保持大革命中我们的革命堡垒——国民党第四军的‘铁军’——的大名，我们俩把军队组合成了新‘第四军’，第四军的政治委员是毛泽东，军长则由我担当。在井冈山革命根据地战斗的半年间，我们击退了三次进攻。这时，彭德怀也率部往这边赶来了。1929 年，我与毛泽东为了建立苏维埃的长期战斗，率领部众去往赣湘闽粤，而让彭德怀留守。从此，我的生活就融入了红军的历史，成为它的一个部分了。

“我的个人问题，情况是这样的：加入共产党前我有两次婚姻，第一个妻子是师范学院的教员，她的思想很进步，是赞成革命的，现在已经过世了。与她结婚时我二十五岁，她十八岁，她为我生了一个儿子，不过如今下落不明。1935年长征时，我在报纸上读到了他的消息，当时他十八岁，为了活下去逃离了纳溪。我的第二个妻子如今还在世。第三个妻子伍若兰，是湘南起义时期与我同居的，后来她被湖南省主席何键俘虏杀害。如今的妻子康克清，是在 1928 年与我结的婚。

“那个流传在我身上的家财万贯的传说是假的。在云南我是有少量财产，我的妻子也有一些，但我在 1921 年逃走时，财产早就被唐继尧没收了。”

朱德平淡的自述就这样结束了。他朴素而简单的话语中，却隐藏了漫长而辉煌的、普通人难以想象的动人的人生经历——这是一个充满苦难、智慧、勇气、正义和牺牲的故事。这个故事为我们描述了一位英雄是如何为了全民族的自由和解放而牺牲了自己的财富、地位和私生活去斗争的。这段简单的自传在经过历史长河的洗刷后，将会为我们呈现出一个有血有肉的、跨时代的伟大人物。

朱德的一生与中国人民群众的命运难以分割。红军为何不屈不挠地奋斗，真正的缘由就在他的人生缩影里。在这里，我想要引用韦尔斯女士的一段话：

“年轻的红军，在旧的中国社会是前所未有的。对他们来说，朱德由于自身在清朝以来整个革命运动发展最缓慢和最根本的阶段的经历，成为联系历史和传统的媒介，是稳定的象征。他曾经在中国内地最落后的两个地方——四川和云南——生活。沿海地区风起云涌、瞬息万变，但这些变化传入内地时，必须行之有效才能真正在广袤的中国大地上扎根。不同于中国新军的其他日、俄、德留学归来的领袖，朱德是土生土长的，深植于中国内地的。这也使得他比其他人更容易获得兄弟们毫无保留的信任和敬重。对于各地民情、地势和风俗习惯，谁也没有他那样深的了解。

“朱德在中国第一批新式军校中学习过，又得到过共和派名将蔡锷指点。他在法属印度支那边界和川滇地区又得到了许多游击战的独特经验，为红军之后的战役做出了很大贡献。他在政治上，先是以同盟会会员的身份为民主政治而奋斗，又加入了国民党，最后完全是志愿追随了共产党，在 1922 年成为了中国资历最老的共产党员之一。他对共产党的坚定寻找，体现出他能够成为革命领袖的最基本的素质：坚定的目标，永不熄灭的热情。

“如果没有‘朱、毛’这两个孪生天才，我们无法想象中国共产主义运动的实际进程会怎样发展。对于不少中国人而言，他们两个人就是一体的。毛泽东是冷静的政治头脑，朱德则是热烈的心脏。共产党能一直牢牢把控住红军的发展脉络，朱德对‘文职’领导的忠诚和服从是原因之一。他那种毫无政治野心的心态，使得他能够冷静地接受命令和发布命令，这是他能领导革命军队的重要因素之一。朱、毛之间的联合并不是一种竞争，而是相辅相成的。

“难能可贵的性格，使朱德轻易地赢得了所有人的爱戴。我想，这种性格来源于他谦虚的品质，而谦虚又深深植根于他的性格之中。”

朱德并不是一个圣人。但在穷人——中国最广大的群众基础——之中，他深得人心。他为了中国人的自由高举解放的火炬，在那些与他并肩作战的同志们心中，他的名字永远鲜活，永不褪色。

第十篇

回到保安

- 路上的邂逅
- 保安的生活
- 俄国的影响
- 中国共产主义运动和共产国际
- 那个外国智囊
- 别了,红色中国

路上的邂逅

从宁夏南下就到了甘肃。我再次来到河连湾是在四五天后，与蔡畅和她的丈夫李富春会面，大家又吃了一顿法式料理，我还见到了一军团政治委员聂荣臻那位俏丽而年少的小妻子。她才刚从白区悄悄跑到了苏区，去探望她那五年未见过面的丈夫。

在河连湾的后勤部，我待了三天。这后勤部就设立在一个大院子里，原是属于回民粮商的。房子的建筑风格挺有意思，基本上是中亚细亚风格的：平坦而厚实的屋顶，阿拉伯风格的窗户深深嵌入约莫四英尺厚的墙上。我正牵着马往马厩去的时候，一个须发皆白的高个儿老人向我走过来，敬了个礼。他戴着顶红星军帽，穿着套有些褪色的灰制服，腰上系了条长得拖到了地面上的皮围裙，脸被太阳晒得黝黑，显出个无牙的笑容来。他不声不响地把我的马——这叫马鸿逵的家伙——牵了去。

我暗暗纳闷着，怎么咱们童子军的营房里，竟有这样一个老爷子？于是我停下脚步，从他口中得知了他身上的故事。这老爷子来自山西，是红军东征时参军的，姓李，今年六十四岁了，称自己是年纪最老的红军“战士”。他带着点歉意向我解释道，当时自己并不在前线，“我留下来，是因为杨指挥员觉着我在这儿看看马匹更能派上用场。”

参加红军之前的李，在山西省洪洞县是个肉贩子，他痛骂那位“模范省主席”阎锡山和他手下的地方官吏，以及他们制定的那些苛捐杂税。“在洪洞根本连买卖也没法做了，”他说道，“就连你拉出的屎，他们也有名头收税。”听说红军到了山西，老李就决定要去参军。妻子没了，两个女儿都嫁了人，他也没有儿子，在洪洞县除了他的肉铺生意以外，可以说是赤条条来去无牵挂；再说了，洪洞县是个“死人”聚集的地方，他想过一种有朝气的生活，于是这个冒险家就悄悄地出城，投奔红军来了。

“提出参军请求的时候，他们跟我说，‘你年纪这么大了，当红军可是要受苦的。’我呢？我说，‘这话不错。我身子虽然六十四了，可走起路来就是二十的小伙儿，开枪我也行，别人能干的我都行。你们需要人手，我也是个能当兵的人手。’所以他们就同意我来了。我加入了红军，一起过了山西，渡了黄河，现在人就在甘肃了。”

我笑着问，和卖肉比，他是不是更喜欢当红军？

“噢！龟儿子才去卖肉呢！当红军，当得值得。咱们穷人，组成军队为被压迫的人打仗，你说对不？我当然喜欢当红军。”那老爷子在胸口的兜儿里摸索半晌，掏出个脏兮兮的布包。他宝贝兮兮地把包打开，展示给我一个陈旧的小本子。“瞧瞧，”他得意地说，“你看这上头写的，是我认得的二百多个字，红军每天教我认四个新字。你说红军待人好不好？我在山西生活了六十四年，可没有谁来教我写名字呢！”他指着那些歪歪斜斜的字给我看，在我看来，就像是鸡爪子在地面上留下的泥污脚印，他还期期艾艾地给我念了新写上去的几句话。然后，好像迎来高潮的戏剧似的，他拿出个铅笔头，大笔一挥，给我写出了他的名字。

“我想，你也许还在考虑续弦吧？”我开了个不大高明的玩笑。他严肃起来，摇了摇头，说他妈的，马一匹一匹地进来，他哪里有工夫考虑个人问题。说完，他就慢条斯理地踱步过去照顾那些牲口去了。

第二天夜里，我又遇见了一个山西人。这人比李年轻了二十来岁，但一样叫我感兴趣。经过院子后的果园时，有个小鬼的叫喊声传进我的耳朵里，“礼拜堂！礼拜堂！”我奇怪极了，四处张望着寻找这声音在呼喊的对象。在一个山坡上，我看到一个男子在给另一个青年剃头，把他的脑袋剃得像个剥了皮的鸡蛋。我上去询问，才知道这男子叫贾河忠，以前在山西平阳的某个美国教会医院做药房里的工作。小鬼们叫他“礼拜堂”，是因为他信奉基督教，每天都做祷告。

贾河忠把裤腿拉起来，给我展示他腿上那个令他至今走起路来还有些跛的伤口，又拉起衣襟给我看他肚子上的另一个伤口。他把这些都当成是战争的纪念品，也因为这些“纪念品”，他没有上前线。给人剃头也不是他的工作，他真正的工作是药剂师，也是个红军战士。

贾河忠说，他有两个在教会医院的同事也同他一起参了军。临走前，他们和医院里一名叫李仁的美国医生讨论了他们的想法。这个中文名字叫李仁的医生是一位“好人，给那些穷苦人家治病，分文不收，从来也没看过他打压谁。”当贾河忠和他的同事们向他征求建议时，他对他们说：“你们去吧。听人们说，红军是真正正直的好军人，和别的军队不一样，如果你们能加入红军，跟他们一起打仗，应该是件让人高兴的事。”因此他们就去了。

“或许，这位李医生只是随便说说，想把你们打发走呢。”我故意说。

那剃头匠愤愤地否认了我的猜测。他说，李仁和他一直维持着很好的关系，他的为人是很高尚的。他要我去向李仁说——当然是在我有机会见到他的情况下——说他做了红军，活得很好，也很愉快，待革命结束了，他就会回到教会医院，回药房做他原本的工作。我有些不舍地离开了这个绰号叫“礼拜堂”的汉子，他不但是个好军人，也是个好剃头匠，更是个真正的基督徒。

顺便说一句，我发现红军之中不乏基督教徒和前基督教徒。甚至有些共产党领导人——最显著的例子当属周恩来——曾在国外的教会学校受过教育，有些人一度成为虔诚的基督徒。纳尔逊·傅，红军的军医队长，原本就来自江西一家教会医院。虽然他作为志愿者参加红军，也热情地拥护他们，但他并没有加入共产党，仍旧虔诚地信仰着他的宗教。

共产党在江西的苏区进行了“反神”的普及性宣传。一切教堂、寺庙和教会产业都被充公，而和尚、尼姑、牧师、神父和来自国外的传教士都被剥夺了作为公民的基本权利。可西北地区却对宗教施行的是容忍政策。事实上，做礼拜的自由是最基本的，外国教会的财产在此地都受到了保护，更有甚者，那些外逃的传教士都被请回去做他们的传教工作。共产党不但保留了他们推行反宗教宣传的权力，更坚信“反对做礼拜的自由”与“做礼拜的自由”一样，都是一种民主权利。

共产党为推行对教会实行的新政策，而加以利用的唯一一批外国人，是那些来自比利时的教士，他们在绥远地区可谓是名副其实的大地主。在某些地方，他们手中掌握着两万亩的地产，在长城定边附近还拥有约五千亩的地产。红军占领了定边后，这些比利时人的产业一边同苏区接壤，另一边是白军。红军并不打算没收这些比利时人的地产，只是与他们定了个特殊协定：他们保证保护教会财产安全不受侵犯，但教士们要允许他们动员那些在庄里种田的佃户组织抗日团体。这个奇异的协定当中还包含一条，是要求比利时人拍一份电报，送给法国勃鲁姆总理，为中国苏维埃政府祝贺人民阵线获得的胜利。

河连湾周边并不太平。这附近发生过不少民团袭击，在我到达前两天，附近一个村庄遭遇了洗劫。一队民团在天未亮时潜入，杀死了哨兵，悄悄潜入村里，在红军们睡觉的屋子外堆满了柴火，试图纵火。十几个红军战士努力从火场中逃生时，民团趁着他们被烟熏得睁不开双眼，开枪将他们打死，还缴了他们的械。之后，这批人又加入了另一队四百来号人的民团，从北向南侵入一个个村落，烧杀劫掠而去。他们当中的大多数成员都是国民党将领高桂滋麾下的。二十八军派了一个营去查找他们的下落，到了我离开的那天，二十八军的战士们才刚刚凯旋。

这场战斗就发生在距河连湾几里路的地方。据说白匪正跃跃欲试，准备攻打河连湾，一些农民在山里发现了民团的踪迹。红军根据他们的情报兵分三路，中路迎击匪徒，上下路左右包抄。红军凭着灵活的进攻策略大获全胜。虽然红军牺牲了十六名战士，但换来了民团四十几个人的死亡。双方都有不少人马挂彩，但民团显然损失更重，枪支弹药全数被缴，两名匪酋也被活捉。

我们正骑马回陕西的途中，遇见了这一营红军战士和他们的俘虏。各个村落都做足了阵仗欢迎他们，农民在路旁欢呼着，向凯旋的部队献上他们的谢意；农卫队举着他们的红缨枪致敬；少先队员们对着军队大声唱着红军歌曲；女同胞们送来了她们仅有的一点微薄的礼物——点心、热茶和水果，但他们的心意抹去了战士们面上疲惫的风霜，显出一点笑容来。他们年纪都不大，比前线的正规军队要年轻太多了，有些头上缠着渗血的绷带的小战士，我看着只有十四五岁。一个骑在马上、由两个队友搀扶着的半昏迷的少年，头上的绷带正中有块渗成了圆形的血迹。

这一队少年人身量还未长成，个子几乎只有他们的步枪那么高。在他们中间走着的是被俘虏的匪首，其中一个满脸大胡子，看着像个中年农民。我不知道他被这些个个都年轻得可以叫他爹的战士俘虏了，会不会觉得难为情。但他的神色并不畏惧，的确令我意外。我想他有可能只是个贫农，和其他人并没有什么不一样，或许在打仗时他自己也有些什么信仰，只是他马上就要被枪毙了，着实令人遗憾。我向胡金魁询问他的下场，他对我摇了摇头：

“民团俘虏我们是不会杀的。我们会给他们机会悔过，教育他们，他们之中许多人后来加入了红军，干得挺好的。”

总之，红军扫清了这些匪徒，是一件好事，因为这也为我们回保安的道路提供了一点太平。从甘肃边界回去，我们走了五天，第五天走了一百多里的路。路上虽然有种种见闻，却并没有发生什么大事。所以回去时我手中也没有什么战利品，只有买来的几个西瓜和甜瓜，不至于让我两手空空。

保安的生活

终于回到保安之后，我在外交部住下来，从九月底待到了十月中旬。在此期间，每天上午都会有一个新指挥员或苏维埃官员来接受访问，渐渐地，我收集来的材料已经足以编成一本《红色中国名人录》了。但我对离开的问题感到越来越不安：南京军队已大批地进入了陕甘，那些东北军与红军对垒之处已逐渐由红军掌握，这是由于蒋介石已做好了准备，要从南方和西方发动一场围剿。除非我马上离开，否则就有很大的可能性沦陷在这里：封锁线上的最后一个出口就要被堵死了。我无计可施，只能默默等待他们安排我动身，心里焦灼而不安。

保安这段时日的生活仍旧是平静如水的，你简直感觉不到这些人已经察觉自己即将被"剿灭"了。有个驻扎在我住处附近的新兵教导团，从早到晚地在操场上练习走正步，不然就是打球唱歌，有时候晚上还演演戏。每个夜晚城里都流动着嘹亮的歌声，从营房或窑洞里的战士们那里流出，向山脚下高亢地流去。在红军学校里，那些学员们发了狠地学习，一天学十个小时也不休息。而城中开展了新的群众教育运动，就连外交部里的小鬼头也没有时间玩闹，生活被文化课、地理课和政治课塞满。

而我呢？我过着惬意的生活，惬意地骑马，惬意地游泳，惬意地打网球。这儿有两个球场，其中一个在红军学校附近的草地上，那些草被绵羊和山羊们啃得又短又硬；而另一个在西北苏维埃政府主席、瘦高的博古家旁边。每天早晨，太阳才刚刚从山坡上冒头的时候，我就在这儿跟德国人李德、政委蔡树藩和政委伍修权打球，他们是红军大学的教员。球场里到处都是小石子的陷阱，这就令我们救球时身边充满了危机，不过我们仍然能把比赛打得很激烈。李德这人的中文糟透了，所以蔡树藩和伍修权与李德说俄文，我与李德说英文，与蔡伍两人说中文，于是这又变成了一场三国语言的比赛。

我对当地人造成的更糟糕的影响，是我的小小兴趣带来的——一个赌博俱乐部。事情是这样发生的，我身上带着一副扑克牌，但一直没有拿出来过。有一天我心血来潮，用来教蔡树藩打“勒美”[1]。蔡树藩虽然在战争中失去了一条手臂，但无论是打球还是打牌，他都是个中好手。学会了“勒美”后，他不费吹灰之力就用他的独手打败了我。一时间，“勒美”甚至成了一种时尚，就连女同胞们也迷上了这个游戏，偷偷到外交部来加入我的赌博俱乐部。我屋里的土炕，一下子成了保安上层人物聚会的沙龙。环顾四周，你会吃惊地发现这烛光下竟然汇集了周恩来夫人、博古夫人、凯丰夫人和邓发夫人，甚至还有毛夫人，这就引发了一些流言。

但对苏区真正的道德威胁是在保安的诸位连扑克牌也学会了之后才发生的。罪恶的源头从我们四个打网球的球友开始。起

①勒美：Rummy，纸牌游戏中的一大类，看谁能最快把牌出完的游戏。

初是每天晚上，我们轮流在李德和我的住处打牌，后来我们把博古、李克农、凯丰和洛甫这群体面人统统拖了下水，赌注也变得越来越大，最后博古主席一晚上就输给了独臂将军蔡树藩整整十二万元。我们都说看来博古唯一的出路就是盗用公款了。在我们的仲裁之下，这个问题得到了解决。我们允许博古从国库中取出十二万还给蔡树藩，但蔡树藩要用这笔钱为苏维埃空军——也就是尚不存在的军队——购置飞机。反正呢，筹码都是用火柴梗做的，谁也没有损失。只是遗憾的是，蔡树藩买的飞机，其实也是个火柴梗。

说到蔡树藩这位独臂将军，是怎么样也说不够的。他是个极可爱、极风趣的英俊青年，为人机灵、易冲动，却善于言辞，常用妙趣横生的俏皮话把人哄得开开心心。他在湖南当铁路工时就加入了共产党，至今已有十年了。后来他花了两三年时间到莫斯科去学习，竟在学习之余还挤出时间来与一位俄国女郎恋爱结婚。有时候，他会愁眉苦脸地看着那条空的袖子叹气，想象着妻子看见这条空袖子时的样子和态度，最怕的是她直接提出离婚。“这都是小事，”同在俄国留过学的伍修权这么开解他。“你再见到她的时候，命根子还没被打掉，就是你的运气了！”话虽如此，蔡树藩还是再三请求我回白区后给他寄条假肢过来。

寄东西进去，不过是我听到的那些办不到的请求当中比较普通的一例，更难办的不在少数：陆定一希望我能把共产党照片的售卖所得拿来为他们购置飞机，最好还能配备武装和人员；徐海东因为坠入情网，在意起外表来了，要求我给他弄来一对假牙填上嘴里的缺口。这儿人人都害了牙病，也许和多年没有看过牙医有关。尽管这儿的大多数人都受着病痛折磨，较多的是因为饮食导致的胃溃疡或者其他肠胃上的问题，但你绝不会从他们口中听到一句诉苦，那种坚韧隐忍的精神，是值得我钦佩的。

对我而言，这饮食居然没有造成体重上升之外的任何问题。千篇一律的伙食或许使我生厌，但并不妨碍我狼吞虎咽地享用它们，有时我的大食量还会让自己有些尴尬。他们对我的饮食有特别优待，给我吃的馒头是用全麸面粉做的，烤过之后吃起来很香，有时我也能吃到烤羊肉串或猪肉串。除了这些之外，我的主食就是小米——煮小米、烤小米和炒小米，想换个花样的时候就倒过来，变成轮流吃炒小米、烤小米和煮小米。搭配小米的则是大量的白菜，还有青豆、大葱和辣椒。我吃着小米，脑子里怀念着咖啡、黄油、白糖、牛奶和鸡蛋等许多熟悉的美味，可嘴里还是继续吃着小米。

这天，图书馆到了一批《字林西报》，我在上面看到了一个简单易操作的巧克力蛋糕食谱。我想，只要拿到一些可可粉，再拿猪油做黄油的代替品的话，是可以把这蛋糕做出来的。我知道博古家有罐珍藏的可可，因此就请李克农帮忙，替我写了一份正式的申请，请求中华苏维埃共和国西北区政府主席为我提供二两可可粉。经过几天的繁复手续和对官僚主义的斗争，这这那那，诸如此类的耽搁，我的厨艺甚至还遭受了诽谤和怀疑，之后我们才从博古手中抢来了二两珍贵的可可，又从粮食合作社弄来了其他的食材。万事俱备，正待我开工的时候，我的警卫员跑进来说要了解了解情况，一下子就不小心把这珍贵的可可打翻了。又经过了一番繁复的申请手续，我才再次凑齐了需要的所有食材，开始了这次伟大的尝试。任何一个有脑子的家庭主妇都能预见到这次尝试最后的结果——我那个临时搭建起来的烤箱没法正常运转，蛋糕胚没有发起来。而当我把蛋糕胚取出来时，它的底部已经烧成了焦炭，顶上仍然黏糊糊的。虽然如此，外交部那些好奇的旁观者们还是瓜分了这个失败的作品：毕竟里面添加了太多珍贵的食材，浪费太可惜了。我丢了这么大的脸，也只好回去乖乖地吃我的各种小米去了。

李德为了安慰我，说要请我去吃顿“西餐”。也不知道为什么，他就有办法弄到大米和鸡蛋。又因为他的德国血统，就非要自己做德国香肠吃。在保安大街上，那个挂着一串串德国大香肠的门户就是他的家门。根据他的说法，那些是他过冬的存货。不仅如此，他还砌了个小炉灶，教他的江西妻子烘烤香肠的技巧。他让我看看他是怎么做这顿饭的，做法虽然比较粗糙，但材料却很齐全。粮食合作社（由他们负责我们的伙食）只是不明白做法罢了。合作社的掌勺师傅是红军指挥员罗炳辉的夫人（她也是长征途中唯一一位裹着脚的女性），我寻思着，大概李德的鸡蛋和白糖就是通过他夫人与她的交情弄来的。

李德并不单单是一位好厨子，也不止是个扑克高手。这个神秘的人物，在中国苏区究竟起到了什么样的作用呢？在国民党将领罗卓英的口中，他是中国共产党的“智囊”，这是他读过李德遗落在江西的一些著作后得出的结论。这结论放在李德身上是否过誉？李德与苏俄之间又是什么样的关系？俄国对红色中国的各种事务究竟起到了多大的作用和影响呢？

俄国的影响

本书写出来的主要目的，并不在于考察中国共产党与俄国共产党，抑或者是共产国际，抑或者是整个苏联之间的关系。在我的书里，并没有足够的背景材料去完成这样一个考察。可是如果对这其中的种种关联，和这种关联对中国革命的影响避而不谈，我想，对于这本书的内容是会形成某种缺憾的。

在过去的十几年间，俄国显而易见地在中国人民对于自己国家的经济、社会、政治和文化问题的思考上起到了决定性的影响，尤其是对于那些年轻的知识分子来说，它也是独一无二的，占主导地位的外来影响。这一点，在苏区是无可质询的事实，尽管在白区并没有得到承认，但事实也同样如此。全中国所有怀有确切政治理念的青年身上都闪烁着马克思主义的光辉，这种意识形态不仅是哲学上的，更是作为宗教的代替品在中国青年的思想上传播开去。在他们之间，列宁是值得崇拜的，斯大林是值得爱戴的，社会主义更是必将在中国大地上生根发芽，俄罗斯文学拥有最多的簇拥者——具体可见的例子是高尔基作品的销路胜过除鲁迅以外的一切本国作家的作品。当然了，鲁迅本人就是一个伟大的社会革命家呀。

这种种迹象都应该引起我们的主意，特别是引发这种现象的原因。不论是英美法，还是德日意，或者是其他资本主义国家和帝国主义国家，都曾派来成千上万名教会工作者来到中国，向中国的人民群众宣传政治、经济或文化上的种种信条。可这么多年以来，俄国并没有在中国任何一处设立学校或教堂，甚至没有举行过一场辩论会来宣传马克思列宁主义理论。可以说，在苏区之外，他们的思想传播影响是微乎其微的，更不用说在国民党的强烈抵制下能起到多少作用了。然而在这十年间，凡是对中国社会有些微了解的人，都无法笃定地否认马克思主义、俄国革命和苏联所取得的成果，对于整个中国的人民群众产生了多么深刻而显著的精神上的影响，我想，或许比所有基督教和资产阶级者的影响来得都要大吧。

事实与那些始终不忘妖魔化共产国际的人的想法恰恰相反，即使是在红区，俄国在思想上的影响力远远大于直接参与中国苏维埃运动的发展的影响力。我们必须要明白的一点是，中国共产党完全是出于自愿同苏联团结起来的，也是心甘情愿地加入共产国际的。对他们而言，苏联最有力的帮助是作为一个成功的榜样树立在人们心中，让他们产生希望和信念。这希望和信念就像是烈火和熔炉，使得中国人在千锤百炼下团结起来，锻炼出深藏在他们内心如钢铁般的英勇，那是曾经许多人认为根本不存在于中国人心中的英勇。中国的共产党员心中坚信，中国的革命并不是孤独的，在俄国，在全世界，成千上万的工人都在注视着这场斗争，都在效仿着他们的努力，就像中国人民对俄国的效仿一样。在马克思和恩格斯的那个时代，“工人无祖国”或许是全社会的共识，但在当下，这些中国共产党党员们明白，他们不仅拥有这块小小的无产阶级革命根据地，更将拥有一个像苏联一样强大的祖国。这样的未来，就是他们革命热情的源泉。

“中华苏维埃政府，宣布它愿意与国际无产阶级和一切被压迫民族结成革命统一战线，宣布无产阶级专政的国家苏联是它的忠实盟友。”这是在中华全国苏维埃第一次代表大会上通过的宪法宣布的。无论在地理上、经济上还是政治上，中国的苏区绝大多数时候可以说是完全与世隔绝的。以上所引用的这一句话究竟有多么重大的意义，对于一个从未接触过中国共产党人的西方人而言，是难以了解的。

可我呢？我不仅耳闻，而且目睹，更加深深地体会到了。这种背后依托着一位强大盟友的思想理论，对于中国共产党的士气的重要意义可以放在首位，哪怕他们越来越缺乏苏联的积极支援来证实这一点。他们的斗争，具有与宗教归一思想共通的性质，这是他们所珍视和热爱的。那些“联合起来吧，全世界的无产者”和“世界革命万岁”的口号，在他们口中高呼着的同时也深深地贯彻在他们的信念中，贯彻在他们的思想中。也是在这些口号中，一遍遍重申着他们对社会主义世界大同的理想，是真挚的，更是忠诚的。

这样的思想观念早已表现出它们的力量。我想，它们是可以改变中国人一贯的行为和作风的。共产党对我的态度从未显示出任何“排外主义”，诚然，他们对帝国主义是持反对态度的，我作为一个来自欧美国家的资本家，置身于这群无产阶级者之中如果感到不自在也是很正常的，但也不会比一个中国地主或是上海买办更不自在。种族歧视在这片土地上似乎已经上升到了阶级对抗的高度，并不拘泥于国籍。甚至连抗日宣传也并不是建立在种族基础上去反对日本人的。共产党一直强调他们反对的对象并非平民，相反，日本人民是他们反对日本军阀、资本家和其他“法西斯压迫者”的潜在盟友。共产党的确从这种思想中获得了很大的鼓舞。这种对抗已经从民族偏见上升到了更高的水平，我想，在很大程度上可以归功于中国共产党中的许多领导人在俄国受到的教育。这些人回到祖国之后，就成了本国人民的导师，他们或者来自中山大学，或者来自东方劳动大学，或者来自红军学院，或者是一些培养国际共产主义运动干部的其他学校。

可以证明他们具有国际主义精神的一件事是，他们非常关心西班牙内战。报纸上发表的公报就张贴在村苏维埃的会议室里，也会有人负责向前线部队宣读。政治部对这场内战的起因和其意义做了专门的分析和报道，还把西班牙的“人民阵线”和中国的“统一战线”做了详细的对比。此外，他们为了鼓励大家对此进行讨论，还举行了各种各样的群众会议。令人惊讶的是，就算是在穷乡僻壤，你也会听说有农民知道意大利征服阿比西尼亚和德、意“侵略”西班牙，诸如此类的事件。有见解的农民还会评述一下，说这两个国家是敌国日本的“法西斯同盟国”！虽然地域上与世隔绝，但这些乡巴佬们还是可以通过无线电、墙报和共产党的宣传，了解大洋彼岸的政治情况。

共产党是一个讲究严格的纪律的组织，我想，这是共产主义思想本身导致的。在中国的马克思主义者看来，这貌似已经在群众中形成了某种层面上的通力合作和对个人主义的压制。对于一般意义上的“中国通”和那些死硬派，或是自认为懂得中国人的外国传教士来说，这一点恐怕会令他们跌破眼镜。中国的马克思主义者认为，个人是不重要的，只是社会群体当中的一份子，必须服从集体的意志。如果要领导群众，就必须做到这一点；如果要成为物质的生产者，更要本能地遵从这一点。当然了，这也在共产党人之间形成过争执和讨论，但都不会动摇党或军队的根本。这种“非中国式”的团结一致的现象，其实是阶级争夺观念下的新产物，在这样的斗争中，只有最团结、最坚定和最热忱的那一股力量，才能够取得最终的胜利果实。如果这种精神还不能解释他们的胜利的话，至少能够解释他们为什么能够幸免于难。

如果南京有能力将其军事或政治力量分裂成为一种互相对立的、相互打内战的派系，无论何时何地，就如同它们对其他一切反对派的态度那样，或者如同蒋介石对自己在国民党当中的竞争对手那样，我想，他们完成剿灭共产党的目标的可能性就非常大了。可南京屡战屡败。好些年前，南京就打算利用斯大林和托洛茨基之间的国际斗争作为分裂中国共产党的媒介，可成效甚微，中国“托洛茨基派”只博得了一个过街老鼠的臭名声。这是那些立场摇摆的投机分子加入蓝衣社后将自己的老战友出卖给警察局的结果。况且，他们也没有足够的群众基础，他们拥有些什么呢？有的只不过是一群乌合之众。那样的人对于共产党是无法造成威胁和破坏的。

共产党与中国人传统观念上最大的区别就是，他们敢于抛弃一些被视为封建糟粕的传统礼节。不论是《王宝钏》的中国作者还是爱丽丝·蒂斯达尔·荷巴特，都绝对写不出一本能描绘出他们实际情况的书。他们的思维太过直接和单纯，理解不了含蓄而古老的中国式旧哲学。而且最难以让他们对这种哲学产生共鸣的是，他们早已摒弃了这一类传统观念。[①]与他们待在一块儿，总是让我感到仿佛与同类待在一块儿时的舒适。顺带一提，我的出现或许在某种意义上在他们心里也是很重要的，因为他们能把我的到来作为共产党那些运动具备“国际主义性质”的一项证据，向全世界的怀疑者加以展示。

对于苏联的无条件信任和崇拜，让他们产生了某种程度上对外国制度、思想和组织的参考和模仿。例如中国红军的建立参考了俄国军事方针，其战术拟定也借鉴了俄国的战斗方法，而布尔什维主义当中的某些规矩，也体现在了他们的社会组织当中。这种崇拜也体现在文化层面：许多在苏区脍炙人口的共产党歌曲来源于作曲家们对俄国音乐的艺术加工，而从俄语直接音译成为中文的词汇也不在少数。

但借鉴中如果没有根据自身情况加以改动是不可能的。俄国的思想制度不可能不经过大刀阔斧的改动就在一个国情不同的社会中生存下来。在长达十年的实践中，有不少没有考虑到实际情况就贸然采用的方法被社会现实所淘汰，这样的情况也使得苏维埃的各项国策都“中国化”了。同样地，对于中国的资产阶级而言，对西方制度的模仿借鉴也在悄悄蔓延，就连那些被中国人视为封建时期文化遗产的古诗——也就是被斯宾格勒[②]称为“伟大历史的废料”的玩意儿——当中也很少有什么宝贵成分能够应付一个不论是社会主义的还是资本主义的国家，在成

①这里我不是指全体农民群众，而是指共产主义的先锋队。

②斯宾格勒（1880～1936）德国哲学家。——译者注

立初期千奇百怪的建设需求。如果把旧中国比喻为一个子宫，同时孕育了两个卵细胞，而且它们“受精”的对象都来自外国。例如，共产党依照俄国的多种方法去组织动员那些进步青年，可蒋介石总司令不仅用意大利的轰炸机来粉碎他们，还效仿基督教徒团体来破坏他们的共产党运动。

最后必须提到的是，中国共产党的政治理论、思想策略、领导方针都是和共产国际的指导密不可分的，这是毋庸置疑的。换句话说，如果没有这详细而具体的指挥，共产国际早在过去十年间就沦为了俄国共产党的一个分局。这也就意味着，无论结果好坏，中国共产党早已像这世界上每一个国家的共产党一样，从属于斯大林独裁统治之下的苏俄的战略需求。

有了共产国际的领导和在俄国革命中汲取的经验，中国共产党无疑是受益者。但有利也有弊，中国共产党人在曲折前进的过程中遭到的各种挫折难免有共产国际的原因。

中国共产主义运动和共产国际

如果我们将1923到1937年这十四年间的中俄关系史做一个简单的划分，大约可以分为三个阶段。第一阶段是从1923年到1927年，在这一阶段，苏联是国民革命派的同盟。所谓的“国民革命派”，就是由中国共产党和国民党联合起来的同床异梦的合作联盟，其目的是推翻当时的封建王朝，也推翻外国政治势力在中国的巨大影响，实现中国的独立。这场轰轰烈烈的革命，以右翼国民党的胜利，成立南京政府，同帝国主义达成妥协，而悄无声息地告一段落。

第二阶段则是从 1927 年到 1933 年，俄国完全地与中国和南京绝交，直到 1933 年底莫斯科恢复与南京政府的外交关系才结束了这一情况。第三个时期，南京政府与莫斯科维持着一种不温不火的关系，而在南京，国共之间激烈的内战又为这种关系增添了一丝尴尬，这种关系持续到了 1937 年初，才在国共第二次合作的基础之上划下了一个戏剧性的句号。这第二次国共合作，为中俄两国的交往关系提供了一种全新的方向和可能。但我在红军当中走访期间，发现国民党对于共产党的示好视若无睹，这事暂且按下不表。

以上提到的三个阶段，形成了一条清晰的发展脉络，反映出共产国际近年来性质上的变化，以及它是如何从一个国际煽动组织过渡成为苏联国家政策的利用工具的过程。共产国际和苏联之间的关系变化，涉及种种国内外因素的辩证影响，如果要一一道来是很困难的，不过在这个版块简略地解释一下这些变化对中国革命的具体影响，中国革命又是怎样反过来影响共产国际的，却再合适不过了。

任凭哪一位对此有过涉猎的人都清楚的一点是，中国革命遇到的危机恰巧与俄国内部和共产国际内部的危机发生在同一个时间点上，也就是 1927 年，后者的危机表现为斯大林主义与托洛茨基主义之间对于世界革命力量控制权的斗争。假设斯大林没有养精蓄锐，直到1924年才提出他的“在一国建设社会主义”的口号，如果这个问题早在之前就有了定论，他也有足够的能力支配共产国际的话，那么对中国的“干涉”有极大的可能性不会发生。然而，对于过去的推测对于现在而言毫无意义，在斯大林决定为他的思想浴血奋战的那一刻，早已为中国路线埋下了伏笔。

1926年以前，主要是由当时的共产国际主席季诺维也夫负责指导中国国民革命各个方面的配合工作，无论是军事、政治、财政还是文化方面，都受到了托洛茨基的影响，而当时斯大林一派还没有足够的力量击败托洛茨基的“不断革命”理论。可到了1926年初，情况改变了，斯大林接手了苏联共产党和共产国际的事务，他也借机将这两个组织牢牢地控制在了自己的手中，这件事任何人都无法否认。

也正因为如此，从1926到1927年初，也就是合作破裂的悲剧发生的期间，共产国际是在斯大林的领导下给予中国共产党策略路线和“指示”的。在这短短的几个月里，政局瞬息万变。当中国共产党人由于无可挽回的分化，在强大的反革命力量面前苦苦支撑的时候，斯大林的方针也遭到了托洛茨基、季诺维也夫和加米涅夫一派的猛烈攻击。季诺维也夫作为共产国际主席时，曾经是非常支持国共建立合作关系的，可如今他的想法却反了过来。尤其是蒋介石在广州发动了他的第一次“叛变”却未取得他想要的结果后，季诺维也夫就预言他的“叛变”必将引发反革命运动，帝国主义迟早会等到民族资产阶级不惜出卖群众的妥协。

季诺维也夫在蒋第二次政变成功前至少一年期间，就开始提出共产党人应当脱离国民党这一思路。在他的想法中，国民党已经无法与共产党一心完成革命的主目的——即反帝和反封建了。而托洛茨基也表示，应当成立苏维埃和独立的中国红军。总而言之，他们这一派早已发出警告，若按照斯大林的路线继续往下走，"资产阶级革命"必将失败，而事实也的确如此。

可我们有充分理由相信，如果中国共产党就这样轻易采纳了反对派的意见，并在此基础上早早地采取激进政策，之后有可能导致更加可怕的悲剧性后果。诚然，托洛茨基的理论批评就如同以往那样一针见血，他的意见也充分联系了革命的实际情况，但遗憾的是，这种联系并不足够翔实。在这一时期，托洛茨基的大部分言论都被《中国革命问题》一书一一收录，根据书中掉以轻心、并未考虑中国社会客观限制情况的理论来看，如果早早采取他的方案，而不是采用共产国际的方案的话，只会雪上加霜罢了。

即使是在大失败中为自己说话时，斯大林也不忘嘲讽托洛茨基的论点，认为这毋庸置疑与马克思主义毫无干系：

> 根据加米涅夫同志的发言，是共产国际的政策造成了中国革命失败的，说我们"在中国孕育了卡芬雅克们"……一个政党的策略难道可以取消或改变阶级力量的对比吗？对于那些忘掉革命时期阶级力量对比的人，那些想要用一个政党的策略来解释一切的人，我们还能说些什么？只能对他们说一句话——他们抛弃了马克思主义。

可事实是，但凡一个立场公正又研究过这个事情情况的人，都能凭良心得出这么一个结论：托洛茨基派不仅低估了中国革命客观形势对于共产党的不利情况，还夸大了共产国际错误的严重性。要说他们关心中国未来的命运，还不如说他们只关心如何利用共产国际在战略上的失误攻击斯大林。反正，这攻击也没有起到什么效果，整体而言，党并没有相信斯大林是个无能鼠辈。中国革命的失败和巴伐利亚与匈牙利共产党政权的毁灭，以及共产国际在东方各国渐渐破灭的信誉，都使得党倾向于将共产主义建设转向国内，而不愿再向外播撒他们的火种。托洛茨基输了，胜者是斯大林——况且，要是我们相信莫斯科审判时托洛茨基提出的证据的话，早就干出破坏铁路的事情去了。

斯大林的胜利直接导致了五年计划通过，共产国际在这件事发生后所产生的最重大的改变是，促进世界革命的计划被暂时搁置了，而将革命热情集中在苏联内部的社会主义建设上。共产国际降级成为苏联的一个机构，而非曾经不断在国际上造成种种影响的支配力量。它成了为社会主义建设进行美好构想宣传的广告机构，其主要任务也从用暴力或者用积极干涉来制造革命的先锋军，变成了用榜样促进革命。作为“世界革命根据地”的苏联需要稳定的和平，共产国际便是在全世界范围内为其宣传和平的喉舌。

斯大林和托洛茨基之间的争辩，在此无须赘述。

重要的是战争的结果：斯大林赢了。共产国际在中国之后的种种行为，都由他的政策支配。这种活动，在1927年后的某段时期发生的频率近乎为零。建立在中国的那些俄国机构纷纷被封闭了，那些在中国活动而没有被驱逐出境的俄国共产党人则惨遭灭顶之灾，来自俄国的军事支援、财政支援都中断了。这对于中国共产党来说无疑是雪上加霜，他们的情况也陷入了一片混乱，甚至与共产国际失去了联络。可就在这种情况下，在中国人的自发组织下，苏维埃运动和中国红军开始成型了，事实上，他们一开始就并未得到俄国认同，是直到第六次代表大会时才得到了共产国际的认可。

从此以后，共产国际在中国革命中的作用被放大了。确实，部分机构悄悄地恢复了，也确实派遣代表到某些大城市去寻觅共产党成员；俄国也开始接收中国留学生，任由他们秘密返回国内发展革命事业；更不用提少量的经济援助。可事实上，俄国无法同中国红色区域建立任何真正的实质上的联系，这是受制于中国红区的地理位置——完全没有港口，又受到敌军的包围。曾经中国有数以百计的共产国际成员，如今却只剩下三三两两的工作人员在中国境内冒险偷生，几乎过着与世隔绝的生活。曾经有数百万元的资金被大笔大笔地送入蒋介石的国民党手中，如今共产党能得到的资助不过是可怜巴巴的一两千元。曾经在大革命时期有整个苏联支撑，如今的共产国际已不复当年盛况，只能像一个继子一样如履薄冰地行动，稍有不慎还有可能丢失他宝贵的继承权。

莫斯科和共产国际在这十年间对中国共产党究竟提供了多少实际的经济援助？非常少。在南京政府作为共产国际远东首席代理人的牛兰夫妇于 1932 年在上海被捕时，警方所掌握的证据表明，其组织对东方国家（不局限于中国）的总花销至多不超出月均一万五千美元。这笔钱不论是与流入中国进行基督教传播宣传的款项，还是与进行亲日和法西斯宣传的款项比较，都可以说是少得可怜了。即使是同美国在 1933 年慷慨解囊为南京政府提供的五千万美元贷款相比，也是微乎其微的，而据国外官的说法，这一笔贷款对蒋介石发动反共内战具有决定性的助攻效果。

美英德意四国都为南京政府提供了诸如飞机、坦克、枪支、大炮此类的买卖资源，以便将苏区夷为平地。当然了，他们并不愿意为共产党提供这样的机会。美军甚至还向国民政府出借高级军官，期望他们能训练出高质量空军，结果可谓是卓有成效，不少红区城镇都被空袭摧毁了。而德意两国的军官亲自领兵造成了几次破坏力很强的空袭轰炸——和他们在西班牙的做法如出一辙。除此之外，纳粹德国派出了他们最精明能干的将军冯·西克特为蒋介石提供军事支援，还允许他带领一大批普鲁士军官改良南京政府的围剿战术。这些事情可谓是众所周知，因此在这种强烈的对比之下，再夸大什么俄国对中国的支持，就完全是昧着良心胡说了。与此相反，蒋介石在这十年内显然得到了外国愿意为他而不是共产党提供的各种类型援助的支持。

我想，任何一位外国军事专家都无法否认，中国共产党在战争中得到的国外援助，比中国近代史上任何一支军队所得到的，都要微薄许多。

那个外国智囊

中国红军成立初期那五年，他们连个外国顾问都没有。可恰恰就是在这几年里，红军竟然开辟了苏区，成功开展了一项有组织有纪律的革命运动，击溃了敌人的斗志，甚至解除了他们的武装，并借此机会不断稳固了自己的力量。而唯一一位曾经与中国红军并肩作战的德国顾问李德，是到了1933年才在苏区出现，并为红军提供政治上和军事上的帮助的。

李德是靠偷渡手段进入红军前线的。他躲在一条小船里，靠着草席遮盖，经过了六天六夜的不眠之旅，才到达了江西苏区的中心城市瑞金。在他到达之前，共产党和共产国际只能靠着无线电和不定期的信使交流。除他之外，他们在上海还有一个共产国际指导的顾问委员会，这对于共产党获悉敌人动向是一件很大的意外之喜。这个组织能起到的作用显然会比蒋所能够在苏区建立的间谍组织要大得多。

但这个顾问委员会和李德，都要为江西的红色共和国后期的两个大失误负一定的责任。根据毛泽东指出，第一个失误发生在1933年秋，十九路军在起义反宁时，没能够同红军联合作战。十九路军由蔡廷锴、蒋光鼐指挥，在1932年，这支军队坚持保卫上海抵挡日军的进攻，毫无疑问，他们的行为显现出了强烈的抗日性质。蒋介石和何应钦同日本谈判了丧权辱国的塘沽协定，激起了他们的血性，于是被调到福建后他们便要求成立民主共和国和摧毁蒋在军事上的独裁专制。这支军队不仅向红军抛出了停战的橄榄枝（南京政府为阻止其抗日，调派其至福建攻打共产党），还大胆提议两军应当作为抗日同盟携手建立统一战线。

这一提议对于苏维埃政府和红军的大部分领导人而言，是非常可取的。于是他们也做好了同这支叛军组成联合政府，将己方主力调至福建，从侧翼向南京部队发起猛攻的准备，同时打算为十九路军提供充分的军事和政治支持。可就在这时，共产国际不知为何，竟通过其设立于上海的顾问委员会对这一提议提出了相反的意见。可能是由于当时俄国正准备与南京政府重修旧好，对于这一反对决策的提出，托洛茨基派给出的理由是：莫斯科反对扩大内战规模，红军和南京政府联合抗日仍然有希望达成，如果在此时煽动叛乱，是不明智的。尤其是如果红军控制了一个海港，就会顺理成章地期望俄国为其提供物资，对此共产国际并不乐见其成。然而，这些看法根本站不住脚。

总之，无论如何，结果红军与十九路军不但没有达成合作，反而让蒋介石钻了空子。红军主力后撤至江西的西边后，国民军队便没了顾忌，如猛虎下山一般直扑福建，迅速地镇压了叛军。十九路军被歼灭，使得红军失去了他们最强劲有力的潜在同盟，更为蒋介石摧毁南方苏区提供了极大的便利。

第二个失误是在南京第五次围剿行动中的战术防御失误。之前的围剿中，红军总是能够依靠他们打游击战的灵活优势和他们军队的强大向心力进行奇袭，从蒋的手中夺取战斗的主动权。

换句话说，阵地战和正规战在他们的作战计划中，向来是次要的。可李德坚持在第五次围剿中应当改变己方战术，在他拟定的作战方案中，阵地战是这个大规模防御计划的核心，游击战则是附属任务。他在共产党军事委员会的一致反对下一意孤行，强行通过了自己的作战计划。

李德是高估了苏区的资源和红军在这种非机动战斗中的战斗力，同时又低估了敌军的士气和他们手中掌握的军备力量。这在今天看来，是非常显而易见的。但在当时，李德没有结合实际情况，错误地估计了政治形势，认为政局的发展使共产党正处于有利地位。

可这正是问题所在：李德不过是一个外国人，何来足够的号召力和决策力，将自己的意志强加于整个军事委员会、政府和共产党之上呢？这次失误是他过于独断专行了。毫无疑问，李德是一位机智过人的军事战略家和战术家，世界大战时他在德军中崭露头角，之后又担任俄国红军的师长，于莫斯科红军大学学到了足够的军事知识。作为德国人，共产党对他针对冯·西克特向蒋总司令提出的战术所做的专业分析(充满戏剧性的是，一个法西斯和一个布尔什维克，明明都是德国将领，却偏偏通过中国军队在斗争！)也给予了充分的尊重，事实也向他们证明了李德并没有辜负这份信任。南京政府的军事将领后来读到李德著作中关于他们战术的分析内容时，也不得不对他心服口服，承认李德确实有两把刷子，准确预计到了这次庞大的进攻计划中的每一个步骤。

自从骑上马同红军一起进行万里长征，李德就不再是那个饱经风霜、心灰意冷的普鲁士军官了，他变成了一个善于谋算的布尔什维克。在保安，我们有过一次交谈，他同我说，西方的作战方式在中国有时是行不通的。他解释道："必须根据中国人的心理和他们自身的军事经验来决定在某些情况下应该采取什么战术，毕竟中国人比我们更清楚该如何在他们的土地上进行革命战争。"当时他在红军中已不那么受重用，但他们都放下了过去的纠纷，不再感情用事。

可我还是想替李德说句话，他在江西对于那两次失误应负的责任并没有他们说的那么大。事实上，他是共产党为自己的失败进行辩解的最佳借口，毕竟，他是个外国人呀！能将大部分责任归咎于一个骄傲自大的害群之马，总是会使中国人大大地松一口气。可出乎意料的是，不管究竟是由哪个天才战术家指挥红军作战的，他们能够在遭遇了第五次围剿中的种种如天堑般难以逾越的障碍后凯旋，都可谓是奇迹。这次经验对于全世界的共产主义运动来说都有着教科书式的教育意义，以后绝不会有哪个国家将制定革命军队作战战术这样的大事全权交给外国人来办了。

暂且不去谈江西的情况了。红军在后来的两年里几乎与所有中国境内沿海城市的党员断绝了联系，共产国际的活动也锐减到了在《国际通讯》中刊登中国驻共产国际代表王明那些令人惊奇的报道。那一日《国际通讯》寄到保安时，我恰巧在场，党中央委员会那位书记洛甫是曾在美国留过学的，他迫不及待地打开来看时，随口告诉我他已经快三年没有看过《国际通讯》了！

直到1936年的9月，我还逗留在红军当中，那个时候共产国际第七次代表大会的内容详情最后才传到了中国的红色首都，而这消息已滞后整整一年了。就是这些报道，给中国共产党人第一次带来了关于国际反法西斯统一战线策略的淋漓尽致的论述。之后的几个月他们仍处于兴奋期，在西北即将发生的那场震撼了整个东方的叛变事件中，正是这些策略给他们的指导性作用，让他们渡过了难关。共产国际又一次在中国事务中发挥了它的生命力，影响了革命的发展。

可我只能在北平远远地观察着这一事件了。

别了，红色中国

离开保安前，我又记下了两件有趣的事情。10月9日，自甘肃来的无线电消息中说，红四方面军的先遣部队已与一军团的陈赓同志领导的第一师在会宁胜利会师了。没过几天，陈赓和红一方面军全部重要将领都在甘肃与二、四方面军领导人碰上了头，其中包括朱德、贺龙、徐向前等其他许多人。甘肃东北部已成了红军囊中之物，而红四方面军已有一支分队过了黄河，到了甘肃西北部去，暂时压下了政府军的反抗。

红军的正规军全被集中到了西北部。订单如纷纷扬扬的雪片，飞进了保安和吴起镇的制衣厂，全是要求做过冬的衣物的。据说这三支军队中约有八九万久经沙场、纪律严明的战士。整个苏区都沉浸在喜庆的氛围中，那种作战期间的不安和焦虑的氛围都散去了，如今每一个人都建立起了对未来的信心。全中国最优秀的红军战士都集中在这一块地区里，附近还有十万东北军作为潜在的盟友，对于共产党来说，是时候让南京政府有兴趣听听他们对于统一战线的想法了。

第二件事则是离开前我对毛泽东进行的采访。他第一次表明共产党是欢迎与国民党讲和，并且为抗日合作探讨具体条件的。这些条件已经在8月共产党宣言中公布了其中的一部分。采访时，我请求毛对他提出新政策的原因稍作解释。

“首先，”他说，“日本侵略是严重的问题：他们的侵略弄得民不聊生，已经严重到了必须团结起全中国的一切力量来抗击的程度。除了共产党，在中国其他的政党和力量当中最强大的要数国民党了。如果不达成与国民党的合作，我们目前的力量不足以抵御日本的侵略，因此南京政府必须与我们达成合作。共产党和国民党是中国最大的两股政治和军事力量，如果我们还要继续内讧的话，对抗日没有任何好处。

“其次，自1935年8月起，共产党已经发表了呼吁中国各个党派联合抗日的宣言，也得到了老百姓的热烈响应，即使国民党充耳不闻，继续对我们发起进攻。

“第三，在国民党中不乏支持国共联合抗日的爱国人士，就连南京政府里的抗日分子和他们的军队，都准备好了要为我国民族存亡联合而战。

“这就是中国目前的现实形势，所以我们必须重新慎重考虑在民族解放运动中实现合作的具体方案。我们坚持团结的基本原则是基于抗日民族解放战争考虑的，为了实现这一点，我们认为建立国防民主政府是必需的。这个政府的最主要任务，就是抵抗外国侵略者，加强国家经济发展，保障人民群众公民权利。

“也正是因为如此，我们拥护议会形式的代议制政府，这个政府要抗日救国，保护和支持一切人民爱国团体。如果能够成立这样的共和国，中国的各个苏区就会成为其中的一部分，在自己的地区内，我们也将采取同样的措施，建立议会形式的民主政府。”

“那么这是不是表示，”我提出问题，“苏区也会实行这样一个(民主的)政府的法律条文呢？”

毛泽东的答案是肯定的。他说，这个政府应当恢复并重新实现孙逸仙的遗愿，以及他在大革命时期提出的三个“基本原则”：联合苏联和世界上以平等待我之民族；联合共产党；维护中国工人阶级的基本利益。

“要是国民党中开展了这样的运动，”他继续说道，“我们是会与他们合作并提供支持的，就像1925年到1927年时组成的反帝统一战线那样。我们深深地相信，这就是拯救我们的国家唯一的出路。”

“新建议的提出是不是也受到目前的情况影响呢？”我又问，“这肯定会被认为是你们党近十年中最重要的决定。”

“目前的情况，”毛泽东解释，“是日本提出了丧权辱国的新条件，如果我们屈服了，就会对将来的抵抗造成妨碍，同时，人民群众以爱国运动来面对日本侵略造成的严重威胁。这两个因素，反过来影响了南京政府的某些人的态度，他们的想法有所转变。在此情况下，我们提出这种建议是有希望达成的。如果在一年前或早些时候提出，不论是整个国家还是国民党，都没有做好面对的思想准备。

“目前还在谈判期，虽然共产党认为劝说南京政府合作抗日希望不大，但只要有可能性，共产党就愿意在一切有必要的方面达成合作。可如果蒋介石还想要继续内战，红军也会奉陪。”

这是毛泽东正式宣布以创立政治体制，使得国民党以外的其他政党能够进行合作为条件，共产党、苏维埃政府、红军愿意停止内战和不再企图用武力推翻南京政府，服从代议制中央政府的最高指挥。毛泽东也适时地表示——虽然并未收录在正式谈话中——为了“合作”的便利，共产党也愿意在名称上做配合和改动，但并不会从根本上影响到红军和共产党的独立地位。举个例子说，红军愿意放弃“苏维埃”的名称，更名为国民革命军，在抗日战争的备战期间修改其土地政策，如果这些改变是有必要的话。之后的几个星期，红军沉浸在紧张和兴奋的氛围中，毛泽东的这一采访将会对整个中国的政局产生极其重大的影响①。刊出这一采访之前，共产党的好几个宣言都已被封锁，南京政府方少数几位有机会看到这些宣言的领导人物也对其诚意抱有怀疑态度。但若是一个外国记者访问共产党领袖本人的采访得到了发表和普遍的传播，有些具有一定影响力的组织便会更加地相信共产党的赤诚了。于是，两党的“复婚”又得到了不少人的支持和拥护，因为对于要求停止内战、团结一致抗击外敌日本的威胁这一建议，是令人心动的，不论什么阶级都一样。

到了1936年的10月中旬，我回到白区的安排工作终于完成了，而我已在红军当中待了4个月左右。这可真是件难事，张学良的东北友军几乎已撤出了所有战线，而由其他敌意部队或南

①会见时全部谈话记录，请看1936年11月14日和22日两期的上海《密勒氏评论报》。

京政府的军队换防。在那个时候，仅有一个地方可以供我离开了，那是东北军一个师在西安以北的洛川附近与红军相邻的一条战线，大约有一天的车程。

当我最后一次走上保安的街道时，是恋恋不舍地向城门走去的。人们从办公室或工作岗位上探出头来跟我告别。我那个小小的扑克俱乐部的成员们纷纷来给我送行，有些"小鬼"一直送我送到了保安城墙根下。老徐和老谢勾肩搭背地走着，像是两个小学生那样，我于是停下来给他们拍了张照片。唯一没有出现在送行队伍中的是仍在睡梦中的毛泽东。

"记着我的假臂啊！"蔡树藩喊着。

"记着我的照片！"陆定一也跟着喊道。

"航空队的事，我们可等着你办妥呢！"杨尚昆笑着说。

"给我送个媳妇过来！"李克农这么向我要求。

"你得把那四两可可还给我。"博古嗔怪地说。

当我走到红军学校的位置时，那学校里的所有学员都坐在一棵参天大树底下听洛甫的报告。他们集体向我走了过来，一一和我握手，我嘴里机械地喃喃着告别的话。然后我向他们挥手告别，转身蹚过了那条小溪，与我的旅行小分队一起骑上马离去了。当时我就在想，或许我是最后一个见到他们这样活蹦乱跳的外国人了吧。这样的想法立刻使我多愁善感起来，感觉自己似乎是离家的游子，而不是归乡人。

走了五天我们才来到南部的边界，我在那儿的一个村庄里住了三天，以野猪肉和黑豆果腹。不得不说，这儿的确风景如画，绿树成荫，到处都是野味。这等待的三天里我就跟农民和红军战士们打猎，主要的猎物是野猪和鹿。树丛里还有不少野生的雉鸡，我们有天甚至还看到了两只老虎在一片紫金色的山谷中奔窜，但它们并没有跑进我们的射程，太可惜了。

二十日，我安然度过了无人区，来到东北军防线的后面。第二天我借到了马匹，骑马进入洛川，与等待我的卡车汇合了。这次只花了一天时间，我就到了西安府。在鼓楼边我就下了卡车，请一名穿着东北军制服的红军战士把背包交给我，可奇怪的事情发生了——背包不见了，找了半天都没有找到。我又惊又怕，我的包怎么会不在那里呢？那个包里可放着我的十几本日记和采访笔记，还有三十卷胶卷——里面全是第一次拍到的红军照片和影片资料——还有好几斤重的共产党内部杂志报纸和文件。这可绝不能弄丢！

我们在鼓楼底下闹了半天，引得不远处的交警都开始好奇地打量了。于是我们轻声讨论了片刻，这才弄清楚究竟是怎么一回事。那辆卡车里放了许多东北军待修枪械，都是用麻袋包裹着的，我的背包为免遭搜查，也被裹在了同样的一个麻袋里，它们早就被我们远远地抛在了渭河以北，在距西安三十多公里的咸阳被卸货了！司机懊恼地瞪着卡车，破口大骂："他妈的！"这就是他对我粗糙的安慰了。

闹了这么久，天色都已经暗下来了。司机安慰我说到了明天早晨他会回去找找，可明天早晨怎么行呢！我的潜意识告诉我，如果明天再去的话一定晚了。我坚持不同意这么办，终于打动了他。于是卡车又掉头往咸阳去了，我待在西安府一位老友家里，整夜都担忧得无法入睡，也不知道还有没有机会再看到那个价值连城的背包。最坏的结果是那个包在咸阳被打开了，不单我会失去一切珍贵的资料，而且还会为那辆"东北军"卡车上的所有人招来灭顶之灾。咸阳可是有南京政府宪兵驻军的。

幸好，从书中收录的照片你也能看出来——那只包失而复得了。第二天一早，街上禁止了一切交通，连城门口的道路都安排了宪兵和岗哨，本就住在边路的农民们都被赶出家门，甚至有些寒酸的破屋子直接被就地拆除，原来是蒋介石总司令莅临西安，可见我急着把背包找回来的预感是绝对正确的。在这样的情况下，我们沿来路返回渭河可谓是不可能完成的任务了，因为这条路同时也成为重兵把守的机场。

蒋介石总司令的驾临，和那些在我记忆中无比鲜活的场面——也就是毛泽东、徐海东、林彪和彭德怀他们满不在乎地漫步在中国的一条街道上的样子——是毫无共同之处的，尤其是并没有人悬赏总司令的颈上人头。唯一的共同之处就是它们同样地令人难忘。这强烈的对比也证明了究竟谁是害怕人民的一方，而谁又对人民付出了绝对的信任。可就算西安采取了那么繁多和复杂的措施保护总司令的生命，也被证明是不充分的，他的敌人实在是太多了，就算是在保卫他的军队当中，也是一样的情况。

第十一篇

又是白色世界

- 兵变前奏
- 总司令被逮
- 蒋、张和共产党
- “针锋相对”
- 友谊地久天长?
- 红色天际

兵变前奏

离开红色中国后，我发现张学良少帅统领的东北军和蒋介石总司令之间的关系已到了剑拔弩张的地步。如今，蒋介石不仅是中国武装部队的总司令，也是行政院院长——地位类似总理。

东北军的来历，前文[①]我已提过，他们本是被分派去打红军的雇佣兵，可后来却被抗日主张打动，逐渐变成一支相信继续打内战没有意义，心心念念要“打回老家去”的军队。他们渴望把凌辱和杀害自己家人、将自己逐出东北的日本人打败，收复他们沦陷的家乡。也因此他们自然而然与红军越走越近了，因为这样的想法与南京政府当时的主张截然相反。

在我旅行的这四个月里，某些事情使得他们之间的分歧越发不可调和。白崇禧和李宗仁在西南地区领导反宁，提出了反对南京政府“亲日”不抵抗政策。战争一触即发，双方在几周后才达成妥协，但这次事件已经大大刺激到了全国如火如荼的抗日运动。日本为不同地方发生的几起群众打死日本人事件向南

①特别见第一篇，《汉代青铜》。

京政府提出强烈抗议，要求道歉和赔款，甚至是新的政治让步。这种趋势演变下去看来很有可能再次发生一场中日“事变”。

左翼救国会领导的抗日运动在同一时间段内发生，尽管已被政府严令镇压，但这些运动产生的影响仍然使国内局势风起云涌，南京间接受到群众的压力，要求南京政府应当采取强硬的态度。十月份，受日本指使的蒙伪军在日本控制的热河和察哈尔地区整装训练后，进犯绥远北部（内蒙），于是压力不断增加。但南京政府并不重视这些迹象，仍旧要求先“安内”——即消灭共产党。许多爱国人士开始要求南京政府接受共产党的停止内战和“在志愿统一”的基础上建立抗日统一阵线的建议，可他们却被当作“卖国贼”被南京政府逮捕。

这种情绪在西北地区尤为浓厚。当时就敏锐地意识到东北军抗日情绪同停业剿共战争的决心有多么密切联系的人并不多。对那些在通商口岸活动的外国商贩而言，西安是遥不可及的，而对中国人来说也好像是如此。近几个月来，没有一个外国记者到过西安，可以说是几乎没有人对那块土地上即将发生的事情掌握任何可靠的背景材料，除了一个人——美国作家尼姆·韦尔斯女士。她去西安访问了少帅，时间正是十月份，因此对于这儿的山雨欲来之势，她得到了确切的信息：

> 在中国的西京西安府，张学良少帅驻在这里剿共的、激烈抗日的东北军行伍中间出现了一个严重的局面。这些军队原来在一九三一年有二十五万人，如今只剩十三万人，都成了“亡国奴”，想家，厌恶内战，对南京政府对日本继续采取不抵抗政策越来越愤慨。下层官兵中间

的态度完全可以说是就要谋反了。这种感情甚至传染到了高级军官。这种情况引起谣传说，甚至张学良以前同蒋介石的良好个人关系现在也紧张起来，他打算与红军结盟，组成抗日统一战线，由一个国防政府领导。

中国抗日运动的严重并不表现在从北到南的许多“事件”，而是表现在西安府这里的东北流亡者身上——从逻辑上来说，可以说这是理所当然的。抗日运动在全国其他地方显然遭到了镇压，在西安府却在张学良少帅的公开热情的领导之下，他在这方面采取行动是受到他的部队的热烈拥护的，如果说不是受着他们逼迫的话。①

对于访问少帅究竟具有何种意义，韦尔斯女士认为：

事实上，从这个背景来看，这次谈话可能被认为是企图影响蒋介石积极领导抗战……包含着（在他的发言中）一种威胁:“只有抵抗外国侵略(即不是内战)才能表示中国的真正统一”“如果政府不从民意，就站不住脚”。最有意义的是，这位副总司令(仅次于蒋介石)说，“如果共产党能够真诚合作抵抗共同的外国侵略者，这个问题也许有可能和平解决。”……

这话说得多大逆不道！可蒋介石却不以为意。他仍旧要去攻打甘肃的红军，甚至不惜派出自己最精锐的部队。他前往西安正是为了要完成第六次围剿的初步计划。成吨炸弹已经到位。据报

①1936年10月25日为《纽约太阳报》写。

道连毒气也即将被投入使用。这合理地解释了蒋为什么敢大言不惭地表示，“两星期内，至多在一个月内即可消灭赤匪残部”。[①]

东北军已经越来越派不上用场，蒋介石到了西安后一定会了解到这一点。总司令从与东北军将领的谈话中可以察觉到大家对他的新计划毫无兴趣。后来我听张学良的幕僚提过，这次少帅是正式要求总司令成立民族阵线、停止内战、联俄抗日的。只是蒋介石回应：“要我谈这件事，得等杀尽中国红军、捉光共匪之后。”

总司令为监督即将到来的新战役，返回了他的大本营所在地洛阳去做准备工作。他做好了向西北调派二十个师的准备。到十一月底，十多个师的兵力集中到了关隘潼关附近。一车又一车的弹药和供应品进入西安，装甲车、坦克和运输队随之而来。

可除了西北之外，大众对这内战计划一无所知。首先是因为报纸很少透露西北的情况；其次，官方称红军已被正式“剿灭”，剩余兵马也在被驱散。与此同时，绥远（内蒙古）的防务交给了他方军队，他们倒打了一场硬仗。南京政府没有派出任何一架飞机去与那些每天都在轰炸中国军队战线的日本飞机对战，却频繁宣传他们，造成一种南京军队在领导防御的假象，与此同时，东京与南京互相保证，绥远的“局部冲突”绝不允许扩大。最多两个师的中央政府军进入了绥远，但从部署上就注定地方部队不能认真对待“抵抗”这件事，也担心地方部队可能真的进攻被日本占领的察哈尔和热河。绥远军队与红军之间也有南京军队驻扎，因为蒋介石认为红军很有可能企图带头从陕西进入绥远进攻日本军队。

全国上下都被民族情绪感染着，南京政府却遵照日本的要求在镇压救国会，因为日本认为抗日宣传是救国会鼓动的。南

①见蒋介石日记。

京政府逮捕了七位救国会的著名领导人、银行家、作家等，他们都是有地位的资产阶级人士。政府所做的还不仅于此，他们还强行停掉了十四家杂志，原本都是畅销全国的。日本人在国民党的合作下暴力镇压了上海日商纱厂工人举行的罢工，因为工人罢工是为着抗议日本侵略绥远。青岛发生爱国罢工时，日本人派军队逮捕罢工工人，占领全市，在蒋介石同意取缔将来青岛的一切罢工后，日本军队才撤退。

西北被这一件又一件的事情影响着。张学良承受着部下的压力，在十一月间发出了他名震全国的呼吁，要求派往绥远前线去。他最后说，“为了操纵我们的军队”。

> 我们要信守诺言，一有机会就要让他们实现打敌人的愿望。否则他们就不仅把我本人，并将把钧座视为骗子，此后不再服从我们的命令。因此恳请下令至少动员东北军一部立即开赴绥远前线，增援在那里完成其抵抗日本帝国主义神圣使命的军队。我本人和我部下十万余人愿追随钧座到底。

虽然这封信①要求雪耻是以恳切的口吻提出的，目的也极为正当，是为着恢复东北军的声誉，蒋介石却断然拒绝了，坚持要他们去打共产党。

这并没有让少帅气馁，他亲自到洛阳去提出请求，也为被捕的七位救国会领导人说情。之后张学良记叙这次的谈话内容如下：

---

①1937年1月2日，由西安西北军事委员会发表。

最近蒋总司令逮捕监禁了上海救国会七领袖。我请他释放这些领袖。这些救国会领袖与我非亲非友，他们多数人我也不认识。但我对他们被捕一事提出抗议，因为他们信奉的原则与我相同。我要求把他们释放，但遭到拒绝。我于是向蒋说："你对待人民爱国运动的残酷，与袁世凯、张宗昌并无二致。"

蒋总司令回答说："这只是你的看法。我就是政府。我的行动是革命者的行动。"

"同胞们，你们相信这话吗？"

全场数千人齐声怒喊作答。①

张学良此次去往洛阳争取到的唯一一件好事，是让总司令松口会向东北军师级以上将领详细地说明他的战略部署，不过是在他下一次去西安的时候。于是少帅返回西安，虽然心急如焚，却仍然耐心地等待着他的第二次莅临。但还未等到蒋介石，就先等来了两桩令西北震怒的事件。

第一桩，德日签订反共协定，意大利则以非正式形式参加。原本意方是以日本承认意大利掌控阿比西尼亚为条件，默认日本霸占东北。少帅一度与齐亚诺伯爵处得很好，现在已被意大利与满洲国建交激怒。得知此事后，他怒骂墨索里尼与齐亚诺，发誓要摧毁意大利在中国的影响。"这肯定是法西斯运动在中国的终结！"这是他向军校学生发表的讲话。

如今东北军的不满又增加一件。当时德意志军事顾问正在训练去轰炸中共的蒋介石的军队，他们是不是也给日本提供他

①1936年12月17日西安府《西京民报》所载的一篇讲话。

们所能弄到的中国军事情报呢？德日条约事先有没有通知蒋介石并征得他的同意呢？有谣言说他是同意的。

接着传来胡宗南第一军失利的消息。他们被红军打了个丢盔弃甲。胡宗南将军是南京政府最得力的干将，他花了数星期向甘肃挺进，其势确如破竹。红军并不愿与他们对战，一边避免交锋维持着后撤状态，一边宣传“统一战线”，以“中国人不打中国人”为口号试图说服敌军参与他们共同抗日。事实证明，这种宣传确实起到了一些效果。

但胡宗南充耳不闻，将红军的后撤视为软弱和害怕的象征，继续冒进。红军快要撤到河连湾的时候决定不再后撤，而是调转了方向，诱敌深入，要叫敌人瞧瞧自己的本事。黄土山谷空袭在傍晚时分停止，红军趁机包围胡宗南军队，于夜晚发动了一场奇袭。虽然夜晚的低温把红军的手指冻得拉不开手榴弹，却不妨碍他们攻势猛烈，战士们将木柄手榴弹当作武器挥舞着，由一军团带头向敌军发起进攻。最终歼灭了步兵旅两个、骑兵团一个，缴获了不少军备，甚至有一整团政府军投诚红军。胡宗南慌忙后撤，这一撤就把他之前所占领的地方全部还到了红军手里。他无计可施，只能原地待命等候增援。

东北军恐怕正偷笑。红军正在逐渐变强，这和他们预料的难道不一样吗？围剿失利难道不正好证明了这一点？剿灭红军花的时间越来越长，一年过去了，两年过去了，三年过去了，红军还未剿灭，可这个时候的日本侵占了多少中国领土？但顽固的总司令并未吸取教训，他只是将所有的错误归到胡宗南头上，更加坚定地要打败他十年的敌人。

蒋介石正是在面临这样的局面时，于 1936 年 12 月 7 日踏上了西安。

与此同时，西安周边风波不断。对于停止内战和抵抗日本的渴望，使得东北军将领已暗中约好共同提出这一要求。而陕西绥靖公署主任杨虎城将军的将领也有人参与其中。杨将军麾下有四万多人，对他们而言，拿自己的生命做代价去打红军是毫无意义的，因为对于他们来说这是南京政府希望发生的战争，与他们并无太大关系，而红军当中本就有许多人是他们本地人。而且他们眼睁睁看着日本侵略绥远，却还得在这里跟红军窝里斗，这实际上令他们觉得极其丢脸。于是西北军和东北军一拍即合，秘密参加了这场休战协议。

行政院长兼总司令对此并非完全不知情。在西安，已由他的子侄蒋孝先指挥了一千五百名蓝衣社的所谓特务团成员，负责逮捕、绑架所谓共产党人，包括士兵、学生和政工人员。而且南京政府任命的省主席邵力子负责掌管省城警察，由于少帅和杨虎城仅有随身警卫，没有军队驻扎在西安，西安实际上是控制在总司令手中的。

在这种情况之下，又发生了一件事。12 月 9 日，西安有许多学生为了抗日游行示威，向总司令递交请愿书。警察在蒋的宪兵的协助下殴打了学生，有两个受了伤的孩子，父亲正好是东北军的一名军官。于是事件愈演愈烈，张学良出面干涉，劝说学生回城的时候，他答应了要将请愿书交给总司令。蒋介石也因此暴怒，怒斥张学良的“脚踏两条船”是“不忠”的苗头。蒋介石觉得，这或许是他们产生反叛的近因。

蒋介石身边虽然集合了整个参谋部和警卫员，但他还是拒绝与西北军和东北军将领共同会面，只是分开接见了他们，并用各种方法诱导他们分裂，结果惨败。他们都承认了他的总司令地位，却异口同声地表示了不满，不愿再参与新围剿，而是希望到绥远去加入抗日前线。但蒋不为所动，仍然维持着他最初的决定："摧毁红军。"我们可以在蒋的日记里读到他的真实想法："我告诉他们，剿匪已到了只需再花最后五分钟就能取得胜利的阶段。"

于是在无视所有反对意见和警告的情况下，蒋介石召开会议正式发动了第六次围剿计划。他准备于12月12日调动甘肃和陕西的西北军、东北军、南京军队，并且在公开情况下发表声明，如果张少帅抗命，则将他本人撤职，他麾下的部队则由南京军队接管[①]。除此之外，张、杨二人也收到线报，说蓝衣社已将他们部队中同情共产党的战士都记录了下来，准备与警察一起行动，总动员令下来后，就将他们全部拿下。

于是，这一连串事件终于迎来了一个极具历史意义的高潮：12月11日夜，张学良汇集了东北军和西北军师级以上所有将领，召开了联合会议。他们决定要"逮捕"总司令和他的僚属，前一天已调来的一师东北军和一团杨虎城的军队，现已潜伏在西安府近郊，发动一场兵变。

总司令被逮

西安演的这出戏既惊险又刺激，对于现在的我们而言，怎么分析它的动机或者政治背景都无所谓。不过必须承认的是，它

①蒋鼎文将军已调任行营主任代替张学良。

在时间的选择上和事变的完成度上，手段可谓高明。它与蒋介石在南京、上海发动的政变、共产党占据广州的情况相比，流血和笨拙的程度极其低。全部计划都严格保密，发动和结束都疾如闪电，到12月12日早上6点，一切就都尘埃落定。东北军和西北军接手了西安的控制权。隶属于国民党的蓝衣社特务还没睡醒就已经被解除了武装，关押起来。西安宾馆被包围得密不透风，内里差不多全部参谋被一网打尽。省主席邵力子被逮捕，警察局长也是，警察们向兵变部队举手投降。隶属南京的50架轰炸机和它们的飞行员也被扣留在机场。

不过，在捉拿蒋介石的过程中还是带着血腥的。蒋住在温泉胜地临潼，离西安有10英里远。上尉孙铭九是张学良的卫队长，他半夜时分出发去临潼，途中还带了200个士兵，到达临潼郊外时已经是凌晨三点了，他们再等了两个钟头后，15人坐在一辆车里开到宾馆的大门前，站岗的哨兵拦住了他们，双方开火交战。

很快，东北军的增援就赶到了。孙上尉直奔蒋介石住的地方。蒋介石的警卫队还来不及做反应，双方没有打很久，但是蒋介石已经受到惊吓，先行逃跑了。孙上尉没有在卧室看到蒋，于是展开了搜索。他们站在宾馆后面的石头山上发现蒋的内仆，进而找到了蒋。蒋介石躲在大石头后面一个洞里，那块大石头是秦始皇陵的标识。他出来得太匆忙了，没空戴假牙换衣服，还穿着睡衣，光着脚披了件外袍，手脚都被山石划破，在冰天雪地里瑟瑟发抖。

在我为伦敦《每日先驱报》的詹姆斯·贝特兰访问孙铭九的报道上，是这么说的：

孙铭九打过招呼，蒋开口就说孙是同志，让孙一枪崩了蒋完事。孙说他们不会打死蒋，唯一的目的是要求蒋抗日。

坐在石头上的蒋结结巴巴地回应，见到张学良，自己才会跟他们走。

张不在临潼而是在西安，西安府的队伍都起义了，孙表示会保护蒋。

听到自己将受到保护，蒋好像没那么警惕了，他提出要骑马下山。孙说没有马，但是可以背着他走。蒋又在踌躇，而孙在蒋的面前已经蹲下了。蒋最后还是趴在了孙的后背上，被护卫着从山上下来。他的仆人把他的鞋也拿过来了。他们在山脚下坐汽车回到西安。

孙铭九说过去的就让它过去吧，不算旧账了，从现在开始中国唯一紧急的任务就是要抗日。这是全部东北人民的要求。他质问蒋为什么不去抗日而要打红军。

蒋介石很大声地反对，他表示他作为中国人民的领导者，全权代表中国，他的政策不会出错。

于是“负了伤”的蒋总司令丝毫没有退让，进入西安后，他就被张学良少帅、杨虎城将军两人囚禁了。

当天，东北军和西北军的师级以上将领联名向中央政府、各个省的领导以及全国的人民发出电报。电报不长，但态度十分鲜明。在电报中说，为了让蒋介石尽早醒悟，他们将他留在西安，会保护他的安全。并且他们还向全国公布了“救国要求”，这也是交给蒋要求批准的著名事项。虽然它被国民党的所有报纸杂志封杀不能刊登，但以广播的形式告知天下：

(一)改组南京政府，容纳各党各派，共同负责救国。

(二)停止一切内战，采取武装抗日政策。

(三)释放上海被捕之爱国领袖。

(四)释放政治犯。

(五)保证人民集会自由。

(六)保障人民组织爱国团体的权利和政治自由。

(七)实行孙中山遗嘱。

(八)立即召开救国会议。

中国红军、中华苏维埃政府和中国共产党马上支持了这个救国纲领。[①]数日后张学良用自己的专机接回来自保安的共产党代表——周恩来，军事委员会副主席；叶剑英，东方面军参谋长；博古，西北苏维埃政府主席。西北军、东北军、红军三方代表举行了联合席位会议，三方公开结盟。在12月14日共同宣布抗日联军成立了。其中东北军13万，西北军4万，红军约9万。

经选举，联合抗日军事委员会主席由张学良担任，副主席是杨虎城。12日在甘肃兰州，领导者是将军于学忠。东北军控制了那里的中央政府官员和军队。另外，东北军和红军联手管控甘肃省其他地方的交通要道。全省5万南京军队的士兵都被包围，叛军实际控制了陕甘两省。

事变后，东北军和西北军在新成立的军事委员会的指挥下，迅速在陕西和山西的交界处，以及陕西和河南的交界处待命，红

①上述八点要求的七点，是与1936年12月共产党与苏维埃政府所发的通电中的“救国”纲领完全一致。因此张学良与共产党对于这纲领早已商妥，虽则共产党没有料到张学良会采用这惊人步骤使南京对此加以考虑。

军也同时向南行进，并在7天内几乎控制了渭河以北的整个陕北地区。彭德怀带着红军先遣部队驻扎到三原，那里离西安府只有30英里。徐海东带着另外1万人，没有走西安府，而是绕路去了陕西和河南的交界，和东北军、西北军一起防御陕西边界。同时三方面都发出反对新内战的声明，不会攻击南京国民政府。

为了执行八点要求，三方都行动起来。红军在新占领的地区毫不含糊地执行，同时停止实行土地革命纲领，所有向红军战斗的命令都被撤销了。400多名政治犯被释放。不再进行新闻检查。不再取缔任何爱国（抗日）团体。学生们可以自由地在民众中活动，组织统一战线团体。红军还下乡，在政治上和军事上培训和武装农民。政工人员在士兵中进行从未有过的抗日宣传。群众大会几乎天天有。一度有超过10万名参与者济济一堂。每一次会议的口号都是“停止内战，团结抗日”。农民们特别希望停止内战，因为国民党的部队为了和共产党打仗，把他们的牲畜和口粮都征收了。

然而西安和陕西的这些活动的消息在除了西北几省外的地区都被扣压了。就连颇受尊重的《大公报》也表示，如果他们刊登了和西安有关的情报，编辑就有可能被捕入狱。这时候人们又被南京政府的假消息弄得更加不明所以了。南京政府被兵变消息惊住，举办了国民党的常委会会议，与会者是中央执行委员会和中央政治委员会。在会后马上宣布张学良叛逆，撤了他所有职务，并且提出，要是不放了蒋介石，就发兵征讨。这消息耸人听闻，人们有的高兴，有的吃惊，各有分歧，军心不稳。说实话，蒋介石是稳定剂，他是维系中国许多敌对势力暂时得到某种程度的平衡的中心枢纽，他要是离开了这个中心地位，各地方势力就会失去向心力，各种意见发生冲突，他们必须寻找新的向心力、新的黏合剂。

三天来，除了美联社，谁也不知道蒋介石怎么样了。美联社果断宣布蒋介石已经被张学良杀了，是张学良亲口说的，还说了为什么要杀他。但叛军的目的是什么，他们的政治立场又是什么，基本上都没有人知道。因为美联社的错误报导，原来一些支持他们的人甚至都开始指责他们。南京政府拒绝接收西北的通讯，也断绝了交通，任何西北的报刊和宣言都被烧毁。西安整天向全国广播公告，声明不会攻击政府军，解释他们要干什么，呼吁各方面要理智、要和平。但是南京的广播电台进行了极大的干扰，人们根本听不到西安的声音。在中国，独裁政权从未这样表现过对于一切公共言论工具的令人吃惊的威力。

他们大片大片地删掉我本人的报道内容。我想向他们告知西安事变的八点要求，但审查者说，一个字都不能发。许多外国记者完全不了解西北近况，而只相信南京政府让他们相信的那些谎话，国民党及其追随者一方面扣压真实的消息，一方面却向全世界发布愚蠢的谎言，这使中国更像一个精神病院。他们知道的全是下边这样的消息：警察局长被钉死在城门上，西安城被红军洗劫一空，张学良遭遇下属暗杀云云。南京政府每天都在说西安发生暴乱的事，红军拐卖男女少年，妇女被“共妻”，东北军和西北军都是土匪，到处都有抢劫，张学良要求给总司令付 8000 万的赎金。[①]

日本人提供了更多离奇的谣言。日本高官，还有日本在中国经营的报纸都有各种所谓“目击证人”的说辞。虽然日本和西安毫无联系，他们消息来源和别人没有区别，但是他们的谣言

①蒋夫人对这种谣言表示遗憾，曾这样写：“始终绝未提金钱与权位问题。”

真是太多了。日本人声称事变背后有苏俄阴谋。但随后他们在莫斯科的报纸上遇到了他们宣传的对手。《消息报》和《真理报》做出正式的否认。报纸对张学良表示谴责，对蒋介石表示赞美，同时捏造事实，证明西安事变是前中国行政院长汪精卫和日本帝国主义者一起编造的。太荒唐了，谣言与事实迥然不同，中国最反动的报纸都不敢这么编。要知道列宁说过："谎言是被允许的，先生们，但谎言必须有个限度！"

南京造谣了好几天，蒋介石也已经被俘虏7天了，再怎么造谣也是空中楼阁，故事越来越难编。随着消息渐渐流出，谎言终于捂不住了。八点纲领被秘密报纸公开，这是典型的资产阶级的自由进步纲领，因此很快就有一批自由主义者和思想进步人士支持它。广大人民群众终于明白了，西北对内战毫无兴趣，而且想要停止内战。人民慢慢从担心某个军阀的安全转为担心国家的生死存亡。他们清楚，现在打内战不仅不能救蒋介石，还会毁了中国。

当南京得知蒋介石被俘虏的消息后，内部就开始争夺权力了。在南京掌权的是野心家、军政部长何应钦，他与国民党亲日政学系有密切联系。当时他正掌南京大权，八点纲领就是发给他的，但他坚持发兵"讨伐"西安的观点。而黄埔系（亲法西斯）、蓝衣社、汪精卫系（在野）、西山会议派、CC系以及德国和意大利的顾问都支持他的观点，或者说都在煽动他去打内战，大家可能认为何是个易受蛊惑的人。这些人认为趁着这个机会，能掌握国民政府的全部军权，并且压倒国民党内所有开明派、亲英派、亲美派、亲俄派和统一战线派，在政治上降到无关紧要的地位。为此，何应钦立刻调了南京20个师去河南和陕西的边界，还向西安派出很多飞机试探，并派步兵向叛军阵线作试探性的佯攻。讽刺的是，有的飞机还是别人作为50岁寿礼送给蒋介石以资抗日的。飞机在渭南和华县试探性地轰炸，造成一些工人死亡。在蒋介石的日记里可以看到，蒋得知此事后，非常高兴。

不过宋美龄并不高兴，她比丈夫了解得多很多，她认为这是南京政府要在“尸体上开宴会”，因为当时没人觉得蒋介石能活着回去。宋美龄震惊之后是极端的愤怒，她去找何应钦，质问对方，如果开战，他还能停下来吗？他能救蒋介石的命吗？她问，蒋的安危“和国家存亡密不可分”，何真的要杀了他吗？何心虚了。宋美龄坚持让何应钦停战，转而为救援做准备，她要丈夫活着回来。在蒋介石派人来南京前，宋美龄就说服了大多数人。

局势现在其实也很明确，一旦内战爆发，西北并不是孤立无援的。桂、粤、滇、湘、川、鲁、冀、察、晋、绥、宁的军政领袖都不会帮何应钦打内战，都会偏向叛军一边。最理想的情况无非是南京政府支付高价让这些省份中的当权统治派系保持中立。因为他们都希望增强自己的实力。到了12月23日，局势更加明显，当时有势力的河北统治者宋哲元和山东统治者韩复榘都明确反对何应钦的作战计划，要求和平解决。

解决西安事变还有一个关键：蒋介石身在西安又被拘禁，他能远程控制南京不发动内战吗？一旦内战爆发，有可能意味着他的政治生命——如果说不是实际生命——的完蛋。于是他的亲人们——妻舅宋子文（中央银行董事长），连襟孔祥熙（代理行政院长）和夫人宋美龄——在上海和南京召集了蒋介石的亲信，尽一切力量阻止南京更加反动的分子以“反共讨伐”的名义发动进攻。

在这个时候，蒋介石的心态也变了。他没过多长时间就意识到，那个背叛自己最彻底的人可能不在西安，而在南京。他可能因此改变了决定，坚决不作殉难者，不当何应钦或者随便什么人爬上独裁者宝座的踏脚石。于是他一扫先前的坚持，以十分精明和现实的方式放下身段，和掌握他生死大权的凡夫俗子开始了谈判。

蒋、张和共产党

蒋介石总司令在西安遭受的挫折，已经由他本人和他迷人的妻子蒋宋美龄合力写了出来。[①]我建议没有看过的人去读一读，那就是 1937 年的《西安事变》。它是中国历史的一个转折点，惊险刺激并具有戏剧性。而且除了它，我也不知道还有什么文献，能如此生动聚焦在这些中国领袖们的心理和性格上。

因此本篇文章只是对作为这位行政院长兼总司令及其有勇气且多才的夫人的大作的一点补充。在蒋氏夫妇眼中，那是一场暴动，对他们的个人使命有害无益。不过那些是他们的主观看法。西安事变危及他们的生命，所以必须极端谨慎地发表看法。但是要在私底下，可能他们会承认，为了政治也为了面子，他们在文中不得不省略许多有价值的材料。

在此必须要提醒大家，中华民族相当务实。在评价西安事变时，大部分的中国人都不会涉及伦理道德层面。中国历史和

①总司令和蒋夫人合著《西安事变》(1937 年上海)。

近代也都有类似的事。1924 年，冯玉祥囚禁当时的中国大总统曹锟，逼他接受自己的政治条件。冯的声望迅速上升，他今天是蒋介石军委会的副委员长。还有个眼下的例子，来自蒋介石本人。他前不久把胡汉民(已故)“扣住”了，对方是他的拜把子哥哥、是国民党里的长辈和劲敌。再有一个是蒋介石在南京绑架并扣留李济深①，直到对方的政治势力垮台。

另外还要提醒大家，中国还不是一个民主的国度，在政治斗争中用上封建手段也是常有的事。在报纸遭到完全控制、人民失去政治权利时，想要改变现状，除了武装示威别无他法，这就是中国自古有之的“兵谏”，是一种公认为了达到政治目的而采用的手段。姑且不谈张学良当时的感受，他直接对政权独裁者采取行动，把死亡和流血事件都减到最低，是最人道、最直接的办法了。虽然这个手段很封建，但是张少帅的对手是一个关键性的人，凭借直觉就知道自己在半封建政治中扮演着枢纽的角色。张学良的行动是以极端现实主义为基础的，在今天，人们的普遍观点是西安事变客观上起到了推动历史发展的作用。

另一方面，在那个时候，蒋介石真的生死堪忧吗？

答案似乎是肯定的。但威胁蒋介石生命的既不是张学良也不是共产党。杨虎城或许可以算一个，但最具威胁的还是东北军和西北军中少壮派军官们，以及有不满情绪、不服管教的刺头兵，还有组织和武装起来的群众等等，这些人都争夺在处理蒋介石的问题上的发言权。少壮派决议公审蒋介石及其下属，称之为“卖国贼”。军队群情激昂，想要杀了蒋，相反，共产党人却据理力争，保下蒋介石的性命。

①李济深（1885～1959）：字任潮，广西苍梧人。中国国民党爱国民主派人士。

中共一直没有特别阐释为何要在西安事变中采用那样的策略。很多人觉得，蒋介石打了共产党十年，现在共产党一定很高兴杀了他。在蒋介石死后共产党可以趁机联合东北军和西北军，攻城略地，并与南京政府势均力敌地争夺权力。但事实上，共产党非但没有如他们所料，甚至还大力支持和平解决。不仅要放了蒋，还支持他继续领导南京政府。就连宋美龄也感到奇怪，共产党和主流意见完全相左，他们为什么不想扣留蒋总司令呢？

前文不止一次提到，共产党要求停止内战，组成"民族统一战线"，在南京建立民主政体。共产党诚意满满，因为这些口号都是符合客观事实的。在政治、经济、军事的方方面面，共产党需要的只有和平。需要那样一个真正的代议制多元民主政体存在，可以实现他们现在的目标，这种民主政体是唯一令人满意的机制，能把全国人民彻底团结起来，反抗日本侵略，为了国家主权独立而战斗。同时共产党人也坚信，在进一步实现社会革命之前，必须先把日本侵略者赶出中国。两场战争不可分割，而抗日战争必须同时带动社会革命。共产党的经验是，不顾日本帝国主义的灭国威胁，继续进行革命战争，不但会削弱全民族的抗战力量。也会榨干革命本身的潜力。

毛泽东表示， 国际社会主义胜利的一部分发生在中国，就是中国的民族解放运动。抗战的胜利的意义在于毁灭了帝国主义最强大的一处基地。中国的独立将会加速全世界革命进程。而抗日失败，我们就失去了一切。中国人民的民族自由被剥夺之后，首先要做的是争取独立而不是实现社会主义。如果中国人失去国家了，在哪里才能实践共产主义呢？[①]

①著者与毛泽东在保安一次会见当中的谈话。

有据于此，共产党在蒋介石还没有被捉住的时候，就建议国民党实行统一战线。在危机期间，他们依然令人惊讶地坚持这个“路线”。他们表现出党的纪律，只要是公正的观察家者都能看出来，共产党在面对外界诱惑时能客观看待。中国的政治是极度个人化的，在那样的氛围中，你就能理解共产党的冷静和客观是多么宝贵的东西。事变一发生，共产党立刻意识到，这是一个机会，让他们有机会向全国发声，真诚地提出统一战线的纲领。这和是不是抓蒋介石无关。虽然他们也觉得吃惊，但他们对于逮捕的结局却起了不少作用。

苏维埃和共产党联席研讨西安事变的对策，会议决定拥护八点纲领，并加入联合抗日军事委员会。一做出决定，没过多少时间他们就在保安发了一份通告，即《召开和平会议的建议》[①]，表示他们相信“西安领袖此次行动出诸爱国热诚，希望迅速制定立即抗日的国策”。他们还大力谴责何应钦，认为如发动内战，全国会陷入大乱，日本强盗就会利用这个机会侵略我国，亡国奴命运难逃。为了和平解决西安事变，共产党提出，首先不能发起内战，接下来才能坐下来各方和谈，讨论联合抗日的纲领。这份电报阐明了共产党接下来要遵循的原则，代表们应邀去西安后，一直坚持此原则。在政治上，张学良也很相信代表们在政治上的建议。

周恩来到西安之后立刻去见蒋介石，以共产党代表团团长的身份。[②]那个时候蒋介石身体不好精神也不好，据说看见周恩来吓了一大跳，脸色苍白。因为周恩来是他原来的政治副手，他为了取周的性命曾开出 8 万块的悬赏令。蒋觉得红军已经进了西

①《召开和平会议的建议》，1936 年 12 月 19 日保安。
②蒋介石自己的记载中并没有提到曾与周恩来谈话。

安，周一定会把他带去当俘虏。连宋美龄也有同样的担心，她觉得目标(如果蒋介石被带出西安)一定在红军根据地的某个后方。

蒋介石缓解了惊惧的状态后，和周恩来与张学良坐下谈了起来。因为他们承认蒋介石依然是总司令。他们解释共产党对民族危机的态度，蒋介石刚开始态度僵硬，后来听着——这是他十年反共战争中的第一次——共产党的观点，态度慢慢缓和下来。12 月 17 日至 25 日，蒋、张、杨以及中共进行了频繁的会谈。一开始蒋介石根本不愿意讨论抗战八点纲领。但是他渐渐地知道了南京政府的反应。他明白过来，全国性的内战一旦发生，后果将是不可估量的，那是南京政府的阴谋，所以他慢慢选择相信俘虏他的人，相信共产党人的目的不是为了杀死他，而是真的愿意在他的领导下协助和平统一全国，只要他提出一项积极武装抗日的政策。他们还讨论了别的东西，可能就是国共休战基础的四项原则。

当然，蒋介石没有把谈话细节写在他私人日记里，因为他从来都是——而且也不得不是如此——不会为以后实现的和平"讨价还价"，只要求别人听从政府的管控。现在的局势和将来一段时间的局势都不算好，张学良他们应该不会公开那几天详细的讨论内容，但我们可以从现在公开的材料进行复盘：

在朝向协议方面取得进展的第一步，来自 12 月 14 日，端纳先生的到达。张学良之所以邀请他来西安检查蒋介石的安危，是因为他的身份。首先他是蒋介石的"外国友人"兼非正式顾问。他也在张学良身边同样作为类似角色而存在。其次，张学良知道，任何一个中国人在这样一场危机中担负这样的使命，他说的话是没人相信的，他作为外国人，是一个"局外人"，这对南京政府来说，比国人可信。

在看过蒋介石的人身安全有保障后，端纳次日回到洛阳，给南京政府打电话，证实蒋不仅活着，待遇规格也很高。他还传蒋介石的话说，同样被俘的副官蒋鼎文（他的幕僚之一）会带着蒋介石的亲笔信给南京的军政部和政府。这通电话加强了宋美龄对付主战派的力量，她丈夫不仅没死，而且还有不开展内战的“其他方法”，就像端纳所说的那样，和平解决有了可能。

蒋鼎文 18 日来到南京。蒋介石在信中喝止何应钦的战争方案，并要求选派代表回西安和谈。蒋介石首先要求他的那个颏下垂肉重重的连襟孔祥熙博士成为“代表”的第一人选，因为孔是财政部长，还能代理蒋介石成为行政院代理院长兼国家首脑。孔博士推辞，宋美龄表示，因为“医生劝孔博士不要飞赴西安”。而其他人也赞成他不去西安，以他的身份只要一过去，就是个正式谈判的信号。这是何应钦所不愿看到的。哈佛大学留学的宋子文代替了孔祥熙作为折中，也是最好的中间人。因为一方面，宋是蒋的妻子的哥哥，更是全国经济委员会主席；另一方面，宋是开明派，即国民党中所谓“欧美派”，非常支持统一战线运动。这样一来，宋将受到西安方面的欢迎。随同人员还有顾祝同将军，他是除了何应钦军政部长以外的南京将领中在政变时没有被俘的唯一重要将领。

宋子文飞到西安已经是 12 月 20 日了，看起来蒋介石已经和西安方面达成了“原则上”的总协议。虽然蒋自己没说，但是前一天张学良已经公布了，或者说，张单方面认为这件事已经板上钉钉。声明是从西安府发给伦敦《泰晤士报》驻上海记者弗雷泽的，请他转发，但被南京新闻检查官扣压。端纳另外得到了抄件。本文引用于他的来源。他是这么说的——

总司令在西安久留不是我们的责任。上周端纳先生的到来，令蒋总司令不再极度愤怒和冷淡，开始真正与我们讨论问题，并在周二基本同意了我们的观点，为了孙中山博士的遗志，为了国家在政治上和物质上合理地和自由地发展，采取明确国策，推行全国改革。

我致电南京，欢迎大家听取蒋总司令的意见，并为了停止内战与他安排必要措施。蒋总司令迫切期待获释，我相信他不会言而无信，但也担心他在南京再度受到挑拨……他理解我的担忧，因此我们将在西安共同等待南京有权处理此事的代表（即提供适当保证）到来，以便总司令能回京，但现在都没有下文。

真是令人感到惋惜，南京早点来人，蒋总司令就能早点回去……

张学良[①]

但在东北军少壮派军官中产生了极严重的问题，因为在张主持的军事委员会里，他们取得直接且有力的发言权，他们意见很重要。而他们被西北普遍开展的群众运动的情绪所影响，一开始不同意释放蒋介石，而是开群众大会，“公审”蒋介石，判蒋介石死刑。

蒋介石知道西北蓬勃发展的这个运动是怎么回事，早在1927年他就差点被群众推翻，其后他就一直为征服那些被他称作“暴

①这一电报是在12月19日从西安发给上海的《泰晤士报》通讯员弗雷泽（Frazer）的，并附带要求分发给别的通讯员。南京检查员扣留了这电报。另一份发给端纳，本节所引即由端纳处得来。

动分子”而斗争，而现在他意识到自己有可能通过这种形式被公审羞辱。因为就连在他门口站岗的卫兵也这么说过。他自己记录：“我听到‘人民的判决’的话，就明白了，这是他们的恶毒阴谋，他们要用暴动分子作为借口来杀害我。”

但共产党代表起了非常大的作用。在他们与蒋会谈后，已经从蒋那里得到充分保证(除了现在看来显然是从客观情况得出的保证之外)，可以相信，他如果被释放是会停止内战的，而且总体来说，会执行全部“统一战线”的纲领。但要做到这点必须保持蒋介石的地位，让他在保持威望的情况下回南京。因为他们知道，如果他在任何协议上签了字，让别人知道了，或如他受到“人民审判”的耻辱，这些事情会不可救药地损害他的领袖地位。更糟糕的是，如果他死了，内战肯定会大规模爆发，十年国共内战的僵局会极大地延长，想实现抗日民族阵线的希望就会变得渺茫。这种结果势必两败俱伤，而白白让日本得了好处。这就是共产党的观点。

博古、叶剑英、周恩来以及在西安的其他共产党人，花了很多时间向军委会里的少壮派军官解释采取这种政策的原因。一开始那些少壮派很不理解他们的立场，他们有的人真的因为这种“叛卖”而气得哭起来，他们原来认为共产党是第一个要杀死蒋介石的。因为他们敬仰并期望共产党领导他们政治，共产党对他们的影响不低于张学良。但是，虽然他们大部分人——杨虎城与他们一起——仍不信放了蒋的方法是正确的，但是要杀死他的情绪慢慢地冷静下来了，开始讲理，要张学良采取激烈行动的压力减轻后，会谈得到了较大的进展。

12 月 22 日，西安聚集了海量的大人物。除了宋子文、端纳、南京来的其他两三人以外，还有陕甘两省主席、内政部长、军政部次长、军事参议院院长、总司令侍从室主任，以及其他同蒋介石一起被扣的参谋总部的人们。大部分都参与了张、杨、周和东北高层军官的谈判，八项要求中明显没有一项是被原样接受的，因为双方都认识到必须维持政府体制的威望。不过中国人提出要求时总是开高价，其实并不认为实际上可以实现，只是因为开高价后，可以不慌不忙地反复讨论。西安也不例外。

支持八点纲领的人列出了其重要顺序：（一）停止内战，进行国共合作；（二）对日本的侵略实行明确的武装抵抗政策；（三）撤销南京某些“亲日派”官员的职务，积极与英、美、苏俄建立更密切的关系，包括可能结盟；（四）政治和军事两方面改编东北军和西北军，基础和南京军队一致；（五）人民应获得更多政治自由权；（六）在南京建立某种形式的民主政体。

这似乎是在蒋介石和张学良离开西安之前达成协议的主要内容。蒋介石许诺不再有内战，他说他也没签什么文件，至少现在没有证据证明他签过。南京方面和蒋的“面子”因此得以保全。不过后来发生的事又证明，张学良也没有白丢他的面子。

蒋夫人宋美龄 22 日到达西安，无疑加速了会谈进程。她对自己在西安的三天经过进行声情并茂地描述。她对张学良的劝告和斥责，也让蒋介石更快地重获自由。蒋介石以十字架上的耶稣基督比喻自己，蒋夫人也认为自己扮演了《圣经》的一个角色，她引用《圣经》说：“耶和华现在要做一件新的事，那就是，他要让一个女人捉住一个男人。”12 月 25 日，她还在疑惑不解“圣诞老人是否会绕开西安离开”，老尼克的角色落在张学良身上。张宣布，他说服了他的军官们，当日会让他们飞回南京。他也这么做了。

最后，还有个令人吃惊的挽尊。年轻的少帅坐在自己的飞机上，和总司令一起回南京，申请处罚他自己！

“针锋相对”

在接下来的三个月里，在西安引发的绝大多数在政治上的纵横交错的关系都展现出来了，最后，整个局势被彻底转变了。有人遭到巨大的失败和阻碍，也有人取得了巨大的胜利和进展。但就像旧戏舞台上两个武生之间的决斗一样，疯狂呐喊，刀剑奋力在空中砍来砍去，令观众们群情激荡，提心吊胆。但事实呢？他们谁都没有碰到对方哪怕一根汗毛。最后，其中一个人倒地承认失败，过了会儿就起身下台，大摇大摆，极其威严。

这就是他们在南京打的怪异却令人头昏眼花的太极拳，大家都“赢了”，唯一的受害者是历史——被骗走了一个牺牲品。

张学良对蒋介石说：“兹汗颜随钧座返京，听候惩处，以昭军纪。”

蒋介石也感慨地表示自己无德无才、领导无方，才造成了现在前所未有的事变，既然张主动忏悔，他会请求中枢用合适的方法来挽回局势。

至于什么是“合适的方法”——无论多么严重的行为，都能巧妙地通过和解而减免惩罚，连惩罚和赔礼也能做到恰如其分。

这是妥协的艺术，而蒋不愧是一位妥协折中大师。他在中国人所说“有实无名”和“有名无实”之间自在游走，掌握了两者间的全部细微差别。

回到南京以后，蒋介石做的第一件事就是发表了长长的声明，承认自己没法阻止叛乱，他命令政府的士兵们马上撤离陕西，作为停止内战的履约。他也承认自己作为行政院长的失败，并且辞职。按照惯例，辞职要连辞三遍。但是无论是他本人还是南京政府，都没将辞职当真。因为他在12月29日的中执会常会紧急会议上，就提出了四点“请求”，让国民党这一最高机构执行：由他本人担任委员长的军事委员会，负责惩处张学良的问题；由他本人担任委员长的军事委员会，负责处理西北问题；一切针对叛军的军事作战行动都必须停止；把何应钦的“讨伐”司令部撤销。而这些要求被常委会采纳了。

12月31日，在蒋介石没有出席的情况下，军事法庭判处张学良有期徒刑10年，剥夺公众权利5年。不过第二天他就被赦免了。在这期间，张学良始终被宋子文以贵宾规格款待着，宋子文是蒋介石的妻舅，也是去过西安的使者。然后，1月6日，撤销了总司令设立在西安的剿匪总部。又过了2天，就是大家都知道的，“亲日派”官员张群要下台了。张群是国民党政学系重要领袖，在日本留学，日语很好，是外交部长，也是西北方面攻打南京“亲日派”政府工作人员的主要对象。新上台的外交部长是西北军人集团赞同的国民党政党中反日的欧美派的王宠惠，他是博士，也是律师，在美国留过学。

应蒋介石的要求，2月15日，国民党中执会召开全体会议，这是国民党有史以来的第三次这样的会议。它的作用曾经很明显，仅限于在法律上认同统治集团——其实是蒋介石独裁政权——事先已做出的政策的重要变化。但现在它有了什么变化呢？作为国民党的最高机构，它将提出成百上千项议案，大多关于“救国大计”。

1月间和2月头几天，蒋介石请了“病假”，带着张学良去了他浙江奉化附近的老家休养。第一次的辞职报告被退回，他重复了一遍。他看起来从官场中脱身，但依然控制一切，包括如何解决西北问题，还有与东北军、西北军和红军将领进行的谈判。张学良虽然仅仅受到降职处分，但事实上却被软禁了起来。南京方面，蒋介石的下属加紧收集他目前的拥护者情况，以便他将该情况同反对他的人数进行对比，他需要重新算哪些力量是拥护他的，将部分借机在西安把他炸死的人区分开。西安事变正像蒋夫人所说的那样，“因祸得福”也不仅只在一个方面。

2月10日，共产党中央委员会向南京的国民党政府和国民党中执会三次全会发出具有历史意义的电报，[①]首先祝贺西安事变得到和平解决，也预祝政府“和平统一”中国。随后，它针对中执会全会提出了四条修改意见：结束内战；保障言论、出版、集会自由并释放政治犯；制订策略发动全国抗日；实行孙中山遗嘱的“三大原则”。

如果这四条重要的修改意见被采用，形式上也好，实质上也好，共产党将开展下一步行动，停止一切推翻政府的尝试，“加速全国统一和抗日”。采用以下具体政策：把红军的名称更改为“国民革命军”，同意军委会指挥红军；把苏维埃政府更名为

①见苏维埃刊物《新中国》，1937年3月15日延安。

“中华民国边区政府”；在苏维埃地区内，实行“完全民主的”政体；不再没收土地，人力物力主要应用在抗日救国上。

可惜的是，在2月15日召开的全体会议上，国民党没有把它当回事，而是在处理更重要的事情。会上蒋介石的第一次发言就是激动地（对他来说）重新讲了一遍自己在西安被扣的经过。他对于自己的经历说得很是精彩，包括他是怎么想法子拒绝书面保证履行叛军的要求，他是怎么让叛军同意自己的观点的，还有叛军被他的日记中的爱国情怀感动到落泪云云。直到发言的最后，他才漫不经心和不屑地说出叛军的八点要求。会议上，大家表示完全相信蒋介石，并且拒绝了他的第三次辞职报告。在谴责张学良之后，也同样漫不经心和不屑地拒绝了八点荒谬的要求。

然而，中央执行委员会已经井井有条地根据安排完成自己的工作。也许最有意义的是来自汪精卫的开场白。在党的领导集团中，汪的地位仅次于蒋。自从反共战争以来，汪在发言的时候，第一次没有把“安内”（说白了就是剿共）列为全国“首要问题”，也没有提及他的著名言论“抗战必先统一”。他表示，现在全国的“重要问题”是把失去的土地从日本人手里夺回来。在会上还真的做出决定，首先夺回河北省的东部和察哈尔省的北部，并且废除日本在那里设立的“自治性”的冀察委员会。不过这并不代表他们对日宣战，他们只是要表达一种态度：如果日本继续侵略中国，他们就要武力抵挡了——这是向前迈进的一大步。

随后，在行政院长的建议下，中执会决定召开“国民大会”，在中国实行“民主”的国民大会早就该召开了，但拖延了很长时间。大会拟定日期是1937年11月12日，而且重要的是常委会被授权修改国民大会的组织法，增加“各界”参加代表的名额。蒋介石再一次借汪精卫之口，宣布全国第二个大问题是加快实现民主。

在会议结束的那天，蒋介石发表了一份声明。他承诺所有人都应该享有更多的言论自由权利，卖国贼除外。这是大家第一次听到总司令要维护新闻自由。且他只字未提“文匪”。蒋还承诺“释放悔过自新的政治犯”。报界接到命令，静悄悄地停用了“赤匪”和“共匪”的称号。少数监狱慢慢释放了些不那么重要的被害人。

接着好像事后才想起来一样。历史性会议的最后一天，即2月21日，一份长长的宣言被公布出来。表面看起来它是对共产党的斥责。它概述了十年来犯下的烧杀破坏之罪——这自然是在国民党的角度对事件的看法。宣言中说，这些人曾经是体面的公民，甚至是道德品德操守完美的国民党盟友，怎么会沉沦成这样？和强盗、小偷、杀人犯根本谈不上“和解”，这点很明显。但事实证明，所有这些空谈实际上只是为在宣言结尾提出的和平条件张本。招致了不惜一切代价反对和平的顽固保守分子们的厌恶。

那么宣言中是怎么建议的呢？这次会议提供了一个机会，好让共产党能“改过自新”，但有四个条件：(一)取消红军的概念，红军应全部改编为国军；(二)“苏维埃共和国”应该解体；(三)与孙中山先生三民主义相反的宣传应予以取缔；(四)不再进行阶级斗争。由此可见，国民党虽然用“投降”取代了“合作”，并且接受了共产党提出的“和解”谈判的基础。值得注意的是，这些条件没有剥夺共产党所拥有的小小自治国，也没有剥夺他们的组织和军队，更没有剥夺他们的党的领导和他们将来的“最高纲领”。或者说至少共产党可以这样希望。而实际上共产党也是这么想的。因为到了3月15日的时候，共产党、苏维埃和红军发表的一份长长的宣言里，要求与南京方面重新谈判。

蒋介石的这些烦琐而复杂的小动作有什么企图吗？很明显，这些手段非常巧妙，在不削弱他和南京政府声望的同时，还能与反对派进行和谈。把他那段时间发布的命令、讲话，与全体会议通过的决议，按正确顺序重新排列一下，我们就能明白，他所同意的要求，正是所有反对派别的一部分政治要求，因此各派别就不会团结起来对他表示坚决的反对，同时又不至于引起国民党内部的背叛。内战已经结束，南京政府终于担当起武装抗日的任务，并且政府愿意扩大政治上的自由权利，还定了权利的具体实现日期。在这些的最后，还有一个方案，国共双方可以根据这个方案和平共处，之间不会再有战争。但是在名义上，国民政府又保全了体面，因为他们并不是和共产党合作，也没有向叛军屈服。这一切看起来都非常完美。

没有人不会注意，这些和解办法是蒋介石冒着很大的反对意见，强硬通过的。而且就在前不久，他本人经历了一场可以称为生死攸关的大危机，随便换一个人来，都有可能被嫉恨冲昏头脑，轻率地进行打击报复。其实蒋介石的一些南京部下出于愤怒，确实提出过这样的要求。可是比他们精明的蒋介石没有那么做。他安全脱离危险时受到人民极大的欢迎，这不仅是对他个人的拥护，也是人民反对内战，要求团结抗日的有力表现。对于这个，蒋介石是理解的，他知道如果他对西北方面采用任何惩罚警戒行动都会使他在一夜之间失去民心。

更重要的是，西安事变暴露出他的权力结构中的深刻裂痕。他清楚这种裂痕很容易变大为导致毁灭的分裂，让整个结构四分五裂。他知道和平对他有十分大的好处，可以消除掉这些裂痕。他并没有食言，也没有公开报复逮捕他的人。他的方法是结合一定程度的威胁和一定程度的让步，蒋可以被称为一位玩弄政治手腕的天才！通过这种方式，他成功分裂了西北集团(这是他的第一个目标)，又把在陕西的东北军平安调到了豫、皖，同时将杨虎城的西北军收编到了中央。1937 年 2 月间，国民党的队伍顺利占领了西安及其近郊，其间没有遇到任何抵抗。接下来的一个月，国共双方开始了他们的谈判。

友谊地久天长?

蒋介石友善的态度和他撤销剿匪总部、取消新闻围剿计划以及上述的各种命令和决议，共产党也留下了深刻的印象。所有战斗已经停止。国共两军实际上和平占领着几个边界地区。蒋介石表示愿意忍受（至少暂时）红军的存在，只要他们能遵守 3 月 10 日的电报中的承诺。

西安事变期间，红军占领一大片新的地方，占陕西省一半以上的面积，包括渭河以北的几乎所有地方，50 多个县，面积在6万到7万平方英里之间，几乎是奥地利国土面积的两倍，共产党至今从未占领过如此大的区域。但是经济方面，它很穷，发展的可能性很有限，人口稀少，居民可能还不到200万。

从战略上讲，这一地区极为重要。共产党可以封锁通往中亚的贸易通道，或与新疆和外蒙古建立直接联系。如与日本开战，这条边境线有很明显的有机价值。这是日本无法封锁的仅有的两条边境线之一，也是供应来源之一。新疆有一半以上，约55万平方英里的土地控制在一个同情中共、半独立于南京、半从属于苏联的半社会主义政体之下，而在它东北方的外蒙古自治共和国，另一个90万平方英里、曾经的中国附属国——现在在名义上中国依然是它的宗主国，即使俄国也如此认为——当然现在也在红旗之下了，作为1936年与苏联缔结的军事同盟(共同防御条约)的结果。

这三个被共产党影响控制、在今天仍被称作“大中华”范围内的地区，其总面积约为前中华帝国的三分之一。把它们相互划分界限隔开而没有实际接触的缓冲地带上居住着蒙古人、回民，还有一些其他跟南京政府关系脆弱的边境部落。日本侵略的威胁日益影响着他们，这些地区很有可能会在后来被纳入“抗日统一战线”的圈子，在苏联的影响下，这样在未来会形成一个无比巨大的共产党根据地，从中亚与蒙古，延伸到中国西北腹地。不过这片区域经济落后，有些地方还是贫瘠的草原和沙漠，交通不便利，人口稀少。只有与苏联或华中地区的先进工业和军事基地紧密结盟，最好两者兼得，它才能在东方政治中起决定性作用。

目前来说，中国红军的直接收获仅有：内战停止，南京对内政策的某种程度的自由化和容忍，对日态度强硬，苏区不完全地从孤立状态中脱离出来。由于蒋介石在西安的使者张冲将军和共方在西安的代表周恩来之间的谈判在4月至6月期间局势发生了一些重要的变化。经济封锁解除了。红区与外界建立了贸易关系。更重要的是，双方偷偷地恢复了通讯和交通，在边界上，红星旗和国民党的青天白日旗标志性地交叉挂在了一起。

邮政和电报开放了部分之后，共产党在西安购买了一批美国卡车，并且在他们的各主要区域内经营起了长途汽车。必需的各种技术资料也开始纷至沓来。在共产党人眼里，没什么比书籍更重要，延安新建了一家鲁迅纪念图书馆，全国各地的共产党同志邮寄了成吨的新书来填满它。数以百计的年轻共产党员从大城市迁移至陕北的红色新首都延安。到5月份的时候，红军大学(改名为"抗日大学")已经录取了超过2000名新生，其中约500名还进入党校。这其中有蒙古族、回族、藏族、台湾人、苗族和彝族的学生,还有好几十人在各一些技术训练班进行学习。

党的久经考验的工作人员同那些年轻又热情的激进分子一样，也在从中国各地涌来，其中有些人翻过崇山峻岭，走了很远的路才来到陕北。7月间，尽管学生们的学习生活相当清苦，伙食是小米白菜，经常吃不饱肚子，但申请者还是很多，学校根本容纳不下。许多人被告知回去等待下一个招生季，共产党也在准备再招5000人。许多训练有素的技术人员也来了，他们有些是去当教员，有些是分配去从事已开始的"建设计划"，和平所带来的最直接的好处也许就在这里：一个自由地为了革命抗战锻炼、装备、培训新干部的基地。

当然，国民党仍然严实地监控着共产党与外界的联系。现在对共产党运动的限制减少了，但还没有公开承认那些共产党员的合法权利。大部分非共产党的知识分子也来到红色中国进行考察和调查，其中不少人来了之后就决定留下加入他们的工作了。6 月，国民党自己也悄悄地派出以邵华为首的半官方代表团访问红色首都，他们参观了苏区，并在群众大会上发表了相当红色的抗日演讲，他们欢迎国共恢复合作在反帝国主义统一战线上，不过这些事在国民党报纸上是不允许刊登的。

国民党控制地区下，那些列宁的拥护者们的情况也有所改善。共产党在名义上仍然是非法的，但压迫有所减轻，已经可以扩大组织和影响。少量政治犯不断从监狱被释放。特别宪兵，即蓝衣社，侦查共产党的行动还没停止，但绑架和酷刑停止了。有消息称，蓝衣社今后的活动主要集中在“亲日汉奸”身上。有些汉奸被逮捕，报纸上说，有些领着日本钱的中国特务被抓起来处决了。

5 月间，作为退让的交换条件，苏区准备采用“边区政府”的名称，而红军则申请以国民革命军的名义加入国防部队。5 月和 6 月期间，分别召开了党和红军的全国人民代表大会，提出了许多与国民党合作的新政策。在这些会议上，列宁、马克思、斯大林、毛泽东、朱德和其他共产党领袖的画像与蒋介石和孙中山的画像挂在一起。

这些现象反映出共产党基本上愿意在形式和名称方面作出必要的退让，同时保留他们在主义和纲领上的主要内容，在他们的自治条件下得以存在。国民党将孙中山的三民主义挂在嘴边，像在大革命时期一样又受到了共产党的尊重。这不是蒋介石的三民主义，因为共产党将三民主义赋予自己的马克思主义的解释。显然，他们是决不会放弃马克思主义和社会革命的基本原则的。他们采取的每一个新步骤、做的每一个变化，都是以马克思主义的视角进行检查、辩论、决定和结合的，而且也要以无产阶级的视角，共产党依然坚持以无产阶级革命作为他们最终目标。

共产党政策中最重要的变化是停止没收地主土地的做法，停止反南京、反国民党的宣传，承诺所有公民不分阶级一律享有平等权利和选举权。其中，自然是停止没收土地是影响到红色经济的最直接因素。当然，这并不意味着在已经实现再分配地区将土地归还地主，而是在共产党新控制的地区放弃这种做法。

在蒋介石方面，他同意——尽管不是正式地将苏区视为“国防区”的一部分，并为了补偿由于这种退让而造成的经费短缺，按这种地位拨付了经费。蒋介石回到南京后不久，红军就收到了第一笔50万元的经费。国民党的货币一部分用来回收苏区货币，还有一部分用来为合作社（现在存货丰沛）购买各种成品和设备。这些钱一点也没有浪费在薪水上。财政人民委员会仍靠5元钱一月生活，南京每月精确的经费在本书写作时还在继续谈判——实际上，未来合作的具体工作协议也还在谈。

6月间，蒋介石派私人飞机接西安的共方首席代表周恩来去避暑胜地夏都牯岭。周与蒋介石和内阁成员进行了进一步的会谈，会谈讨论的议题之一是共产党要求在国民大会中占有一席之位，大会计划在11月召开并通过一部“民主”宪法，据说他们已达成了这样的协议，允许“边区”选举九名代表参加大会。

然而，这些代表很可能不会被称为“共产党人”，南京没有公开承认这段所谓“复婚”关系，而更愿意把这种关系看作是纳了个小妾，她行为是否端正还有待证明，出于外交上的原因，这事儿在家庭圈子外面讲得越少越好。但即便是偷偷地“结合”，也是对日本的公开抵抗，令人惊讶，因为这在几个月前是不可想象的。与此同时，日本自己（通过媒人广田）提出的与南京举行一场体面的“反共”婚姻的提议最终被拒绝。这种迹象表明，也许南京政府的外交政策是真的有了根本变化。

对许多对中国政治陌生的天真的西方观察者来说，这一切似乎是一个完全不可理解的结局，让人在分析它的意义时可能会犯下严重的判断错误。世界上除了中国以外的其他地方不会发生这些事的。在经历了十年最激烈的内战之后，红白双方突然手拉手唱起了《友谊地久天长》？这要怎么解释？是红军变成白军了？或者是白军赤化了？这肯定都不是，但总归有赢家，有输家，总体看来，中国赢了，日本则失败了。因为第三个因素——日本帝国主义——的干预，极其复杂的红白双方的决战暂时推迟了。

因此想大概了解红色天际上出现的前途，取决于帝国主义在中国革命中所饰的角色。

红色天际

要“阐明”中国革命，勘测它在社会政治经验方面的丰富宝藏，不是本书的任务，而是要写一部完全不一样的作品。但即使在剩下的这几页篇幅中，仍然可以为在这部渠道多样纵横的历史湍流中的航行者，提供一幅总航图。

有一位名为列宁的，颇有成就的社会科学家曾经这么说："一般说来，历史，特别是革命的历史，总是比最优秀的政党和最先进的阶级，以及最具觉悟的先锋队所能想象出的，更富有内容，更鲜活多彩、更激情澎湃、'更巧妙'。这是可以理解的，因为一支最优秀的先锋队也只能表达几万人的阶级意识、意志、幻想，而革命，他却代表了人的所有才干特别高度和聚集地表现出来的时候，是由千百万被最尖钝的阶级斗争所激励的人的意识、意志、激情和幻想实现的。"[①]这段话用在中国是很恰当的。列宁承认的，在某种意义上简单来讲，是共产党的预言不免存在错误，共产党人常常很容易把感情上的主观愿望与现实混在一起，抱有把"几万人"的意识看成"千百万人"的"想象"的错误的判断。诚然这不一定是辩证唯物主义方法的弱点的证据，却是辩证法论者的弱点的证据。这解释了共产国际的喉舌《国际通讯》或《新群众》有时在阐明一定的历史可能性时会像《泰晤士报》或《意大利人民报》一样是错的原因。

中国历史证实了在哪些方面"内容更丰富、更多样、更生动、'更巧妙'"，而不是共产党理论家在近十年前所预见那般呢？具体来说，为什么红军尽管作了英勇无畏的奋斗，仍没有取得中国政权？在回答这个问题时，我们必须重新回忆，并把共产党关于中国革命概念及其主要目的清楚地记在心里。

关于中国这场共产主义运动，普遍有种非常顽固的看法，就是说，它会马上宣布实行社会主义，因为它认为完全不需要有资产阶级的存在或资本主义经济阶段，它是反资本主义的。这

①见列宁《共产主义运动中的"左派"幼稚病》《列宁选集》第四卷。

种看法是胡说的。共产党的每次声明都明确表明，他们承认目前革命的“资产阶级性质”，斗争的重点不在于此，而在于领导的性质。在共产党看来，革命的领导责任的主要历史任务之一是推翻外国帝国主义和将中国从这种半殖民地的地位中解放出来以实现民族独立；之二则是推翻土豪劣绅权力，将群众从“半封建”的状态中解放出来实现民主。只有尽快实现这两件历史任务，才有可能进入社会主义。

但怎样才能达成这种胜利呢？共产党人曾认为可以同资产阶级一起来争取这种胜利，但 1927 年的反革命，国民党作为地主资产阶级的政党，它放弃采取革命的方法对抗帝国主义和封建主义时，共产党人相信“只有由无产阶级领导的工农民主专政”才能在中国领导资产阶级革命，资产阶级革命在推翻帝制后，并没有立即获得肯定，而是在 1925 年至 1927 年大革命时期才形成肯定的形式。

对于那些不了解马克思主义逻辑的精确范畴的人来说，这些观点看起来可能复杂了些。但如果读者对此有钻研的兴致，这整个理论有一套书（初学者可以看斯大林的《论反对派》），我只简单解释：共产党认为，中国在所难免地会经历民族资本主义阶段，但同时要在城镇中消灭外国殖民势力，在农村将农民解放出来，还他们以土地，并且将大庄园、地主在农村的经济、政治、社会等方方面面的权力消除掉之后，才能实现。

共产党人说，中国的资本家阶级还不能算是真正的资产阶级，而是“殖民地的资产阶级”。它是一个“买办资产阶级”，是主要服务外国金融和垄断资本等对象的寄生物。它根本无法领导革命，只有通过反帝国主义运动，消除外国的统治，它才有可能寻求自由。但是，只有工人和农民才能领导这样的革命，并取得最后的胜利。共产党要引导工人和农民不把胜利的果实交给他们通过革命解放出来的新资本家，正如在法国、德国、意大利已经发生的那样。事实上，除了俄国，到处是这样。相反，工人和农民在这个“新经济政策”时期里，一个短短的“有控制的资本主义社会”历史时期，然后到国家资本主义时期，最后快速过渡到社会主义建设——在苏联的帮助之下。以上这些观点在《中华苏维埃共和国的基本法律》中都说明了。[①]

“驱逐帝国主义，打垮国民党的目的是要统一中国，实现资产阶级民主革命，使得有可能把这一革命转到社会主义革命的更高阶段。这就是苏维埃的任务。”[②]这是毛泽东曾经在 1934 年说过的。

但是，考虑到他们肯定十分清楚中国的历史像一个挡在革命面前的大峡谷，他们有什么理由相信自己在 1927 年可以做到这样的跳跃？也许主要因为十月革命是榜样，俄国人民因此从封建帝制跨进了社会主义阶段，听说完成这场革命需要两个条件就能做到，而在中国也有可能实现这两个条件。托洛茨基曾经提到过：“资产阶级发展初期才会出现的农民战争，以及标志着资产阶级衰亡时才会发生的无产阶级起义，上述两种完全不同的历史范畴的两种因素需要互相结合渗透”。[③]

在中国大革命的巅峰时期，农民群众和无产阶级之间都有必要的革命情绪。但是，这与俄国革命的情况有许多不同之处。其中一种差异是非常大的。在俄国，封建主义的残余存留比中国更为明显，但中国是一个半殖民地国家，是一个“被压迫民族”，而

①马丁·劳伦期书局，1934 年伦敦。

②引自《红色中国：毛泽东主席……》（1934 年伦敦）。

③见托洛茨基《俄国革命史》第一卷，第 70 页（1932 年伦敦出版）。

俄国是一个帝国主义国家，是一个“压迫民族”。在俄国革命中，无产阶级只需要打败一个阶级，也就是国内的资产阶级兼帝国主义阶级，而中国革命则需要对付一个具有双重人格的国内敌人，也就是本国新生的资产阶级和外国帝国主义的既得利益。从理论上讲，一开始，中国共产党认为他们的敌人的这种两重性能被他们自己的攻击的两重性所抵消，那就是他们自己的攻击将得到他们在世界上的“无产阶级盟友”和“苏联劳动者”的帮助。

中国共产党在1927年大革命时没能胜利的原因很简单，中国产业无产阶级所存在的条件和性格是最重要的原因。首先这个阶级人很少——中国只有400万的产业工人——饱受压迫，憔悴瘦弱，目不识丁，从无革命经验，其中甚至多数是女工和童工，力量受到削弱，他们还受到本国和外国资本主义的双重剥削与压迫。在这样的前提下，即使是处在独立的中国的环境下，也很难发挥出它的政治意志，但它受奴役的最不利的因素在于中国现代工业都处在被外国控制的地区，这些地区的工人们根本无法相互联系。

中国近三分之一的产业工人集中在六七个世界列强的炮艇瞄准下的上海。除此之外，天津、青岛、上海、汉口、香港、九龙和其他帝国主义的其他势力范围，大约占中国全部产业工人的四分之三。上海提供了最典型的样本。英国、美国、法国、日本、意大利和中国的兵痞、水兵、警察，所有国际帝国主义的势力与本地的流氓地痞和买办资产阶级这些中国社会最堕落的成分相结合，“合作”对手无寸铁的工人们挥舞警棍。

这些工人被剥夺了言论、集会或组织自由的一切权利。只要处于本国和外国的警察双重的控制下，在中国动员产业无产阶级工人采取政治行动就是完全不可想象的。历史上只有一次，也就是1927年，几天时间，蒋介石利用工人，打败了北洋军阀。但紧接着，由于外国列强的认可和外国资本家的经济援助，工人们就立刻被镇压了，这是历史上最令人沮丧的一次流血事件。

南京政权可以，同时他们也切切实实地依赖着外国列强在通商口岸所占有的工业基地，指望外国列强的军队、大炮、巡洋舰、内陆警察、内河炮艇，除此外，还有外国列强的资金、报纸、宣传、特务。虽然这些国家不怎么直接参与反红军的战争，但这没有关系，在必要的时候，他们也会行动，不过他们主要贡献也就是提供飞机军火，镇压工人革命，以及把共产党称呼为“土匪”，以及轻描淡写地否认内战，像“不干涉委员会”（如西班牙）那种令人为难的情况就完全不会出现。

因为从一开始工人就处于无力状态，而且在城市中无法赢得一个重要的工业基地，所以无产阶级的先进领导人不得不退回到农村地区，在那里，共产主义运动在保持社会主义的目标和思想的同时，在实践中具备了土地革命的性质。在农村地区，共产党希望最终能凝聚足够的力量，从那些外国势力不太稳固的城市开始进攻南京政权[①]，希望将来获得世界无产阶级帮助的前提下，进攻外国势力在通商口岸设置的堡垒。

但是，虽然帝国主义列强的确是南京反对共产主义的客观盟友，但共产党所期望的世界无产阶级的援助却没有实现。虽然在《共产主义国际纲领》[②]中明确承认，中国等半殖民地国家的无产阶级运动要取得成功，“只有从无产阶级专政建立的国家（即

①但即便在1930年，红军攻占长江这样对外国帝国主义不重要的内陆战争，他们也在英、美、日炮舰的强烈炮弹攻势下被迫放弃了。

②1929年伦敦。

苏联）获得直接援助才可能”。然而，苏联实际上并没有向中国同志提供任何曾经保证的“无产阶级专政的援助和支持”，在程度上与其需要相符。与此相反，苏联在1927年以前给予蒋介石的相当于干预的巨大援助，倒是确实起到援助国民党中最反动的分子上台的客观效果。当然，1927 年以后对中国共产党的直接援助与苏联采取的立场有些矛盾——这是苏联国家政策当下的需要与世界革命眼前的需要发生矛盾的著名典型，那样有可能引发国际战争，从而危及一个国家建设社会主义的整个纲领。然而，必须指出，这一因素对中国革命的影响是巨大的。

中国共产党失去了外国盟友，继续独自为争取“资产阶级革命领导权”而战，他们相信国内和国际政治的巨大变化将有利于他们获得新力量，但他们完全错了。结果引起一场长时间的大动乱，给中国群众带来了政治分娩的一切痛苦的感觉，最后却没有得到任何东西。

由于上述原因，国民党在大城市的势力相对稳定，但在农村的势力发展却非常缓慢。矛盾的是——也是辩证的——资产阶级的农村贫血病和南京的城市力量的根源是相同的——外国帝国主义。因为，虽然帝国主义十分渴望“进行合作”来防止或镇压城市暴动，甚至是一点点的可能性，但与此同时，它又在客观上——主要是通过日本，这个关于远东制度的表面张力最大焦点是为这种服务勒索高昂代价，其形式是不断吞并新的领土（东北、热河、察哈尔和冀东），逼迫作出新让步，掠夺本应属于中国的新财富。由于帝国主义侵略者的脚步给南京政府带来了巨大的负担，国民党不可能在农村地区推行必要的资本主义“改革”——商业信贷、改善交通、集中税收和警察力量等——

能够尽快镇压农村不满情绪和农民暴动的蔓延。而与此同时，通过执行土地革命的政策，共产党可以满足一部分农民的要求，取得了中国部分农村地区的领导权，甚至在几乎以纯农业经济为基础的环境里建立了几个强大的根据地。但与此同时，他们的敌人仍然盘踞在城市，而他们还暂时不能发展。

在这种情况下，共产党认为国民党对苏区的攻击是在妨碍中国人民完成驱逐日本人的“民族解放”的使命，国民党自己不愿保卫国家，证明资产阶级领导已经破产。共产党的革命论点显而易见是有道理的。但是，恼羞成怒的国民党反驳说，共产党人图谋推翻政府，这让他们无法抗日，而在严峻的民族危机面前在内地采取“赤匪”举动，妨碍实现国内改革。有趣且辩证的是，两种说法都是对的，也都是错的，现阶段中国革命是个特殊的僵局，这个根本的软弱性基本上体现在这里。

过去十年，帝国主义的压力越来越大，帝国主义为保护城市里的中国买办阶级的利益，索取的代价越来越高昂，地主的政党国民党、资产阶级和工人农民的政党共产党之间的阶级矛盾也开始趋于缓和。正是因为这样，也正是由于前面几章所叙述的这种形势，在十年不间断的内战之后，国民党和共产党才能够重新联合起来，主要体现在共同抵抗日本帝国主义这个更高层次上的必要团结。但这种团结是不稳定的、是不永久的，是由它的内在矛盾来决定的，当国内矛盾超过了当下的对外矛盾时，它有可能会再次破裂。但就现在这种表现的团结而言，它开启了一个新时代，肯定地结束了革命战争的时代。

十年的政治经验的主要意义从理论上来说是：共产党不得不暂时放弃“只有在无产阶级领导下”才能发展资产阶级民主运

动的理论。现在他们承认，只有“各阶级的联合”才能实现这些目标。实际意义上，它是对国民党在民族革命中的政权，也就是现在的领导地位的明确承认。毛泽东坦率地承认，比起在江西的时代，对共产党来说这可以算是“一个大后退”，因为在江西时代，他们的口号是“巩固工农专政，把专政扩大到全国，动员、组织、武装苏维埃和人民群众参加革命战争”。[①]现在争权的战争已经停止，共产党的口号改成了：拥护中央政府，在南京领导下加速和平统一，实现资产阶级民主，组织全国人民抗日。

在这样的时期，列宁曾经写道，“有必要把对共产主义思想最严格的忠诚与作出一切必要的妥协、‘转变航向’、达成协议、迂回、后退等能力结合起来。”因此，虽然在中国共产党这一边发生了这种大幅度的策略转变，但他们相信，他们可能处在一种比以前更有利的氛围的竞赛当中。正如毛泽东所说的，尽管双方“互相让步”，但是这种交换“有具体限度”。

他继续说：

“在苏区和红军中，共产党领导权的保持，在国共两党关系上共产党的独立性和批评自由的保持，这些方面是不能作出让步的……中国共产党永远不会放弃社会主义和共产主义的目标，仍然要经过资产阶级的民主革命阶段，达到社会主义和共产主义阶段。中国共产党保持自己的纲领和政策。”[②]

这些让步所产生的实际好处已经讨论过了。但是，共产党人有什么保证可以获得这些利益呢？有什么保证可以维持国内

---

①《红色中国：毛泽东主席……》第 11 页，1934 年伦敦出版。

②1937 年 4 月 10 日在延安共产党大会中的报告。

和平，可以实现所承诺的民主，可以执行抗日政策？

很明显，国民党要最大限度地利用共产党对自己实行新政策的好处。随着南京的权威被中国唯一有能力挑战它的政党所承认，蒋介石将继续在军阀势力仍然强大的边缘地区，如广西、云南、贵州和四川，扩大他的军事和经济权力。同时，为了得到他在共产党周围改善了自己的军事地位后的回报，他会要求从共产党那里得到政治让步来作为忍耐的交换条件，尽管只是暂时的。最后，通过巧妙兼用政治和经济策略，他希望在政治上削弱红军，以便时机成熟时要求他们彻底投降(这无疑是他非常渴望做到的)，他可以孤立红军，以内部政治纷争为由促使共产党四分五裂，最后再把顽固不化的残余势力当作纯粹的地方军事问题来处理。

共产党对此没有任何幻想。同样，他们也并不觉得没有他们自己的积极争取，“民主”的承诺或反帝运动就能实现。他们决不舍弃实现充分民主和反帝的口号，他们在维护这两个口号时，不惜在政治上作出小让步，因为他们确信，他们的根本政治基础是无法被摧毁的。历史一贯如此，只有承受不住巨大压力时，独裁政党才会让出一点政治权力给人民，国民党也不会例外。如果没有十年来共产党反对派的存在，即使是现在这点程度的“民主”措施也是不可能实现的，因为没有这种反动派，它就没有“民主”的必要，现在在中国出现的那种程度的中央集权的国家政权也是无法出现的。民主政体的成长，就像现代国家本身的成长一样，是需要权力和体制的表现，在这种需要中，它会调和资本主义社会基本固有的矛盾——基本阶级对立。这就是资产阶级民主的最简单的解释。

但这种矛盾在中国不是减少了，而是迅速增加了，只要矛盾持续尖锐化，国家也不得不正视。国内和平的实现以及保持，本身就使南京政府不可避免地要让更广泛的社会阶层代表参与进来。这并不是说国民党真有可能真诚地实现资产阶级民主，并允许共产党公开参选与其竞争这种无异于给自己判个死刑的决定（因为只算农民的选票就能使共产党获得压倒多数的优势），虽然这是共产党和其他政党所要求的，并且还将继续宣传鼓动的。但这确实意味着，那一小部分垄断国家经济和警察权力的少数人不得不承认大多数人的一些要求，同意苏区的代表参加国民大会。

经济、政治和社会利益的向心发展，所谓的“统一”的过程——正是这种统一的措施创造了这个制度——为了本身的存在，同时体系中更多的，试图解决日益加深的阶级利益冲突的各种集团也将目光放到了中央，南京越倾向于代表全国不同的更广泛的阶级利益——越接近实现民主——就越被迫要通过恢复国家自主权来求得自保与认同。

因此，共产党人认为，首先武装和非武装群众广泛要求继续维持国内和平，改善民生，实现民主，在争取民族自由的共同斗争中抵抗日本。其次，中国共产党的“保证”在于它可以用它实际的军事和政治的力量，继续为全国各地这种抗日要求提供领导。这种关系和保证可以扩大共产主义影响，防止未来再次受到围剿，这是国家内在的经济、社会和政治关系当中已经具备的条件，共同造成了现今的局势。

1937 年春，日本对南京施加的压力暂时减少，入侵内蒙古的脚步也暂时停了下来，英日关于“在华合作”的对话也开始了，英国政府希望调停中日争执和在远东地区搞一个“基本和平”，这让人思考共产党对政治形势的估计是否有误。把战略重心放在中日战争的核心必然性上，这是不是过于冒险？有人说，既然红军已经停止了推翻国民党的企图，维持了国内和平，日本也就向南京方面摆出了和解的姿态。日本帝国主义者认识到，他们在企图逼迫中国资产阶级投降的这条路上推进得太远太快，结果让中国的内战在对日本的普遍仇恨中被消灭了。现在，为了让中国资产阶级再次开展内战，他们开始对中国资产阶级实行一种新的、友好的政策。南京和东京的这种友好关系会破坏共产党的政治影响力，因为共产党的影响力在很大程度上是依靠抗战的。

但根据力学的原理，开闸时翻滚而出的历史的滔天巨浪没办法强制倒流回水渠里去，即使日本想关上这个闸门也太晚了。共产党了解即使日本最有能力的领导者已经意识到暂停侵华战争的必要性，日本也无法在中国转而采取静止政策。共产党的这一预见，在7月8日的卢沟桥事变中获得了充分的验证，日本军队在北京以西大概10英里外的宛平县上搞非法的“午夜演习”，然后又声称遭到中方铁路警卫人员的袭击。而后以此为借口，它再次表示了它的真正必要。在7月中旬，日本人已经调拨了1万名士兵到京津一带，并且提出了新的帝国主义要求，如予以同意，他们准备在华北成立一个日本保护国。

共产党人对这一形势和接下来它必然引发的局势的看法是，全国人民迫切要求不仅在卢沟桥，而且在任何被帝国主义侵略者所占领的地方都应予以抵抗，这些压力将迫使蒋介石的政权只能采取战争这一种立场，如果日本不改变政策，不改正过去错误，那么中日之间就只有战争，别无他法。共产党认为这场战争不仅是争取民族独立的斗争，而且是一场革命运动，“因为在中国打倒帝国主义就等于摧毁了帝国主义最强大的根据地”，而且因为中国革命的胜利“与中国人民反对日本侵略的胜利是一致的”(毛泽东说)。战争也许明天就开始。也许一两年也打不起来。但不会拖太久，根据共产党对日、中乃至世界政治经济紧张局势临界点的分析，这种关乎人类命运的阶段不可能再长期拖延不解决。

共产党人的推测是，在这场战争中，必须武装、装备、训练和动员千百万人民，进行一场既能一次性切除掉帝国主义的外部毒瘤，又能切除掉阶级压迫的内部毒瘤的双重外科手术作用的斗争。正如他们所设想的那样，一场战争只有通过最广泛的群众动员，通过发展高度政治化的军队才能进行。只有在最先进的革命领导下，才能取得战争的胜利。它可以由资产阶级发起，但只有革命的工农才能完成。人民一旦真正有了武装，有了大规模的组织，共产党就会竭尽所能地取得与日本战争的决定性的胜利。只要资产阶级领导抗战，他们就和资产阶级一起前进。但无论资产阶级何时动摇，何时转变为“失败主义”，何时表现出向日本屈服的意愿——这种倾向他们认为战争一开始遭受重大损失后一定会出现，他们都将做好接管领导权的准备。

南京政权可能也完全明白共产党人怎么想的，就像中国一切有权势的人一样，因此只要能尽量避免在国内产生后果，他们就会寻求一切可能的妥协之路，对日本再继续让步。至少当下暂时是这样的，除非条件非常有利，南京政府不仅有能力开战，而且可以保存实力，在战后以完整无损的力量压制住国内的革命。但是，共产党人自己对于之前所做的历史发展的分析十分有信心，同时也认为他们为未来所选择的航行方向是正确的。未来的局势终将迫使南京为求生存而战，他们预料到南京可能会继续动摇，日本也可能会继续千方百计地耍弄手段，直到日本帝国主义的利益和中国的民族利益之间，从内部看是直到中国和日本的群众与他们的地主士绅统治者之间的对立均到达了极尖锐的程度，直到一切实际的限制和压迫都变得完全不能忍受，直到历史的障碍被打破，这些尖锐矛盾会共同促生出帝国主义的大灾难，像科学怪人弗兰肯斯坦被释放出来那样，滔天巨浪将会汹涌向前，彻底摧毁帝国主义。

只有帝国主义将摧毁帝国主义，因为只有当声势浩大的帝国主义战争开始时——这场大战几乎具有世界大战的性质——才会将力量解放出来，亚洲人民才能够趁此机会得到武装、训练、政治经验、组织自由，以及国内警察力量被削弱的机会，而人民获得的这些力量是在较近的将来革命成功取得政权所必要的条件。即使如此，“武装起来的人民群众”是否能追随共产党的领导获得最后的胜利，也取决于许多变化不定和不可预测的因素，首先有国内因素，也包括美英德意等诸国的东方政策的因素。

但胜利基本上取决于苏联是不是要参战，在战争的各个阶段中，它的无产阶级政权力量投在哪边。就是说，中国革命的胜利也许要以苏联（在它当前的立场极紧张和矛盾时）是不是可以把一国建设社会主义的纲领过渡到其他国家建设社会主义当中，过渡到世界革命，而又不敢于在它目前的国界中发生自我毁灭的反革命来决定。

我相信，这就是共产党对未来事态的看法。人们可能不会完全相信，但这至少看起来是肯定的，列宁二十多年前写的话仍然是有效的："不管伟大的中国革命——各种'文明的'鬣狗都在磨牙——的命运如何，世界上没有任何力量可以恢复亚洲的旧农奴制，也没有任何力量可以在地球表面上抹杀亚洲和半亚洲国家人民群众英勇的民主政体。"

另一件事似乎也同样确定无疑，数以万计的中国青年已经为之献身的民主社会主义思想，以及他们背后的力量，是不可能被摧毁的。中国的社会革命运动可能会失败，可能会暂时退却，可能会暂时萎靡，可能会在策略上做出大的改变以适应眼前的需要和目标，甚至可能会在一段时间内被淹没，被迫转入地下，但它不仅会继续成长，而且在一个或另一个突变中，它最终会胜利，只是因为(正如这本书所证明的——如果它证明了什么的话)产生中国社会革命运动的基本条件本身就包含着它胜利的有利因素。而且这种胜利一旦实现，将是十分有力的，它释放出来的分解代谢的能量将无法抵抗，一定会把目前奴役东方世界的帝国主义的最后野蛮暴政扔进历史的深渊。

但在这里如有读者觉得这个结论太"令人惶恐"，笔者欢迎他重读一下本章开始部分的引语，可能可以找到辩证的安慰——这是不可抗拒的——因为在预测领域中，主观的力量是特别活跃的。